H. S. Palladino
Die den Schnee fürchten

H. S. PALLADINO

DIE DEN SCHNEE FÜRCHTEN

Thriller

Deutsch von Maike Dörries
und Günther Frauenlob

blanvalet

Die Originalausgabe erschien 2022 unter dem Titel
Den som frykter snøen bei Cappelen Damm, Oslo.

NORLA

This translation has been published with the financial support
of NORLA, Norwegian Literature Abroad.

FSC www.fsc.org MIX Papier | Fördert gute Waldnutzung FSC® C014496

Penguin Random House Verlagsgruppe FSC® N001967

1. Auflage 2023

Redaktion: Ricarda Essrich
Umschlaggestaltung: © U1berlin/Patrizia Di Stefano
Umschlagmotive: © Mariesol Fumy/Trevillion Images;
Regine Heintz/Arcangel Images; Maridav/Shutterstock.com
StH · Herstellung: sam
Satz: Vornehm Mediengestaltung GmbH, München
Druck und Bindung: GGP Media GmbH, Pößneck
Printed in Germany
ISBN 978-3-7341-1271-3

www.blanvalet.de

Für Stein Magne

»Erst, wenn man anfängt,
vor sich selbst wegzulaufen, zieht sich
der Teufel die Stiefel an.«

Ingvar Ambjørnsen,
Die Nacht träumt vom Tag

Alles, was ich fürchte, ist mit einem Mal da, lebensecht und detailliert. Die Kette, die mich festhält, der widerliche Gestank, der Schnee auf Kopf, Schultern und Beinen.

Ein Schrei will durch meinen Hals nach oben.

Lass mich raus!

Es ist nur ein Gedanke.

Lass mich gehen!

Keine Reaktion, nicht einmal ein Blick in meine Richtung. Nur ein Schatten, der im Unwetter verschwindet.

Die Hoffnung stirbt. Der Schnee fällt. Legt sich um mich, bis alles weiß ist. Voller Angst zerre ich an den Ketten, versuche, mich loszureißen. Huste, rutsche weg, huste wieder, bis mir schwarz vor Augen wird. Das alles führt zu nichts. Es hilft mir nicht weiter. Ich sitze hier fest, bis ich geholt werde, bis ich unter einer warmen Decke wieder aufwache.

Ein Zweig knackt und mein Kopf zuckt nach oben. Ein Hirsch springt los, dann knallt es infernalisch. Nebel legt sich auf das Wasser, die Bilder verschwimmen. Ein dunkler Fleck zeichnet sich auf der Brust des Tieres ab, das zu Boden geht und stirbt. Im Moor versinkt. Verschwindet.

Alles hat ein Ende. Nur der Schnee bleibt. Kalt und beißend. Und das verrohte Böse.

1

Der Anruf kommt spät am Abend. Ihre Stimme ist geprägt von der unverkennbaren Heiserkeit eines Menschen, der zu lange Drogen genommen hat.

»Ich bin's«, sagt sie.

»Entschuldigung?«

»Ich.« Ein Seufzen. »Azora.«

Es dauert ein paar Sekunden, bis ein Bild von ihr in meinem Kopf auftaucht. Ich unterdrücke ein Stöhnen, spüre ein kaltes Kribbeln an meinen Schultern.

»Wie, zum H… Wie …?« Mir will einfach kein einziges freundliches Wort über die Lippen.

»Ich muss dich treffen«, sagt sie. »Jetzt gleich.«

Ich schüttele den Kopf, obwohl sie mich nicht sehen kann. »Tut mir leid, es ist schon spät und …«

»Wir Mädchen halten doch zusammen, oder?«

»Nein, nein, vergiss es.«

»Hör mal, ich …«

Es gibt nur eine Möglichkeit, dem einen Riegel vorzuschieben: Ich beende das Gespräch, lege mir endlich die geheime Nummer zu, über die ich schon so lange nachdenke, und hoffe darauf, dass sie mich vergisst. Das wäre der einfache Weg. In ihrer Stimme schwingt aber so viel mit, ein großer Frust darüber, dass ich sie nicht verstehe.

»Ich kann dich nicht länger schützen«, sagt sie.

Ich seufze tief, verdrehe die Augen. Einer der Gründe, weshalb ich in der Drogenberatungsstelle aufgehört habe, ist genau diese Neigung zu konstruierten Wirklichkeiten, zu Paranoia. Alte Scheiße in neuer Verpackung. Das alles wurde mir einfach zu viel.

»Bitte …«, fleht sie mich an und murmelt eine Adresse, die ich nicht kenne.

Ihre Verletztheit kratzt an meinem Gewissen. Die Probleme dieser Frau sind zweifelsohne zu groß, als dass sie sie allein lösen könnte. Andererseits weiß ich ganz genau, was passieren wird, wenn ich sie zu nah an mich heranlasse und in ihre Wahnvorstellungen mit hineingezogen werde. Irgendwann stecke ich fest und komme nur noch mit Mühe wieder los. Irgendwie muss ich ihr ein für alle Mal klarmachen, dass sie mich nicht mehr anrufen soll.

»Nein«, sage ich und lasse die Stille für mich arbeiten. Hoffe, dass sie versteht, wie ernst ich es meine. Ich will schon auflegen, als ich höre, wie sie sich räuspert.

»Ich weiß, wieso du Albträume hast.«

Mein Gehirn koppelt sich vom Blutkreislauf ab. Mit weichen Knien gehe ich ans Fenster. Starre runter in den Park, in dem die nackten Bäume stramm wie Soldaten in einer Reihe stehen.

»Grønland«, sagt sie. »Kommst du?«

Ich hole tief Luft. Presse die Lippen zusammen, während sie die Adresse wiederholt.

»Okay«, sage ich. »Ich komme.«

Ich muss das beenden. Ein für alle Mal.

Ich suche Pullover, Parka und Stiefel zusammen und werde übermannt von den Erinnerungen aus der Drogenklinik. Sehe die Frauen vor mir, denen das Leben übel mitgespielt hat. Nicht immer hat der Aufenthalt ihre Situation verbessert. Eine von ihnen Azora, aus der ich nie richtig klug geworden bin.

Unser Telefonat lässt mich nicht los, und plötzlich erinnere ich mich auch an das, was sie damals gesagt hat. Aber dass sie weiß, warum ich Albträume habe, kann nicht stimmen. Sie kann unmöglich wissen, was nicht einmal ich weiß.

Ich gehe in Richtung Grønland, wo sich der Großteil der Osloer Drogenabhängigen herumtreibt. Dabei sollte das Viertel einmal die exotische Oase der Stadt werden, aber die Distanz ist groß zwischen kreativen Künstlern und weltoffenen Touristen. Dass sich hier Sozialhilfeempfänger und Aktienmakler die Hand reichen, ist ein frommer Wunsch geblieben. Stattdessen gibt es eingeschlagene Schaufenster, Huren und Junkies, die die wenigen attraktiven Plätze bevölkern. Es ist wirklich so, als würde dieser Stadtteil aktiv an seiner Selbstzerstörung arbeiten.

In einem Shop frage ich nach dem Weg. Der Mann, der zwischen Kohl, Süßkartoffeln und Ingwer steht, erinnert mich an ein schlankes Insekt mit flackernden Augen. Als könnte er, falls nötig, jeden Moment zustechen. Er trägt einen Strickpullover und einen Wollschal, den er sich so eng um den Hals gewickelt hat, als wollte er sich erwürgen. Er begleitet mich nach draußen und zeigt in Richtung einer Seitenstraße.

»Graues Haus, gewölbte Durchfahrt zum Hinterhof.«

Das Gebäude ist nicht schwer zu finden. Ein staubfarbenes Mehrfamilienhaus mit massiver Holztür, die nicht zu erkennen gibt, was für Firmen sich dahinter verbergen. Auf den Klingeln sind die Ziffern der Stockwerke notiert, keine Namen. Fensterläden sperren die Welt aus. Ich gehe in die Durchfahrt, bleibe stehen, bereite mich innerlich vor.

Aus einem Büro fällt fahles Licht in den Hinterhof. Paletten stapeln sich an einer Wand. Ein rostiges Fahrrad, ein Kühlschrank, ein kaputter Schreibtisch neben einem Container, in dem das alles vermutlich hätte landen sollen. Eine Feuerleiter führt an der Außenwand nach oben, gesperrt durch ein Gittertor etwas oberhalb des Bodens. Die Luft riecht fremd. Süßlich scharf, gemischt mit dem Geruch nach geschmolzenem Plastik. Ich sehe mich um, fahre mit den Fingern durch die Haare. Azora ist nicht da.

Ich bin sauer, dass ich mich habe breitschlagen lassen herzukommen, und nehme mein Handy heraus. Nichts. Ich habe keine Nachricht von ihr übersehen. Vermutlich hat sie mich direkt nach unserem Gespräch vergessen, ist Minuten später im Drogenrausch eingeschlafen. Ich stelle sie mir auf einem fleckigen Sofa vor, mager und apathisch. Ihr Gesicht hat jede Persönlichkeit verloren, die Augen sind unnatürlich tief in den Schädel gesunken. Warum zum Henker habe ich in dieses Treffen eingewilligt? Ich mache auf dem Absatz kehrt, will gehen, tue es dann aber doch nicht. Frauen wie sie haben es nicht leicht. Es bringt mich nicht um, wenn ich etwas warte.

Die Feuchtigkeit des gerade zu Ende gegangenen Regens hängt noch in der Luft, Nebel klebt an den Dächern. Ich beginne, hin und her zu laufen, schlage die Jacke enger um mich, reibe mir die Hände, lege sie zusammen und blase hinein. Wie ich diese Jahreszeit hasse! Wenn Azora in zehn Minuten nicht da ist, gehe ich.

Mein Ärger ist schnell wieder verflogen. Ich lasse mir ihren Namen auf der Zunge zergehen, während der Schotter unter meinen Sohlen das nasse Laub zerreibt. Nennt sie sich nur so oder heißt sie wirklich so? Ich weiß es nicht mehr. Ich muss mir eingestehen, dass ich in all diesen Jahren nicht an sie gedacht habe. Dabei ist es nicht erstaunlich, dass sie meine Nummer herausgesucht hat. Im letzten Jahr prangte mein Gesicht immer wieder auf den Titelseiten der Zeitungen, als verhassteste Frau des Landes.

Mit einem Mal habe ich das Gefühl, beobachtet zu werden. Ich weiß nicht, wieso. Lasse meinen Blick über die Bürofenster schweifen und spüre ein Kribbeln im Nacken. Ich drehe mich um, kneife die Augen zusammen und blinzele hoch zum Dach. Folge mit dem Blick der Kante. Ist sie da raufgegangen? Plötzlich bilde ich mir ein, dort oben einen Schatten zu sehen, aber das ist sicher nur eine Reflexion im Nebel. Eine Katze, oder Tauben, die dort oben Schutz für die Nacht gesucht haben. Trotzdem beschleunigt sich mein Puls. Ich sollte nicht hier sein, nicht in diesem Viertel, nicht allein. Besonders nicht um diese Uhrzeit.

Als das Licht, das durch das Fenster fällt, ausgeschaltet wird, liegt der Hinterhof im Dunkeln. Ich trete ein paar Schritte zurück, kriege weiche Knie und werde noch sensibler für den süßlichen Gestank. Höre entfernt Reifen auf nassem Asphalt. Trotzdem lasse ich den Rand des Daches nicht aus den Augen. Im Moment ist dort oben keine Bewegung auszumachen. Nur der metallisch graue Nebel, der über die Dächer zieht.

Ich warte.

Lausche.

Bereite mich vor zu gehen.

Dann ist da plötzlich wieder das Gefühl, beobachtet zu werden. Hat mich jemand hergelockt, um mich auszurauben? Oder will mir jemand etwas antun, wegen der Sache im letzten Jahr? Systematisch scanne ich die Bürofenster, suche nach Silhouetten. Dann nehme ich mein Handy und denke, dass Azora nicht kommt. Sehe ein letztes Mal zum Dach hoch, während ich lauschend zu ergründen versuche, ob ich wirklich allein bin.

Ich bin auf dem Weg zur Durchfahrt, als ich ihn höre. Der Schrei schneidet sich durch das Dunkel, durch meinen Körper. So voller Todesangst, gefolgt von einem dünnen Flattern, das die Luft in Schwingung versetzt. Es kommt von oben. Ich überlege nicht, was da geschieht, schwinge bloß herum und hebe den Blick. Sehe die Gestalt fallen, sich in der Luft drehen und nur wenige Meter vor mir auf dem Boden aufschlagen.

2

Die Polizei ist sehr schnell zur Stelle. Ich sitze etwas abseits auf der Straße in der Hocke und fühle mich vollkommen blutleer. Das Geräusch des zerplatzenden Schädels auf dem Asphalt läuft in meinem Kopf in einer Endlosschleife, als zwei Beamte, ein Mann und eine Frau, auf mich zukommen. Sie tragen kurze schwarze Jacken und dazupassende Hosen. Ich muss ihnen meinen Namen genannt haben, oder sie wissen, wer ich bin, denn sie sprechen mich mit vollem Namen an.

»Bjørk Isdahl«, sagt die Frau. »Sie haben angerufen, nicht wahr?«

Ich schüttele langsam den Kopf. Verstehe einfach nicht, warum Azora mich zur Zeugin ihres Selbstmords gemacht hat.

»Haben Sie nicht?«

»Hä?« Erst jetzt werde ich wieder auf die Beamten aufmerksam.

»Sie haben die Tote gefunden?«

Die Worte wollen nicht aus meinem Mund. »Sie ist gesprungen.«

»Haben Sie das gesehen?«

Ich starre vor mich hin. Der Körper im freien Fall, das Geräusch, es will nicht aus meinem Kopf. Ich schüttele wieder und wieder den Kopf, starre vor mich hin, bis mir endlich klar wird, dass ich mich zusammenreißen muss.

»Ja, ich habe sie fallen sehen.«

»Verstehe«, sagt die Frau. »Wohnen Sie in der Nähe? Arbeiten Sie hier?«

»Nein«, antworte ich. »Ich war mit ihr verabredet.«

»Sie kannten die Tote?«

»Ich habe vor ein paar Jahren ein Praktikum in einer Drogenklinik gemacht. Lebensrad. Sie war da eine Weile Patientin. Sie hat mich heute Abend angerufen.«

»Dann können Sie sie identifizieren?«, fragt die Polizistin.

»Azora, sie wurde Azora genannt. Den Nachnamen kenne ich leider nicht.«

»Was wollte sie?«

Der Mann ist neben mir in die Hocke gegangen. Seine Freundlichkeit macht mir bewusst, wie hart ich zu Azora war. Hat sie mir meine Gleichgültigkeit angehört? Meinen Unwillen, sie zu treffen? Hätte ich entgegenkommender sein müssen?

Ich versuche, den Beamten zu erklären, warum ich in das Treffen eingewilligt habe.

»Sie hat mich immer wieder bedrängt. Ich wollte dem ein Ende machen, bevor es eskaliert.«

Sie nicken, verständnisvoll, bekommen meine Kontaktdaten und helfen mir, ein Taxi zu rufen. Ich fahre nicht nach Hause, sondern zu Kristian. Erkläre ihm am Telefon, was passiert ist, damit er versteht, dass ich es nicht auf einen neuerlichen Streit abgesehen habe.

Als ich in seine Wohnung komme, legt er die Arme um mich, streichelt mir den Rücken und hält mich lange fest. Ich drücke mein Gesicht an seine Brust und klammere mich an ihn. Am liebsten würde ich die ganze Nacht so stehen bleiben. Kein Reden, keine Anklagen, keine lauten Stimmen. Einfach nur hier stehen, die Wärme und den Duft des anderen spüren.

Meine Augen laufen über, als er sich aus meiner Umklammerung löst. All das, was im letzten Jahr passiert ist, spült gleichsam aus mir heraus. Die Tränen fließen, die Schultern beben. Ich beuge mich vor und öffne die Schnürriemen meiner Stiefel, hänge meine Jacke auf und wische mir das Gesicht mit der Serviette ab, die Kristian mir reicht. Dann führt er mich ins Wohnzimmer, platziert mich auf dem Sofa und legt mir eine weiche Decke um die Schultern. In der Küche kocht er einen Tee, drückt mir den Becher in die Hände und gießt sich selbst ein Glas Rotwein ein.

Er passt so gut in diese Wohnung, in meiner war er viel zu groß, füllte die Zimmer auf fast beklemmende Weise aus. Hier, unter den hohen Decken und zwischen den klassischen Möbeln, die so schwarz wie seine Haare sind, fügt er sich in das Interieur wie auf einem inszenierten Foto. Wieso denke ich an derart triviale Dinge, nachdem sich gerade vor meinen Augen jemand das Leben genommen hat? Ich zwinge mich, mich auf Kristian zu fokussieren, der sich mir gegenüber hingesetzt hat.

»Willst du darüber reden?«, fragt er.

Ich trinke einen Schluck von dem brühheißen Tee. Die Kamille entkrampft meine Muskeln. Endlich finde ich eine Art Ruhe und beginne langsam zu reden. Ein ums andere Mal wiederhole ich, was Azora gesagt hat, was ich gedacht und getan habe. Kristian hört geduldig zu. Zwischendurch stellt er eine Frage, die meiste Zeit aber lässt er mich einfach reden.

»Ich kriege das nicht zusammen«, sage ich nach einer Weile. »Sie hat mich angerufen. Weil sie reden wollte. Warum nimmt sie sich dann das Leben?«

»Sie hat sich nicht unbedingt zurechnungsfähig angehört.«

Ich schüttele den Kopf. »Vielleicht nicht, sie hat aber gesagt, dass sie mir etwas Wichtiges erzählen wollte. Und es scheint ihr wirklich ernst gewesen zu sein.«

Er sieht mich verwundert an. »Aber du kanntest sie doch gar nicht?«

Ich denke an frühere Gespräche mit ihr. Ich habe Kristian nie davon erzählt, doch jetzt strömt aus mir heraus, wie unwohl ich mich bei diesem Praktikum gefühlt habe und was für ein schlechtes Gewissen ich hatte, die angebotene feste Stelle abgelehnt zu haben, obwohl ihnen Leute fehlten. Und dann diese Frau. Azora. Sie wollte einfach nicht nachgeben.

»Das ging mir alles zu nah. Ich konnte mit diesen Drogenabhängigen nicht arbeiten. Nicht nur wegen ihr, aber …«

»Verstehe«, sagt Kristian. Er beugt sich vor und legt beide Hände um das Rotweinglas.

»Anfangs, als ich noch neu in der Klinik war, wirkte es so, als würde sie mich nicht kennen«, fahre ich fort. »Dann hat sie plötzlich behauptet, mich schon als Kind gekannt zu haben.«

»Aber das stimmte nicht?«

Ich stelle den Becher auf den Tisch und schiebe ihn in die Mitte.

»Vielleicht war sie auf derselben Schule, was weiß ich. In einer der Klassen über mir. Vielleicht eine Nachbarin, an die ich mich nicht erinnere. Sie war definitiv ein paar

Jahre älter als ich. Ich hab es nie rausgekriegt, vermutlich war das alles nicht real.«

Eine Weile sitzen wir da, ohne etwas zu sagen. Ich schlage die Decke enger um mich. So war es schon immer mit Kristian und mir. Die Stille zwischen uns war nie peinlich.

»Wie geht es dir?«, fragt er schließlich. »Ich meine … sonst so?«

Ich ziehe den Becher wieder zu mir, trinke, bevor ich antworte. Versuche zurückzuhalten, was er nicht hören will. Ringe meiner Stimme Zuversicht ab, als ich sage: »Abs will nächste Woche mit mir sprechen.«

Er nickt langsam. Stellt das Weinglas ab, aus dem er kaum etwas getrunken hat.

»Du … sollst zurück?«

»Ich hoffe es.«

»Sicher, dass das klug ist?«

Die Frage ärgert mich, obwohl ich wusste, dass sie kommen würde.

»Warum fragst du?«

Er hebt beschwichtigend die Hände. »Ich meine nur …«

»Du siehst doch, wie es mir nach einem Jahr zu Hause geht.« Ein Kloß wächst in meinem Hals. Ich versuche, seinem Blick standzuhalten. »Du hast doch selbst gesagt, dass …«

»Sie hätten dir eine Entschädigung zahlen müssen.«

»Ich habe einen unschuldigen Mann sterben lassen, Kristian. Für so etwas wird man nicht entschädigt, eigentlich kommt man dafür ins Gefängnis.«

Er stöhnt. »Jetzt hör aber auf. Der Mann stand unter Verdacht. Außerdem hast du ihn nicht …«

»Weil ich ihn für schuldig gehalten habe …«

Er sieht mich skeptisch an und schweigt eine ganze Weile. Es wirkt so, als müsste er die folgenden Worte von weither holen.

»Ich weiß nicht, aber es braucht doch sicher mehr als das Votum einer einzelnen Person bei der Polizei, um jemanden ins Gefängnis zu bringen. Du musst endlich damit aufhören, dir das anzukreiden.«

Ich drehe mich hin und her, winde mich aus der Decke, als wollte ich gehen.

»Haben wir nicht genug über dieses Thema geredet? Jens Ellingsen ist tot. Und das war mein Fehler.«

Wieder sieht er mich wortlos an. Aus seinen dunklen Augen strahlt etwas, das ich nicht recht deuten kann. Ich weiß, dass er mich liebt und gern hätte, dass ich über Nacht bleibe. Er hat es nicht gesagt, aber er wünscht sich, dass wir wieder als Paar zusammenfinden. Gleichzeitig hasst er meine Arbeit, sowohl die, die ich habe, als auch die, zu der ich zurückwill. Er ist überzeugt, dass sie mich kaputtmacht. Es gab eine Zeit, in der diese Ängste berechtigt waren, doch mittlerweile habe ich wieder alles unter Kontrolle.

»Entschuldigung«, sagt er, ohne mich anzusehen.

»Wofür?«

Er hebt den Blick. »Du hast etwas Grausames erlebt, und alles, was ich tue, ist …«

Er hält inne, reibt sich das Gesicht, steht auf und geht in die Küche. Ich starre in die Leere, die er hinterlässt, und lausche auf meinen Herzschlag. Ich könnte über Nacht bleiben. Seine Wärme spüren, ihn in mich eindringen lassen. Mit seinem Atem an meinem Ohr einschlafen und seine dunklen Arme um mich spüren. Mein Körper beginnt sanft vor Lust zu zittern, doch ein Geräusch macht dem allen jäh ein Ende. Das verfluchte Geräusch des zerschmetternden Schädels.

Es ist sicher besser, zu Hause zu schlafen.

»Was ist?«, fragt Kristian.

Er steht mit einer hochgezogenen Augenbraue vor mir, lächelt zärtlich, als hätte er meine Gedanken gelesen. Plötzlich erinnere ich mich an das Gefühl, das ich hatte, als ich auf Azora wartete. Dass mich jemand beobachtet.

»Bestimmt bilde ich mir das nur ein …«

»Was?«

»Ich hatte das Gefühl, nicht allein zu sein.« Mein Hals schnürt sich zu.

Kristian sieht mich an. Ich weiß, was er denkt. Er will eine stabile Lebensgefährtin, die die liebende Mutter seiner zukünftigen Kinder werden kann. Nicht einen Menschen, der Tod und Schande mit nach Hause bringt.

»Könnte es nicht einfach ein Unfall gewesen sein?« Als ich nicht antworte, fährt er fort: »Du weißt, dass ich immer nur dein Bestes will. Und dass ich dich für den klügsten, hübschesten Menschen halte, den ich jemals getroffen habe.«

»Aber …?«

»Ich kann nicht mit jemandem zusammen sein, der solche Situationen geradezu sucht.«

»Dann bist du gegen die Polizei? Sollen wir sie abschaffen?«, sage ich und spüre den Trotz in mir aufkeimen. »Oder sollten Polizisten einfach keine Familie haben?«

»Du weißt ganz genau, dass ich das so nicht meine.«

Ich weiß es, aber seine Worte machen mich nur noch wütender.

»Eine von uns beiden wünscht sich ganz einfach, die Welt zu einem besseren Ort zu machen.«

»Um dabei selbst vor die Hunde zu gehen«, murmelt er.

Ich kommentiere das nicht.

»Warum ist ein Job wichtiger als unsere Beziehung?«, fragt er. »Ich verstehe das einfach nicht …«

»Kristian …«

Wieder hebt er abwehrend die Hände. Starrt zu Boden und sieht mich dann an, als erwarte er eine vernünftige Antwort.

Was soll ich sagen? Dass ich mir nie eine Familie gewünscht habe? Dass ich mir nicht sicher bin, ob ich Kinder will? Nichts davon kann ich als Argument anbringen, weil er sonst glaubt, dass unsere Beziehung eine Lüge war, und das war sie nicht. Das Einzige, was ich sagen kann und was einigermaßen Sinn ergibt, ist das, was sich in meinen Körper eingebrannt hat. Dass sich nichts, aber auch wirklich gar nichts mehr richtig anfühlt, wenn man den Tod eines anderen Menschen verschuldet hat.

Die Ratlosigkeit, die ich in den letzten Stunden gespürt habe, ist noch bedrückender als vorher.

»Dann ist es wohl entschieden«, sage ich.

»Die Arbeit bedeutet dir mehr als unsere Beziehung?«

Es gibt nichts mehr zu sagen. Ich wende das Gesicht ab, stehe abrupt auf und gehe in den Flur. Ziehe mich an. Kristian versucht nicht, mich aufzuhalten. Er fleht mich nicht an zu bleiben. Als ich die Tür hinter mir schließe, beginnt es hinter den Augenlidern zu brennen, und ich weiß, dass die letzten Wochen nur ein langer Abschied waren.

3

»Wer will anfangen?«

Marcos hebt die Hand, wie er es immer tut.

»Lust auf Kontrollverlust«, sagt er. »Damit ich jemand die Fresse polieren kann.«

Ich blättere durch die Aufzeichnungen vom letzten Mal. Azoras Selbstmord war vor drei Tagen, seitdem habe ich kaum geschlafen. Die wenigen Stunden waren begleitet von Albträumen, merkwürdigerweise nicht von ihr. Nicht von dem fallenden Körper, dem Kopf, der auf dem Boden aufschlägt, oder dem Blut auf dem Asphalt. Ich habe die Albträume, die mich schon so lange begleiten, wie ich denken kann. Der Wald, der Hirsch, das Wasser. Der Schnee, der mich erstickt.

Ich betrachte die vier Männer vor mir. Das Zimmer ist gemütlich eingerichtet, mit guten Stühlen und einem Sofa, das ich gratis auf eBay gefunden habe. Sie sitzen entspannt da, als hätten sie sich zum Alltagsplausch bei irgendwem im Wohnzimmer getroffen. Meine Aufgabe ist es, sie dazu zu bringen, sich zu öffnen und über die Gründe zu sprechen, wegen derer sie hier sind. Und ihnen ein Werkzeug an die Hand zu geben, um andere Entscheidungen treffen zu können.

Marcos ist ein schmächtiger Mann. Er stammt ursprünglich aus Brasilien, und sein kräftiger Akzent und seine Stimme sind alles andere als furchteinflößend. Trotzdem hat er absolutes Annäherungs- und Kontaktverbot zu seiner früheren Frau, nachdem er sie immer wieder grün und blau geschlagen hat. Er hat ihr die Wangenknochen gebrochen, die Nase, das Schlüsselbein und diverse Finger. Ich lasse seine Aussage unkommentiert, betrachte die anderen und sehe Tore kaum merklich nicken. Er würde es niemals zugeben, aber das Gefühl, das Marcos beschreibt, ist ihm derart bekannt, dass er seine Körperreaktion nicht unterdrücken kann. Gaute amüsiert sich. Er ist einige Jahre jünger als die anderen, was er mit größerer Aggression zu kaschieren versucht. Das Haargummi, das er immer wieder auf die Finger schnalzen lässt, verrät aber, dass er Ablenkung braucht. Reza hockt mit versteinertem Gesicht da. Auch er erkennt sich in den Gefühlen wieder, zeigt aber nur selten, was in seinem Kopf vor sich geht. Er schafft es, sich in Situationen wie dieser unter Kontrolle zu halten. Warum schafft er das nicht, wenn es wirklich darauf ankommt?

»Ist dieser *Jemand* eine bestimmte Person?«, frage ich so freundlich und verständnisvoll wie nur möglich, um das Gespräch auf eine konkrete Situation zu lenken.

Ein paarmal war ich kurz davor, Kristian anzurufen, um zu hören, ob wir uns noch einmal treffen können, es ist aber immer bei dem Gedanken geblieben. Ich bin zu feige und habe mich entschieden, zuerst das Treffen mit Abs hinter mich zu bringen. Wenn ich meinen alten Job zurückbekomme und alles wieder gut wird, kann ich auch Kristian kontaktieren.

Marcos verzieht Nase und Mund. Mir ist ein Zucken in seinem Gesicht aufgefallen. Bevor er etwas Krasses von sich gibt, blinzelt er zweimal kurz mit einem Auge. Manchmal ist es das rechte, das andere Mal das linke. Ein System habe ich bis jetzt nicht erkennen können.

»*Filho da puta*«, schnaubt er und gestikuliert wild mit den Händen. »Mein Chef, ... ja, und mein Schwager. Ex-Schwager. Eigentlich immer nur diese beiden. Diese Woche.«

Er lehnt sich zurück, in gespielter Entspannung. Ich habe vergessen, wonach ich gefragt habe. Eine spezifische Person, ja. Genau.

Wut kann ebenso zur Sucht werden wie Drogen. Adrenalin und Dopamin in den Adern können verführerisch entspannend sein. Die Substanzen lassen einen spüren, dass man lebt, und steigern das Verlangen nach mehr. Ich vermute, dass Marcos' Probleme lange vor seiner Ehe begonnen haben.

»Aber vorläufig hast du noch niemandem die Fresse poliert, oder?«, frage ich. »Also in dieser Woche?«

»Nicht in dieser Woche, nein.« Er versucht sich an einem Grinsen, während sein Adamsapfel auf und ab hüpft. Er weiß, dass es falsch ist, über Wut zu lachen, auf jeden Fall dann, wenn andere unter dieser Wut zu leiden haben. Aber er weiß auch, dass er hier Dinge sagen kann, die anderswo nicht möglich sind.

Ich reagiere nicht auf sein Grinsen.

»Was ist denn mit deinem Chef?«, frage ich.

Marcos richtet sich auf und schnaubt.

»Latscht rum und spielt den ach so Klugen«, sagt er und zuckt schließlich mit den Schultern. »Hab echt genug davon.«

»Kommt deine Wut gleich oder erst später?«

»Auf den Chef? Vor der Arbeit, glaube ich.« Er sieht zu Tore, der ihm bestätigend zunickt.

Ich richte mich auf. Tore ist der Einzige in der Gruppe, mit dem ich Probleme habe. Er ist vor ein paar Monaten aufgetaucht, ein Mann Anfang fünfzig. Copywriter. Stahlgraue Haare, attraktiv. Geschieden, drei erwachsene Kinder. Er hat immer wieder Beziehungen mit deutlich jüngeren Frauen, die aber nie lange halten. Grund dafür ist, seiner Meinung nach, dass sie mit seinem südländischen Temperament nicht klarkommen. Ich weiß noch, was ich mir bei unserer ersten Begegnung notiert habe: »Trägt seine Wut wie eine Trophäe vor sich her.«

Ich setze den Stift aufs Papier, notiere mir heute aber nicht viel. Ein Gedanke hat sich in meinem Kopf festgesetzt, den ich einfach nicht loswerde. Habe ich an dem Abend zwei Gestalten auf dem Dach gesehen?

»Du fängst den Tag schon wütend an?«, frage ich Marcos.

»Ja, kommt vor …«

»Bevor dein Chef etwas gesagt hat?«

Blinzel, blinzel. Ich weiß, wohin das führt.

»Hat wohl was gesagt, am Tag davor.«

»Du bist also schon wütend, bevor du deinem Chef am Morgen begegnest, und trotzdem ist er es, der dich wütend macht?«

Ich will ihn mit der Frage provozieren. Nicht alle halten das für die richtige Vorgehensweise, wenn man mit vier Männern in einem Raum sitzt, die nachweislich eine verdammt kurze Zündschnur haben. Ich vertraue auf den Prozess.

»Ich weiß doch, wie das läuft«, antwortet Marcos und sieht zu den anderen.

Reza zupft an den Haaren auf seinem Unterarm. Gaute lässt das Haargummi schnalzen.

»Und dem willst du vorbeugen?«, frage ich Marcos.

Er reckt den Daumen in die Höhe.

»Warum?« Ich bohre tiefer nach, warum Marcos glaubt, die Wut mit nach Hause nehmen zu müssen.

»Keine Ahnung«, sagt er und dreht den Oberkörper hin und her. »Vielleicht will ich einfach nur gut vorbereitet sein.«

»Du lässt also zu, dass dein Chef zu Hause in deiner Küche das Kommando übernimmt?«

Die Frage ist eine Ohrfeige, dessen bin ich mir bewusst, die aber häufig zum Ziel führt. Wut hat nicht selten mit der Angst zu tun, die Kontrolle zu verlieren oder ungerecht behandelt zu werden. Wenn man erkennt, dass man selbst es ist, der die Autorität abgibt und andere über seine Gefühle bestimmen lässt, ist das nicht selten ein Wendepunkt.

»Ich sag mal ...«, sagt Marcos. Ich sehe, dass er nachdenkt, weiß, dass er einer von denen ist, die ihr Verhalten wirklich ändern wollen. »*Idiotas* mit Macht machen mich einfach wütend, weißt du.«

»Könntest du die Wut am Morgen einfach nach Hause schicken?«

»Äh ...?«

»Ja ...?«

»Fangfrage?«

»Was denken die anderen?«, sage ich und lasse den Blick über die Gesichter der anderen wandern. »Ist das eine Fangfrage, wie Marcos meint?«

Tore hebt die Hand.

»Theoretisch kann jeder die Wut aufhalten, wenn sie kommt.«

»Theoretisch?«

»Wenn das so einfach wäre, würde keiner von uns hier sitzen.«

»Ist es nicht einfach?«, frage ich und achte darauf, nicht herablassend zu klingen.

»Es ist meine Normalität geworden«, sagte Reza.

»Bei mir auch«, sagt Gaute und lässt das Gummi schnalzen. »Manchmal kommt es mir vor, als hätte ich vergessen, wie es ist, nicht wütend zu sein.«

Die anderen lachen, das normale Reaktionsmuster auf diesen Satz. Trotz der ernsten Lage. Die meisten wissen, dass sie auf dem Weg in den Abgrund sind und dringend umkehren müssen.

»Müssen wir alle Gefühlseinladungen annehmen, die sich melden?«, frage ich rhetorisch. »Oder sind wir es einfach nur so gewohnt, dass wir nichts anderes kennen? Manche Menschen sind mit Wut um sich herum aufgewachsen. Vielleicht gab es zu Hause viel Streit, sodass man nichts anderes erwartet. Aber was ist die letzte Konsequenz von Wut? Wie weit nach unten kann sie einen bringen?«

»Bis ganz nach unten«, sagt Reza. »Direkt in die Hölle.«

Ich hole tief Luft und spüre meiner eigenen Wut nach. Demütigungen machen so etwas mit Menschen. Die Journalisten, die wochenlang vor meiner Wohnung gelauert haben, haben mir das Rückgrat gebrochen. Die Hetze war nicht auszuhalten. Ich habe mich geweigert, nach draußen zu gehen, und mir monatelang mein Essen liefern lassen. Das Schlimmste war aber die Gewissheit, dass ich nie mehr in meinem Job arbeiten und nie das Leben bekommen würde, das ich mir wünschte.

Doch jetzt hat Absalon eine Tür geöffnet.

»Wer sind wir dort?«, frage ich. »Wenn wir uns in die Hölle führen lassen?«

Tore sieht mich an, fordert mich mit seinem Blick heraus. »Menschen, die zu grausamen Dingen in der Lage sind.«

Ein Schauer läuft über meinen Rücken. Er mag es, es gefällt ihm, sich selbst als jemanden zu sehen, der zu grausamen Dingen in der Lage ist.

»Natürlich liegt darin auch eine gewisse Kraft«, sage ich, ohne ihn aus den Augen zu lassen. »Die Tatsache, dass du in der Lage bist, das zu erkennen, befähigt dich auch dazu, dich selbst als einen Menschen zu sehen, der *die Entscheidung treffen kann, keine* grausamen Dinge zu tun. Der sich entscheidet, sich nicht von seiner Wut leiten zu lassen, sondern ein stärkerer Mann zu sein.«

Tore wirft mir einen Blick zu, als wollte er sagen »Punkt für dich«.

Wir kommen zum Ende. Ich blicke ihm nach, als er gemeinsam mit den anderen aus dem Raum geht. Er unterscheidet sich nicht von ihnen und ist doch ganz anders. Ich habe schon öfter überlegt, ob ich ihn aus der Gruppe rausnehmen sollte oder ob er meine Karriere wieder in Fahrt bringen kann.

Ehe ich den Ablauf der Stunde protokolliere, mache ich eine Übung, die mir offenbart, was mein Unterbewusstsein über die Männer und ihre Lebenssituationen zu sagen hat. Ich zeichne sie, oder besser gesagt, karikiere sie. Intuitiv fährt der Stift über das Papier, ohne dass ich richtig hinschaue. In der Regel betrachte ich erst hinterher, was ich gezeichnet habe. Manchmal sind es Kritzeleien, andere Male schreiende Dämonen. Ich werfe die Karikaturen immer weg. Die Männer würden es nicht zu schätzen wissen, so dargestellt zu werden.

Heute habe ich Probleme, mich zu konzentrieren. Worüber wollte Azora mit mir reden? Und warum war ich am Telefon so abweisend zu ihr? Außerdem quält mich die Vorstellung, dass dort oben auf dem Dach mehr als nur eine Person war. Azoras Tod triggert Erinnerungen an den Fall, an dem ich vor einem Jahr gearbeitet habe. Jens Ellingsen stand schon lange im Visier der Kripo, er wurde verdächtigt, mehrere junge Frauen vergewaltigt und getötet zu haben. Ich war als externe Beraterin hinzugezogen worden, als Profilerin, und Ellingsen entsprach voll und ganz dem Täterprofil. Deshalb empfahl ich die Festnahme. Als das Ergebnis der DNA-Analyse ihn schließlich entlastete, war es zu spät. Er hatte sich in der Zelle das Leben genommen.

Wäre ich damals nicht so verbohrt gewesen, wäre er heute noch am Leben.

Ich werfe einen Blick auf den Block und sehe, was ich gezeichnet habe. Tore als Phantom der Oper, die Hälfte des Gesichts mit einer weißen Maske verdeckt.

Ich zerreiße die Skizze und werfe sie in den Mülleimer. Räume auf, spüle die Kaffeetassen und schalte die Maschine aus. Es bläst ein heftiger Wind, als ich die Tür abschließe und nach draußen in die Nacht gehe. Meine Schritte hacken auf den Asphalt ein und übertönen das konstante Rauschen, das zu jeder Tageszeit über der Stadt liegt. In der Regel gehe ich ohne Angst nach Hause, auch wenn es draußen dunkel ist. Heute aber beschleunige ich meine Schritte, fingere am Schlüsselbund herum. Aus reinem Reflex schiebe ich die Finger zwischen die einzelnen Schlüssel, mache eine Wolverine-Faust.

Bevor ich die Straße überquere, drehe ich mich kurz um. Sehe ein Auto langsam vorbeifahren und zwinge mich selbst zur Ruhe. Mein Herz hämmert. Ich gehe immer schneller, und mit einem Mal höre ich kurz hinter mir Schritte. Sie werden schneller, wenn ich schneller werde. An der nächsten Kreuzung laufe ich bei Rot über die Ampel, ohne auf den Verkehr zu achten. Ein Fahrer hupt, aber mir ist das egal. Das Haus, in dem ich wohne, ist jetzt nur noch einen Häuserblock entfernt.

An der Haustür zögere ich nicht, fummele nicht lange mit den Schlüsseln herum. Ich gehe hinein, schließe die Tür ab und vergewissere mich, dass sie auch wirklich zu ist. Einen Augenblick bleibe ich stehen und lausche auf Schritte draußen. Fühle mich dumm, als mir klar wird, dass ich mir das alles nur eingebildet habe.

Das Geräusch des zerberstenden Schädels begleitet mich die Treppe hoch, bis in die Wohnung, bis ins Bad. Es verfolgt mich, als ich mich ausziehe und unter die Dusche gehe. Das heiße Wasser verbrüht mich fast, es prickelt auf Schultern, Armen, Rücken. Aber der Schmerz holt mich zurück in eine Art Normalität. Ich nehme die Handdusche und regele die Temperatur. Hocke mich hin, wasche mich zwischen den Beinen und sehe zum Boden der Duschkabine.

Ich bin zwei Wochen über der Zeit. Und einen Monat zu spät.

4

Am nächsten Morgen schrecke ich aus dem Schlaf. Als ich mich aufrichte, registriere ich, dass ich in voller Montur auf dem Sofa geschlafen habe. Ich blinzele ein paarmal und erinnere mich, dass ich mir einen Dokumentarfilm darüber angeschaut habe, wie die westliche Welt Afrika aktiv den Zugang zu Medikamenten erschwert. Bei meinem letzten Blick aufs Handy war es nach drei.

Das graue Licht, das durch die gardinenlosen Fenster in den Raum fällt, sagt mir, dass der Vormittag schon weiter fortgeschritten ist. Noch ehe ich richtig bei mir bin, klingelt es an der Tür, und ich stehe auf, um zu öffnen. Draußen stehen zwei uniformierte Beamte.

»Bjørk Isdahl?« Die Frau ergreift das Wort. Sie hat bronzefarbene Haut, Haare, für die ich töten würde, und tiefbraune Augen. Zwei Schritte hinter ihr steht ein Mann, ein paar Jahre älter als sie, dessen Körpersprache verrät, was er in diesem Leben alles nicht geschafft hat.

Für einen Moment starren wir uns einfach nur an, die Türschwelle wie ein Hindernis zwischen uns.

»Ja, das bin ich.« Meine Stimme zittert, und ich neige den Kopf etwas zur Seite, um zu kaschieren, dass ich gerade erst aufgewacht bin.

Die Frau stellt sich und ihren Kollegen vor, aber ich kann mir die Namen nicht merken.

»Dürfen wir einen Moment hereinkommen?« Sie ist auf eine Weise autoritär, als wollte sie sagen, dass es besser wäre, sie nicht zum Feind zu haben, wobei ihr linker Wangenmuskel beim Sprechen mikroskopisch kleine Zuckungen macht.

Ich nehme mir Zeit, ihre Ausweise zu kontrollieren.

»Worum geht es?«

»Es ist vielleicht besser, wenn wir das drinnen besprechen.«

Widerwillig trete ich einen Schritt zur Seite und lasse sie eintreten. Sie marschieren ins Wohnzimmer, ohne sich die Schuhe auszuziehen. Daran ändert auch mein demonstrativer Blick auf den Oktobermatsch auf meinem frisch geschrubbten Fußboden nichts. Die Beamten sehen sich in meinem kleinen Bunker von Zuhause um. Ihr Blick wandert vom Tisch mit den runden Feuchtigkeitsflecken zu dem Fernseher, den ich von meinen Eltern übernommen habe, bis zu den Regalen vom Sperrmüll. Der Blick der Frau verharrt einen Moment auf den Büchern des Psychoanalytikers Sándor Ferenczi, dann nickt sie und nimmt ein Buch über Charles Manson heraus.

»Worum geht es?«, fragt ich erneut, obwohl ich längst eine Vermutung habe. Ich bin mir peinlich klar darüber bewusst, wie ich aussehe. Meine Haare stehen sicher in alle Richtungen ab und dunkle Ringe unter den Augen werde ich wohl auch haben. Eine Mischung aus Mascara und den Widrigkeiten der letzten Wochen.

Sie lassen sich mit ihrer Antwort viel Zeit und gehen vor mir her in die Küche. Die Frau sieht aus dem Fenster und dreht sich dann langsam zu mir um.

»Es geht um Azora Strand.«

Genau, wie ich es vermutet hatte. Ich will mir mit der Hand durchs Haar fahren, was allerdings allgemein für ein Zeichen von Unsicherheit gilt, weshalb ich mir angewöhnt habe, es in Situationen wie dieser nicht zu tun.

»Ich weiß nicht mehr, als ich bereits gesagt habe«, beginne ich.

»Mag sein. Trotzdem würden wir gerne noch einmal über diesen Abend sprechen, den zeitlichen Ablauf noch mal durchgehen.«

Ich drücke mit zwei Fingern an die Augenwinkel. Ich weiß, wie so etwas abläuft. Sie wollen, dass ich die Geschichte mehrmals wiedergebe. Sind die Versionen identisch, können sie mich als Verdächtige ausschließen. Ich erzähle noch einmal, dass Azora mich angerufen hat, was sie gesagt hat und dass ich schließlich eingewilligt habe, sie zu treffen.

Der Beamte zieht einen Hocker unter dem Tisch hervor und setzt sich breitbeinig hin.

»Das war alles?«

»Ja.«

»Sie sind also spätabends aufgebrochen, um eine Drogenabhängige zu treffen, die Sie nicht kennen. In einer der übelsten Gegenden der Stadt?«

Seine Stimme klingt mechanisch, und er riecht nach einer Mahlzeit, die man vor einem Arbeitstag nicht essen sollte. Tausend winzige Ameisen krabbeln an meinen Armen hoch, als mir bewusst wird, dass er mir nicht glaubt.

»Das ist richtig«, sage ich. Nach den Zweifeln, die er gesät hat, klingt meine Stimme flach.

»Und davor? Was haben Sie davor gemacht?«

Ich drehe mich zur Kaffeemaschine um, hole Filter und

Kaffee aus dem Schrank und gieße Wasser hinein. Ich kann die Wahrheit sagen, dass ich zu Hause gehockt und mir selbst leidgetan habe. Wie eigentlich das gesamte zurückliegende Jahr. Dass ich erst die letzten Wochen wieder damit begonnen habe, Freunde zu treffen, und meinen liebevollen Lebensgefährten von mir geschoben habe. Nichts davon kommt über meine Lippen. Sie wissen, wer ich bin. Insbesondere der männliche Kollege mit den zusammengezogenen Augenbrauen scheint mir sagen zu wollen, dass er weiß, was ich getan habe, und mich dafür verabscheut.

Die Frau spannt die Kiefer an, ihre Muskulatur zuckt.

»Wo waren Sie vorher an diesem Abend?«

»Hier.«

»Sie hat ohne jede Vorwarnung angerufen?«

»Das ist richtig.«

»Und Sie kannten sie nicht?«

Ich seufze tief. Wiederhole die Erklärung über die Drogenklinik. Nehme mir einen Kaffeebecher und gieße mir ein, ohne den beiden etwas anzubieten. Sie machen mich nervös. Ich frage mich, warum sie wirklich hier sind. Es kann nicht nur um die Wiederholung meiner Zeugenaussage gehen.

»Haben Sie an jenem Abend noch mit anderen Leuten gesprochen?«, fragt die Beamtin.

»Wie meinen Sie das?«

Ich halte den Becher mit einer Hand vom Körper entfernt, um entspannt zu wirken. Ein Schweißtropfen rinnt vom Hals zwischen meine Brüste, ich widersetze mich aber dem Drang, ihn wegzuwischen.

»Hatten Sie andere Gespräche?«

»Mit der Polizei.«

»Und früher am Abend?«

»Was hat das mit dem Fall zu tun?«

»Ich weiß, dass das merkwürdig wirkt«, sagt die Frau mit einem Blick, als wären wir plötzlich gute Freunde. »Es ist aber wichtig, dass wir alle Details bekommen.«

»Das ist überhaupt nicht merkwürdig«, antworte ich und hebe das Kinn. »Wie Sie wissen, bin ich als Psychologin auf die Analyse von Verhaltensmustern spezialisiert. Ich habe für die Polizei gearbeitet.«

Sie tauschen kurze Blicke. Manche Leute sehen in Profilern so etwas wie Wahrsager. Ich weiß noch, wie erstaunt ich war, als ich bei der Kripo anfing, dass viele meiner Kollegen sehr überrascht darüber waren, dass die Polizei mich hinzugezogen hatte. Es ist in Norwegen ziemlich ungewöhnlich, Spezialisten wie mich anzuheuern. Die meisten gehen davon aus, dass sich ein Studium des kriminellen Verhaltens eigentlich nur dazu eignet, Serienmörder und Brandstifter zu finden, und davon haben wir hier nicht viele. Absalon Lund hingegen, der entgegen der öffentlichen Meinung der Ansicht war, dass sie jemanden wie mich im Team brauchten – ein Hüne von zwei Metern Größe, mit roten Haaren und passendem Bart –, glaubte an mich. Er wusste, dass ich gut darin war, zu erkennen, was die Leute zu verbergen suchten, und wir waren wirklich ein verdammt gutes Team. Bis ich Mist baute.

Die Frau wird etwas milder. Gespielt, aber sie gibt sich Mühe, das muss ich ihr lassen.

»Wissen Sie was? Wir fangen noch einmal von vorne an.« Sie wirft einen Blick auf die Kaffeemaschine. »Das riecht gut. Könnte ich auch einen Kaffee bekommen?«

Widerwillig schenke ich ihr eine Tasse ein und reiche sie ihr.

»Ich bitte nur um einen Gefallen«, sagt sie. »Beantworten Sie einfach die Fragen, die wir Ihnen stellen.«

Mir wird klar, dass es Ewigkeiten dauern wird, wenn ich nicht nachgebe.

»Okay«, sage ich. »Ich war an diesem Abend allein zu Hause. Habe ich Probleme mit Freunden? Nein. Ein Alkoholproblem? Auch nicht. Eigentlich trinke ich nichts mehr, seit ich weiß, was Alkohol mit dem Körper anstellen kann. Als Azora anrief, hatte ich absolut keine Lust, nach draußen zu gehen, aber irgendwie tat sie mir leid. Ich habe mit Drogenabhängigen gearbeitet. Die meisten kriegen wirklich kaum Unterstützung.«

Das Gesicht des Mannes wird rot.

»Aber Sie kümmern sich um die?«

»Und jetzt sind Sie dran«, sage ich, stelle meinen Becher auf die Anrichte und verschränke die Arme vor der Brust. »Worum geht es hier eigentlich?«

Die Frau sieht mich direkt an.

»Es wurde ein Foto gefunden.«

Ein Stechen in der Brust. Das ist nicht gut, das kann nicht gut sein.

Ich halte die Luft an, während sie einen Plastikbeutel aus der Innenseite ihrer Uniformjacke nimmt. Darin liegt das Foto einer Frau mit blondem Pferdeschwanz. Sie sitzt allein auf dem Dach der Oper, trägt ein blaues Sommerkleid und klassische Dr. Martens. Neben ihr steht ein Pappkaffeebecher. Sie blickt abwesend über den Fjord. Die Frau auf dem Foto bin ich.

»Oh, dann hat sie mich also gestalkt«, sage ich und denke, dass das Foto im letzten Sommer aufgenommen worden sein muss. »Wie ich Ihnen schon gesagt habe …«

»Sehen Sie sich die Rückseite an«, unterbricht die Frau mich.

Mit unsicheren Fingern drehe ich das Foto um. Lese den Satz, der quer über die Rückseite gekritzelt ist.

Ich weiß, warum du Albträume hast.

»Nur Unsinn«, sage ich, während sich vor meinen Augen alles zu drehen beginnt.

Jemand redet, ich weiß nicht, wer von beiden.

»Sind Sie sich sicher, dass Sie sich nicht doch besser kannten?«

Ich *bin* mir sicher. Azora kannte mich nicht und ich habe nie mit irgendeinem Außenstehenden über meine Albträume gesprochen.

5

»Könnte es auch ein chemisches Ungleichgewicht im Gehirn sein?«

Ich sitze auf Empfehlung der obersten Behörde für Fälle wie meinen bei meiner Psychologin, einer zierlichen gebürtigen Koreanerin mit Pagenschnitt. Ihr eilt der Ruf voraus, selbst der unsichersten Seele noch Selbstvertrauen einzuflößen, einen echten Durchbruch hatten wir zwei bislang aber noch nicht.

»Chemisches Ungleichgewicht? Wie kommen Sie darauf?«

Sie zupft ihr burgunderrotes Kleid zurecht, ehe sie sich setzt und die Beine übereinanderschlägt. Fachlich ist sie sicher gut, aber ihre beherrschten Gesten wecken bei mir immer Assoziationen von Herdentieren.

»Ich habe gelesen, dass Träume oft von Hormonen gesteuert werden und …«

Mir schießt durch den Kopf, dass eine ausgebliebene Menstruation zum Beispiel ein solches Ungleichgewicht auslösen könnte. Sind die Albträume schlimmer geworden, weil ich schwanger bin?

»Die Träume kommen häufiger?«, fragt die Psychologin wie ein Echo meiner Gedanken.

Ich nicke. »In letzter Zeit fast jede Nacht. Das zehrt.«

»Irgendwelche außergewöhnlichen Ereignisse im Tagesablauf?«

Ich habe keine Lust, von Azora zu erzählen, bin noch nicht so weit, das Ereignis einem Außenstehenden zu erklären.

»Der Ellingsen-Fall liegt jetzt ein Jahr zurück«, antworte ich. »Liegt es daran?«

»Sie stehen im Regen, vom ganzen Land vor die Tür gejagt. Wie fühlt sich das an?«

Sie streicht mit einer Hand über das Notizbuch, legt es auf die Oberschenkel und formuliert ihre Worte als Frage.

Ich muss nicht lange nachdenken.

»Als ob ich es verdient hätte.«

Ich wundere mich wieder einmal, dass dieser Raum absolut geruchsneutral ist. Dass sie völlig geruchsneutral ist. Natürlich sollten Therapieräume neutral sein, wie die Therapeuten auch, aber ich vermisse einen Duft, an dem ich mich festhalten kann.

»Es war seine eigene Entscheidung, sich das Leben zu nehmen«, sagt die Psychologin und reißt mich aus meinen Gedanken.

»Weil ich ihn als Mörder abgestempelt habe.«

»Was wäre die Konsequenz gewesen, wenn er nicht in Untersuchungshaft gekommen wäre?«

»Es gab Menschen, die ihn geliebt haben, seine Frau und eine Tochter.«

»Und wenn er nicht in Untersuchungshaft gekommen wäre?«

Das ist mein wundester Punkt, und seitdem ich hierherkomme, suche ich nach einer Antwort auf diese Frage.

»Wir wären uns nicht so sicher gewesen.«

»Und Sie? Welche Konsequenzen hätte das für Sie persönlich gehabt?«

Wir haben schon öfter darüber gesprochen. Mit variierenden Antworten meinerseits. Ich könnte sagen, dass ich unter Zeitdruck ein Urteil abgegeben habe, weil Eile geboten war, den Mann festzunehmen, der zwei Mädchen vergewaltigt und getötet hatte. In Wahrheit aber hatte ich Angst, es könnte der Eindruck entstehen, dass ich mich nicht auf meine eigenen Fähigkeiten verlassen kann.

»Alles hat Konsequenzen«, sage ich. »Egal, was man tut.«

Die Psychologin richtet den Notizblock aus, ihre schlanke Hand schreibt mit langsamen Bewegungen. Zeichnet sie, wie ich es mache? Nimmt da auf dem Papier gerade eine Hyäne Gestalt an? Oder ein träger Tintenfisch, der seine Tentakel in alle Richtungen ausstreckt? Aber vielleicht kritzelt sie ja auch nur Kreise und denkt ans Abendessen.

»Vor ein paar Tagen hatte ich das Gefühl, dass mir auf der Straße jemand gefolgt ist«, sage ich, um irgendwie vom Thema Ellingsen wegzukommen, aber auch als eine Art Selbstkasteiung. Ich will aus ihr herauslocken, ob sie glaubt, dass mit mir etwas nicht stimmt.

»Tatsächlich oder eingebildet?«

Sie zweifelt also tatsächlich an mir.

»Wahrscheinlich Letzteres«, sage ich und strecke meinen Rücken. »Aber für Sie scheint das ja ohnehin klar zu sein.«

»Wie kommen Sie darauf?«

Ich könnte wetten, dass sie sich dümmer stellt, als sie ist. Wenn ich so in meiner Aggressionsbewältigungsgruppe auftreten würde, hätte ich schon längst einen Anpfiff kassiert.

Mein Tonfall wird trotzig, wie bei einem Kind.

»Ich komme jetzt schon seit zehn Monaten hierher.«

»Ich will nur eruieren«, sagt die Psychologin ruhig wie immer, nicht bereit, sich in meine Krankheitsgeschichte hineinziehen zu lassen, »ob eine reelle Gefahr besteht und wir die Polizei informieren müssen, oder …«

»Oder ob ich krank bin?«, presse ich heraus. »Wollen Sie darauf hinaus? Ist es das, was Sie sich in Ihrem verdammten Buch notieren?«

»Meinen Sie krank wie …«

»Stimmt was nicht mit mir?«, spucke ich aus. »Mir sind schon viele kranke Menschen begegnet. Die meisten sind sich noch nicht einmal im Klaren darüber, schieben die Schuld auf alles Mögliche andere.«

Wir sitzen stumm voreinander, während ich auf das Urteil warte, die Wahrheit.

»Sie sind bei Weitem nicht die erste Polizistin, die hier sitzt und sich für ein verlorenes Menschenleben verantwortlich fühlt«, sagt sie.

Ich halte die Luft an.

»Das ist ein prinzipielles Risiko Ihrer Arbeit. Während der Ermittlungen müssen Sie ständig mit komplizierten Situationen umgehen. Spuren verschwinden, Zeugen erinnern sich nur lückenhaft, verzerren, was sie gesehen haben, werden von anderen Ereignissen beeinflusst, von Sachen, die sie gelesen haben. Was immer die Leute behaupten, das Gedächtnis ist niemals hundertprozentig vertrauenswürdig.«

Ich reibe mir übers Gesicht. Atme tief ein.

»Trotzdem sind wir von Zeugenaussagen abhängig, von Alibis und Personenbeschreibungen.«

»Sie wissen doch, wie das ist«, sagt sie. »Selbst der Klassenbeste irrt sich mal. Sie haben Ihr Urteil unter anderem aufgrund der Beobachtungen anderer gefällt, das dürfen Sie nicht vergessen.«

»Mmh ...«

»Gönnen Sie sich zwischendurch auch mal Ruhepausen?«

Natürlich nicht. Ich komme mir idiotisch vor, weil ich mich wieder mal habe aufscheuchen lassen.

»Ich könnte den Arzt bitten, Ihnen ein Rezept auszustellen ...« Die Psychologin zögert, weiß, dass der Vorschlag nicht bei mir fruchtet, weil ich chemische Substanzen meide, wo ich kann.

Ohne eine Antwort zu erwarten, fragt sie: »Haben Sie wieder mit Meditation angefangen?«

»Ich probiere es«, sage ich, schließe die Augen, fühle einen schmerzenden Punkt hinter den Augenlidern.

»Sport?«

»Unregelmäßig.«

»Sie haben mal erzählt, dass Sie Karikaturen von den Männern in Ihrer Gruppe zeichnen«, wechselt sie abrupt das Thema.

Ich öffne die Augen. »Ja ...«

»Die Männer kriegen die Zeichnungen aber nicht zu sehen, oder?«

»Natürlich nicht.«

»Was, glauben Sie, würde passieren, wenn sie davon Wind bekämen?«

Ich rutsche auf die Stuhlkante vor.

»Kommt vermutlich auf die Zeichnung an.«

»Wären sie verletzt? Sagen wir mal, bei einer nicht ganz so freundlichen Zeichnung?«

»Garantiert.«

Die Psychologin zuckt mit keiner Wimper, als sie sagt: »Interessant daran ist eigentlich die Frage, wieso Sie dieses Risiko eingehen?«

Mein Herz schlägt schneller, sie durchschaut mich direkt. Weiß, wer ich bin, was ich bin.

»Weiß ich nicht«, stammele ich.

»Wissen Sie, was ich glaube?«, fragt sie.

Stille.

»Ich glaube, Sie wollen bestraft werden.«

6

Nach der Therapiestunde gehe ich runter nach Grønland, zurück zu dem staubfarbenen Gebäude.

Als ich den Mann neben dem Container sehe, bleibe ich abrupt stehen und merke, wie verletzlich ich mich fühle, wenn ich allein bin. In einer schmutzigen Jeans und mit gebeugten Knien starrt er auf den schwarzen Fleck auf dem Boden. Wie in Zeitlupe rückt er seine blaue Wollmütze zurecht.

Ich nähere mich langsam. Als ich fast bei ihm bin, zuckt er zur Seite und reißt die Arme hoch, als wolle er sich schützen.

Ich hebe beschwichtigend meine Hände.

»Ich wollte Sie nicht erschrecken.«

Sein Hals ist sehnig, seine Augen haben die Farbe von Scheibenwischwasser, das Gesicht ist das eines großen Kindes. Wie alt mag er sein? 35? 65?

Dann fällt auch mein Blick auf den schwarzen Fleck.

»Kannten Sie sie?«

Sein Kopf wippt in verschiedene Richtungen.

»Mein Beileid«, sage ich in Ermangelung von etwas Einfühlsamerem.

Er starrt wieder auf den Boden. Ich strecke die Hand aus, um mich vorzustellen, belasse es aber bei dem Schulterklopfen. Ich schäme mich, weil ich kein Stück besser bin als alle anderen, für die Drogensüchtige und Obdachlose Füllmaterial im Stadtbild sind, transparente Schatten, von der Welt abgeschnitten, in der die normalen Menschen leben.

»Mein Name ist Bjørk«, sage ich schließlich.

Er sieht mich misstrauisch an. »Charlie.«

»Wart ihr zusammen unterwegs?«, frage ich und suche verkrampft nach Worten, die auf die Straße passen.

Er nickt, schlurft ein paar Schritte weg, bleibt stehen. Ich sehe mich um, als wäre ich zum ersten Mal hier, schaue zu den Dächern hoch und versuche, die Emotionen vom letzten Mal wachzurufen.

»Was hat sie hier gemacht?«, frage ich.

Charlie hebt seinen Arm, streckt ihn aber nicht ganz aus. Er zieht die Hand dicht am Körper hoch, als wollte er nicht zu viel Platz beanspruchen. Ein Finger deutet schließlich auf die Treppe.

Die gelben Zähne in seinem offenen Mund stehen kreuz und quer.

»Schlafen, auf dem Dach«, sagt er.

»Auf dem Dach? Warum?«

»Warme Luft … und ein kleineres Risiko, überfallen zu werden.«

Die Information schockiert mich, ich ziehe den Schal höher ans Kinn.

»Sie hat mich angerufen«, sage ich. »War aber tot, bevor ich mit ihr reden konnte.«

Charlie mustert mich, als würde er am Wahrheitsgehalt meiner Aussage zweifeln. Zum ersten Mal begegnen sich unsere Blicke für mehr als eine halbe Sekunde und ich fühle mich total fehl am Platz.

Ich rufe mir das Gespräch mit Azora in Erinnerung. War da Angst in ihrer Stimme? Verzweiflung? Warum war ihr so daran gelegen, mich an diesem Abend zu sehen? Mir fällt noch etwas anderes ein, das seit dem Vorfall in meinem Kopf herumspukt. Ihr Schrei. Schreit man so, wenn man sich freiwillig zum Sprung entschlossen hat?

»Weißt du, ob sie Probleme hatte?«, frage ich.

»Außer dass sie auf der Straße gelebt hat, oder was?«

Meine Wangen glühen. »Angekommen«, sage ich. »Ich wollte damit sagen … hatte sie Angst vor jemandem?«

Er scheint mich nicht zu hören. Mit ruhigen Bewegungen zieht er eine Selbstgedrehte unter der Mütze hervor und zündet sie an.

»Ich muss nicht antworten.«

»Nein«, sage ich. »Ich versuche nur herauszufinden, wer sie war, wie sie war.«

»Gut«, sagt er schließlich und zieht an der Zigarette, die er zwischen Daumen und Zeigefinger hält, von der Handwölbung geschützt.

»Gut? Inwiefern?«

»Und lebhaft.«

Charlie ist nicht sehr gesprächig, was ich ihm nicht verdenken kann. Wenn ihm jemand solche Fragen stellt, dann vermutlich nicht zu seinem Besten. Er starrt nervös die Fassade hoch, schwankt unruhig hin und her und spuckt zur Seite aus.

Ich habe eine Ausbildung und die Erfahrung in der Arbeit mit Süchtigen, aber um ehrlich zu sein, fand ich die Karriere als Profilerin immer weitaus attraktiver. Aus einem Tatort die Persönlichkeit eines Täters herauszulesen, Muster in seinem kriminellen Verhalten zu ergründen, den nächsten Schritt eines Mörders auszurechnen. Das war viel interessanter, als Menschen zu helfen, denen es in neun von zehn Fällen egal ist.

»Die Beerdigung ist morgen«, sagt Charlie. »Kommst du auch?«

Beerdigung. Das Wort breitet sich in meinem Mund aus wie ein bitterer Geschmack.

Ich habe keine Kirche mehr betreten, seit meine Eltern vor drei Jahren gestorben sind. Noch nicht einmal an ihrem Grab bin ich seitdem gewesen. Ich möchte nicht an den erschütternden Anblick der beiden Särge erinnert werden.

Mama und Papa haben eine ungewöhnlich harmonische Ehe geführt, die fast dreißig Jahre gehalten hat. Als ich einmal unangemeldet nach Hause kam, hörte ich sie streiten. Ich stand benommen im Windfang und habe ihren Stimmen gelauscht. So hitzig hatte ich sie noch nie miteinander streiten hören. Der Gedanke daran schnürt mir immer noch die Luft ab. Ich bin über den Schuhen und Stiefeln zusammengesackt und erst wieder zu mir gekommen, als sie mich dort gefunden haben. Wir haben nie über den Vorfall gesprochen und ich habe sie nie wieder ihre Stimmen gegeneinander erheben hören. Manchmal frage ich mich, ob das der Zeitpunkt war, an dem die Albträume begannen. Der Moment, in dem ich erkannte, dass meine Eltern auch nur ganz normale Menschen sind.

Charlie wartet noch immer auf meine Antwort. Er hat die Selbstgedrehte bis an die Finger geraucht, schmeißt die Kippe weg und tritt sie auf dem Boden aus.

»Sicher«, sage ich, bezweifle aber, dass ich kommen werde. »Hatte sie vielleicht Stress mit jemandem aus dem

Milieu?«, frage ich und denke daran, dass da möglicherweise noch jemand anders auf dem Dach gewesen sein könnte. Ein Streit um Drogen, vielleicht.

Charlie dreht sich um, zieht seine Hose hoch. »Irgendwas stimmte wohl nicht.«

»Hatte sie Angst vor irgendwas?«

»Nichts, weswegen sie gesprungen wäre«, sagt er. »In dem Fall hätte sie das schon längst getan.«

»Warum?«

»Die Nächte«, sagt Charlie.

»Die Nächte?«

»Die waren am schlimmsten.«

»Inwiefern?«, frage ich, obwohl ich es mir denken kann.

»Albträume«, sagt Charlie. »Sie hatte schreckliche Albträume. Die haben sie verrückt gemacht, sie hat öfter gesagt, dass sie nicht mehr kann.«

Mein Zwerchfell verkrampft sich.

»Hat sie dir von ihren Träumen erzählt?«, frage ich mit heiserer Stimme und bereue sofort, dass ich die Frage gestellt habe, weil ich die Antwort eigentlich gar nicht wissen will.

»Schnee«, sagt er. »Sie hatte unheimliche Träume von Schnee.«

Das Licht um uns verändert sich, meine Stimme versagt. Azora kannte meine Albträume und auch sie hat von Schnee geträumt. Das kann doch kein Zufall sein? Kann eine hochgradige Drogensüchtige, die kaum noch Verbindung zur Wirklichkeit hat, die gleichen Träume haben wie ich?

Das ist doch nicht möglich. Wir können nicht denselben Traum haben. Der Winter ist die übelste Jahreszeit für Junkies und Obdachlose. Ich überlege, ob das Ganze auf einem großen Missverständnis meinerseits beruht, erinnere mich dann aber plötzlich wieder an die Nacht in der Klinik, als Azora verschwand und wir sie überall suchten. Patienten hauen immer wieder ab, das ist nicht ungewöhnlich, ein Entzug ist schlimmer, als manch einer sich vorstellen kann. Zusammen mit einem Pfleger folgte ich ihren Spuren durch den Schnee in den Wald hinein. Nur in einen Schlafanzug gekleidet, saß sie stark unterkühlt an einen Baum gelehnt.

Charlie glotzt mich an, will nach mir greifen, aber ich weiche zurück. Steuere auf die Treppe zu, die hoch aufs Dach führt, während er mir einen langen Blick hinterherwirft. Er legt zum Abschiedsgruß zwei Finger an die Stirn und zieht sich im Rückwärtsgang zurück.

Die Gattertür am oberen Ende der Treppe ist verriegelt. Ich schiebe einen Fuß zwischen die Gitterstäbe und klettere auf die andere Seite. Die Angeln quietschen vor Feuchtigkeit, auch wenn das Hindernis nicht sonderlich schwer zu überwinden ist. Für eine unter Drogen stehende Person dürfte es aber schwieriger sein, sich über den schmalen oberen Rand zu hieven. Ich frage mich, wie Azora das geschafft hat.

Auf der anderen Seite gehe ich erst einmal in die Hocke und bleibe so sitzen. Ich kann direkt in die Büroräume auf der anderen Straßenseite schauen. Hinter mehreren Fenstern brennt Licht, aber nur eins ist offen. Dahinter sitzt eine Frau und tippt auf einer Computertastatur. Ich bilde mir ein, das Klappern der Tasten zu hören wie aufeinanderschlagende Zähne. Mein Körper reagiert augenblicklich, ich beginne zu zittern. Was mache ich hier eigentlich? Ich bin keine Kriminaltechnikerin, habe kein Recht, hier zu sein. Wenn Azora in einem Drogenstreit gestorben ist, riskiere ich eine Anzeige wegen Kontaminierung des Tatortes. Das wäre nur Wasser auf die Mühlen der beiden Polizeibeamten, die so schon glauben, dass ich etwas mit Azoras Tod zu tun habe.

Meine Schläfen pochen. Dabei war ich einfach nur zur falschen Zeit am falschen Ort.

Genau wie Ellingsen.

Und jetzt bin ich an den Tatort zurückgekehrt.

Mir fallen tausend Gründe ein, wieso das eine ganz schlechte Idee ist, trotzdem bleibe ich. Muss herausfinden, was mit Azora passiert ist. Was sie über meine Albträume wusste. Vielleicht finde ich ja an dem Platz, an dem Azora ihre Nächte verbracht hat, irgendwelche Hinweise.

Gebückt schleiche ich weiter, sehe aber immer wieder zu der Frau im Büro, um zu schauen, ob sie mich bemerkt hat. Sie hält den Blick gesenkt, streicht sich eine Locke hinters Ohr und starrt auf den Bildschirm. Ich höre Gitarrenklimpern, eine melancholische Tonfolge, die unbeantwortet bleibt. Dann bleibe ich stehen, schlucke. Mein Mund ist trocken. Morgen rufe ich Absalon an. Wenn er noch immer ein schlechtes Gewissen hat, zieht er das Treffen vielleicht vor. Wenn ihm noch etwas an mir liegt, könnte ich ihn nach Azora fragen.

Die Dachterrasse ist größer als erwartet, und schon auf den ersten Blick wird mir klar, dass Azora hier unmöglich aus Versehen runtergefallen sein kann. Die Umrandung ist auf drei Seiten brusthoch, die vierte Seite bildet die bemalte Mauer des benachbarten Wohnhauses. In einer Ecke sind Holzbänke und Tische gestapelt. Offensichtlich der sommerliche Pausenraum für die Angestellten im Haus.

Lärmende Sommerfeste, Frauen in sexy Sommerkleidern, heiße Kerle in taillierten Hemden. Drinks und strahlende Gesichter. Fast rieche ich noch den Zigarrenqualm in der Luft.

Links von der Treppe ragt das obere Ende eines Lüftungsschachts auf, ein großer grauer Metallkasten, der ein monotones Brummen von sich gibt. Es dämpft die Geräusche von der Straße und übertönt die Gitarrenklänge. Auf dem Boden neben dem Kasten liegen zerrissene Pappkartons, aufgeweicht vom Regen. Was hat Azora in den Nächten gemacht, in denen es zu nass war, um unter freiem Himmel zu schlafen?

Ich stelle mich vor das Lüftungsgitter und lasse mir die warme Luft wie eine Frühlingsbrise ins Gesicht blasen. Schaue über die Stadt, aus der das Oslo Plaza und das Postgirogebäude wie zwei leuchtende Finger aus einer Faust herausstechen.

Azora ist nicht gefallen, sie ist gesprungen oder wurde geschubst.

Der Metallkasten wackelt bedenklich, trotzdem steige ich darauf und trete von dort mit einem Schritt auf die schmale Mauer und hocke mich hin. Mein Magen zieht sich zusammen, ich schwanke in Richtung Innenhof. Zum Container, dem Abfall, dem Asphalt, auf dem mein Schädel zerplatzt, wenn ich falle. Ich atme ganz ruhig ein und aus, weiß, dass ich nur kontrollierte Bewegungen machen darf.

Solange ich zurückdenken kann, hatte ich schon immer das Gefühl, dass mit mir etwas nicht stimmt und ich nicht wie die anderen bin. Als Kristian in mein Leben trat, wurde es besser, und dass Abs mir einen Platz in seinem Team angeboten hat, hat den Glücksrausch noch verstärkt. Aber

Glück ist kein natürlicher, kein dauerhafter Zustand, heißt es, früher oder später vergeht es. Und auch ich bin nicht immun dagegen.

Ich bleibe eine Weile auf der Mauer hocken. Fühle mich erbärmlich, wissend, dass ich nicht rational denke. Dann, die Arme seitwärts ausgestreckt, die Füße schulterbreit aufgestellt, suche ich meinen inneren Balancepunkt und richte mich auf. Ganz vorsichtig beuge ich mich vor, wohl wissend, dass ein einziger Windstoß, der sich in meinem Parka verfängt, reicht, mich von den Füßen zu holen. Es kribbelt in meiner Brust, zugleich fühle ich mich lebendiger denn je. Solange ich die Angst akzeptiere, lebe ich. Die meisten Menschen verstehen nicht, dass es genau das ist, was das Leben so verdammt schwierig macht.

Sirenen durchschneiden die Dunkelheit. Mir wird schwarz vor Augen, ich stoße ein Wimmern aus. Nicht nur das Geräusch des zerplatzenden Schädels hat sich in mein Gedächtnis eingebrannt, auch Azoras Schrei ist unmöglich auszuradieren. Das war nicht der verzagte Schrei eines Menschen, der beschlossen hat, sein Leben zu beenden. Sie klang überrascht, voller Todesangst. Das wird mir jetzt klar. Hätte Azora sich für Selbstmord entschieden, hätte sie nicht auf diese Art geschrien.

Sie ist nicht gefallen, nicht gesprungen. Sie wurde von der Mauer gestoßen.

Ich wackele kurz, finde aber das Gleichgewicht wieder, springe auf den Lüftungskasten und weiter auf die Terrasse, wo ich mich auf den ausgebreiteten Karton knie, bis ich wieder ruhiger atme. Als ich die Pappe zur Seite schiebe und meine Handytaschenlampe einschalte, sehe ich, dass der Beton darunter kreuz und quer mit Rillen übersät ist. Sterne, Figuren, Worte. Und Namen. Espen, Charlie, Evelyn. Manche deutlich zu erkennen, andere krakelig und durchgestrichen, unmöglich zu deuten. Die Kritzeleien einer unter Drogen stehenden Frau. Ich mache Fotos und schalte das Licht aus, atme ein paarmal tief ein und aus und schließe die Augen.

Mein Name steht nirgends.

Während ich so dasitze und die Dunkelheit sich auf mich senkt, öffne ich Gefühlen die Tür, an die ich mich die letzten Monate nicht herangetraut habe. Die Leere, die mich umfängt. Kristian, den ich weggeschoben habe. Mama und Papa, die nicht mehr leben. All die Menschen, die mich hassen. Leben, die ich zerstört habe. Und zugleich – was habe ich für ein Recht zu klagen? Ich besitze trotz allem eine warme Wohnung, in die ich mich zurückziehen kann. Azora hat ihre Nächte allein hier oben verbracht. Bei der Kälte hat sie den schwach erleuchteten Nachthimmel vielleicht gar nicht wahrgenommen.

Ich will morgen nicht nur Absalon anrufen, sondern auch einen Schwangerschaftstest kaufen und mich bei Kristian melden, damit wir das hier auf eine gute Weise abschließen können.

Als meine Finger völlig durchgefroren sind und ein leichter Nieselregen einsetzt, öffne ich die Augen. In der Ecke sehe ich den Stapel Bänke und Tische. Mein Blick nimmt eine Bewegung wahr. Je konzentrierter ich zwischen die Bretter spähe, desto sicherer bin ich. Da ist etwas. Augen? Ein Tier? Angst baut sich in mir auf und verzögert meine Entscheidung zu handeln, ich werde beobachtet, bin mir sicher, dass ich nicht allein bin. Zusammengekauert unter einem der Tische, dicht an die Wand gedrückt, sitzt jemand.

In einer chaotischen Sekunde wirbeln alle Gedanken in meinem Kopf durcheinander. Ich will aufspringen, zwinge mich aber, ganz ruhig sitzen zu bleiben und kontrolliert zu atmen. Den Blick auf die Pappunterlage gerichtet, nicht auf den Tisch. Vielleicht hat die Person noch nicht mitbekommen, dass ich sie gesehen habe.

Ich habe nur die Augen gesehen, wie körperlos. Jetzt traue ich mich nicht, den Blick zu heben. Ist das jemand, der Azoras Schlafplatz übernehmen will, nachdem sie nicht mehr da ist? Oder derjenige, der sie vom Dach gestoßen hat?

Mir bleiben zwei Möglichkeiten. Ich kann lossprinten oder zur Treppe schlendern, als ob nichts wäre. Renne ich, habe ich vielleicht einen Vorsprung, das Metallgatter wird mich aber ausbremsen, genauso die glatten Stufen. Und spätestens dann weiß die Person sicher, dass ich sie gesehen habe.

Vorsichtig, mühsam den Blick zu den Tischen meidend, lege ich eine Hand auf die Pappunterlage und stemme mich hoch. Meine Stiefel scharren über den Beton, als ich gemächlich zur Treppe schlendere, alles andere als sicher, ob die Person sich mir nähert. Ich gehe ganz langsam. Erst, als ich weit genug unten bin, laufe ich los.

7

Herdis redet ohne Punkt und Komma, seit ich vor einer Stunde gekommen bin, und ist nur dann still, wenn sie einen Zug von ihrer Zigarette nimmt. Die Worte und der Rauch ersticken mich, trotzdem tut es mir gut, bei Herdis und den Kindern zu sein. Sie hat gebacken. Der Duft schiebt sich hartnäckig durch den Qualm, während sie mir ein Update über all das gibt, was normale Menschen tun. Bei Herdis bekomme ich immer bestätigt, dass ich normale, real existierende Freunde habe und es ein anderes Leben gibt. Eine Welt, von der auch ich ein Teil werden kann, wenn ich es nur will. Gleichzeitig erinnert es mich aber auch daran, warum ich nie Kinder haben wollte. Dabei mag ich ihre Zwerge. Nur fehlt mir die Geduld für ihr Genörgel und ihre ständig laufenden Nasen. Ich will mein Leben für bedeutende Dinge nutzen. Natürlich bringt Herdis immer wieder das Argument, dass ich keine Ahnung habe, was ich verpasse, ich glaube aber, diesen Punkt sehr gut einschätzen zu können. Ein Leben mit kleinen Kindern ist nichts für mich.

Zwischendurch sieht sie mich mit diesem fragenden Blick an, als würde sie spüren, dass ich meine Tage nicht bekommen habe. Mütter haben einen siebten Sinn für so etwas. Nach jedem Zug von der Zigarette warte ich nur darauf, dass sie fragt. Aber sie tut es nicht, und ich sage nichts, denn dann wird sie nicht eher ruhen, bis ich ihr versprochen habe, das Kind zu behalten.

Ich drücke mich noch tiefer in das weiche Sofa, ziehe die Beine unter mich und kuschele mich in die südländischen Kissen. Trotz des Zigarettenqualms, der bestimmt noch ewig in meinen Klamotten hängen wird, spüre ich, wie ich mich entspanne und mein Kopf sich beruhigt. Für eine Weile gelingt es mir sogar, den Anblick von Azoras Leiche zu verdrängen. Und das Geräusch des Schädels beim Aufprall.

»Mist, das habe ich ja total vergessen!« Herdis springt auf und verschwindet in der Küche.

»Ich habe Veslemøys Cupcakes gebacken«, sagt sie, als sie mit einem Tablett voller Kalorien zurückkommt.

»Mamas Cupcakes mit den Schokoladenstückchen?«, frage ich und hoffe, dass meine Stimme trägt.

»Ja, sie hat mir doch das Rezept verraten, weißt du nicht mehr?«

Ich erinnere mich nicht, aber passen würde es schon. Im Gegensatz zu mir war Mama eine verdammt gute Köchin. Ich sehe sie mit ihrer Schürze und den bemehlten Händen vor mir in ihrer glänzend reinen Küche. Immer ein paar aufmunternde Worte und warmen Kuchen parat, wenn ich wieder mal gemobbt worden war. Es ist ein Wunder, dass ich nicht über den Schulhof rollen musste.

Herdis lässt sich zu mir aufs Sofa fallen und schnappt sich in derselben Bewegung zwei Cupcakes.

»Wenn ein Mann mich doch nur so befriedigen könnte, wie es schnelle Kohlenhydrate tun«, sagt sie und leckt die Glasur vom Gebäck, als wollte sie die Geräusche des Kinderprogramms nachahmen. »Vielleicht könnte ich dann auch die Diät machen, von der ich immer rede.«

Ich tue so, als wäre ich satt, aber sie drückt mir einen Cupcake in die Hand.

»Und, schmecken sie wie bei Veslemøy?«, fragt sie.

»Mamas hatten kein Kokaintopping«, sage ich und puste eine Puderzuckerwolke in die Luft.

»Das gleicht die Kalorien aus.« Herdis zwinkert mir zu und lacht warm und tief.

Wir albern herum, machen regelrecht einen Wettbewerb aus unseren dummen Bemerkungen. Ich habe fast vergessen, wie gut es sich anfühlt, dabei ist es gar nicht so lange her, dass wir uns gesehen haben. Sie ist eine der wenigen, die mir erhalten blieben, als alles in sich zusammenbrach, und genau dafür liebe ich sie.

»Erzähl«, sagt sie, nachdem sie sich mit den Zuckerbomben gemästet hat, und auch ich, um den Schein zu wahren, einen Cupcake gegessen habe. Sie schmiegt sich auf dem Sofa an mich. »Wie geht es dir wirklich?«

Das »wirklich« bedeutet, dass sie die Wahrheit hören will, nicht die sonst üblichen Standardphrasen.

Bevor ich den Mund öffnen kann, legt sie mir dann aber die Hand auf den Arm und fragt: »Hast du was von Kristian gehört?«

Ich blase die Wangen auf. »Über den will ich nun wirklich nicht reden.«

»Ist ja gut, ich dachte nur …«

»Nein.«

»Ich weiß, wir haben schon einmal darüber geredet, aber ich verstehe einfach nicht …« Sie sucht nach den richtigen Worten. »Und komm nicht wieder mit dem Blödsinn, dass du dich in harte, jagende Naturburschen verliebst. Du isst ja noch nicht mal rotes Fleisch.«

Ich tue so, als hörte ich ein Geräusch im Kinderzimmer, recke den Hals und hoffe, dass Herdis nachgucken geht. Sie bewegt sich nicht. Ich öffne den Mund, könnte ganz klassisch sagen, dass ich mich immer in Arschlöcher verliebe und mit freundlichen, liebevollen Männern nicht klarkomme. Dass er mir einfach zu langweilig ist.

»Er ist nicht der Fels, den ich jetzt brauche«, sage ich und schiebe das Kinn etwas vor. »Im Moment geht es mir vorrangig darum, erst mal wieder meinen persönlichen Platz im Leben zu finden.«

Herdis schnaubt.

»Hört sich an wie irgendeine Phrase deiner Psychologin.«

Sie hat recht. Gemeinsam mit meiner Psychologin bin ich zu dem Schluss gekommen, alles Negative aus meinem Leben zu verbannen, wieder mit dem Sport anzufangen und zu dem gesunden Lebensstil zurückzufinden, von dem ich weiß, dass er gut für mich ist.

»Außerdem will er …«

Herdis bringt den Satz für mich zu Ende. »Ein gewöhnliches Leben mit zwei Komma fünf Kindern, einem Hund und einer Hütte in den Bergen? Und du willst das nicht?«

Mir schießt die Hitze in die Wangen. Warum kann sie mich nicht einfach in Ruhe lassen? Warum versteht sie nicht, wie das alles wirklich zusammenhängt? Ich darf mich jetzt nicht von dem Gefühl lähmen lassen, den einzigen Mann, den ich jemals wirklich geliebt habe, von mir gestoßen zu haben.

»Du darfst Kristian nicht verlassen«, sagt Herdis plötzlich. »Wir alle wissen doch, wie sehr ihr euch liebt.«

Ihre Botschaft ist klar, und es überrascht mich, dass ich

nicht protestiere. Wir *lieben* einander. Aber was, wenn das nicht genug ist?

»Es ist schon zu Ende«, sage ich.

Herdis ist laut eigener Aussage ein ganz normaler Mensch, der nie etwas wirklich Schmerzhaftes erlebt hat. Aber ihr Motto scheint zu sein, schnellstmöglich und am besten unbemerkt durch dieses Leben zu rasen. Manchmal frage ich mich, ob sie ihre perfekte Unperfektheit nicht nur spielt.

Für eine Weile sitzen wir still da. Ich nippe am Tee, nehme noch einen Cupcake. Dann erzähle ich von Azora und dem Besuch der Polizisten.

Herdis' Augen weiten sich. Ihr Blick hängt irgendwo zwischen »Verdammt!« und »In was hast du dich da wieder verstrickt?« fest.

»Sie hat vor deinen Augen Selbstmord begangen?«

»Es scheint irgendeine Verbindung zwischen uns zu geben.«

Herdis stöhnt. »Aber ich verstehe nicht … wieso glaubt die Polizei denn, dass du was mit ihrem Tod zu tun hast?«

»Das glauben sie nicht wirklich, müssen aber natürlich allen möglichen Spuren nachgehen«, antworte ich wenig überzeugend.

Herdis zündet sich die nächste Zigarette an. »Verdammt, was für eine Scheiße!«

Ich zucke mit den Schultern, sage nicht, dass ich direkt vom Tatort komme. Und auch von der Gestalt unter dem Tisch erzähle ich nichts.

»Das Problem ist, dass du dich von der Gesellschaft abwendest und stattdessen mit diesen finsteren Gestalten zu tun hast«, sagt Herdis. »Du brauchst wieder einen anständigen Job. Klar, du bist klug genug für diese komplizierten Sachen, aber manchmal ist es enorm befreiend, einfach Regale einzuräumen. Wie kommst du finanziell zurecht?«

»Gut«, lüge ich. Mit dem Erbe meiner Eltern habe ich die Wohnung gekauft. Zum Leben bleibt mir nur, was ich als Honorar von der Aggressionsbewältigungsgruppe bekomme.

Ich nehme Herdis' Hand. »Abs hat Kontakt mit mir aufgenommen.«

»Uih. Sollst du zurück?«

»Ich hoffe es«, antworte ich. »Aber sonst habe ich ja meine Gruppe. Und vermutlich kann ich das auch noch ausweiten.«

»Ja, diese Gruppe.« Herdis seufzt. »Abends allein mit drei wütenden Männern. Wer macht so was schon freiwillig?«

»Ich und mittlerweile vier Männer. Vor ein paar Monaten ist noch einer dazugekommen. Ein interessanter Fall.«

»Ach ja?«

Ich kann Herdis nicht viel über Tore erzählen, die Informationen über die Männer sind natürlich vertraulich. Er ist irgendwann ohne eine Empfehlung von einem Arzt oder Betreuer bei mir aufgetaucht. Er bezahlt selbst für die Stunden, scheint »seine Lage«, wie er es nennt, aber nicht als Problem anzusehen.

»Ich fürchte, er ist sogar stolz darauf, zu so einer Therapie zu gehen«, sage ich.

»Inwiefern?«

»Es macht ihn zu einem taffen Mann mit Unmengen von Testosteron, der in der Lage ist, seine Probleme zu erkennen.«

»So kann man es auch sehen«, erwidert Herdis. »Es gefällt mir aber gar nicht, dass du da wehrlos mit solchen Typen zusammensitzt.«

»Ich bin nicht wehrlos«, kontere ich und spanne lachend meinen Bizeps an. »Ich habe einen Taktik-Kurs der Polizei absolviert und bin fit in Selbstverteidigung. Weißt du nicht mehr, dass ich damals Kickboxen trainiert habe?«

Herdis kneift die Lippen zusammen.

»Außerdem ... mag ich die Gruppe, diese Männer, die ihre Leben nicht in den Griff kriegen.«

Herdis kommentiert meinen letzten Satz glücklicherweise nicht, womit das Thema ausdiskutiert ist. Sie steht auf, nickt in Richtung des Kinderzimmers und sieht nach, ob die Kleinen schlafen. Als sie zurückkommt, hat sie einen Stapel iPads in der Hand, die auf dem Esstisch landen. Sie nimmt ihr Telefon, wischt über das Display und will sich setzen. Doch dann bleibt sie stehen und starrt auf den kleinen Bildschirm. Das Lächeln ist von ihren Lippen verschwunden.

Sie sieht zu mir, dann wieder zu dem Telefon. Hebt den Blick nicht, als sie sagt: »Du ...?«

»Ja?« Es pocht hinter meinen Schläfen. Eine Warnung. »Herdis, was ist los?«

Sie lässt sich neben mir aufs Sofa fallen, reicht mir das Handy, und ich sehe irgendeine Facebook-Seite. Ich selbst habe nach der Ellingsen-Sache alle sozialen Medien gemieden und daran hat sich noch nichts geändert.

»Die sieht aus wie du.«

Das Bild ist dunkel und unscharf. Aus der Distanz aufgenommen. Trotzdem bin ich auf dem Dach, auf dem ich vor ein paar Stunden gestanden habe, deutlich zu erkennen.

Den Parka eng um mich geschlungen, die Haare offen. Der Beitrag wurde in einer Gruppe mit dem Namen »Für eine saubere Stadt« gepostet. Den Text unter dem Bild überfliege ich nur. Natürlich hat er mit dem Todesfall zu tun. Es ist von Mord die Rede.

Es trifft mich wie ein Tritt in den Bauch, und für einen Moment starre ich entgeistert auf das Display. Will da jemand einen Zusammenhang zwischen Azoras und Ellingsens Selbstmord herstellen und mir die Schuld geben?

Herdis sieht mich zweifelnd an. »Was hast du dort gemacht?«

»Ich wollte ein Gefühl für den Tatort bekommen«, sage ich und höre selbst, wie schräg sich das anhört. Zitternd reiche ich ihr das Telefon.

»Da sind schon fast hundert Kommentare …«

»Ich kann die nicht lesen«, sage ich und denke wieder an den Shitstorm der Netztrolle. »Kannst du das ausschalten?«

»Aber was, wenn dein Name genannt wird? Du solltest das der Polizei melden!«

»Und sagen, dass ich den Tatort kontaminiert habe?«

»Nun, sollten die da deine DNA finden, wäre das wohl schlau.«

Ich habe darüber nachgedacht, mache mir aber keine Sorgen. Die Polizei würde niemals irgendwelche Ressourcen darauf verschwenden, an einem solchen Ort DNA-Proben zu nehmen. Nicht wegen einer toten Drogenabhängigen.

Ein metallischer Geschmack breitet sich in meinem Mund aus, und ich spüre, dass ich mir in die Innenseite der Lippe gebissen habe. Ich versuche, mich an den Schatten unter dem Tisch zu erinnern. Es muss ein Zufall gewesen sein, dass da jemand gehockt hat. Alles andere ist undenkbar. Ich sollte die Verantwortlichen dieser Facebook-Gruppe bitten, die Bilder zu löschen. Andererseits kann ich dann nicht mehr leugnen, dass ich darauf zu erkennen bin.

Als ich Herdis etwas später verlasse, verspricht sie mir, mit der Gruppe Kontakt aufzunehmen. Sie fleht mich an, ein Taxi zu rufen, aber ich brauche diesen Spaziergang nach Hause. Nachts durch die Stadt zu laufen, beruhigt mich in der Regel.

Von Herdis' Wohnung aus gehe ich bis zum Ende der Straße am Sportplatz entlang. Als ein Mann ein Stück hinter mir auftaucht, zieht sich meine Brust zusammen. Er läuft in derselben Richtung wie ich auf der anderen Straßenseite und scheint keine Eile zu haben. Das macht mir Angst. Sollte er bei diesem Wetter nicht zügiger unterwegs sein? Er trägt dunkle Kleider und hat sich eine Kapuze über den Kopf gezogen.

Typische Herbstklamotten. Jetzt beruhige dich mal.

Bestimmt kommt er von irgendeinem Fest.

Ich haste über die Straße und bereue es im gleichen Moment. Meine Angst ist damit deutlich geworden, und manche Männer macht gerade das an. Sie reagieren auf die Angst der anderen.

Das Facebook-Foto. Ich hätte die Kommentare lesen sollen. Wurde mein Name genannt? Wie beiläufig werfe ich einen Blick nach hinten. Kommt er mir bekannt vor? Hasst auch er mich?

Ich laufe an schwarzen Bäumen und verbeulten Containern vorbei. An einem Parkplatz, der nach Abfall und Pisse stinkt. Ein gebrochenes Schaufenster wird zum Spiegel, in dem ich vergeblich versuche, den dunkel gekleideten Mann zu entdecken. Auf dem Weg in Richtung Park bemerke ich eine Bewegung im Augenwinkel. Ich will mich nicht umdrehen, kann mich nicht umdrehen, und genau das ärgert mich am meisten.

Irgendwo über mir ist Musik zu hören. Eine traurige Stimme erfüllt die Nacht. Ich hebe den Kopf. Eine Frau sitzt im Fensterrahmen und raucht. Das Gesicht im Regen, die Haare offen im Wind. Sie bemerkt mich nicht, gibt mir aber genügend Sicherheit, um stehen zu bleiben. Ich drehe mich um, blicke in alle Richtungen. Der Mann ist verschwunden.

Ich beuge mich vor, stemme die Hände auf die Oberschenkel und atme tief durch. Sehe nach oben zu der Frau. Bin dankbar für die Raucher dieser Welt. Dann richte ich mich auf und gehe im Takt der Musik weiter.

Ich bin noch nicht weit gekommen, als es in meiner Tasche vibriert. Im Display steht eine unbekannte Nummer.

»Ja, hallo …?«

Am anderen Ende höre ich Schritte. Ein trauriges Lied.

Mein Herz rast und schlägt mir bis in den Hals. Ich höre schnelle Schritte hinter mir, stürme los, rutsche auf dem nassen Bürgersteig aus und muss mich mit der Hand an einem geparkten Auto abstützen. Als ich endlich den Park sehe, ist es nicht mehr weit bis zu Hause. Ein kurzer Spurt über den Spielplatz. Rechts und links stehen Bäume. Genau da will er mich haben, denke ich. Im Dunkeln.

Der Boden ist glitschig, aber ich halte die Balance. Er holt auf. Mein Atem keucht. Ich fische beim Laufen die Schlüssel aus der Tasche und umklammere sie so fest, dass sich das Metall in meine Handfläche bohrt. Spüre keinen

Schmerz. Am Ende des Parks mobilisiere ich die letzten Kraftreserven. Ich umrunde die Hausecke, stürme zur Tür, schließe sie auf und werfe sie hinter mir zu.

Renne nach oben zu meiner Wohnung. Hinter der Tür sinke ich auf den Boden, stütze den Kopf in die Hände und warte darauf, dass der Flur sich nicht mehr dreht. Meine Lunge brennt. Atmen. Atmen. Ich spitze die Ohren, lausche, aber auf der Treppe bleibt es still. Nur die üblichen Geräusche aus den Nachbarwohnungen und das Seufzen in alten Rohren.

Ich atme tief durch, mein Herz beruhigt sich.

Ich denke an das Facebook-Foto, und mit einem Mal wird mir klar, dass irgendetwas an dem Aufnahmewinkel nicht stimmt. Es kann nicht von der Person unter dem Tisch aufgenommen worden sein.

8

»Bjørk?«, meldet Absalon sich, als ich ihn am nächsten Morgen anrufe. »Tut mir leid, ich hätte mich bei dir melden sollen.«

Er wirkt nicht sehr überrascht darüber, mich am Telefon zu haben, aber seine Stimme klingt irgendwie kühl und distanziert.

»Tut mir leid, aber wir müssen unser Gespräch …«, fährt er fort und mein Hirn sperrt die restlichen Worte aus.

Abs und ich hatten vor unserer ersten Begegnung ein paarmal miteinander telefoniert. Ich weiß nicht genau, was für einen Menschen ich mir vorgestellt hatte. Sicher keinen stereotypen FBI-Agenten, aber auch keinen modernen Wikinger. Statt Anzug und dunkler Sonnenbrille trug er Jeans und einen dünnen Wollpullover, und die dicken roten Haare und der Bart passten besser nach Walhalla als nach Quantico. Sein Dialekt war abgeschliffen. Er hatte wirklich alles, um zur Legende zu werden, dachte ich damals. Solche wie ihn sollten wir zu Idolen machen und nicht irgendwelche notorischen Mörder.

»Azora Strand«, sage ich.

»Wer?«

»Die Drogenabhängige. Gerade gestorben.«

»Davon gibt es leider viele.«

»Sie ist letzte Woche von einem Dach in Oslo-Grønland gefallen.«

»Ach ja, davon habe ich gehört. Aber wie geht es dir, Bjørk? Sollten wir nicht damit beginnen?«

Ich weiß, dass ich ihm nicht egal bin, dass er sich wirklich Sorgen macht. In Gedanken sehe ich ihn die Stirn runzeln, sodass er diese ungeduldige Miene bekommt, dank der die Menschen sich ihm gegenüber so schnell öffnen.

»Entschuldige«, sage ich, hole tief Luft und nehme mir Zeit. »Es geht mir eigentlich ziemlich gut. Die Dinge sind wieder im Lot. Ich bin bereit zu arbeiten.«

Er kommentiert meine Worte nicht, vermutlich hört er die Halbwahrheiten aus meiner Stimme heraus. Oder er hat verstanden, dass ich verzweifelt versuche, wieder in sein Team zu kommen. Sein mangelnder Enthusiasmus zeigt mir allerdings deutlich, dass er dazu noch nicht bereit ist.

»Und wie geht es dir?«, frage ich, als die Stille unerträglich wird.

Ich höre seinen Stuhl knarren. Bestimmt streckt er sich aus.

»Äh … danke, alles in Ordnung. Und Kristian?«

»Das ist kompliziert. Beate?«

»Kompliziert.«

Nach zwei Sekunden Stille müssen wir beide lachen. Das Eis ist gebrochen. Vielleicht wird es doch nicht so schwer.

Abs ist nicht nur tüchtig, er ist in jeglicher Hinsicht ein anständiger Kerl. Niemand kann ihm vorwerfen, ein ewiger Gutelaunebär zu sein, er ist eher ein Fels in der Brandung mit den passenden Kommentaren zur richtigen Zeit. Nachmittags, wenn wir beim Kaffee zusammensaßen, teilte er sein Wissen gerne mit mir. Oder bei einem Stück Pizza, wenn es wieder einmal spät wurde. Vor Tonnen von Videomaterial fragte er mich, was ich sah, was ich intuitiv über die abgebildeten Personen und deren Geheimnisse dachte. Dann suchte er in meinen Aussagen nach Löchern und Unstimmigkeiten und wies auf alles hin, was ich übersehen hatte. Mir gefiel das, diese Art des Zusammenarbeitens war wie ein Rausch für mich. Trotzdem war ich mir nie ganz sicher, wofür genau er mich brauchte.

Profiling basiert auf Mustern, wobei häufig nicht leicht zu entscheiden ist, was Muster und was nur Zufälle sind. Ein Mord sagt etwas über den Charakter des Täters aus. Der nächste dann noch viel mehr. Bei Nummer drei und vier kann man dann von einer Serie sprechen, was ein viel deutlicheres Bild der Täterpersönlichkeit ergibt, aber von dieser Art Täter gibt es in Norwegen nur wenige. Wer allerdings glaubt, am Tatort keine Informationen zu hinterlassen, irrt gewaltig. Dass Täter klüger als die Polizei sind, gibt es nur in Filmen.

Meine Zusammenarbeit mit Abs begann, als er noch Ermittlungsleiter in Westnorwegen und ich dreist genug war, ihm in einer E-Mail zu schreiben, was ich über den Täter zu glauben wusste. Eine Frau und ihr Kind waren bei einem Unfall mit einem Auto getötet worden, und der oder die Fahrerin hatte die Flucht ergriffen, was das ganze Land in eine Art Schockstarre versetzt hatte. Ich war damals gerade mit meinem Psychologiestudium fertig, Schwerpunkt Verhaltensanalyse, und hatte über meine Praktikumsstelle Details zu dem Fall erfahren. Auf dem Verhörvideo der Verdächtigen fielen mir Unstimmigkeiten auf. Sie antwortete glaubwürdig, als sie zu dem Unfall befragt wurde. Sie wirkte ehrlich, und ihr Blick hielt dem des Beamten stand. Doch bei der Frage, wo sie zur Zeit des Unfalls war, verwunderte mich ihre Reaktion. Ich konnte es nicht genau benennen, aber erste Zweifel waren gesät.

Gleichzeitig prangerte eine enge Freundin, die ihr ein Alibi gab, die Sache als Justizmord an. Sie trat aggressiv in den Medien auf und wirkte ziemlich überzeugend. Die Polizei hatte keinen Grund, an ihren Worten zu zweifeln. Der Körper ist aber eine Werbetafel für alles, was in ihm vorgeht, von mir bemerkt in einem leichten Zucken ihres Daumens. Ich schlug Abs vor, sie zu verhören, und gab ihm Tipps, was er sie fragen sollte. Nach vier Stunden hatte er das Geständnis. Die Schuldige erzählte, dass sie ihre Chance gesehen habe, als ihre Freundin, die zum betreffenden Zeitpunkt Marihuana gekauft hatte, sie um ein Alibi gebeten hatte. Die eigentliche Tat sei tatsächlich ein Unfall gewesen.

Ich nahm ihr das nicht ab und bat Abs, die Beziehung zu der Toten, dem Kind und dem Kindsvater näher zu untersuchen. Heraus kam eine Geschichte voller Hass, Eifersucht und Untreue. Vorsätzlicher Mord konnte ihr nie nachgewiesen werden, aber ich hatte Abs Aufmerksamkeit auf mich gezogen. Ein paar Wochen später rief er mich an und lud mich zu einem Vorstellungsgespräch ein.

Jetzt stelle ich die Frage, die mir auf der Zunge brennt.

»Glaubt die Polizei, dass ich etwas damit zu tun habe?«

»Mit dem Tod der Drogenabhängigen? Warum sollten sie das glauben?«

Ich beiße mir auf die Innenseite meiner Lippe. Das Handy rutscht in meiner verschwitzten Hand herum. »Ich war da.«

»Ehrlich gesagt, weiß ich nichts über den Fall«, sagt Abs.

»Aber spontan würde ich sagen, dass sie dich als Zeugin betrachten.«

»Könntest du das überprüfen?«, frage ich flehend, dabei weiß ich, dass so etwas an Abs abperlt.

»Ich verstehe das nicht ganz, Bjørk. Wie kommst du darauf, dass …«

»Da sind zwei Beamte an meiner Tür aufgetaucht und haben mir Fragen gestellt, was ich an diesem Abend noch so gemacht habe.«

Abs verstummt. Atmet schwer.

»Ich überprüfe das«, sagt er nach einer Weile.

9

Auf dem Weg zur Kirche halte ich vor der Apotheke. Ein freundlicher Mann ist mir bei der Suche behilflich.

»Am besten testen Sie den ersten Urin des Tages«, sagt er. »Wenn Sie es noch aushalten, warten Sie gern bis morgen früh.«

Im Grunde ist das rausgeschmissenes Geld. Ich spüre seit mehreren Tagen die Veränderungen in meinem Körper und zweifle nicht länger. Jetzt steht nur noch aus, es Kristian zu erzählen.

Laute Orgelmusik mit dunklen Tönen strömt mir entgegen, als ich die Kirchentür aufmache. Ich wappne mich innerlich, trete ein und bleibe direkt hinter dem Eingang stehen. Meine Eltern sind viel zu früh gestorben, ein paar Jahre nach ihrer Pensionierung. Ein tragischer Unfall auf der verschneiten E18. Mama war in Behandlung wegen Brustkrebs und Papa wollte an einem Wochenende, als es ihr einigermaßen gut ging, mit ihr in die Hütte fahren. Sie sind nie dort angekommen. Ein Lastwagen hat bei einem spontanen Überholmanöver ihren Toyota von der Fahrbahn gedrängt. Von einer Sekunde auf die andere schrumpfte mein Universum. Sie waren die besten Eltern, die man sich wünschen kann, und sie hätten sich riesig über ein Enkelkind gefreut. Mama hätte mit dem Stricken angefangen, sobald sie die Nachricht bekommen hätte. Papa war nie ein großer Handwerker, aber ich bin mir sicher, dass er irgendetwas für seinen Enkel getischlert hätte.

Eine überschaubare Gruppe Menschen ist zu Azoras Beerdigung gekommen. Ich erkenne Charlies Hinterkopf mit der Wollmütze. Die Frau neben ihm lehnt sich schwer gegen seine Schulter. Sie hat die Fleecejacke eng um sich gewickelt, das fettige Haar hängt in Strähnen über den Kragen. In der hinteren Bank sitzt ein junger Mann in schwarzem Rollkragenpulli und Anzug, als käme er direkt von der Arbeit. Er kommt mir irgendwie bekannt vor, aber seit ich heute aus der Tür bin, habe ich jedes männliche Wesen misstrauisch studiert. Ich komme mir paranoid vor, dass ich alles und alle in Augenschein nehme auf der Suche nach dem Typen von gestern Abend. Beim Einschalten meines Handys heute Morgen war keine neue Nachricht da, aber er kennt meine Nummer und weiß, wo ich wohne. Ich gebe mir Mühe, so zu tun, als würde ich den Mann nicht bemerken, und gehe langsam an ihm vorbei.

In der fünften Reihe vor dem Altarraum sitzen zwei junge Frauen. Auf den ersten Blick sehen sie mit ihren blonden Pferdeschwänzen und identischen grauen Schals über schwarzen Wollpullovern wie Zwillinge aus. Die eine ist etwas dicker als die andere, ansonsten gibt es keinen Unterschied. Vor ihnen sitzt ein gut aussehender Mann. Kurzhaarschnitt, getrimmter Bart und Anzugjacke, die selbst aus der Entfernung maßgeschneidert wirkt.

Ganz vorne sitzt ein Mann mittleren Alters für sich allein. Er mag vielleicht Anfang fünfzig sein. Geschmackvoll gekleidet mit schwarzem, eng sitzendem Anzug. Das graue Haar beginnt sich zu lichten. Die Schulterpartie zeugt von einer körperlich fordernden Arbeit. Er macht nach außen einen unberührten Eindruck, hat aber den Blick gesenkt, als wäre er ins Gebet vertieft.

Erste Reihe. Reserviert für Familienangehörige.

Ich nicke Charlie zu, als er sich umdreht. Schiebe mich ein Stück hinter ihm in eine Bankreihe und ziehe meine Jacke aus, obwohl es von der Tür kalt zieht. Während Staub und der Geruch von altem Holz sich auf meine Nasenschleimhäute legen, höre ich der Litanei des Pfarrers zu.

»Und führe uns nicht in Versuchung, sondern erlöse uns von dem Bösen.«

Die Kerzen flackern im Luftzug. Die Anwesenden stehen auf und setzen sich wieder, stehen auf und setzen sich. Die Lieder sind aus dem Standardrepertoire des Gesangbuchs gewählt ohne jeden persönlichen Bezug zu der Toten. Niemand hat erzählt, welche Lieder Azora besonders mochte oder vielleicht in den besonders schweren Stunden gesummt hat. Als der Pfarrer uns ein Zeichen gibt, uns wieder zu erheben, nutze ich die Gelegenheit, mich ein wenig umzusehen. Alle folgen konzentriert seinen Worten, Charlies Freundin ist die Einzige, die weint. Machen sie sich die gleichen Gedanken wie ich? Über das Gold und die wertvollen Gemälde, die um den Sarg der obdachlosen Frau verteilt sind? Warum niemand eine Gedenkrede hält? Oder gehen nur mir solche Dinge durch den Kopf?

Der Mann in der ersten Reihe wirft mir über die Schulter einen verstohlenen Blick zu. Ich mache eine flüchtige Geste, die er erwidert. Als der Pfarrer fertig ist und die Glocken zum Auszug läuten, bleibt der Sarg stehen. Entweder wird der Leichnam verbrannt, oder ihre Organe liegen noch zur Obduktion bei der Polizei. Es dauert lange, einen toten

Körper zu untersuchen, allein das Gehirn kann mehrere Wochen in Anspruch nehmen.

Das Geräusch des auf dem Asphalt zerschmetternden Schädels ist noch nicht verebbt, der Anblick des sich auf dem Boden ausbreitenden Blutes noch nicht auf der Netzhaut verblasst. Ihre brüchige Stimme, die mich bittet, sie zu treffen, meine eigene abweisend, kalt. Es macht mir zu schaffen, dass diese tote Drogensüchtige so viel Macht über mich hat, dass sie mir den Boden unter den Füßen wegzieht. Das sind Alarmsignale, dafür braucht man kein Psychologe zu sein. Es ist einer der Gründe, warum Polizisten dazu ausgebildet werden, sich emotional nicht zu sehr involvieren zu lassen.

Die Leute erheben sich, schieben sich langsam aus den Bankreihen. Bleiben dicht beieinander, als wüssten sie nicht, was jetzt von ihnen erwartet wird. Hier warten keine Schnittchen oder Kuchen. Niemand, der erzählen kann, was für ein fantastischer Mensch sie war. Es schnürt mir das Herz zusammen, dass diese Frau keinen Menschen gehabt hat. Niemanden.

Als ich an den Sarg trete, lese ich auf den Kranzbändern die Namen von Espen, Robert, Gerd und einer Organisation namens Straßenhilfe. Dann gab es vielleicht doch jemanden in ihrem Leben.

Auf dem Sarg steht ein Foto von Azora in jüngeren Jahren. Mein Versuch, es neutral zu betrachten, scheitert, ich suche automatisch nach Antworten in dem androgynen Gesicht. Für das trainierte Auge ist hier bereits zu sehen, dass sie neben der Spur ist. Die Haut ist fahl, der Blick leidenschaftslos. Sie trägt einen kurzen kastanienbraunen Pixie-Cut und eine Kette um den Hals. Mit einem ovalen, billigen Medaillon. In die Vorderseite ist ein E eingraviert.

Der Mann aus der ersten Reihe hat sich erhoben und unterhält sich leise mit den beiden blonden Frauen. Ich höre nicht, worüber sie reden, aber seine Körpersprache ist fast übertrieben trauernd, obwohl er wahrscheinlich auch ein bisschen erleichtert über ihren Tod ist. Angehörige von Drogenabhängigen kämpfen oft mit einem breiten Spektrum an Emotionen, und ich vermute, dass er genau das zu überspielen versucht. Ich frage mich, ob er der einzige Verwandte ist, den sie hatte.

Die Frauen nicken mit ernster Wärme im Blick. Ich sehe mich um. Alles in der Kirche ist irgendwie gedämpft. Keiner spricht laut. Als die zwei Frauen ihre Aufmerksamkeit auf Charlie und seine Freundin richten, gehe ich zu dem älteren Mann. Seine Haut ist grobporig, um die Nase hat er geplatzte Äderchen. Der obere Hemdknopf unter dem Schlips ist offen.

»Familie?«, frage ich mit gedämpfter Stimme, auch mein eigenes Tempo ist hier heruntergeschraubt.

Ein Zucken huscht über sein Gesicht, er sieht mich fragend an.

»Ihr Onkel. Aber wir hatten nicht viel Kontakt.«

»Verstehe. Bjørk Isdahl mein Name.« Ich reiche ihm die Hand.

»Espen.«

E. Wie auf dem Medaillon. Trägt man den Namen seines Onkels um den Hals? Wohl eher nicht. Aber Espen war auch einer der eingeritzten Namen in dem Beton auf dem Dach, irgendeine Bedeutung muss er also für sie gehabt haben.

Er zögert kurz, aber sein Händedruck ist fest.

»Ähm … und wer sind Sie?«

»Entschuldigung«, sage ich, während unsere Hände noch ineinander verschränkt sind. »Ich habe in der Entzugsklinik gearbeitet, in der sie vor ein paar Jahren eingewiesen war. Mein Beileid.«

Er lässt meine Hand los und sieht mich weiter an.

»Ich habe am Ende nicht mehr viel von ihr mitbekommen«, sage ich, als er nichts sagt.

Endlich lässt er die Schultern sacken.

»So geht es wohl vielen.«

Ich überlege, wen er mit *vielen* meint. Weitere Familienmitglieder oder generell andere Bekannte? Ich finde es zum Beispiel seltsam, dass die Eltern nicht bei der Beerdigung sind.

Ich beuge mich zu ihm vor.

»Wissen Sie, wie sie in diese Situation geraten ist?«

»Dass sie tot ist?«

»Auf der Straße, im Winter.«

Sein Mund verzieht sich zu einem schiefen Strich, und ich könnte mich selbst treten für diese Frage. Er senkt den Blick und schaut mit steinernem Gesicht rüber zu ihrem Sarg.

»Ich hätte sicher mehr tun können.«

Ich streiche ihm beschwichtigend über den Arm.

»Drogenabhängige treffen ihre Wahl. Brutal, aber leider wahr. Es bringt nichts, sich Vorwürfe zu machen.«

Er nickt ruhig, schiebt die Finger in den Hemdkragen und bläst die Luft zwischen den Lippen aus, als er den Schlips noch etwas weiter lockert.

»Auf alle Fälle hat sie jetzt ihren Frieden, wie es so schön heißt.«

»Ja, es war ein langer Kampf für sie«, sage ich. »Jetzt hat sie ihren Frieden.«

Espen wiegt den Oberkörper vor und zurück, verlagert das Gewicht von einem Bein aufs andere. Mir schießt plötzlich durch den Kopf, dass er weiß, dass ich diejenige bin, die ihren Tod hätte verhindern können.

»Ich habe sie damals dorthin gefahren«, sagt er. »In die Klinik.«

»Mehr hätten Sie nicht tun können«, sage ich und würde ihm gerne noch mehr Fragen zu Azora stellen, zum Beispiel, ob es weitere Angehörige gibt.

»Na ja, das stimmt wohl nicht so ganz.«

Ich verstehe sein schlechtes Gewissen, will aber nicht weiter in den finsteren Selbstvorwürfen herumbohren.

»Ich muss zugeben, dass ich nicht mehr weiß, wo sie aufgewachsen ist.«

»Furuset«, sagt Espen. »Oder, genauer … am Berg oberhalb.«

Er scheint noch etwas sagen zu wollen, überlegt es sich aber anders. Ich nicke, tue so, als würde ich mich erinnern, und empfinde eine beschämende Erleichterung. Wir haben an entgegengesetzten Enden der Stadt gelebt, können also nicht auf die gleiche Schule gegangen sein. Dann kennt Azora mich nicht aus meiner Kindheit. Als Teenager haben wir uns natürlich mehr im Zentrum rumgetrieben, aber ich bilde mir ein, dass ich mich an sie erinnern würde, wenn sie zu einer der Cliquen gehört hätte, mit denen wir abgehangen haben.

Ich schaue mir das Foto auf dem Sarg noch einmal an. Der gut aussehende bärtige Mann steht oben und beobachtet uns. Ich würde Espen gerne zu Azoras früherem Leben befragen, aber als ich wieder zu ihm schaue, bringe ich es nicht übers Herz. Der Mann sieht so erbarmungswürdig aus, wie er da an seinem Anzugärmel zupft und sich unruhig umsieht. Ich schäme mich für meine Sorgen über böse Träume und dass ich nicht so gut schlafe. Nur wenige Meter von mir entfernt liegt eine Frau, für die jeder Tag ein Albtraum war und die sicher nie eine durchgeschlafene Nacht erlebt hat.

Der bärtige Mann kommt auf uns zu. Er nickt Espen zu, ihre Hände berühren sich flüchtig, als er an ihm vorbeigeht. Er sieht mich nicht an und verlässt die Kirche, ohne mit jemandem zu sprechen. Kurz darauf verabschiedet Espen sich von mir und folgt ihm.

Eine der Frauen steht neben mir. Sie streckt mir eine Hand entgegen, in der anderen hält sie eine abgewetzte Ledertasche.

»Mein Beileid.«

Ich lächele, bemüht, familiär trauernd zu wirken.

»Kenne ich Sie?«

»Linnea. Von der Straßenhilfe.«

Von denen habe ich noch nie gehört, klingt nach einer ehrenamtlichen Organisation, die Essen und andere Notwendigkeiten an Drogenabhängige verteilt.

»Ich wusste nicht, dass ihr zu Beerdigungen geht.«

»Wenn wir es irgendwie einrichten können«, antwortet Linnea mit traurigem Lächeln, tadellos geschminkt. Ihr Blick verspricht, alle Sorgen dieser Welt auf ihre Schultern zu laden.

Sie wehrt sich nicht, als ich eine Hand auf ihren Arm lege und sie ein wenig beiseiteziehe.

»Azora hat Sie sicher sehr geschätzt«, sage ich. »Hatten Sie häufiger mit ihr zu tun?«

»Sie war im Großen und Ganzen eine Einzelgängerin«, sagt Linnea. »Zu uns ist sie nur gekommen, wenn sie konkrete Fragen hatte. Oder wenn sie was zu essen oder Kleider brauchte.«

»Was waren das für Fragen?«, rutscht mir heraus und meine Direktheit ist mir mehr als unangenehm.

Ich scheine ganz allmählich wieder in den Kripo-Modus umzuschalten.

Linnea sieht mich wachsam an, wackelt leicht mit dem Oberkörper, ohne zu antworten.

»Ich habe in einer Entzugsklinik gearbeitet, in die sie eingewiesen wurde«, erkläre ich. »Traurig zu erfahren, dass sie es nicht geschafft hat.«

Linnea entspannt sich. »Dann wissen Sie ja, dass das nicht einfach nur verantwortungslose Schmarotzer sind, wie die meisten Leute glauben, sondern im Grunde genommen ganz gewöhnliche Menschen, die in eine schwierige Lebenssituation geraten sind.«

Ich nicke verständnisvoll, bevor ich einen Schuss ins Blaue wage.

»Hatte sie denn nicht eigentlich ein Anrecht auf eine Sozialwohnung?«

»Da hat sie eine Zeit lang tatsächlich gewohnt, soweit ich weiß«, antwortet Linnea und kratzt sich mit einem Finger im Haar.

»Stimmt«, sage ich und tue so, als würde ich mich erinnern. »Torshov?«

Linnea zieht sich am Pferdeschwanz, dreht den Kopf zur Seite. Schaut zu ihrer Kollegin, die mit Charlie spricht.

Ich ziehe ihre Aufmerksamkeit noch einmal zurück auf mich.

»Wissen Sie, was passiert ist? Warum sie auf der Straße gelandet ist? Ich muss zugeben, dass ich mich nicht mehr genau erinnere …«

»Leider, nein. Wenn die Leute das nicht von sich aus erzählen, ist es nicht unsere Aufgabe, zu fragen. Wir helfen mit den praktischen Dingen.«

Die Kollegin signalisiert mit einem kurzen Nicken, dass sie gehen wollen. Linnea nickt zurück, worauf die Kollegin zu uns kommt und mir die Hand entgegenstreckt.

»Josefine«, sagt sie. »Mein Beileid.«

»Ich würde gerne wissen, wie es Azora in der letzten Zeit ging«, sage ich, schwankend zwischen Frage und genuinem Mitgefühl.

»Ich weiß, dass sie sich wieder für einen Entzug beworben hat«, sagt Josefine.

Linnea wirft ihr einen scharfen Blick zu.

»Das ist gut«, antworte ich und gebe vor, dass mich die Information erleichtert. Dabei schwanke ich weiter zwischen meiner Mordtheorie und Selbstmord. Nimmt sich ein Mensch, der sich gerade zum Entzug angemeldet hat, das Leben? Ja, entscheide ich. Ein so instabiles Leben, wie Azora es geführt hat, zermürbt jeden. Ihr Leben war die Hölle auf Erden, natürlich kann sie gesprungen sein.

»Sie war wild entschlossen, es diesmal durchzuziehen«, sagt Josefine.

»Wir haben natürlich Schweigepflicht«, schiebt Linnea hinterher und Josefine beißt sich auf die Unterlippe.

»Darf ich mich bei Ihnen melden, wenn ich Fragen habe, die nicht der Schweigepflicht unterliegen?«, frage ich mit einem entgegenkommenden Lächeln.

»Aber klar«, antwortet Josefine. »Sie finden unsere Kontaktdaten auf unserer Facebook-Seite.«

»Kommen Sie gerne mal in der Storgata vorbei«, sagt Linnea und hakt sich bei Josefine unter.

Ich sehe mich nach Charlie und seiner Freundin um. Sie stehen am Sarg. Charlie hat ihr den Arm um die Schulter gelegt, sie schluchzt leise. Als ich mich still zurückziehe, fällt mein Blick wieder auf den Mann, der die Zeremonie von der hinteren Bank aus verfolgt hat. Ist das ein Journalist? Wieso redet er mit niemandem? Wieso hat er Espen nicht kondoliert? Als er aufsteht und die Kirche verlässt, geht mir durch den Kopf, dass er möglicherweise gar nicht hier war, um sich von Azora zu verabschieden oder mit den Angehörigen zu sprechen. War er meinetwegen hier?

10

Ich folge dem Mann. Er bleibt ein Stück von der Kirche entfernt stehen und tippt auf seinem Handy herum. Als er mich sieht, lächelt er und hat es plötzlich eilig. Trotzdem steuere ich auf ihn zu.

»Mein Beileid«, sage ich aus der Entfernung. »Waren Sie ein Freund?«

Er tut, als ob er mich nicht hört. Schiebt das Handy in die Tasche und setzt sich in Bewegung, als müsste er den Bus erreichen. Ich könnte hinter ihm herlaufen, aber ich bezweifele, dass ich irgendwas Brauchbares aus ihm herauskriege.

Ich habe mein altes Facebook-Konto nie wieder aktiviert, weil ich keine Lust auf die aufgestauten Hassmeldungen des letzten Jahres habe. Aber Herdis hat versprochen, Kontakt mit der Gruppe aufzunehmen, die das Foto gepostet hat. Ich stelle mich ein Stück von der Kirche entfernt hinter eine Hecke und wähle ihre Nummer, werde aber gleich zur Mailbox weitergeleitet und schicke ihr eine Textnachricht.

Hast du schon den Administrator dieser Facebookseite kontaktiert?

Es dauert nicht lange, bis ihre Antwort kommt.

Das Bild wurde anonym über eine verschlüsselte E-Mail geschickt, unmöglich, den Absender zurückzuverfolgen.

Ich komme nicht mehr dazu, mir weitere Gedanken zu dem Facebook-Post zu machen, weil Charlie und seine

Freundin aus der Kirche kommen, er hat seinen Arm noch immer um ihre Schulter gelegt. Sie schwanken beide, als würden sie auf Luftkissen gehen. Charlie stellt sie mir nicht vor, und sie macht keine Anstalten, mich zu begrüßen. Wischt sich nur mit einem blau geäderten Handrücken die Tränen aus dem Gesicht.

»Wie geht es Ihnen?«, frage ich vorsichtig und lege ihr eine Hand auf den Arm. »Brauchen Sie irgendetwas?«

Die Frau richtet sich auf. Sieht mich stumm an.

»Muss ja«, sagt sie mit einem Schluchzer.

Es ist noch früh am Nachmittag, aber der Tag wird immer grauer. Wir gehen schweigend zur U-Bahn. Ich hoffe, dass sie noch etwas über Azora sagen, aber Charlie und seine Freundin bleiben stumm.

Mein Handy klingelt. Das Display zeigt eine unbekannte Nummer. Ich nehme das Gespräch an, fühle mich einigermaßen sicher, weil ich nicht allein bin. Es ist die Polizistin, die bei mir zu Hause war, sie will wissen, ob es mir möglich ist, morgen ins Präsidium zu kommen.

»Ich habe aber nichts mehr hinzuzufügen«, sage ich und bestätige trotzdem den von ihr vorgeschlagenen Termin.

Punkte tanzen vor meinen Augen. Ich weiß um den Personalmangel bei der Polizei, die werden mich also nicht ohne triftigen Grund einbestellen. Aber was glauben sie, womit ich ihnen weiterhelfen kann? Ich rekapituliere noch einmal Azoras Worte, denke über jedes noch so kleine Detail nach. Trotzdem fällt mir nichts ein.

»Kann ich dich was fragen?«, sage ich zu Charlie und seiner Freundin und komme mir richtig schäbig vor, weil ich eine Beerdigung nutze, die Leute auszufragen. Aber hier sind lauter Menschen versammelt, die Azoras Alltag besser kennen als ich, und vielleicht kann ich damit der Polizei weiterhelfen. Natürlich hoffe ich auch, dass sie mich dann in Ruhe lassen.

Die Frau hebt die Hand und schiebt den Zeigefingerknöchel zwischen die Lippen, beißt darauf.

»Azora hat mich angerufen und gesagt, dass sie mich wegen etwas Wichtigem sprechen wollte«, sage ich. »Aber bevor ich mit ihr reden konnte, war sie tot. Hatte sie Probleme?«

»Was spielt das jetzt noch für eine Rolle?«, sagt die Frau.

Ich rücke meinen Schal zurecht. »Stimmt schon, aber ich werde das Gefühl nicht los, dass es wirklich wichtig war.«

Ich sehe Charlie an, der seine Freundin dichter an sich zieht.

»Josefine hat erzählt, dass sie sich für einen Entzug angemeldet hat«, rede ich weiter. »Ich frage mich nun, ob in der Zwischenzeit irgendwas Besonderes vorgefallen ist.«

Die Freundin sieht mich gereizt an. »Sie hat nie viel gesagt. Da war wohl was …«

»Ja …?«, frage ich hoffnungsvoll.

»Aber da misch ich mich nicht ein«, sagt sie und starrt vor sich ins Leere. Kaut auf der Lippe, die von Pusteln übersät ist.

»Aber sie wird doch irgendwas gesagt haben«, dränge ich. »Haben Sie nie über …?«

Sie windet sich aus Charlies Umarmung und schreit mich an.

»Ich bohre nicht nach! Hören Sie! Das rächt sich!«

Sie läuft los.

Ich will hinter ihr herlaufen, sie trösten, beruhigen, aber Charlie hält mich zurück.

»Lass sie. Randi steht seit Azoras Tod neben sich.«

Ich lasse die Arme hängen, seine Worte treffen mich wie ein Schlag. Randi und Charlie haben eine Freundin verloren, und ich denke nur an mich.

»Was meinte sie damit, dass sie nicht nachbohrt?«, frage ich, als wir in der U-Bahn Richtung Zentrum sitzen.

»Azora hat wohl nach irgendwas … oder jemandem gesucht«, sagt Charlie. Ich habe sein Ticket bezahlt, und jetzt krümmt er sich vor mir zusammen, als würde er bereuen, was er gesagt hat.

»Hat sie das näher erläutert?«

»Nein …«

»Wie kommst du …«

»Nur so ein Gefühl.«

Er reibt die dreckigen Hände aneinander.

»Sie hat mal gefragt, wie man spurlos verschwinden kann«, sagt er.

Ich sehe ihn an, unsicher, ob er einfach nur ablenkt. Hasse mich selbst dafür, dass ich ihm nicht angemessen begegne, ohne dieses ständige Misstrauen.

»Hat sie nach etwas Verschwundenem gesucht?«, hake ich nach, als wäre ich diejenige und nicht er, der etwas falsch verstanden hat.

Charlie windet sich und schaut demonstrativ aus dem Fenster.

»Ich hab nicht Antworten auf alles, was du wissen willst.«

»Tut mir leid«, sage ich und schaue zu einem Jugendlichen, der uns schräg gegenübersitzt, drehe mich um und fühle mich beobachtet, was ich abzuschütteln versuche.

»Die zwei Frauen von der Straßenhilfe scheinen nett zu sein«, sage ich, um das Gespräch in Gang zu halten.

»Ich kenne nur Linnea«, sagte Charlie. »Ihr Vater ist an einer Überdosis gestorben, habe ich mal gehört. Oder die Mutter. Darum der Job.«

»Und der Mann mit dem Bart?«, frage ich nach einer Pause. »In der Kirche. Hast du den vorher schon mal gesehen?«

»Azoras Ex, glaube ich. Robert … oder so …«

»Vielleicht ist das eine dumme Frage«, sage ich, »aber … hatte Azora vielleicht eine Sozialwohnung? In Norwegen hat doch jeder Mensch das Recht auf Wohnraum?«

Charlie nimmt einen Beutel mit angerauchten Kippen aus der Tasche, den er auf den Schoß legt. Seine Finger gehorchen ihm kaum, als er Papier und Filter von jeder Kippe löst und den trockenen Tabak in einem neuen Papier sammelt. Es reicht knapp für eine dünne Zigarette.

»Es gibt viele Gründe, nicht nach Hause zu gehen«, sagt er, lüpft die Mütze und klemmt die Zigarette hinters Ohr. »Dann wird man nicht so leicht gefunden.«

»Hatte sie Schulden?«

»Alle haben Schulden«, sagt er und seufzt.

»Ist jemand hinter ihr her gewesen?«

Charlie sieht sich um.

»Hinter uns ist doch immer jemand her. Ein Dealer, der sein Geld haben will, jemand, der gepanschtes Dope verkauft.«

Ich schaue ihn an, sehe, wie erschöpft er ist.

»Könnten gepanschte Drogen die Todesursache sein?«, frage ich.

»Es wäre ein schlechtes Geschäft, Drogen zu verticken,

an denen die Kunden sterben, ich glaub nicht, dass sie bei irgendwem gekauft hätte. Und man fällt davon auch nicht gleich vom Dach.«

»Könntest du dich ein bisschen umhören?«, frage ich. »Von wem sie ihre Ware gekauft hat?«

Charlie zieht die Brauen hoch, als wollte er mich auffordern, mich um meinen Kram zu kümmern.

»Es würde mich nicht wundern, wenn sie eine Depression gehabt hätte«, murmele ich. »Vielleicht hatte sie Probleme, die zu groß waren, um sie zu lösen.«

»Depression?« Charlie bläht die Backen auf, sieht mich an wie ein trotziges Kind. »Alle Leute auf der Straße haben Depressionen, wie du das nennst. Und alle haben Probleme, die zu groß sind, um sie eben mal zu lösen.«

Er schaut bedrückt in den dunklen Tunnel.

»Sie ist nachmittags immer an den Fluss gekommen … Wir haben oft bis spät in die Nacht geredet.«

»Worüber?«

»Verschwörungstheorien.« Charlie grinst, mit einem bitteren Zug im Mundwinkel.

»Zum Beispiel?«

»Schon mal was von Anunnaki gehört?«

»Nein.«

»Raumwesen von anderen Planeten, die den Menschen erschaffen und uns unser Wissen gegeben haben.«

Ach du meine Güte. Ich muss mich echt beherrschen.

»Hat Azora das geglaubt?«

»Nein, sie hat das meiste für Quatsch gehalten. Aber wir haben viel über Illuminati und Geheimbünde und so was gesprochen. Sie war echt cool. Nicht wie die anderen.«

Ich lache.

»Definitiv!«

Das war vielleicht ihre Wirklichkeitsflucht. Die meisten Menschen suchen nach Antworten, warum die Dinge so sind, wie sie sind. Nicht nur Drogenabhängige.

»Alle glauben, dass du ihnen was schuldest«, sagt Charlie mit verbitterter Miene. »Wollen immer was von einem.«

»Aber Azora war nicht so?«

Er lehnt den Kopf an die Scheibe und schließt die Augen. Drückt die Hände auf den Bauch. Dann wischt er mit einer Hand übers Auge, hinterlässt einen feuchten Streifen.

Ich halte die Luft an, versuche, mich an Azoras Gesicht zu erinnern, als sie mit verdrehtem Hals auf dem Boden lag. Sah das nach einer Überdosis aus? Ich habe keine Ahnung. Sie hatte schwarze Flecken im Gesicht, fällt mir wieder ein, die vermutlich von dem Sturz stammten. Sonst war da nichts. Außer dem verdammten Blut. Ich habe nicht gewusst, dass ein Kopf so viel Blut beinhaltet.

Die Bahn rollt in die Station Jernbanetorget ein. Charlie stemmt sich mühsam hoch und geht zur Tür.

Ich stelle mich neben ihn. »Reden wir weiter? Später?«

Er starrt mich an, als zweifle er an meiner Zurechnungsfähigkeit, als die Türen mit einem Seufzer aufgehen.

»Okay, du findest mich am Grønlands Torg«, sagt er und schlurft los.

11

Der Verhörraum im Präsidium gleicht dem, in dem ich schon einmal war. Ohne Fenster, damit man kein Gefühl für die Zeit bekommt, und eingerichtet mit geradezu deprimierenden Möbeln.

Die beiden Beamten, die bei mir waren, tragen an diesem Morgen ihre Namensschilder um den Hals, weshalb ich nun weiß, dass sie Rosa Zafón heißt und er Nils Martin Hansen.

Rosa bittet mich, Platz zu nehmen, und legt einen Notizblock und ein paar Ausdrucke vor sich auf den Tisch. »Tut mir leid, dass wir Sie noch einmal herbitten mussten, es geht wirklich nur um ein paar Kleinigkeiten.«

Allem Anschein nach leitet sie das Verhör. Ich frage mich, was sie eigentlich wollen. Nach den Formalitäten und der Frage, ob ich einen Kaffee möchte, nimmt sie ein Haargummi aus der Tasche und bindet sich die Haare zu einem Pferdeschwanz.

»Sie haben ausgesagt, dass die verstorbene Azora Strand Sie am Abend des 17. Oktober angerufen hat. Sie wollte Sie an einer Ihnen unbekannten Adresse in Grønland treffen. Stimmt das so weit?«

Ich nicke. Versuche, ruhig zu bleiben. »Das ist korrekt.«

»Aber Sie kannten sie nicht?« Die Frau lächelt freundlich und blättert durch ihre Papiere, als wäre die Frage gar nicht so wichtig.

»Nur aus der Drogenklinik vor ein paar Jahren.«

»Das Lebensrad, ja. Seitdem haben Sie sie nicht mehr gesehen?«

»Nein.«

»Trotzdem hat sie ein Foto von Ihnen. Wann wurde das aufgenommen?«

Ich tue so, als müsste ich nachdenken.

»Das muss im letzten Sommer gewesen sein.«

»Sie sehen auf dem Foto recht entspannt aus«, wirft der Beamte neben ihr ein. Er sieht mich mit leicht gesenktem Kopf an. »Nicht unbedingt so, als würden Sie von einem Stalker verfolgt.«

»Ich wusste nicht, dass sie da war«, sage ich ruhig.

»Sieht nicht so aus, als wären da viele andere gewesen«, fährt er fort. »Da dürfte eine Person, der Sie aus dem Weg gehen wollen, ziemlich auffallen.« Er starrt mich an, als wäre ihm unbegreiflich, wie man so unaufmerksam sein kann.

»Keine Ahnung«, sage ich und schüttele den Kopf. »Ich war wohl in Gedanken.«

»In Gedanken, ja«, sagt er und schmatzt mit den Lippen, als ließe er sich das Wort auf der Zunge zergehen.

Meine Haut kribbelt wie nach einer zu heißen Dusche. Was wollen sie von mir?

»Ich habe sie nicht bemerkt«, sage ich. »Es ist einige Jahre her, dass ich sie zuletzt gesehen oder an sie gedacht habe.«

Ich rede zu viel, sollte mich kürzer fassen. Ihnen nur das Notwendigste geben.

Rosa Zafón ergreift das Wort. »Was wollte sie eigentlich an diesem Abend von Ihnen? Hatten Sie Gelegenheit, darüber nachzudenken?«

»Habe ich doch schon gesagt, reden.«

»Worüber?«

Ich zucke mit den Schultern. »Keine Ahnung, irgendwelches krudes Zeug, denke ich.«

»Was heißt krudes Zeug?«

Ich zucke noch einmal mit den Schultern. »Sie hatte mir angeblich etwas Wichtiges zu erzählen, hat aber nicht gesagt, was. Deshalb bin ich dann ja dorthin gegangen …«

»Gehen Sie abends häufiger nach Grønland, um sich irgendwelches krudes Zeug anzuhören?«, unterbricht mich Hansen.

Die beiden sind ein eingespieltes Team, wie Abs und ich es waren, das muss ich ihnen lassen. Trotzdem ärgert es mich.

Ich begegne seinem Blick, suche nach den richtigen Worten. »Nein … das tue ich nicht … Aber sie konnte schon früher ziemlich hartnäckig sein, und ich wollte …«

»Ja …?«

Noch ehe ich nachdenken kann, sage ich: »… dem ein für alle Mal einen Riegel vorschieben.«

Die Beamten tauschen rasche Blicke. Ich könnte mir die Zunge abbeißen.

Die Frau öffnet ihren Notizblock und nimmt einen Stift aus der Brusttasche.

»Verstehe«, sagt sie und kritzelt etwas aufs Papier, ehe sie den Block wieder zuklappt.

Die Beamten machen ihren Job. Sie lassen die Stille wirken. Ich versuche, ruhig zu bleiben, aber irgendwie fühlt es sich so an, als läge zwischen uns eine Tretmine, die mein Fuß bereits berührt.

Nils Hansen sieht mich scharf an.

»Ist es üblich, auf Beerdigungen von Patienten zu gehen, die man seit Jahren nicht gesehen hat?«

Woher wissen sie, dass ich dort war? Ich kämpfe gegen den Drang an, einfach aufzustehen, und muss mich selbst daran erinnern, dass ich nichts Böses getan habe. Wovon die Polizei offensichtlich noch nicht überzeugt ist.

»Ich war vor Ort, als sie sich das Leben genommen hat«, sage ich. »So was geht an niemandem spurlos vorbei.«

»Kennen Sie andere Drogenabhängige, deren Tod Sie mitbekommen haben?«, fragt der Mann. Er faltet die Hände und schiebt die Arme über den Tisch.

»Ich kannte sie nicht.«

Er bewegt den Kopf langsam vor und zurück, beißt sich auf die Lippe. »Ja, stimmt.«

Beide Beamte sehen mich an, als versuchten sie, meine Gedanken zu lesen.

»Wer weiß, dass Sie unter Albträumen leiden?« Wieder der Mann.

»Sehr wenige Menschen«, antworte ich und achte darauf, mich nicht zu kratzen.

»Wie konnte die Verstorbene davon wissen?«

»Keine Ahnung«, erwidere ich wahrheitsgemäß. Seit Charlie mir von Azoras Träumen erzählt hat, geht mir die Frage nicht aus dem Kopf, ich komme aber immer wieder zu dem Schluss, dass es ein Zufall sein muss.

»Wir haben uns Ihre Akte kommen lassen. Aus der Zeit, in der Sie hier gearbeitet haben«, sagt die Frau.

Ich beiße mir innen in die Wange. »Ähm, okay…«

»Daraus geht leider wenig über Sie als Person hervor.«

»Hm.«

»Sie haben hart daran gearbeitet, Ihre Fähigkeiten unter Beweis zu stellen, nicht wahr?«

Ich sacke etwas in mich zusammen.

»Ich verstehe nicht, was das mit diesem Fall zu tun hat.«

»Sie waren etwas zu eifrig, haben einen Fehler begangen.«

Sie haben gute Arbeit geleistet, meine wunden Punkte gefunden. Ich rufe mir in Erinnerung, was meine Therapeutin dazu gesagt hat. Dass man mich in eine nahezu unmögliche Situation manövriert hat. Aber es nützt nichts. Die Angst vor dem, auf das diese beiden es in Wahrheit abgesehen haben könnten, wächst.

»Es war ja wohl nicht nur ich, die …«, sage ich.

»Wie hat es Ihnen in der Klinik gefallen?«, fragt die Frau. Ihre Kiefermuskulatur zuckt.

Die sprunghaften Fragen irritieren mich, ich kann keinem roten Faden folgen oder mich auf die nächste Frage vorbereiten. Ich will ihnen nicht sagen, wie sehr ich jeden Tag an diesem verfluchten Ort gehasst habe, und antworte völlig nichtssagend. »Ganz okay.«

»Ich verstehe das noch immer nicht«, fährt die Frau fort und holt tief Luft. »Eine Drogenabhängige, die Sie offensichtlich nicht kennen, ruft Sie spätabends an und bittet Sie, zu einer Adresse in Grønland zu kommen. Und Sie brechen gleich auf. Wer macht so etwas, Bjørk?«

»Ich habe Ihnen doch schon mehrfach gesagt, dass diese Frau mich schon früher genervt hat, weshalb ich ihr persönlich klarmachen wollte, dass sie mich nicht mehr anrufen soll. Ich hatte nicht den Eindruck, dass ich telefonisch damit zu ihr durchgedrungen bin.«

Ich stolpere durch die Worte, meine Zunge wird schwer.

»Nur klarmachen?«

»Natürlich!«

»Ich krieg das einfach nicht zusammen.«

Mein Gesicht brennt, und ich frage mich, was ich noch sagen soll, um sie davon zu überzeugen, dass ich nichts zu verbergen habe.

»Sie sind Profilerin. Verhaltensanalytikerin.«

»Richtig.«

»Wie deuten Sie das Verhalten von Azora?«

Ich denke nach. »Aufdringlich, verzweifelt, ungeduldig.«

»Verzweifelt, weil sie unbedingt mit Ihnen sprechen wollte?«

»Ja, oder … ja.«

»Ist es dann nicht seltsam, dass sie Selbstmord begangen hat, wenn es ihr so wichtig war, mit Ihnen zu sprechen?« Die Frau sieht mich an, als wollte sie sagen: *Helfen Sie mir, ich verstehe das wirklich nicht.*

»Absolut«, sage ich. »Ich verstehe das auch nicht.«

»Und Sie halten wirklich nichts zurück?«, fragt sie und schiebt ihr Kinn vor.

»Nein.« Meine Stimme klingt belegt.

»Sicher?«

Ich verdrehe die Augen. Möchte am liebsten aufstehen und gehen. »Warum sollte ich das tun?«

»Ist da oben auf dem Dach etwas passiert?«, fragt sie.

»Ich war doch nicht oben!«

»Sie haben im letzten Jahr einiges durchgemacht, Bjørk. Ist es nicht so?«, sagt sie mit künstlich einfühlender Stimme, als wollte sie mich beruhigen, bewirkt damit aber das genaue Gegenteil.

Ich nicke, verstehe noch immer nicht, auf was sie hinauswill.

»Viele Leute haben ihren Beitrag dazu geleistet, dass Ihre Karriere zerstört wurde.«

Ich will nicht auf ihr Spiel eingehen und bekomme zunehmend Angst. Was auch immer als Nächstes kommt, es ist nicht gut. Das spüre ich.

»Erklären Sie mir bitte, was Sie dachten, als diese Drogenabhängige bei Ihnen angerufen hat. Sie wussten ja, wie sie sich zuletzt aufgeführt hat.«

»Nun, wie schon gesagt …«

Sie lässt mich nicht ausreden.

»Wissen Sie, was ich glaube?«

Stille.

»Ich denke, Sie dachten so etwas wie: *Verdammt, das mache ich nicht noch einmal mit*!«

Sie hat recht und ich schaffe es nicht zu protestieren.

»Sie wollten sie stoppen. Sie haben es ja selbst gesagt: ein für alle Mal.«

»Oder es ist ganz anders«, sagt der Mann. Seine Stimme klingt mit einem Mal anders. Er streckt den Rücken und lehnt sich an. »Vielleicht irren wir uns auch?«

»Ja«, sage ich. »Sie irren sich.«

»Dann reden Sie. Sie wollen doch zurück ins Kriminalamt, oder?«

»Ja, Abs …«

»Absalon Lund, ja. Ein fähiger Mann, dem Sie ja ganz offensichtlich etwas beweisen wollen.« Das Blitzen in seinen Augen verlischt gleich wieder.

Ich halte mein Pokerface, obwohl er recht hat. »Was beweisen?«

Erneute Stille. Nach einer Weile halte ich es nicht mehr aus, genau wie sie gehofft haben.

»Azora ist gesprungen«, sage ich. »Hat sich das Leben genommen. Aus irgendeinem Grund wollte sie, dass ich das bezeuge.«

»Vorläufig haben wir dafür nur Ihre Aussage«, sagt die Frau.

Ich traue meinen Ohren nicht. Was wollen sie damit andeuten?

»Wir haben die Überwachungskameras auf der Straße in der Nähe des Tatorts gesichtet«, sagt die Frau. »Wissen Sie, was man darauf sieht?«

»Nein«, ich flüstere fast.

»Wir sehen, wie Azora durch den Bogengang in Richtung Innenhof geht. Und kurz darauf kommen Sie. Erst eine ganze Weile später kommen Sie wieder raus und rufen den Rettungswagen.«

Ich bin ratlos, kann nicht antworten. Die Beobachtung ist präzise, hört sich aber nicht nach dem an, was passiert ist. Ich beginne zu schwitzen.

»Was zum Henker wollen Sie damit sagen?«, frage ich, als mir meine Stimme endlich wieder gehorcht.

»Erzählen Sie uns, was an diesem Abend wirklich passiert ist. Das gibt dann sicher mildernde Umstände«, sagt der Mann und ich verliere vollends den Boden unter den Füßen.

12

Mildernde Umstände. Diese zwei Worte wollen mir nicht aus dem Kopf, als ich auf unsicheren Beinen das Präsidium verlasse. Ich schaffe es kaum, einen Fuß vor den anderen zu setzen, und bin kurz davor, Abs eine Nachricht zu schicken und ihn einzuweihen. Vielleicht weiß er was und kann mir sagen, ob die Polizei mehr hat als nur die Aufnahmen der Überwachungskameras. Vielleicht wissen sie auch, dass ich am Tatort war, aber warum haben sie dann nicht danach gefragt?

»Dein Ding da«, hat Abs immer gesagt und damit meine Fähigkeit gemeint, die Gedankengänge und Handlungsweisen von Mördern zu verstehen. Nicht von allen Kriminellen, aber eben von Mördern. Einen Mord zu begehen, ist viel normaler, als man denkt. Viele haben jemanden in ihrem Umfeld, den sie lieber tot sehen würden, zur Tat schreiten aber nur die wenigsten. Wer es tut, überquert eine Grenze, hinter der eine fortwährende Finsternis lauert, die ich den Menschen sofort ansehe. Alle außer mir verwundert das.

Dabei erkenne ich nur die Dunkelheit, die ich in mir selbst habe.

Abs hat mich immer für meine gute Intuition gelobt. Aber diese Intuition scheint mich jetzt verlassen zu haben, denn ich habe keine Ahnung, was die Beamten gegen mich in der Hand haben.

Erkennen auch sie die Dunkelheit in mir?

Es ist später Nachmittag, die Stadtluft rau und beißend. Die Muskeln in meinem Nacken ziehen sich zusammen, als ich ruhelos durch die Stadt trabe. Ich suche mir eine Heavy-Metal-Playlist auf Spotify, um alle Geräusche auszusperren, aber das Verhör geht mir nicht aus dem Kopf. Ein Geruchsmix aus Kloake, Schimmel und muffigen Kellern bereitet mir Übelkeit und ich muss mich mit einer Hand auf dem Bauch an einer Hauswand abstützen. Dass ich mich dann tatsächlich übergebe, überrascht mich trotzdem, und ich bin wütend auf mich selbst, weil ich am Morgen vergessen habe, den Test zu machen. Morgen muss ich endlich dran denken und mich dringend um einen Termin beim Arzt kümmern. Danach werde ich Kristian in die Schwangerschaft einweihen.

Nachdem ich mich übergeben habe, fühle ich mich etwas besser. Ich richte mich auf und fahre mir mit dem Handrücken über die Lippen. Beiße die Zähne zusammen. Mildernde Umstände. Es muss mir irgendwie gelingen, diese Worte durch zwei andere zu ersetzen – nicht schuldig.

Wenig später stehe ich vor dem Haus, in dem Kristian wohnt. Hat mich die alte Gewohnheit hierhergeführt? Ich sehe nach oben, bei ihm brennt Licht, trotzdem dauert es Minuten, bis ich genug Mut gesammelt habe, um bei ihm zu klingeln.

Die alte Gegensprechanlage knackt. Dann höre ich seine sonore Stimme:

»Hallo?«

»Hallo, ich bin's«, sage ich. »Kann ich hochkommen?«

Es dauert ein paar Sekunden, bis er verhalten antwortet: »Ich glaube, das ist keine gute Idee.«

Es sollte mich nicht überraschen, trotzdem fühlen seine Worte sich an wie ein Schlag ins Gesicht. Statt zu argumentieren, mache ich auf dem Absatz kehrt und gehe. Beuge mich gegen den Wind und die Welt und kicke kleine Steinchen vor mir her, bis ich zu Hause bin. An der Tür meines Nachbarn arbeitet ein Handwerker.

»Einbruch«, sagt er, als ich stehen bleibe, um mir anzuschauen, was er tut. »Ich hoffe, Sie haben ein zusätzliches Schloss?«

Ich nicke, lüge. Im letzten Jahr, als ich Norwegens meistgehasste Frau war, habe ich eine Sicherheitskette montiert, aber das ist auch schon alles.

»Ist es so leicht, ein Schloss zu knacken, dass man zwei haben sollte?«, frage ich. »Könnte man die Schlösser nicht gleich sicherer konstruieren?«

»Das, was ich jetzt einsetze, ist deutlich besser«, sagt der Mann. »Ich kann Ihnen nur empfehlen, auch Ihr Schloss auszutauschen, wenn Sie noch ein altes haben.«

Ich gehe in meine Wohnung. Beim Essen suche ich die Fotos heraus, die ich am Tatort gemacht habe. Dann notiere ich auf einem Zettel, was Josefine gesagt hat. Azora wollte weg von den Drogen, und Charlie meinte, dass sie jemanden gesucht hat. Ich zoome alle Bilder ein und sehe sie mir ganz genau an. Wieder und wieder. Die Kratzer im Beton sind deutlich zu erkennen. Ganz deutlich zu lesen ist Evelyn. E wie auf dem Schmuck. Wessen Initialen trägt man auf einem Kettenanhänger? Das kann doch nur jemand sein, den sie geliebt oder verloren hat.

13

Ich wache von einem Albtraum auf und kriege kaum Luft. Der Wind heult um die Hausecken, das ganze Gebäude knackt. Durch die Gardine fällt das Licht der Laternen, es muss also noch Nacht sein. Ich will mir gerade die Earbuds des Telefons in die Ohren stecken und ein Hörbuch heraussuchen, als ich ein Kratzen höre. Blitzschnell und ohne nachzudenken, richte ich mich auf. Da ist es wieder. Leise, wie Metall auf Holz. Ich schiebe die Decke weg, stelle die Füße auf den kalten Boden und bleibe mucksmäuschenstill sitzen. Kommen die Geräusche aus der Wohnung?

In den Morgenmantel gewickelt, schleiche ich barfuß auf den Flur. Sehe zu dem rauen Glas der Wohnungstür und halte nach Schatten Ausschau. Mit winzigen Schritten schiebe ich mich an der Wand entlang bis zur Tür. Ich habe die Kette nicht vorgelegt, obwohl der Schlosser mich gewarnt hat. So langsam, dass es kaum als Bewegung zu erkennen ist, strecke ich die Hand aus und lege sie auf die Klinke. Die Tür ist verschlossen. Erleichtert atme ich auf. Das Geräusch muss aus einer anderen Wohnung gekommen sein.

Ich lege die Kette vor und will mich wieder hinlegen, als ich erneut ein dumpfes Geräusch höre. Aus der Küche? Ich zucke zusammen, es flimmert vor meinen Augen. Der Flur, die Lampen, die Wohnung, alles fließt zu einer Masse zusammen. Reflexartig drücke ich mich an die Wand und halte die Luft an.

Der Hirsch springt davon, schwarzer Fleck auf der Brust, ehe er im Moor zu Boden sinkt.

Mach die Augen auf! Konzentrier dich! Die Wohnung, die Möbel, die Kleider am Haken. Das ist die Wirklichkeit. Nicht die Angst. Nicht der Schnee.

Mein Atem beruhigt sich. Irgendwo aus dem Haus höre ich ein Klopfen. Das Geräusch der alten Wasserleitungen ist etwas Alltägliches, an das ich mich klammern kann. Mein Puls dröhnt, als wollte er meine Trommelfelle sprengen. Ich sammele mich. Die Panikattacke ebbt ab.

Irgendwann reiße ich mich von der Wand los und laufe ins Wohnzimmer. Überprüfe alle Fenster, ob eine Taube hereingeflogen sein könnte. Ich warte eine Weile, dann wage ich mich endlich in die Küche, schalte das Licht aber nicht ein. Auf dem Boden vor dem Fenster liegt ein einzelnes Blatt. Es bewegt sich leicht und bleibt liegen. Ich trete einen Schritt vor und hebe es auf. Es ist trocken und steif, im Dunkeln erkenne ich nur Schattierungen von Grau auf Schwarz. Als ich den Blick hebe, bemerke ich das offene Fenster, das im Wind schlägt. Ich muss vergessen haben, es zu schließen. Ich drücke es auf und werfe das Blatt nach draußen. Bleibe stehen und sehe es in der Luft tanzend verschwinden. Die Straße unter mir ist verwaist. Ich bleibe noch eine Weile stehen, dann schließe ich das Fenster und gehe zurück ins Bett. Beruhige mich damit, dass mich Azoras Tod durcheinandergebracht hat, grüble aber den Rest der Nacht nach, wie ich meine innere Ruhe wiederfinden kann. Die Angst, dass die Polizei mich anhand von Indizien festnehmen könnte, jagt mir kalten Schweiß auf die

Haut. Und wenn Abs mir nicht helfen kann, habe ich niemanden!

Als ich aufstehe, ist es noch immer dunkel. Ein kleines Symbol auf dem Handy zeigt mir, dass jemand mich angerufen und mir eine Nachricht hinterlassen hat.

»Wie geht es dir?«, schreibt Gaute, und mich beschleicht ein ungutes Gefühl. Er hat sich im Laufe der Nacht gemeldet. Die Männer wissen, dass sie mich in Krisensituationen kontaktieren können, so spät habe ich aber noch nie eine Nachricht erhalten. Ich sehe ihn vor mir. Der Alkohol als einziger Begleiter, Freunde und Familie sind über alle Berge.

»Gut, und dir?«, antworte ich, während die Kaffeemaschine gurgelt.

»Alles in bester Ordnung.«

»Wolltest du was Bestimmtes?«

»Nein, wollte mich nur erkundigen, ob bei dir alles in Ordnung ist.«

»Bin gerade aufgestanden«, antworte ich und füge einen blinzelnden Emoji hinzu.

Gaute ergreift bei Uneinigkeiten in der Gruppe immer meine Partei. Einmal, als Marcos ganz vorn auf seinem Stuhl hockte und so aussah, als wollte er sich auf mich stürzen, schien Gaute sich bereit zu machen, ihn jederzeit abzufangen. Seine Fäuste ballten und öffneten sich, und ich war mir fast sicher, dass er Marcos zusammenschlagen würde, falls er das Gefühl hätte, dass ich in Gefahr war. Nächtliche Nachrichten von ihm will ich aber trotzdem nicht. Das muss ich ihm unter vier Augen klarmachen.

Um etwas über Künstler sagen zu können, muss man ihre Gemälde studieren, hat einmal ein Profiler gesagt und damit natürlich den Tatort und das Opfer gemeint, aber was das angeht, habe ich nicht viel. Natürlich kann ich etwas über einen Tätertyp sagen, der sein Opfer in die Tiefe stößt, aber zuerst muss ich herausfinden, wer Azora war und was am Abend ihres Todes passiert ist. Wo war sie, als sie mich anrief? Was hat sie dazu gebracht, Kontakt mit mir aufzunehmen? Ich muss Charlie auftreiben und herausfinden, was er mir nicht gesagt hat. Denn dass er etwas verschweigt, da bin ich sicher. Es liegt jetzt an mir, den Bullshit von dem Wahren, Wichtigen zu trennen.

Nach dem Essen fahre ich mit der Straßenbahn in die Stadt. Ich steige an der Brugata aus, die das Zentrum wie ein kleiner Blinddarm mit dem Osten der Stadt verbindet. Von dort gehe ich zum Grønlands Torg. Am U-Bahn-Eingang sitzt ein Mädchen neben einem grünen Glascontainer an einen gepackten Rucksack gelehnt. Die Beine stecken in einem Schlafsack. Der Kunstpelzrand ihrer Daunenjacke erinnert eher an eine räudige Ratte. Ihre Augen sind glasig, die Haut blass, die Lippen aufgerissen, und sie riecht, als hätte sie sich gerade erbrochen. Junge Frauen sollten in dieser Jahreszeit nicht so auf dem Boden hocken. Nicht im Winter. Sie sollten nicht ihre Seele für den nächsten Schuss oder das Geld dafür verkaufen. Wie ein Insekt, das sich so lange am Leben hält, wie es für die Reproduktion braucht.

So darf unsere Welt doch nicht aussehen, denke ich, während die Leute mit Pappbechern in der Hand an uns vorbeiströmen. Einige sehen mich an, sie aber nicht. Es ist, als würde sie nicht existieren.

Ich frage nach Charlie, aber sie schüttelt nur den Kopf und wedelt mich mit der Hand weg. Ich lasse sie in Ruhe, frage ein paar andere geschundene Seelen, aber niemand scheint Charlie gesehen zu haben.

Als Kind wäre ich nie auf die Idee gekommen, dass das Leben anders als spannend und abenteuerlich werden könnte. Ich war auf alles neugierig, las alles, was ich in die Finger bekam, egal ob spannende Romane oder Geschichtsbücher. Edgar, ein Freund von Papa, hat bei der Polizei gearbeitet und mich mit Nancy-Drew-Büchern versorgt. Vermutlich wollte er mich schon damals auf seine Seite ziehen. Aber es war das Elend der Wirklichkeit, das mich anzog, weshalb ich Autoren wie Maya Angelou, Ingvar Ambjørnsen oder Alan Duff bevorzugte. Im Kriminalamt haben wir immer auf eine gewisse Distanz geachtet, doch jetzt drängt es mich, der Realität näherzukommen, die Charlie mir zeigen kann und die ich brauche, um Azora und vielleicht auch mich zu verstehen.

Schließlich entdecke ich ihn auf dem Weg zu einem Waschsalon, um seinen Pullover zu reinigen, der mit einem undefinierbaren, dunklen Schleim bedeckt ist.

»Hat Azora Streit mit ihrem Dealer gehabt?«, frage ich, während zwei ostasiatisch aussehende Frauen einen Bogen um uns machen. Ich fühle mich wie ein Gespenst, als würde auch ich langsam zu denen werden, die man nicht sieht.

»Klar«, sagt Charlie und bläst die Wangen auf. »Aber da mische ich mich nicht ein.«

Die Körpersprache von Drogenabhängigen ist schwer zu lesen, das Zucken ihres Körpers ist normal. Flackernde Blicke, fehlende Konzentration, zitternde Hände. Es ist nahezu unmöglich, zu erkennen, was physiologisch ausgelöst und was die Folge von Medikamenten, Drogen oder psychischen Leiden ist.

»Hast du rausgefunden, bei wem sie gekauft hat?«, frage ich.

»Bei der Frau im Rollstuhl.«

»Hä?«

»Hast du noch nie die alte Frau im Rollstuhl gesehen, die in Grønland rumfährt? Rote Jacke.«

»Nein, ist mir nie aufgefallen. Aber … heißt das, dass …?« Ich starre ihn an, um sicherzugehen, dass er noch bei mir ist.

»Azora hat bei ihr gekauft.«

»Die Dealerin ist eine alte Frau im Rollstuhl?« Vielleicht sollte mich das nicht allzu sehr überraschen.

»Gerd«, sagt Charlie.

Ich erinnere mich an den Namen aus der Kirche. Eine Dealerin, die einen Kranz zur Beerdigung einer Kundin schickt. Das ist neu.

»Hast du Azora an dem Tag gesehen? Also vor ihrem Tod?«

Charlie schüttelt den Kopf. »Die ganze Woche nicht.«

»Und Randi?«

»Keine Ahnung, ich kann sie fragen.«

Ich warte.

»Azora hatte ein Medaillon mit einem E darauf«, sage ich. »Und auf dem Dach hat sie den Namen Evelyn in den Beton geritzt.«

Es sieht so aus, als warte er darauf, dass ich noch mehr frage. Schließlich sagt er dann aber doch:

»Vielleicht ihr Kind.«

»Ihr Kind?«

»Azora hat ein Kind. Aber weil sie nicht clean war …«

Ich atme tief ein.

»… hat man ihr das Kind weggenommen.«

Kein Wunder, dass sie auf der Suche nach Menschen war,

die ihr helfen konnten, das Kind zu finden. Aber warum ich?

Meine Hand geht automatisch zu meinem Bauch. Ich habe schon wieder vergessen, den Test zu machen, und mit einem Mal kann ich an nichts anderes mehr denken, als wie es wäre, ein Kind zu bekommen, das mir dann weggenommen wird.

14

Was, wenn ich keine gute Mutter bin? Läuft es dann zwangsläufig und ohne jede Alternative darauf hinaus, das Kind zu vernachlässigen?

An einem verregneten Morgen fahre ich mit der Straßenbahn in die Storgata und gehe zum Büro der Straßenhilfe, das in einem hellen, freundlichen Loft mit tiefen Fenstern zur Straßenseite untergebracht ist. Ein Empfangstresen, ein 90er-Jahre-Ecksofa in weinrotem Leder unter einer Dachschräge. Im hinteren Teil des großen Raumes eine Anrichte mit Bechern, Gläsern und einer Kaffeemaschine. Darunter ein Kühlschrank.

Linnea nimmt mich in Empfang. Auch sie scheint nicht viel geschlafen zu haben, denke ich, als ich ihren müden Blick sehe.

»Hallo«, sage ich. »Wir haben uns bei Azora Strands Beerdigung gesehen.«

»Ja, inzwischen weiß ich, wer Sie sind«, sagt Linnea. Sie steht etwas steif vor mir, den Mund noch verkniffener als bei unserer ersten Begegnung. »Und ich habe ehrlich gesagt kein Interesse, mit Ihnen …«

»Es geht nur um ein paar Kleinigkeiten«, falle ich ihr ins Wort.

Sie mustert mich von Kopf bis Fuß, ehe sie mir signalisiert, ihr zu folgen. Wir gehen in ein enges Büro mit grellem

Licht, einem fast leeren Tisch und zwei Stühlen. Von der anderen Flurseite ist das Klappern einer Tastatur zu hören.

Linnea setzt sich. Verschränkt die Arme. Sie benutzt kein Parfüm, duftet einfach nur nach Seife.

»Schießen Sie los.«

Ich öffne meinen Parka, lockere den Schal und setze mich.

»Sind in Norwegen Menschen dazu gezwungen, auf der Straße zu leben?«

Das ist nicht wirklich mein Anliegen, ich stelle diese Frage nur, um Linnea zum Reden zu bringen. Ein Trick, den ich bei der Kripo gelernt habe. Indem man seine Fragen auf ein Thema lenkt, für das der Gesprächspartner sich interessiert, kann man eher mit Antworten rechnen.

Linnea schluckt den Köder samt Haken und Schnur. Sie breitet die Arme aus, wippt unterm Tisch mit den Fußspitzen.

»Haben Sie vor ungefähr einem Jahr den Brennpunkt-Beitrag zu den hunderteinundvierzig Millionen für Tøyen gesehen?«

»Nein, leider.« Ich neige den Kopf zur Seite und beuge mich vor, um mein Interesse zu signalisieren.

»Die Zuschüsse für den Stadtteil haben die Situation für die Jugendlichen in Tøyen nicht verbessert, sondern eher verschlechtert.«

»Sie meinen also, dass viele junge Menschen aus Armut auf der Straße landen?«

»Kinderarmut und Jugendkriminalität müssen durch angemessene Finanzmittel von der Regierung bekämpft werden. Das Streichen und Erneuern von Spielgeräten reicht da nicht aus.«

Ein energischer Zug manifestiert sich in ihrem Gesicht. Für sie ist das hier definitiv nicht nur ein Job. Mir kommt in den Sinn, was Charlie von ihrem Vater erzählt hat, der an einer Überdosis gestorben ist.

»Sie meinen, Jugendliche brauchen Orte, an denen sie sich aufhalten können, wenn sie nicht nach Hause können?«, hake ich nach.

»Selbstverständlich.«

»Und wenn ein Kind plötzlich nicht mehr da ist«, sage ich, »was macht man dann?«

»Ich verstehe nicht ganz?«

»Wenn einem das Kind weggenommen wird?«

»Wegen Vernachlässigung?«

»Oder weil man drogenabhängig ist.«

Linneas Augen funkeln. Sie hat verstanden, worauf ich hinauswill. Sie zupft am Ohrläppchen, ein typisches Zeichen dafür, dass sie überlegt, was sie sagen soll.

»Wenn man auf der Straße lebt und ein Kind finden will, das einem weggenommen wurde, wie geht man dann vor?«

Ich kann hartnäckig sein, wenn ich will. Die wenigsten Menschen wissen, dass Lügen oder Gefühle wie Erleichterung oder Wut schon in ihren Gesichtern abzulesen sind, bevor sie überhaupt ein Wort geäußert haben. Kann man diese Zeichen deuten, muss man die Leute nur noch zum Sprechen bringen.

»Haben Sie sie dabei unterstützt?«, frage ich. »Haben Sie ihr geholfen, ihr Kind zu finden?«

Linnea entspannt sich etwas, für einen Augenblick sieht es so aus, als ob sie sich öffnen will.

»Sie hat uns mal gefragt, wie man Personen finden kann, die nicht gefunden werden sollen ...«

»Dann haben Sie ihr nicht geholfen?«

»Nein, nicht direkt.«

»Was heißt das?«

Linnea lehnt sich zurück.

»Als sich herausgestellt hat, dass es tatsächlich um ein Kind geht, wie Sie es gesagt haben, hab ich ihr ganz offen gesagt, dass sie nicht mit einer Wiedervereinigung rechnen kann, solange sie noch abhängig ist.«

Ich sehe ihr in die Augen. Ihr Gesicht hat eine ungesunde Röte angenommen.

»Und wenn sie clean gewesen wäre?«

Linnea streckt sich nach einem Stift aus, dreht ihn zwischen den Fingern und scheint nach etwas Ausschau zu halten, worauf sie schreiben kann.

»Manchmal ist es besser für das Kind …«

»Das verstehe ich«, sage ich und warte, ob sie die Pause mit Worten füllt.

»Ich will ja nicht schlecht von den Toten reden, aber …«, sagt sie schließlich.

»Ja?«

Sie dreht den Stift zwischen den Fingern.

»Azora war schon ’ne Extranummer. Sie war unberechenbar, paranoid, zwischendurch gewalttätig.« Linneas Gesicht zuckt, sie sieht aufrichtig ängstlich aus, ihre Stimme klingt gequält. »Und die Typen, mit denen sie abhing …«

»Charlie?«, frage ich und suche in ihrer Körpersprache nach der Quelle der Angst. »Der wirkt doch eher harmlos.«

Sie wirft einen hektischen Blick zur Tür. »Charlie ist in Ordnung. Ich meine die anderen Typen …«

Ich verziehe unbewusst das Gesicht.

»Welche anderen Typen?«

Linnea sieht mich mit unergründlichem Blick an.

»Erpressung, Folter, kochendes Öl in die Gehörgänge der Leute. Dinge, die wir uns nicht einmal ausmalen können, Leute, die über Leben und Tod anderer Menschen entscheiden. Manche sind nur Laufburschen, vor anderen sollte man wirklich Angst haben. Norwegen ist ein kleines Land, und wir können uns nicht vorstellen, dass es hier gefährlich ist, aber ich würde einen großen Bogen um alles machen, was mit Azora zu tun hat.«

Meine Finger sind eiskalt. Irgendwie kommt erst jetzt bei mir an, was ich eigentlich längst weiß. Es ist gut möglich, dass einer von denen mir gefolgt ist.

»In welche Klinik wollte sie gehen?«, höre ich mich fragen.

»Das kann ich nicht sagen …« Linnea legt den Stift auf den Tisch und presst die Lippen aufeinander.

»Trasopp?«

Ihr Gesicht verrät nichts.

»Sigma?«

Reglos.

»Lebensrad?« Ich kneife die Augen zusammen, als ich den Namen der Klinik ausspreche, in der ich mein Praktikum gemacht habe.

Ihr Blick weicht zur Seite aus und kündigt die Lüge an.

»Nein.«

15

Als ich am nächsten Abend in der Aggressionsbewältigungsgruppe sitze, wird mir klar, dass ich Herdis die Wahrheit gesagt habe. Ich fühle mich wohl hier. Ich hätte sicher auch andere Jobs kriegen können, Therapeutin im Frauengefängnis oder so etwas, ich glaube aber, dass ich hier nützlicher sein kann. Diese Männer brauchen mich, ganz zu schweigen von den Frauen, die sie verprügeln.

In der Pause bitte ich Gaute, kurz zu bleiben. »Alles gut bei dir?«

Er sieht sich um und beugt sich dann etwas zu weit zu mir vor.

»Ich bin dir doch nicht zu nahe getreten?«

Ich weiche einen Schritt zurück. »Natürlich nicht. Ging es um was Bestimmtes?«

»Nein, ich wollte nur mal hören, wie es dir geht.« Er macht eine Pause. »Kann nicht leicht sein als Singlefrau in dieser Stadt«, fährt er fort.

Er verursacht mir eine Gänsehaut. »Sicher, dass ich Single bin?«

»Ach? Ich dachte …« Er senkt den Blick. »Ich dachte, es wäre Schluss.«

Mir rieselt es kalt den Rücken runter. Woher zum Teufel weiß er das?

»Mach dir mal keine Sorgen um mich«, sage ich und tue

so, als würde mich seine Aussage nicht berühren. »Aber danke für die Anteilnahme.«

Eine leichte Röte breitet sich in seinem Gesicht aus. Er setzt sich auf einen Stuhl und blättert in dem Buch, das er mitgebracht hat. Ich nehme mir einen Haferriegel aus dem Kühlschrank und gebe vor, meine Notizen noch einmal durchzulesen.

Reza ist zum Rauchen nach draußen gegangen. Marcos und Tore sitzen je an einem Ende des Sofas und plaudern, sind aber mindestens ebenso mit ihren Handys beschäftigt. Ich höre nicht zu, worüber sie reden, sondern denke darüber nach, was ich tun werde, wenn sich herausstellt, dass ich schwanger bin. Abtreiben oder behalten? Was würde Kristian dazu sagen, wenn ich mich entscheide, es nicht zu behalten?

Dass ich mir selbst nie Kinder gewünscht habe, ist mit Blick auf meine liebevollen Eltern eigentlich seltsam. Aber in der Kindheit dreht sich nicht alles nur um die engste Familie, sondern genauso um die Freunde, ums Dazugehören. Und ich bin mir nicht sicher, ob ich Kinder in einer Welt großziehen möchte, in der das Leben für junge Menschen immer härter wird. Bei mir fing es in der Mittelstufe an, glaube ich jedenfalls; was genau da passiert ist, weiß ich nicht, aber plötzlich hatte ich meine Freunde verloren.

»Hast du das von dem Großwildjäger gehört, der von dem sterbenden Elefanten totgetrampelt wurde, den er angeschossen hat?«, reißt Marcos mich aus meinen Gedanken.

»Hm«, brummt Tore, ohne den Blick vom Display zu nehmen.

Marcos pult mit dem kleinen Finger an den Zähnen

herum. Er legt sein Handy weg, nimmt sich einen der Stressbälle, die ich immer auf dem Tisch liegen habe, und knetet ihn mit rhythmischen Bewegungen. Ich notiere im Geiste, den Ball nach der Stunde zu desinfizieren.

»Das nenn ich echtes Pech«, sagt er mehr zum Ball als zu Tore.

In der Therapiestunde zügeln sich die Männer meistens, geben nur in sehr kleinen Dosen ihre Meinung preis. In der Pause ist es, als wäre ich unsichtbar, da werden meine Kritzeleien häufig konkreter, während ich zuhöre.

Tore grunzt irgendwas Unverständliches. Ist er so von dem gebannt, was er auf dem Bildschirm liest, oder ist das eine bewusste Herrschaftstechnik? Bei ihm weiß man nie.

Marcos dreht sich zur Seite. »Was sagst du dazu?«, fragt er. »Ist das verdammtes Pech oder nicht?«

»Für den Elefanten oder den Wilderer?«, murmelt Tore.

Ich schiele unauffällig zu ihnen rüber. Tore würdigt Marcos nach wie vor keines Blickes, und ich frage mich, warum er das macht.

Marcos schnauft.

»In Brasilien sind wir mit Blasrohren auf Jagd gegangen, da hab' ich nie dran gedacht, dass mir die Beute auf den Kopf fallen könnte.«

Tores Kiefer spannt sich an, und ich stelle mich auf einen ausführlichen Vortrag über Wilderei ein. Aber stattdessen sagt Tore, noch immer, ohne Marcos anzusehen: »Ist die Elefantengeschichte nicht alt?«

»Ja … aber ich finde sie trotzdem interessant.«

Stille.

»Du nicht?«

Tores Finger wischen in Zeitlupe über das Display.

»Ich nenne das Gerechtigkeit«, sagt er endlich.

Ich trinke einen Schluck Kaffee. Schaue rüber zu Gaute, der scheinbar unberührt von dem Gespräch der beiden in seinem Buch blättert.

Marcos murmelt unverständlich vor sich hin, knetet den Ball, sieht Tore an.

Jäger und Beute. Ich habe einen Mann tödlich verwundet, der meiner Überzeugung nach zwei Teenagerinnen vergewaltigt und getötet hat, und bin zertrampelt worden. Gerechtigkeit.

Ich habe mir das Hirn zermartert, wie ich als Jahrgangsbeste all die Signale missverstehen konnte, die Ellingsen ausgesandt hat. Dass er auf seiner Lippe kaute, wenn er nachweislich log, der auf den Tisch gerichtete Blick an genau den passenden Stellen. Die bis aufs Nagelbett abgekauten Nägel und das an mich gerichtete Grinsen, wenn niemand es sah. Und nicht zuletzt das, was er sagte, als die anderen mit anderen Dingen beschäftigt waren.

Manche Frauen mögen es brutal.

Ich habe keinen Mann gesehen, der geprahlt hat, weil er sich sicher fühlte. Ich habe einen Vergewaltiger gesehen, der verstanden hat, dass sein Leben kurz vor einer schicksalhaften Wende steht. Einen verzweifelten Mann, der zu allem bereit war. Einen, der in jedem Fall Haft verdient hatte, ob er nun schuldig war oder nicht. Hatte ich an irgendeiner Stelle Zweifel? Es gibt Momente, in denen ich mir einrede, dass ich sie hatte, aber das ist eine Lüge. Als der DNA-Beweis kam, der ihn als Täter ausschloss, war ich zutiefst erschüttert.

Mir wird schwindelig, ich sehe uns drei in diesem Raum: Abs, Ellingsen und mich. Drei kritische Menschen, die allesamt wussten, dass die Zukunft mindestens für einen von uns von diesem Gespräch abhing.

»Hab meinem Sohn das Bild gezeigt«, sagt Marcos und holt mich aus meinen Selbstvorwürfen zurück. Es geht noch immer um den Elefantenjäger. »Um ihm zu zeigen, was passieren kann, wenn man dumme Dinge tut, aber er hat den Vergleich nicht verstanden.«

Tore lacht, ein erstaunter, kurzer Hickser. Endlich schaut er von seinem Handy auf, steckt es in die Jackentasche.

»Der Sohn, den du nicht sehen darfst?«, fragt er und schlägt ein Bein über das andere.

Marcos kann unmöglich Tores herablassenden Unterton überhört haben, lässt sich aber nichts anmerken.

»*Putas* haben viel zu viel Macht«, sagt er und richtet sich auf.

Seine aggressive Aussage überrascht mich, und wie aus Reflex räuspere ich mich laut. Mit Ausnahme von Gaute geben die anderen immer mal wieder demütigende Kommentare über Frauen von sich, aber nicht auf diese Art.

»Sorry«, sagt Marcos mit aufgesetzt reuigem Unterton. »Aber findest du nicht auch, dass Frauen viel zu viel Macht haben, was das Umgangsrecht angeht?«

Gaute schaut von seinem Buch hoch, beherrscht.

»Sie hat keine Kinder.«

Meine Finger hinterlassen feuchte Abdrücke in meinem Notizheft. Was ist denn heute mit ihnen los? Haben sie die Facebook-Seite gesehen und mich wiedererkannt? Der Ellingsen-Fall wurde in keinem unserer Gespräche je erwähnt, aber alle wissen, was ich getan habe. Natürlich haben sie ihre Meinung zu mir. Aber ich habe, ehrlich gesagt, gedacht, sie würden mir vertrauen, weil auch ich Fehler mache.

Tore wirft Gaute einen »Bist du noch ganz sauber«-Blick zu.

»Ein Gehirn kann man ja wohl auch ohne Kinder haben.«

Gaute streckt den Hals, als würde ihn das Ganze amüsieren.

»Aber nicht alle haben eins, selbst mit Kindern.«

Marcos bekommt mit, dass Gaute ihn damit meint, beugt sich auf dem Stuhl vor und bläst den Brustkorb auf wie ein Schoßhund.

»Und das soll heißen …?«

Gaute verdreht die Augen.

»Wenn man seine Kinder gerne sehen möchte, ist es ziemlich dämlich, die Mutter zu verdreschen.«

Marcos schiebt einen Fuß nach hinten, um Anlauf zu nehmen.

»*Filho da puta*, ich werd dir …«

Ich will gerade dazwischengehen, als Gaute sagt: »Was denn? Mir die Fresse polieren, wie du es mit dieser Junkie-Hure getan hast?«

Ich horche auf. Junkie-Hure?

Marcos springt vom Sofa auf und ist mit zwei Schritten bei Gaute, der ebenfalls auf die Beine gekommen ist, mit erhobener Faust, bereit, zuzuschlagen.

»Was zum Teufel weißt du darüber?«, brüllt Marcos und packt Gaute am Kragen, zieht ihn zu sich.

»Du hast damit rumgeprahlt, du Idiot«, schreit Gaute ihm ins Gesicht.

Die Angst schießt mir wie ein roter Blitz in die Glieder. Ich stürze zu ihnen und schiebe mich zwischen die beiden, ehe sie reagieren können, dann drücke ich sie mit den Armen auseinander. Spüre ihre pulsierenden Brustkörbe unter meinen Handflächen.

»Jetzt beruhigt ihr euch erst mal wieder«, sage ich. »Oder muss ich die Polizei rufen?«

Die Tür geht auf, Reza kommt herein, und ich nehme die Hände runter.

»Machen wir weiter?«, frage ich und schicke Gaute und Marcos zurück auf ihre Plätze.

Als ich mich umdrehe, erhasche ich einen Blick auf Tores Handydisplay und sehe mein Facebook-Foto. Ich wende den Blick schnell wieder ab, er hat aber registriert, dass ich es gesehen habe. Einer seiner Mundwinkel zuckt nach oben.

16

Auch in dieser Nacht schlafe ich nicht sonderlich gut. Als ich die Augen öffne, ist es 04.12 Uhr. Ich schwinge die Beine über die Bettkante und gehe ins Bad. Die Schachtel ClearBlue strahlt mir vom Waschbeckenrand entgegen, wo ich sie gestern hingelegt habe, damit ich heute Morgen auch bestimmt den Test mache.

Bevor ich es mir anders überlegen kann, reiße ich die Verpackung auf, setze mich auf die Klobrille und halte den Stift in den Urinstrahl. Danach laufe ich die drei Minuten, die ich auf die Antwort warten muss, auf dem Flur auf und ab und handele in Gedanken alles ab: Von Abtreibung bis Kinderkleider, von Kindergartenplatz bis Klinik, von der Angst, keine gute Mutter zu sein, bis zum Duft eines frisch gebadeten Babys. Die kurzen Filmcuts, die über meine innere Leinwand flimmern, machen mich schwindelig, benommen, glücklich, verzweifelt. Für einen Augenblick überlege ich, mir die Decke über den Kopf zu ziehen und den Test irgendwann wegzuwerfen, ohne ihn anzusehen.

Nach drei Minuten gehe ich zurück ins Bad. Das blaue Plus verrät, dass ich schwanger bin.

Ich denke an Marcos Geschichte und muss plötzlich an einen Artikel über Elefanten denken, den ich gelesen habe. Die Kühe sind die fürsorglichsten Mütter im Tierreich, die ganze Herde schart sich um ein Junges, wenn Gefahr droht.

Aber das Verhalten ist weder natürlich noch instinktiv, sondern angelernt. Elefanten werden schon von klein auf als Babysitter für kleinere Kälber eingesetzt und sozusagen zu Beschützern erzogen. Wenn sie dann selbst Junge kriegen, wissen sie genau, was zu tun ist.

Aber was, wenn die Erziehung fehlschlägt? Oder ein Wilderer vorbeikommt und die Mutter erlegt?

Bei der Überlegung, ob ich eine gute Mutter sein werde, kommt mir ein Gedanke. Könnte Azora Strand meine Babysitterin gewesen sein? Älter als ich dürfte sie auf alle Fälle sein, auch wenn ich ihr Geburtsjahr nicht kenne. Vielleicht war sie ja die Tochter von Freunden meiner Eltern. Wusste sie deshalb von meinen Albträumen? Hat sie mich nachts getröstet? War sie bei mir, wenn ich schweißgebadet und verängstigt aufgewacht bin? Wie auf einem alten Filmschnipsel sehe ich Azora und mich zusammen, kann aber beim besten Willen nicht sagen, ob das eine Erinnerung oder reine Fiktion ist. Aber nicht das ist es, was mich umtreibt, sondern das in mir aufsteigende Unbehagen, das ich nicht genau ergründen kann. Schlägt sie? Oder tröstet sie? Ich weiß es nicht, weiß nur, dass irgendetwas mir Angst gemacht hat.

Ich betrachte mein Spiegelbild, streiche mit der Hand über die Narbe an meinem linken Oberarm. Papa hat gesagt, das wäre eine Brandnarbe aus meiner Kindheit, weil ich nicht auf ihre Warnung gehört habe, dass Streichhölzer gefährlich sind. Im Spiegel sehe ich, wie meine Finger zu zittern anfangen, meine Nägel bohren sich in meinen Oberarm.

Wenn Azora mich nicht getröstet hat, ist sie dann vielleicht der Auslöser meiner Albträume?

17

Ich nicke immer wieder kurz ein. In der Straßenbahn in die Stadt, im Zug raus zur Klinik. Ein halbwüchsiger Junge ganz in Schwarz rüttelt mich am Arm. Er sagt nichts, aber sein verächtlicher Blick spricht Bände. Wahrscheinlich hält er mich für betrunken und nicht einfach für müde. Ich schiebe ein Bein vors andere und stolpere hinaus auf den Bahnsteig, während es hinter mir metallisch quietscht. Das letzte Stück bis zum Lebensrad gehe ich zu Fuß und hoffe, dass die frische Luft mich etwas wacher macht.

Sobald ich das Haus vor mir sehe, sind alle Grübeleien über das Kind und die Zwischenfälle in der Gruppe am Vorabend vergessen. Geblieben ist nur der Gedanke, dass Azora die Urheberin meiner Albträume sein könnte.

Sieben Jahre ist es her, dass ich zuletzt hier war. Die ehemals graue Fassade ist mittlerweile eidottergelb. Die alten Fenster sind gegen modernere ausgetauscht worden. Vermutlich Panzerglas mit einem Sicherheitsmechanismus, der sich nur bei Feuer öffnen lässt. Auch die Eingangstür ist neu, statt Massivholz einbruchsicheres Glas. Heller, aber genauso undurchdringlich, in beide Richtungen.

Die Frauen, die einen Platz im Lebensrad bekommen, haben in der Regel keine Bezugspersonen, die sie unterstützen. Die Einweisung ist grundsätzlich freiwillig, obwohl die allermeisten mit massiv niedriger Selbstmotivation zu kämpfen haben. Das Leugnen der Sucht ist enorm. Viele von ihnen behaupten, die Drogen als Medikament gegen andere Symptome zu nehmen, und schuld an ihrer Situation sind immer die Gesellschaft oder marode Familienverhältnisse.

Je näher ich komme, desto langsamer werde ich. Ich wappne mich innerlich gegen das Wiedersehen. Muss mich regelrecht zwingen, zur Tür zu gehen, die jetzt mit einer Gegensprechanlage und Kamera ausgestattet ist. Vermutlich, damit die »Vorsteherin«, wie wir sie genannt haben, sehen kann, wen sie selbst in Empfang nehmen will und wann sie ihre Untergebenen schicken kann. Der Name trifft auf sie zu, denn sie führt die Einrichtung wie ein Waisenheim im letzten Jahrhundert.

Nicht die Vorsteherin macht mir auf, sondern die Stille Trude, eine untersetzte Frau mit ausladenden Hüften und schlechter Körperhaltung. Sie könnte hübsch sein, wenn sie wollte, aber schon zu meiner Zeit hat Trude keinen Wert auf Äußerlichkeiten oder Körperhygiene gelegt. Und ihr strähniges Haar zeugt davon, dass sich daran in den letzten Jahren nichts geändert hat.

Aber vielleicht sollte ich mir an die eigene Nase fassen, denke ich und erinnere mich an den abschätzigen Blick des Jungen im Zug.

»Du?«, sagt Trude durch die einen Spaltbreit aufgehaltene Tür.

Fast erwarte ich eine Standpauke. Wie für einen rebellischen Teenager, der von zu Hause abgehauen ist und jetzt mit eingezogenem Schwanz zurückgeschlichen kommt.

»Es geschehen noch Zeichen und Wunder«, antworte ich und ringe mir ein Lächeln ab.

Trude öffnet die Tür, bleibt stehen, lässt mich in den Vorraum treten und führt mich durch einen engen Korridor.

Innen hat das Haus sich nicht groß verändert. Die kuhscheißgrüne Farbe an den Wänden ist noch dieselbe. Die Türen zu den privaten Räumen der Patientinnen sind wie früher geschlossen. Der strenge Geruchsmix aus Medikamenten und Erbrochenem wird wohl niemals ganz verschwinden. Würde ich daran glauben, dass Energien sich auf den Wänden ablagern, würde ich sie mir als dicke Schicht von Aggression und Leid der Frauen vorstellen, die hier Zeit verbracht haben.

»Probleme?«, fragt Trude in aufrechterer Haltung als früher. Ihre Brüste wirken straffer, die Rettungsringe sind aber noch da. Zwar ist sie noch immer so wortkarg wie früher, aber ihre Stimmbänder scheinen mehr Kraft zu haben.

Aus unerfindlichen Gründen provozieren mich ihr Tonfall und die aufrechte Haltung.

Ich setze mein absolut nichtssagendes, antrainiertes Frühstücksfernsehen-Lächeln auf. Trude will mich in den Pausenraum bitten, der für Angestellte im Bereitschaftsdienst reserviert ist. Ich lege eine Hand an ihren Oberarm und frage, ob wir nicht lieber ins Büro gehen können.

Sie nimmt hinter dem Schreibtisch Platz und zeigt auf einen einfachen Holzstuhl. Ihr Blick flackert nervös, als ich mich auf die vordere Stuhlkante setze. Befürchtet sie, dass ich hier bin, um mich auf eine Stelle zu bewerben?

Ich ziehe meine Jacke aus und lege sie über meine Oberschenkel.

Auf dem Schreibtisch prangt ein alter Computer. An einer Wand steht ein riesiger Archivschrank, da die Vorsteherin der Technologie nicht traut und Kopien von allen

Protokollen gemacht hat. Oben auf dem Schrank die Reste von Trudes Mittagessen. Beim Anblick des Fischpuddings mit angetrockneter weißer Soße zieht sich mein Magen zusammen.

Sie notiert etwas in einer Mappe. Ich schaue aus dem Fenster und warte, dass sie fertig wird. Auf dem Flur schlurft ein junges Mädchen in weiten Kleidern vorbei, vielleicht siebzehn Jahre alt. Neben ihr geht eine ältere Frau. Mutter und Tochter, nehme ich an. Ein Versuch der Wiedervereinigung? Die Mutter versucht, den Arm um ihre Tochter zu legen, aber die Tochter schüttelt ihn ab. Faucht sie an. Die Mutter zieht den Arm zurück. Geht langsamer. Ich kann den Blick nicht von ihnen losreißen. Fühle eine Taubheit im Körper. Weiß, dass sich – solange die Tochter drogenabhängig ist – jede wache Sekunde nur um sie drehen wird.

Als kurz darauf ein Taxi vorfährt, um die Mutter abzuholen, und eine Pflegerin zu der jungen Frau geht, kehrt sich das Machtverhältnis um. Die Tochter stürzt hinter der Mutter her, klammert sich an ihren Arm und will nicht loslassen. Es braucht drei Pfleger, um das Mädchen wegzuziehen.

Ich denke an all die Demütigungen, die schutzbedürftige Frauen durchmachen, all die Momente, die ich gerne vergessen würde.

»Du hättest dich anmelden sollen«, sagt Trude, als sie ihre Notizen beendet hat. Sie hat die Arme vor der Brust verschränkt.

»Ich war mir nicht sicher, ob du mich treffen willst.«

Trudes Gesicht wird etwas weicher. »Aber sicher doch.«

»Ich wusste nicht, an wen ich mich sonst wenden kann …«, beginne ich.

In Trudes Gesicht blitzt so etwas wie Sympathie auf.

»Ist was passiert?«, fragt sie.

»Ja«, sage ich leise.

Sie zieht die Brauen hoch.

»Azora Strand«, sage ich.

Das angedeutete Lächeln verfliegt. Ein kurzes Einatmen.

»Sie sollte hier wieder aufgenommen werden«, sage ich.

Trude sieht aus, als würde sie sich auf die Zunge beißen. Es dauert eine Weile, bis sie etwas sagt.

»Wir diskutieren keine ...«

Auf dem Flur sind laute Stimmen zu hören, meine Aufmerksamkeit ist einen Augenblick abgelenkt. Gläserklirren. Teller gehen zu Boden. Lautes Lachen mischt sich mit Wut. Vertraute Geräusche. Ich klemme mein Haar hinter die Ohren, ändere meine Position auf dem Stuhl.

»Ich würde gerne einen Blick in ihre Krankenakte werfen«, sage ich mit so freundlicher Stimme wie möglich.

Trudes Augen funkeln, sie neigt den Kopf zur Seite.

»Sie war noch nicht hier ...«

»Trude, spar es dir. Ich habe hier gearbeitet.«

Es ist gar nicht gut, dass ich die Fassung verliere, also versuche ich, mich wieder zu beruhigen.

»Ich habe Angst, Trude.«

Sie sieht mich fragend an.

»Todesangst«, sage ich und schaue aus dem Fenster.

In der folgenden Pause sitzen wir schweigend voreinander. Draußen wirbelt der Wind das Laub auf und drückt es wieder zu Boden.

»Ich hätte nicht kommen sollen«, sage ich schließlich und senke den Blick.

Trude räuspert sich. Sie ist ruhig und autoritär, fast

entschuldigend, als sie sagt: »Du weißt doch, Schweigepflicht.«

»Aber wenn der Verdacht auf ein schweres Verbrechen besteht, entfällt die Schweigepflicht, das weißt du doch auch.«

»Wenn du Polizistin wärst, ja«, kontert sie. »Aber das Letzte, was ich mitbekommen habe, ist, dass du entlassen wurdest. Apropos …« Sie sieht aus, als ob sie es sich anders überlegt. »Eigentlich warst du nie eine richtige Polizistin, oder?«

Das ist der längste Wortschwall, den ich je aus ihrem Mund gehört habe.

»Ich habe nach wie vor gute Kontakte bei der Polizei«, sage ich freundlich, aber bestimmt. »Kontakte, die garantiert eine Akteneinsicht veranlassen, wenn sie einen Grund finden.«

»Ehrlich gesagt …«

Trude rutscht auf ihrem Stuhl vor, verdreht demonstrativ die Augen. Tippt die Maus neben der Tastatur an. Wirft einen Blick zur Tür.

»Eine Frau ist tot«, sage ich. »Möglicherweise ermordet.«

»Ermordet?« Trude legt die Stirn in Falten.

»Wann war Azora zuletzt hier?« Ich sehe sie direkt an, während ich auf die Antwort warte.

Trude studiert ihre Finger, knibbelt ein Stück Haut vom Daumennagel.

»Warum?«, murmelt sie.

»Ich glaube, mich an sie zu erinnern.«

»Dann weißt du es doch.«

Meine Achseln sind feucht, es wird nicht lange dauern, bis ich beginne zu riechen. Der Schlafmangel lässt alle Informationen ineinander verschwimmen. Ich stehe schnell auf, um zu überspielen, wie fertig ich bin. Meine Jacke rutscht auf den Boden. Ich lasse sie liegen, gehe zum Fenster und zupfe an der Gardine.

»Familie?«

»Haben sie eher selten.«

Ich drehe mich zu Trude um.

»Andere Kontaktpersonen?«

Sie mustert mich, beobachtend. Kann ihre Finger nicht stillhalten.

»Keine Verwandten? Niemand, der kontaktiert werden sollte, für den Fall …«

Erneutes Kopfschütteln.

»Vorgutachten?«

Ihr Blick flackert. »Nein.«

»Und wer hat sie dann eingewiesen?«

»Hör auf!«

»Nein, ich höre nicht auf!«, fauche ich und spüre eine derart heftige Wut in mir aufsteigen, dass meine Müdigkeit schlagartig verfliegt. »Was glaubst du wohl, wie viel Ärger ich dir bereiten kann, Trude?«, sage ich mit gedämpfter Stimme.

Sie sieht mich vorwurfsvoll an.

»Gar keinen, außer du willst dich selbst mit reinziehen.«

»Und was, wenn ich glaube, dass es das wert ist?«

Sie scheint zu glauben, dass ich tatsächlich erzählen würde, wie Azora damals rausgekommen ist, an jenem Abend, als ich Trude überredet hatte, meine Schicht zu übernehmen, obwohl ich wusste, dass sie Beruhigungstabletten genommen hatte.

»Ich weiß nicht, was mit Azora passiert ist«, sagt sie.

»Das beantwortet nicht meine Frage.«

Ich sehe, wie Trude sich innerlich auf einen »Kommandier mich nicht rum«-Protest vorbereitet. Ihr Gesichtsausdruck wechselt zwischen taff und verunsichert.

»Ich weiß nichts, was für dich von Bedeutung sein könnte.«

»Das entscheidest nicht du. Zeig mir einfach das Vorgutachten.«

Sie öffnet den Mund und antwortet mit piepsiger Stimme: »Das kann ich nicht.«

»Wie lange stand sie auf der Warteliste?«, frage ich weiter.

»Eilverfahren«, rutscht es Trude heraus.

»Eilverfahren? Mit welcher Begründung?«

Aber Trude schweigt, und mir ist klar, dass das Gespräch beendet ist.

»Also gut«, sage ich, seufze demonstrativ und stehe auf. »Ich dachte, dir läge daran, deinen Job zu behalten, aber …« Sie will etwas sagen, ich hebe aber nur abwehrend die Hand. »Ich finde selbst raus. Muss nur noch schnell auf die Toilette.«

Ich gehe raus auf den Flur. Wenn Trude es sich anders überlegt, wird sie mir folgen. Aber je länger ich warte, desto weniger wahrscheinlich wird es. Wie zum Teufel komme ich jetzt an das Gutachten? Darin müssen die letzte bekannte Anschrift und eventuelle Angehörige vermerkt sein, auch wenn der Patient darum gebeten hat, sie nicht zu kontaktieren. Niemand kommt ohne ein ausführliches Gutachten über das gesamte Krankheitsbild und alle wichtigen Informationen in diese Klinik. Und ich bin mir ziemlich sicher, dass das Gutachten in dem Archivschrank ist, zu dem Trude so nervös hingeschielt hat.

Eine Chance habe ich noch.

Ich lasse mir Zeit auf der Toilette. Schließe mich so lange in einer Kabine ein, bis Trude sicher sein kann, dass ich das Haus verlassen habe. Dann schleiche ich hoch in den zweiten Stock, um die einzige Möglichkeit zu nutzen, alle aus dem Gebäude zu kriegen. Der Feueralarm.

Der Korridor ist leer bis auf die eine oder andere Pflegekraft, die irgendwelche Medikamente oder was zu essen bringen. Ich muss nur zum Alarmkasten laufen, das Glas zerschlagen und den roten Knopf drücken. Dann verlassen alle das Gebäude. Aber meine Beine kleben wie in einem Honigtopf fest. Ein bekanntes Gefühl strömt durch meinen Körper. Die Nacht. Azora. Der Schnee.

Mein Mut schwindet, ich verstecke mich in einem der Zimmer neben dem Treppenhaus, stütze mich an einem Regal ab, sacke zu Boden. Reibe mit den Händen über das schweißkalte Gesicht.

Eilige Schritte auf dem Flur. Ich zucke zusammen. Ich öffne die Tür und sehe durch den Türspalt eine kräftige Frau, die ich nicht kenne, gefolgt von einer zweiten. Beide verschwinden in einem Zimmer weiter hinten. Als ich sicher bin, dass der Flur leer ist, laufe ich zum Feueralarm, schlage das Glas ein und drücke den Knopf.

18

Wie erwartet ist der Archivschrank verschlossen. Ich suche in der Schreibtischschublade, in den Regalen, an den Haken hinter der Tür nach den Schlüsseln, kann sie aber nicht finden. Zermartere mir das Hirn, wo sie früher aufbewahrt wurden. Mein Blick jagt hin und her, ich sehe aus dem Fenster. Draußen vor dem Haupteingang versammeln sich die Menschen. Trude steht für sich allein, holt die Snusdose aus der Hosentasche, schiebt sich ein Beutelchen unter die Lippe und sieht sich um. Wenn sie jetzt zu ihrem Bürofenster blickt, sieht sie mich. Ich widerstehe dem Impuls, die Gardine vorzuziehen, weil sie dann gleich wüsste, dass etwas nicht stimmt.

Dann sind die Sirenen zu hören. Die Feuerwehr ist auf dem Weg. In wenigen Minuten werden sie wissen, dass es falscher Alarm war, und ich laufe Gefahr, entdeckt zu werden. Beim kleinsten Geräusch drehe ich den Kopf, jeder Laut rauscht in den Ohren. Noch einmal durchsuche ich die Schubladen, ohne den Schlüssel zu finden.

Ich überlege krampfhaft, wie ich den Schrank öffnen kann. Mit Büroklammern oder die unterste Schublade eintreten, um die Arretierung zu verbiegen? Mein Blick fällt auf eine schmale Keramikvase hinter der Gardine. Ich hebe sie an, höre es leise klappern und lasse den Schlüssel in meine Hand gleiten.

Die Akten sind alphabetisch sortiert, weshalb ich ganz unten mit der letzten Schublade anfange. Meine Beine fangen an zu kribbeln, aber schließlich halte ich Azoras dünne Mappe in der Hand. Azora hat sich nach dem letzten Aufenthalt tatsächlich erneut um einen Platz in der Drogenklinik bemüht, und aus dem Arztbrief entnehme ich, dass sie in Vorbereitung der Einweisung zuletzt Subutex bekam. Ich mache Fotos von allen Dokumenten, ohne weiterzulesen, blättere so schnell es geht durch die Mappe. Schneide mich am Rand eines Blattes und lecke das Blut von meinem Finger. Als ich Stimmen auf dem Flur und Schritte auf der Treppe höre, zucke ich zusammen. Ich werfe einen Blick aus dem Fenster und sehe die Leute wieder ins Haus gehen. Schnell überfliege ich die letzten Seiten und bleibe an dem hintersten Blatt hängen, wo steht, warum Azora so schnell einen Platz bekommen hat.

Ich stehe wie paralysiert da, während die Stimmen sich nähern, schaffe es nicht, die Mappe zurückzulegen. Die Worte springen mich förmlich an.

Die Türklinke bewegt sich nach unten, und die Tür öffnet sich einen Spaltbreit. Es kommt aber niemand herein. Der oder die Betreffende bleibt auf dem Flur stehen und redet. Ich schiebe die Mappe zurück und schließe den Archivschrank, ehe ich mich wieder zum Fenster wende. Bei einem Feueralarm werden die Fenster entriegelt. So vorsichtig wie möglich drehe ich den Fenstergriff, steige wie eine Diebin aus dem Haus und laufe zum Bahnhof. Auf dem Gleis gehe ich ganz nach hinten, während mir der letzte Satz aus der Krankenakte wieder und wieder durch den Kopf geht.

Azora Strand war schwanger.

19

Eine meiner klarsten Erinnerungen an meine Kindheit stammt aus der Zeit, als ich sechs oder sieben Jahre alt war. Wir waren zu Besuch bei Freunden von Mama und Papa in einem Sommerhaus am Meer. Ich konnte nicht schwimmen, hatte eine Heidenangst vor dem Wasser und glaubte fest daran, dass unter mir irgendwelche schrecklichen Monster nur darauf warteten, mich in die Tiefe zu ziehen. An diesem Tag hatte Mama sich in den Kopf gesetzt, meine Angst vor dem Wasser zu kurieren, damit ich beim Schwimmunterricht in der Schule keine Schwierigkeiten bekam.

Nichts Böses ahnend merkte ich nicht, wie sich unser Spiel immer näher ans Wasser verschob, während die Flut kam. Wir bauten Sandburgen mit Wallgräben, holten Meerwasser, um diese zu füllen, und suchten nach Muscheln, um die Burg zu verzieren. Ich war so von dem Spiel gefangen, dass ich gar nicht wahrnahm, wie wir bei der Suche immer tiefer ins Wasser gingen. Irgendwann tauchte ich sogar unter, um die schönsten Muscheln hochzuholen, während Mama neben mir stand und aufpasste. Ich habe lange nicht realisiert, dass ich tatsächlich schwamm, ohne Angst zu haben. Ich weiß noch, wie Mama mir damals auf beide Hände geküsst und mich dann an sich gedrückt hat, als hätte sie Angst, mich zu verlieren. Ich selbst war so stolz über meine neuen Fähigkeiten, dass ich sie geradezu drängte, in die nächste Stadt zu fahren und Schnorchel und Tauchermaske zu kaufen.

Jetzt, zwei Jahrzehnte später, fühle ich mich ein wenig wie ein in ein Glas eingesperrtes Insekt. Ich muss raus. Mich selbst befreien. Nur dass ich nie verstanden habe, wovon.

Gefühlt habe ich kein Auge zugemacht, aber ein paar Stunden muss ich doch geschlafen haben, denn ich wache voll angezogen auf dem Sofa auf. Eine Fliege läuft träge über meinen Handrücken, fliegt aber weg, als ich mich bewege.

Ich hole die Reste aus dem Kühlschrank und sehe mir die Fotos an, die ich in der Drogenklinik gemacht habe. Azora hatte die üblichen Leiden der Menschen auf der Straße. Gewichtsverlust und Magenschmerzen, schlechte Zähne und Hautinfektionen. Seit letztem Jahr litt sie zudem an einem chronischen Nierenleiden. Von einem früheren Kind steht da nichts. Es scheint niemand von der Geburt gewusst zu haben oder es war allen egal.

Während ich durch die Seiten scrolle, fällt mir ein unvollständig ausgefülltes Formular auf, doch als ich zurück zu dem Antrag des Arztes gehe und ihn mit den anderen Formularen vergleiche, wiederholen sich die Lücken. Das Feld für den Geburtsort ist leer.

20

Nach einem späten Frühstück setze ich mich an den PC, rufe das Jugendamt, diverse Adoptionsagenturen und Fürsorgezentren für Minderjährige sowie alle anderen Instanzen an, die mir in den Sinn kommen. Sogar die Nummer von Azoras Arzt wähle ich, um etwas über das verschwundene Kind zu erfahren, aber wie erwartet kann mir niemand weiterhelfen.

Azora ist etwa mit siebzehn Jahren plötzlich auf der Bildfläche aufgetaucht. Aus der Zeit davor gibt es nichts. Keine Familie, keine Ausbildung. Mein Gesicht beginnt zu kribbeln. Als müssten diese fehlenden Informationen mir irgendetwas sagen. Wie kann man in Norwegen während seiner ganzen Jugend unter dem Radar leben? Sollte Azora wirklich bei uns zu Hause gewesen sein, musste das doch in dieser Zeit gewesen sein?

Ich nehme einen schrumpeligen Apfel von der Anrichte und beiße hinein, während mein Hirn noch einmal durchgeht, was ich gelesen habe, und mit einem Mal verstehe ich, wie das alles zusammenhängt. Ich renne auf den Flur und ziehe mich an.

In der Straßenbahn zwischen zwei Haltestellen sehe ich auf der anderen Straßenseite einen Mann aus einem Barbiersalon treten. Der Mann von der Beerdigung, Azoras Ex. Er läuft zügig über die Straße und verschwindet hinter einer Häuserecke.

Ich springe zitternd vor Ungeduld von meinem Sitz auf.

»Entschuldigung, sorry«, sage ich und schiebe mich zum Ausgang, aber irgendwie scheinen sich alle verschworen zu haben, mir das Durchkommen zu erschweren.

Ich stecke hinter einem Typ mit fetten Kopfhörern fest und trete von einem Fuß auf den anderen. Vor ihm sind zwei ältere Frauen aufgestanden und vergleichen ihre Einkaufstaschen. Die Straßenbahn rumpelt im Schneckentempo weiter und hält kurz vor der Haltstelle an, aber natürlich lässt der Fahrer uns hier noch nicht raus.

Als wir endlich draußen sind, weiß ich, dass ich zu spät bin. Trotzdem renne ich zurück zu der Straßenecke. Natürlich ist er nicht mehr zu sehen. Charlie hat gemeint, er hieße Robert. Vielleicht können sie mir im Barbiersalon weiterhelfen.

Ein Hipster mit beeindruckendem Bart empfängt mich.

»Du kommst vermutlich nicht zum Rasieren?«, sagt er mit einem frechen Grinsen.

Ich versuche mich an einem Zwinkern, was nicht halb so sexy gelingt.

»Ich habe aus der Straßenbahn hier gerade einen alten Freund von mir rausgehen sehen. Robert …« Ich tue so, als hätte ich seinen Nachnamen auf der Zunge.

Ein Strahlen geht über das Gesicht des Mannes vor mir.

»Du meinst Doktor Robert?«

»Ja, genau, ich habe ihn seit Jahren nicht gesehen. Habt ihr seine Telefonnummer?«

Es kommt nicht überraschend, als er sagt: »Die Telefonnummern der Kunden können wir leider nicht rausgeben.«

Draußen nehme ich mein Telefon und google die Wörter Arzt und Robert. Er ist leicht zu finden. Die Internetzeitungen sind voll von Artikeln über ein Verfahren gegen den Chirurgen Robert Nygaard.

Durch eine seiner Operationen wurde eine Frau unfruchtbar. Sie verklagte das Krankenhaus, wo man allerdings zu dem Schluss kam, dass der Arzt keinen Fehler begangen hatte. Es sei um Leben und Tod gegangen, hieß es. Die Tatsache änderte aber nichts daran, dass Robert Nygaard seit der Veröffentlichung dieser Geschichte Hass-E-Mails bekam. Mit der Zeit wurde es so schlimm, dass er seine Stellung im Krankenhaus aufgab.

Ich erinnere mich vage an den Fall, hebe den Blick und registriere, dass ich vor dem Schaufenster eines Blumenladens stehe. Sonnenblumen in einer matten Vase, eine lässt den Kopf hängen. Das Glas beschlägt von meinem Atem und das verschwommene Spiegelbild meines Gesichts verschmilzt mit den Sonnenblumen dahinter. Zum ersten Mal seit Langem sehe ich mich, wie ich wirklich bin: eine schwindende Kraft. Mit einem zum Tode verurteilten Kind im Bauch.

Ich zucke zusammen. Warum sollte ich das Kind behalten? Ich habe ihm nichts zu bieten. Sollten Babys nicht von Eltern geboren werden, die sie sich leisten können? Die Lust auf sie haben und Zeit mit ihnen verbringen wollen?

Azora war auf dem Weg in einen Entzug, sie war schwanger und von dem Glauben besessen, ihr erstes Kind zu finden, das man ihr genommen hatte. Evelyn. Wenn es ihr gelang, das zweite Kind zu behalten, wäre vielleicht auch eine Wiedervereinigung mit dem ersten möglich. Diese

Erkenntnis stellt alles in ein anderes Licht. Azora ist nicht gesprungen.

Ich reiße mich von dem Schaufenster los, mache einen Screenshot von der Adresse des Arztes in Løren und gehe weiter in Richtung City. Auf dem Grønlandsleiret halte ich nach Charlie Ausschau. Aber er ist weder im Vaterlandsparken, noch hockt er auf einer der Treppen am Platz. Die Gegend ist dunkel und verlassen. Rote und gelbe Autolichter spiegeln sich in den Hausfassaden.

»Scheiße!«, schreit ein Typ neben mir, als ein Auto bei Rot über die Ampel fährt. Der Typ zeigt dem Fahrer den Finger und stapft wütend über die Straße. Ich fühle mit ihm. Jeder einigermaßen vernünftige Mensch muss diese Jahreszeit hassen. Das ganze Volk läuft mit hochgezogenen Schultern und gesenktem Blick herum.

Ich gehe nach unten zum Fluss und wünschte, ich hätte einen Hund bei mir. Am besten einen Rottweiler oder einen Schäferhund. Ich bin nicht naiv und weiß ganz genau, in welches Milieu ich mich begebe. Ich habe Linneas Worte nicht vergessen und erinnere mich auch an die Geschichten aus meiner Zeit in der Drogenfürsorge. Das beklemmende Gefühl nimmt zu, je weiter ich dem Weg am Ufer folge. Als ich mich schließlich mit zaghaften Schritten der Brücke nähere, spielen sich in meinem Kopf die schlimmstmöglichen Szenarien ab. Durch das Rauschen der Autos glaube ich, ein Rascheln und leise Stimmen zu hören. Ich spitze die Ohren, gehe einen Schritt weiter und habe mit einem Mal das Gefühl, dass jemand direkt hinter mir steht. Ich drehe mich langsam um, aber da ist niemand.

Im Dunkel unter der Brücke sind ein paar Gestalten zu erahnen. Die Glut einer Zigarette, die von einem zum anderen weitergegeben wird, leuchtet auf. Leute sitzen dicht nebeneinander. Glasflaschen glitzern im Halbdunkel und Rauch hüllt die Gesichter ein. Mein Atem geht schwer. Mein Hirn versucht erfolglos zu erfassen, was es in diesem bedrückenden Setting sieht. Ich gebe mir Mühe, normal zu atmen, aber die Luft bleibt in der Lunge stecken. Als eine der Gestalten sich erhebt, drehe ich mich reflexartig um.

»Bjørk?«, fragt eine heisere Stimme.

Die Luft strömt vor purer Erleichterung aus meiner Lunge, als ich Charlies Stimme erkenne.

»Komm ruhig her«, ruft er, gefolgt von Murmeln, das ich nicht verstehe.

Erst unter der Brücke sehe ich, dass auch Randi, die bei Azoras Beerdigung war, da ist. Ihr Kopf lehnt an der Schulter eines Mannes und sie schläft leise schnarchend. Beide haben sich die Mützen tief ins Gesicht gezogen und sich in Decken und Schlafsäcke gehüllt. Eine dicke Schicht Karton und Zeitungspapier dient als Unterlage. Plastikbecher, Tüten, eine Spritze, ein Gummischlauch und einige Klopapierrollen liegen um sie herum. Es ist ein unangenehmer Ort.

Charlie stößt seine Freundin an.

Randi blinzelt und schlägt die Augen auf. »Was ist …?«, sagt sie mit sandpapierrauer Stimme. »Kaufen?«

»Klappe«, sagt Charlie, aber Randi hört nicht auf.

»Der Himmel«, sagt sie mit geschlossenen Augen. »So geil.«

Ich habe schon oft gehört, dass sich der Himmel öffnet, wenn man sich Heroin spritzt, und man wie auf einer Wattewolke schwebt. Und auch wenn man beim ersten Schuss in der Regel wie ein Schwein kotzt, ist die Begegnung mit

Lady H so stark, dass man immer mehr will. Aber schon nach kurzer Zeit hat die Lady ihre Finger so fest um deinen Hals gelegt, dass du für deine neue Liebe alles nur Erdenkliche zu tun bereit bist.

Ich gehe in die Hocke.

»Hat Azora jemals erwähnt, dass sie aus einem anderen Land kommt?«

»Hä?«, schnaubt Charlie. Seine Stimme klingt aggressiver als sonst.

»War sie Norwegerin?« Ich flüstere, obwohl es dafür keinen Grund gibt.

»Klar war sie Norwegerin. Was denn sonst?«, murmelt er. Sein Körper beginnt zu zucken.

»Und dieser Onkel, Espen? Der auf der Beerdigung war. Wie heißt er mit Nachnamen? Kommt er aus dem Ausland?«

Keine Antwort. Die Flasche findet den Weg zu Charlies Mund.

Ich bin mir sicher, dass der Onkel breitesten Oslo-Dialekt gesprochen hat, aber ein Elternteil von Azora könnte aus dem Ausland stammen. Vielleicht ist Azora erst als Jugendliche mit ihren Eltern nach Norwegen gekommen.

»Hatte Azora Kontakt mit ihm?«, frage ich und denke, dass ich diesen Onkel finden muss.

»Menschen mit Problemen sind wie Schmeißfliegen«, sagt Charlie, nimmt einen Zug von dem Joint und hält lange die Luft an. »Mit uns will niemand was zu tun haben. Weil es ja doch irgendwann schiefgeht.«

Ich verstehe, was er meint, und sehe mich instinktiv um. Ich habe Angst, dass Abs mitbekommt, mit wem ich Kontakt habe.

»Warum?«, frage ich. »Warum ist es mit Azora schiefgegangen?«

»Hast du mal auf der Straße gelebt?«, fragt er.

»Du weißt, dass ich das nicht habe.«

»Das gibt dir den Rest. Saugt alles aus dir heraus. Reduziert dich zu einem verletzten Tier.« Die Trauer und Hoffnungslosigkeit, die aus dem hohlwangigen Gesicht spricht, schneidet mir ins Herz. Aber zu einem gewissen Teil erkenne ich mich wieder. Ich weiß, wie es ist, wenn alle, sogar der eigene Lebensgefährte, Abstand suchen. Wenn man auf der Straße angespuckt wird. Ich weiß, wie es ist, so müde zu sein, dass man nur deshalb nicht fällt, weil man weiß, dass einem die Kraft zum Aufstehen fehlt. Trotzdem habe ich nicht das Recht, mich zu beklagen, denn ich habe etwas, das Charlie nicht hat. Ein warmes Bett.

»Es hat ihr keiner geholfen«, sagt Charlie. »Azora hatte niemanden.«

Ich ziehe ein Stück Karton zu mir und setze mich darauf. Trotz des warmen Mantels dringt die Kälte in meinen Körper. Ich will nicht lange sitzen bleiben, will keine Blasenentzündung riskieren, aber da ist noch ein Gedanke, über den ich sprechen muss.

Azora wollte meine Hilfe und ich habe ihr die kalte Schulter gezeigt.

Der Typ neben Randi wacht für einen Moment auf. Seine Augen sind schmale Striche. »Azora ...«, murmelt er und zieht das A endlos in die Länge. »Sie hat über Polen geredet.«

21

War Azora aus Polen? Das würde erklären, wieso es keine Informationen aus ihrer Kindheit gibt. Ihr Onkel hat aber gesagt, sie sei in Furuset aufgewachsen.

»Komm«, sagt Charlie, als die Kälte mir bereits in den Knochen steckt. Er rappelt sich auf und reicht mir die Hand, um mir aufzuhelfen. Ich übersehe seine Geste geflissentlich.

»Ich muss dir was zeigen«, sagt er, geht in Richtung Norden am Fluss entlang und winkt mich hinter sich her, als ich zögere.

»Jetzt komm schon!«, wiederholt er und schlurft los.

Wider besseres Wissen folge ich ihm. So fertig wie jetzt habe ich ihn noch nie gesehen. Er torkelt, seine Hände zucken und suchen ständig irgendwo nach Halt. Zwischen den Fingern eine Zigarette. Es verwundert mich, dass er es überhaupt schafft, aufrecht zu gehen. Dann wird er wie aufgezogen schneller, aber immer noch wie ein hinkender Hund. Ich kenne diesen Zustand aus der Klinik und von anderen, mit denen ich im Laufe der Jahre zu tun hatte. Charlie nähert sich einer Grenze, die selbst Hasch und Alkohol nicht mehr verschieben können.

Unter unseren Füßen spritzt Matsch und Schnee auf. Ich blicke zu den Häusern, an denen wir vorbeikommen. Im Sommer gibt es hier Cafés und Leben, Sonnenanbeter auf der Wiese oder eher Schattenfreunde unter den Bäumen am Fluss. Jetzt ist der Weg verlassen und seltsam still.

»Wohin gehen wir?«, frage ich.

Er grunzt eine unverständliche Antwort und läuft weiter in Richtung eines Viertels mit alten Fabrikgebäuden, die dicht am Fluss stehen. Von der anderen Seite höre ich leise Musik und ein Geräusch, das von einer Kuh stammen könnte. Andere Zeichen menschlichen Lebens gibt es nicht. Die Unruhe steckt tief in meiner Brust. Ich weiß über Charlie nicht viel mehr, als dass er mir, sollte es hart auf hart kommen, für einen Hunderter einen Dolch in den Rücken stoßen würde. Falsche Versprechungen sind hier sicher an der Tagesordnung. Ich laufe mit kleinen Schritten, sehe mich beständig um. Als uns ein dunkel gekleideter Mann entgegenkommt, schiebe ich die Hand in die Tasche und umklammere den Schlüsselbund so, dass ein Schlüssel heraussticht. Der Mann geht an uns vorbei, ohne meinem Blick zu begegnen, ich lasse die Schlüssel los, sehe mich aber trotzdem zur Sicherheit noch einmal um. Erleichtert stelle ich fest, dass er hinter mir in der Dunkelheit verschwindet.

Charlies Kopf ist etwas zur Seite geneigt. Er führt mich durch eine heruntergekommene Gegend und bleibt schließlich vor einem Haus stehen, von dem ich schon einmal gehört habe. Die Stadt hat immer wieder Schwierigkeiten damit. Ein Schauer läuft mir über den Rücken, und ich frage mich, warum er mich hierhergebracht hat.

Über uns schlägt ein Fenster, und ich zucke zusammen. Eine junge Frau ruft in einer Sprache, die ich nicht verstehe, dann knackt es in der Gegensprechanlage und eine Männerstimme meldet sich: »Ja?«

»Ich will zu Marianne«, sagt Charlie. Das Codewort für Marihuana.

Das Türschloss summt. Meine Muskeln spannen sich an. Verdammt. Durch zusammengekniffene Lippen zische ich: »Hast du mich hierhergebracht, um Dope zu kaufen?«

Charlie antwortet nicht, zieht nur kraftlos an der Tür. Ich schiebe ihn zur Seite und öffne.

Ein unsäglicher Gestank schlägt uns entgegen, von dem ich mich spontan übergeben muss. Irgendwelche Kräuter, Hasch und Urin. Hinter der Tür liegen Reklameblätter wie nasse Fußmatten. Ich steige über eine Ausgabe der Zeitung Dagbladet. Auf der Titelseite steht, dass irgendein Promi, von dem ich noch nie gehört habe, aus etwas rausgeflogen ist, das ich nicht kenne.

Es gibt einen Aufzug, aber Charlie nimmt die Treppe. Aus einer Wohnung über uns dröhnt dumpfe Musik, wird mit jedem Schritt lauter. Lautes Rufen, eine Tür knallt, dann eilige Schritte auf der Treppe. Eine Salve von Schimpfwörtern. Der Puls hämmert in meiner Brust. Ein junger Mann kommt uns entgegen. Er taumelt von einer Seite der Treppe zur anderen. Hält sich am Geländer fest und brüllt, dass wir Platz machen sollen. Er trägt eine teure Daunenjacke und enge Jeans. Sein Blick flackert, die Pupillen sind so groß, dass die Iris kaum zu sehen ist. Speichel auf den Lippen. Er stolpert an uns vorbei, während ich mich an die Wand drücke, um nicht mit ihm zu kollidieren. Wenn wir hier geschnappt werden, ist die Tür zum Kriminalamt für immer zugeschlagen.

Im dritten Stock bleibt Charlie stehen und starrt die beiden Türen an, als wüsste er nicht mehr, welche die richtige ist. An beiden fehlt das Namensschild, aber eine ist einen

Spaltbreit geöffnet. Ein Zweimetermann steckt den Kopf heraus, dickes schwarzes Haar und fast ebenso dunkle Augen.

Wieder meldet sich die Übelkeit. Ich habe Selbstverteidigung trainiert, zweifle aber daran, dass ich diesen Koloss auf die Bretter legen könnte.

»Ja?«, grunzt er und fährt sich mit der Hand über die unreine Haut.

»Ist Marianne hier?«, fragt Charlie.

»Du kannst mit mir reden. Wie viel?«

»Ich rede nur mit Gerd«, sagt Charlie.

Gerd? Azoras Dealerin?

»Sie ist nicht da.«

»Okay«, sagt Charlie und dreht sich um, um zu gehen.

»Dann kommen wir später wieder«, sage ich und versuche, ärgerlich auszusehen.

Ich gehe zur Treppe. Höre die tiefe Stimme hinter mir.

»Wer bist du?«

»Eine Freundin von Azora«, sage ich und gehe langsam weiter.

»Komm.«

Wir gehen zurück, der Mann öffnet die Tür und gibt uns zu verstehen, dass wir die Schuhe abputzen sollen. Dann lässt er uns in die dunkle Wohnung. Es riecht süßlich abgestanden und nach Rauch. Die feuchte Luft zeugt davon, dass hier nur selten gelüftet wird. Die Konturen einer Kommode im Flur, überladen mit Büchern und Nippes. Aus der Nähe erkenne ich Gummischläuche und winzige Plastiktütchen. Ich brauche nicht viel Fantasie, um mir vorzustellen, wofür die sind.

Meine Augen brennen von der stickigen Luft. Die ganze

Wand ist voller Nippesfiguren. Daneben stapeln sich alte Zeitungen. In der Mitte des Flurs führt eine Tür in ein Bad. Der Mann zeigt zu einem Raum weiter hinten, der von einer rötlichen Lampe erhellt wird. Hinter uns höre ich, wie er die Wohnungstür abschließt. Ich drehe mich nicht um, gehe einfach weiter auf das rote Licht zu.

Das Zimmer ist bis zum Rand mit wertlosem Krimskrams gefüllt. Die reinste Sammelmanie, auf Englisch *hoarding* genannt. Kein Hamstern, sondern eine Zwangsstörung. Das rote Licht kommt von drei chinesischen Laternen. Darunter sitzt ein irgendwie vertrocknet aussehender Wellensittich in einem Käfig, der keinen Ton von sich gibt und sich nicht rührt. Ob er ausgestopft ist oder echt, ist nicht zu sagen.

Inmitten des Sammelsuriums sehe ich eine alte Frau in einem Ohrensessel. Sie hat die Füße auf einen Schemel gelegt und ist dicker, als ich es erwartet hatte. Das Gesicht aufgedunsen und schlaff. Die Falten um den Mund verraten, dass sie ihr Leben lang geraucht hat. Die Haare sind strähnig, vermutlich weiß, obwohl sie im Licht der Laternen orange wirken. Die noppige Strickjacke reicht ihr bis zu den Knien, darunter trägt sie einen ähnlich genoppten Pullover. Die dicke Strumpfhose endet in Filzpantoffeln, für eine Rollstuhlfahrerin wirken ihre Beine aber ungewöhnlich stark. Auf den Schenkeln liegt ein Tablett mit einem Kartenspiel, einem Päckchen Zigaretten und einem Aschenbecher.

Gerd zündet sich eine Zigarette an. Ihre Hände zittern nicht, ihr Blick ist fest. Vermutlich ist sie von keinem der Stoffe, die sie verkauft, abhängig. Ich sehe mich um, ob es irgendwo eine andere Sitzgelegenheit gibt, weigere mich aber, etwas von dem zugemüllten Sofa zu räumen. Ich will sie nicht provozieren, habe Angst, dass ihr Bodyguard auf mich losgeht, dass es eine Razzia gibt oder mir jemand heißes Öl ins Ohr träufelt.

Als ich mich zum Flur umdrehe, ist Charlie verschwunden.

»Ich bin eine Freundin von Azora«, sage ich verkrampft und unsicher. »Sie haben sie gekannt, nicht wahr?«

»Willst du was kaufen oder nur reden?« Gerd spricht schleppend. Aber nicht wie von Medikamenten gedimmt, eher so, als wäre ihr alles egal.

Ich richte mich auf. »Reden.«

»Na dann.«

»Ich will herausfinden, was mit ihr passiert ist«, fahre ich fort.

»Und woher zum Henker soll ich das wissen?« Sie mischt die Karten und legt eine Patience.

»Ich habe gehört, dass sie bei Ihnen gekauft hat.«

»Azora hat ihre Drogen vom Staat bekommen«, sagt Gerd, ohne mich anzusehen. Sie legt eine Karte und zieht an ihrer nach Menthol riechenden Zigarette.

»Welche?«

»Sub, glaube ich, ist mir aber auch egal. Von hier hat sie den Stoff jedenfalls nicht.«

»Wann haben Sie sie zuletzt gesehen?«

»Ich bin schon seit Monaten nicht mehr aus dem Haus.«

Ich verlagere mein Gewicht auf das andere Bein.

»Lag sie mit jemandem im Clinch? Hat ihr irgendwer gedroht?«

»Wird das hier so ein scheiß Kreuzverhör?« Gerd hebt die Stimme. »Bist du ein Bulle, oder was?«

Ich erwarte, dass ihr Bodyguard auftaucht, drehe mich aber nicht um. Stattdessen werde auch ich lauter.

»Eine Freundin ist tot, möglicherweise ermordet. Natürlich ist das ein Kreuzverhör!«

Gerd scheint meine Erklärung zu schlucken.

»Haben nicht alle Süchtigen mit irgendwem Schwierigkeiten?«, entgegnet sie.

Ich hebe den Kopf. Vermutlich hat sie damit recht.

»Sie hatte eine Wunde«, sagt Gerd.

»Eine Wunde?«

»Ja, eine, die nicht heilen wollte. Etwas, das sie einfach nicht losgeworden ist.«

Ich trete einen Schritt näher. »Was?«

Gerd legt eine weitere Karte. »Ich weiß es nicht. Sie hat nie darüber reden wollen. Bekam eine Scheißangst, als ich gefragt habe.«

»Dann haben Sie sich auch gefragt, was mit ihr …«

»Das ist alles nur Gerede.«

»Hat sie mal ein Kind erwähnt?«

Gerd räuspert sich. »Hau ab. Ich habe nichts mehr zu sagen.«

Sie ist nicht der Typ, den man unter Druck setzt, weshalb ich ihr danke, dass sie sich Zeit für mich genommen hat, und ein paar Schritte in Richtung Flur mache. Dann kommt mir noch etwas in den Sinn und ich stelle eine letzte Frage. »Welche Nationalität hatte sie?«

»Ich dachte, du wärst ihre Freundin?«

Ich lege den Kopf auf die Seite.

»Sie war Norwegerin«, sagt Gerd. »Aus irgendeiner dieser Trabantenstädte.«

22

Als ich aufbreche, ist Charlie längst verduftet. Der Koloss an der Tür verlangt zweitausend Kronen.

»Wofür?«, frage ich. »Das Gespräch?«

»Dein Kumpel hat ein paar Tütchen mitgenommen.«

Zum Teufel mit Charlie.

»Vipps?«, frage ich und halte mich für ganz schlau.

»Cash only.«

»Dann muss ich erst was ziehen«, sage ich und kriege prompt Geleitschutz von dem Typen.

Auf dem Weg zum Geldautomaten zwinge ich mich, nicht mit ihm zu reden. Vor dem Automaten rückt er mir viel zu dicht auf die Pelle. Ich hebe Geld ab und sehe mich ängstlich um, nicht ganz sicher, ob er mich bewacht oder bedroht. Als ich ihm die Scheine überreiche, gleitet auf der anderen Straßenseite langsam ein Fahrzeug vorbei. Die dunkelhaarige Frau auf dem Beifahrersitz ist sehr schön.

Bin ich paranoid? Ich laufe los, keuchend. Kurz vor dem Zentrum entdecke ich ihn. Ich sehe mich panisch nach einem Fluchtweg um, bin aber wie gelähmt. Kristian. In seinem langen Hugo-Boss-Mantel, den er nur trägt, wenn er mit Geschäftsleuten essen geht, die er beeindrucken will. Senfgelbe Lederhandschuhe, viel zu trendy für ihn. Er kommt aus einem Restaurant und hält die Tür auf. Direkt hinter ihm folgt eine Frau in einem körperbetonten knallroten Wollmantel mit farblich passender Baskenmütze. Sie schlendert elegant in hochhackigen Stiefeletten aus der Tür, einen exklusiven grauen Schal um den Hals geworfen. Mit großen Augen lacht sie herzlich über etwas, das Kristian sagt. Die Blicke sind unmissverständlich. Als Kristian einen Arm um ihre Schulter legt und sie zärtlich auf den Mund küsst, bricht meine Welt zusammen.

Kristian und ich haben uns im Supermarkt kennengelernt. Etwas derart Unromantisches kann nur schiefgehen. Wir hatten viel Spaß bei unserem ersten Date, obwohl ich zu viel getrunken hatte und mich ein bisschen zu schnell noch am selben Abend zu wildem Sex hingab. Am nächsten Morgen wachte ich mit heftigem Katzenjammer in seinem Bett auf, schlich mich aus dem Schlafzimmer und löschte meine Nummer aus der Kontaktliste seines Handys. Danach zog ich mich an und verdrückte mich, ohne mich zu verabschieden. Keine Frage, ich fand ihn sympathisch, aber es war mir unsäglich peinlich, dass ich mich so leicht hatte flachlegen lassen. Als ich nach einem Monat Einkaufen am anderen Ende der Stadt wieder in meinen Stammladen zurückkehrte, war er auch da. Freundlich wie immer. Herzlich. Wir wurden ein Paar. Er schien über alle meine Macken hinwegzusehen, bei ihm wurde ich eine andere. Ich, die bis dahin für Zweisamkeit nur Verachtung übrighatte und Symbiose für eine Idiotie hielt, verstand endlich, was Glück war. Wir zwei.

Jetzt hat er seinen Arm um die Schultern einer anderen Frau gelegt. Mein Blick wird magisch zu ihnen hingezogen. Wie paralysiert glotze ich dem frischverliebten Paar hinterher. Sie sind so schön, wie Prinz und Prinzessin, fehlt nur das Schloss im Hintergrund.

Es ist schon eine Weile her, dass ich mit Kristian Schluss gemacht habe, aber mein Bauch rebelliert. Als wollte das Kind in mir alles herausbrüllen, was an diesem Bild verkehrt ist. Mir befehlen, hinterherzulaufen, der Frau die Hände um den Hals zu legen und so lange zuzudrücken, bis alles Leben aus ihr gewichen ist. Ich könnte ihnen nach Hause folgen und ihr mit einem dicken Pflasterstein den Schädel zertrümmern. Es gibt tausend Möglichkeiten, ihre Leiche zu entsorgen, das ist das kleinste Problem. Danach können Kristian und ich wieder zusammenkommen. Ich werde ihm die hingebungsvolle Partnerin sein, die er sich immer gewünscht hat, und unser kleines Kind ist das Symbol unserer Liebe.

Ich fühle einen starken Drang, ihnen zu folgen, obwohl ich die entgegengesetzte Richtung einschlagen sollte. Weglaufen. Damit sie mich nicht sehen. Mein Gehirn scheint mir einzuflüstern, dass das, was ich gerade sehe, weniger real ist, wenn sie nicht wissen, dass ich sie entdeckt habe.

In diesem Moment dreht die Frau ruckartig den Kopf und sieht mich direkt an. Mein Herz setzt einen Schlag aus, ihr Blick schweift aber weiter und landet auf dem nassen Asphalt hinter dem Geländer eines Parkplatzes. Es tut so weh, so weh. Ich schnappe nach Luft, kneife die Augen zu und realisiere in dieser Sekunde, wie furchtbar ich ihn vermisse.

Ein Mann bleibt neben mir stehen. »Alles in Ordnung mit Ihnen?«

Ich richte mich auf. Will keine Hilfe und winke ab.

»Ja doch … ja. Alles gut.«

Als ich den Blick wieder hebe, sind Kristian und die Frau verschwunden.

Ich habe eine Zeit lang ihm zuliebe die Pille weggelassen. Das war natürlich oberdämlich, aber irgendwie habe ich mir gedacht, dass unsere Probleme mit einem Kind ganz einfach verschwinden würden. Jetzt bin ich mir nicht sicher, ob die Schwangerschaft ein Fluch ist, der mich in den Abgrund stürzt, oder ein Segen, der mich wieder ganz macht.

Ich vergrabe das Gesicht in den Händen. Mein Atem ist wie ein leise plätschernder flacher Bach, als ich mit einer unbeschreiblichen Liebe für das ungeborene Leben erfüllt werde. In mir wächst ein Wunder, und ich bin die Einzige, die es beschützen kann.

Mein Handy klingelt. Auf dem Display taucht der Name Gaute auf.

»Ja?«

»Sag mal, wie geht's dir eigentlich?«

Ich will die Frage wegwischen, bin aber so ausgelaugt, dass ich kein Wort herausbringe.

»Ich mache mir Sorgen um dich«, sagt er. »Richtig Sorgen.«

In meinen Augenwinkeln stauen sich Tränen, ich wische sie weg.

»Wollen wir uns treffen?«, fragt Gaute.

Endlich finde ich meine Stimme wieder.

»Nein, alles in Ordnung bei mir.«

»Ist es nicht«, sagt Gaute. »Ich hab es dir angesehen, es geht dir nicht gut. Du musst mit jemandem reden.«

Aber sicher nicht mit einem Klienten.

»Jemandem, der versteht, wie das ist, wenn man selber Schuld hat, es einem aber trotzdem dreckig geht.«

Seine Worte, seine verständnisvolle Stimme tun mir gut.

Trotzdem muss ich ihn in seine Schranken weisen, ohne ihn zu beleidigen.

»Es bedeutet mir viel, dass du dir Sorgen machst«, sage ich. »Aber dich privat zu treffen, verstößt gegen die Regeln.«

»Trau dich mal was.«

»Tut mir leid, Gaute.«

Ich will auflegen, als mir etwas einfällt.

»Sag mal, kann ich dich was fragen? Du hast gesagt, Marcos hätte eine Drogenabhängige verprügelt. Worum ging es da?«

Er zögert kurz, ehe er antwortet.

»Ich weiß nicht genau, wann das passiert ist, aber als wir vor ein paar Wochen zusammen unterwegs waren, hat er davon erzählt.«

»Was hat er gesagt?«

»Er war wohl genervt von all den Obdachlosen und Bettlern, die einen belästigen, sobald man sich im falschen Teil der Stadt bewegt. Marcos ist ein Trottel.«

Ich habe das Gefühl, dass er mehr weiß, als er sagt.

»Du meinst, er hat damit geprahlt.«

Er ist still.

»Ich bin kein Verräter«, sagt er schließlich leise.

»Ich werde nicht zur Polizei gehen«, sage ich. »Ich unterliege der Schweigepflicht. Ich mache mir nur Sorgen um ihn.«

Aber Gaute will nicht mehr sagen und wir beenden das Gespräch.

Ich checke meine Nachrichten, habe aber nur eine. Ein GIF von Trude mit einem Paar baumelnder Handschellen.

23

Die Spuren, die ich bis zu Azora zurückverfolgt habe, waren in Bezug auf ihre Person nicht sonderlich aufschlussreich. Ich muss jetzt entweder etwas herausfinden oder einen Schlussstrich unter das Ganze ziehen, so viel ist mir klar. Aber einen Trumpf habe ich noch. Einen anderen Paria, den Chirurgen Robert Nygaard.

Er wohnt in einem mittelgroßen Reihenhaus in Løren.

In den Nachbarhäusern strahlen Designerleuchten um die Wette. An der Straße parken gepflegte Autos. Vor Nygaards Adresse steht ein Auto, das teurer als die meisten anderen aussieht. Beim Näherkommen erkenne ich einen Maserati Quattroporte. Nicht direkt familienfreundlich, aber vor der Tür liegen auch keine verstreuten Spielzeuge.

In der Küche brennt Licht, vermutlich ist er zu Hause. Ich steige die Stufen hoch, drücke die Klingel und trete einen Schritt von der Tür weg. Die Klingel spielt eine Melodieschleife aus einer Oper, die ich mal gehört habe. Schritte, Klirren im Schloss. Ich richte mich auf, als die Tür aufgeht.

Das aufgesetzte Lächeln verkrampft, als ich ihn sehe. Ich versuche, schnell wieder auf eine professionelle Ebene zu kommen, was in einem Zucken der Oberlippe resultiert. Robert Nygaard trägt ein eng anliegendes T-Shirt und Slim-Fit-Jeans. Er ist trainierter, als in dem Anzug in der Kirche zu erkennen war. Und das scheint er auch gern zu zeigen.

»Ja?«, fragt er und lässt seinen Blick von meinen Beinen hoch zu meinem Gesicht gleiten.

Es war eine idiotische Idee, hierherzukommen. Ich sollte gehen. Mich entschuldigen und sagen, dass ich mich geirrt habe. Einen Mann mit Aggressionsbewältigungsproblemen erkenne ich auf den ersten Blick.

Als meine Stimme mir endlich wieder gehorcht, ist sie irritierend leise.

»Ich heiße Bjørk Isdahl und bin …«

»Ich habe Sie in der Kirche gesehen.«

Ich schiebe meine Hände in die Jackentaschen. Umfasse mit klammen Fingern mein Handy.

»Ich hätte ein paar Fragen zu Azora«, sage ich mit bemüht autoritärer Stimme. Versuche so zu klingen wie damals, als ich noch bei der Kripo war und Abs neben mir stand. »Ich habe in einer Entzugsklinik gearbeitet, in der sie vor ein paar Jahren eingewiesen war, und suche nach ein paar Hintergrundinformationen.«

»Da werde ich nicht viel beitragen können«, sagt er.

Ich sehe einen Einsatzwagen der Polizei auf der Straße auf uns zurollen. Die Insassen sind hinter den verdunkelten Scheiben verborgen. Das wird hier wohl kaum ihre Routinestrecke sein.

»Könnte ich vielleicht reinkommen?«, frage ich und klappe meinen Jackenkragen hoch. Panik steigt in mir auf. Folgt die Polizei mir etwa?

Er schaut über meine Schulter. Ein Lächeln zuckt in seinen Mundwinkeln, als er zur Seite tritt und mich hereinlässt. Der Streifenwagen rollt vorbei, als er die Tür zuschiebt.

Ich bleibe stehen, um mir den Fluchtweg offen zu halten.

Nygaard ist kein durchschnittlicher Enddreißiger. Seine Körperhaltung strahlt unangenehme Selbstsicherheit aus.

»Ich dachte, die Polizei geht von Selbstmord aus?« Robert macht einen Schritt zurück und lehnt sich an die Haustür, sodass ich nicht an ihm vorbeikomme, wenn ich gehen will. »Haben die ihre Ermittlungen noch nicht abgeschlossen?«

Ich behalte die Jacke an. »Doch, ich habe nachher einen Termin bei ihnen«, sage ich und weiß, dass er die Unsicherheit in meiner Stimme wahrnimmt. »Ich war Azoras Therapeutin und …«

Robert nickt andeutungsweise. Ein fast unsichtbares Lächeln zieht über sein Gesicht. Er hat nur zwei Sekunden gebraucht, um meine Lüge zu durchschauen.

»Die Polizei betrachtet den Fall aber doch als abgeschlossen, oder?«, fragt er.

Ich finde es seltsam, dass ihm das so wichtig zu sein scheint, nehme eine Anspannung in seinem Auftreten wahr.

»So gut wie.« Ich strecke den Nacken. Will auf keinen Fall eine Minute länger hierbleiben als nötig.

Der Flur ist eng, bietet kaum genug Platz für zwei Menschen. An der Wand hängt ein Ganzkörperspiegel in einem dünnen, kaum sichtbaren Rahmen. Modern, stilsicher. Schuhe und Stiefel ordentlich in einem Regal aufgereiht. Auf der anderen Seite die Jacken. Ausschließlich Herrenkleidung.

Robert dreht den Schlüssel um und schiebt sich hinter mir vorbei. Bleibt stehen. So nah, dass ich seinen warmen Atem im Nacken spüre. Sein Geruch hüllt mich ein. Würzige Düfte, die verführen wollen. Leder, Sandelholz, Zimt.

»Geben Sie mir Ihre Jacke.«

Ehe ich protestieren kann, hat er den Kragen an beiden Enden gefasst. Ich sehe ihn im Spiegel. Konzentrierter Blick. Ruhige Gesten. Starke, sehnige Hände. Ich ein verängstigtes kleines Mädchen mit bläulichen Lippen. Als er mir die Jacke auszieht, verhakt sich ein Zeigefinger in meinem Haar. Er schließt für eine kurze Sekunde die Augen.

»Wenn Sie bitte die Schuhe ausziehen würden, dann muss ich nicht unnötig putzen.« Er hängt die Jacke an einen Haken neben dem Spiegel und verschwindet im Wohnzimmer.

Es ist als Einladung gemeint, ihm zu folgen, aber ich bereue bereits, dass ich hier bin und niemandem gesagt habe, was ich vorhabe. Dass ich nicht draußen geblieben bin, als mir klar war, was für ein Mann Robert Nygaard ist. Ich bin nur wegen meiner Panik vor der zufälligen Polizeistreife ins Haus gegangen, und er weiß das. Aber wenn ich eine Antwort will, muss ich jetzt in dieses Wohnzimmer. Wieder einmal wird mir mein Misstrauen allen und allem gegenüber bewusst. Meine Paranoia. Es ist nicht gefährlich, hier zu sein, rede ich mir ein, schlüpfe aus meinen Stiefeletten, stelle sie so ab, dass sie nicht die Tür blockieren, und gehe ins Wohnzimmer.

Die Wohnung ist klassisch eingerichtet, minimalistisch, mit grauen und weißen Flächen. In einem offenen Gang führt eine Treppe hoch in die obere Etage und eine andere runter in den Keller. Ich komme an der Küche vorbei und betrete einen überraschend geräumigen Wohnraum. Panoramafenster gehen auf einen dunklen, etwas tiefer liegenden Garten raus, die anthrazitfarbenen Jalousien sind halb heruntergezogen. Das Haus liegt an einem Hang, mit einem kleinen Gartenstück und einer Plane über den sicher sehr teuren Rattanmöbeln. Robert sitzt lässig auf einer mit grob gewebtem aschgrauem Stoff bezogenen Chaiselongue. Die Beine übereinandergeschlagen, die Arme auf dem Schoß abgelegt. Er nickt kurz, dass ich mich zu ihm setzen soll.

Der Abstand zwischen uns gibt mir Sicherheit, die Stück für Stück verloren geht, je näher ich komme.

Am Ende des Raumes stehen drei grob behauene Holzskulpturen, sicher zwei Meter hoch. Die Skulpturen stellen Frauentorsos in gepolsterten Lederjacken dar. Die Ärmel sind wie Zwangsjacken um den Körper geschlungen und mit Lederriemen verschnürt. Um den Hals sind dicke Nägel als Stacheln in das Holz gehämmert.

Er mustert mich beim Betrachten der Skulpturen.

»Die habe ich vor vielen Jahren auf einer Herbstausstellung gesehen und konnte sie nicht mehr vergessen. Es hat mich meine ersten drei Monatsgehälter gekostet, die Mädchen von einem Sammler zu kaufen. Manche finden sie creepy, aber für mich sind sie eine schöne Erinnerung.«

»An was?«

»Das Tierische in uns.« Er sieht mir in die Augen.

Meine Worte stocken. Ich stehe da wie eine seiner Skulpturen, zähle meine Herzschläge und versuche, ein Mantra hervorzukramen, das mich in solchen Stresssituationen normalerweise beruhigt. Aber der einzige Gedanke, der sich meldet, ist der, dass er weiß, dass ich keinen Termin bei der Polizei habe. Dass ich allein bin. Eine dumme Gans, die bei ihm angewackelt kommt.

Ich tue, als würde ich die Kunstwerke studieren. Spüre seinen wachsamen Blick auf mir.

»Sie repräsentieren das Basale, Triebe, Gerüche, Furcht«,

sagt er schleppend und fängt meinen Blick wieder ein. »Was ist Ihre größte Angst, Bjørk?«

Du, schießt es mir durch den Kopf.

»Warum fragen Sie das?«

»Ich glaube, dass Azora zum Ende hin die Hölle durchgemacht hat. Ich glaube, sie hatte Angst, hat sich geschämt, hatte starke Schmerzen. Und ich bereue, dass ich nicht mehr darangesetzt habe, sie zurückzuholen.«

Ich setze mich und verziehe keine Miene, um meine Überraschung nicht zu zeigen.

»Hat sie hier gewohnt? Ich meine … als Sie zusammen waren?«

»Nein, aber sie hat ab und zu hier übernachtet. Sie hatte ein eigenes Haus, aber ich habe erst vor Kurzem verstanden, dass …« Er stockt, setzt sich anders hin und scheint nachzudenken, ehe er fortfährt: »Ich weiß ja nicht, wie Ihr Verhältnis zu Ihren Verflossenen ist, aber es war nie einfach, mit Azora zusammen zu sein. Oder sie zu Besuch zu haben. Sie war von Ängsten heimgesucht, wie ich es noch nie bei einem Menschen erlebt habe. Ich dachte bis dahin, das gäbe es nur in schlechten Horrorfilmen aus psychiatrischen Anstalten.« Er seufzt tief. »Irgendwann habe ich aufgehört zu zählen, wie oft ich nachts von lauten Schreien wach geworden bin. Oder wie oft sie nur mit Unterwäsche bekleidet auf die Straße gerannt ist wie ein Zombie.«

Er massiert sich den Nacken, beugt sich vor und starrt auf den Boden.

»Es gab so viele Beschwerden von Nachbarn. Alle wollten, dass ich was unternehme. Sie konnte hier nicht mehr übernachten.«

Auch ich massiere mir den Nacken, versuche seine Gesten zu spiegeln, ohne dass er es merkt, eine Taktik, um Vertrauen aufzubauen.

»Sie wollen damit sagen, dass sie eine geplagte Seele war?«

Ich würde ihn gern noch viel mehr fragen. Dinge, die mich nichts angehen. Als Erstes, wie ein ausgebildeter Arzt an eine obdachlose Drogenabhängige gerät.

»Da war etwas.« Er starrt weiter auf den Boden, wiegt den Kopf hin und her.

Ich lasse die Stille zwischen uns sacken und hoffe, dass er sie füllt. Versuche mir vorzustellen, wie sein Alltag mit Azora ausgesehen haben könnte. Wie er die Krise in seinem Job und eine drogenabhängige Freundin jongliert hat. Wahrscheinlich wurde ihm das alles irgendwann zu viel.

So sitzen wir eine Weile da, zwei Menschen auf den jeweiligen Seiten einer Toten.

»Und was wollen Sie nun von mir wissen?«, fragt er.

Mich interessiert eigentlich nur noch, wie zwei so unterschiedliche Menschen sich gefunden haben.

»Einige ihrer Freunde haben mir von Azoras Albträumen erzählt«, sage ich. »Wissen Sie mehr darüber?«

Er reibt sich über den Bart. »Nur, wie sie außer Kontrolle geraten sind.«

»Hat sie was dazu gesagt?«

»Warum wollen Sie das wissen?«

»Ich versuche herauszufinden, an welcher Stelle es schiefgelaufen ist«, sage ich und tippe mir ans Kinn. »Was die Ursache für ihre Angst war.«

»Da kann ich Ihnen nicht weiterhelfen.«

Kann er nicht oder will er nicht?

»Wie war Ihr Verhältnis, nachdem Sie sie vor die Tür gesetzt haben?«

Ich sollte ihn vielleicht nicht provozieren, aber ohne Druck komme ich hier offensichtlich nicht weiter.

»Der Stoff war für sie wichtiger als die Beziehung.«

Ich nicke, zeige, dass ich verstehe.

»War das schwer für Sie?«

Sein Gesicht verfinstert sich. Ich kann mich nicht entscheiden, ob der Glanz in seinen Augen echt ist oder nicht.

»Mit der Zeit ist es leichter geworden«, sagt er. »Aber ich kann nicht leugnen, dass ich Azora sehr geliebt habe. Ich kannte sie seit unserer Jugend. Als sie noch das blitzgescheite Mädchen war und das ganze Leben noch vor ihr lag.«

Ein interessanter Mann, das lässt sich nicht von der Hand weisen. Er hat sich auch noch um seine neurotische Ex gekümmert, nachdem die Beziehung zu Ende war. Behauptet er jedenfalls. Seine Körpersprache lässt bei mir alle Psychopathenglocken läuten, wenn ich nicht aufpasse, sitze ich ganz schnell in der Falle. Oder habe ich die ganze Situation fehlinterpretiert? Wenn er über Azora spricht, klingt echte Reue in seiner Stimme mit. Wirkliche Trauer. Und vorläufig deutet nichts darauf hin, dass er ihr etwas Böses wollte.

»Wie gut kennen Sie Ihren Freund, Bjørk?«

Die Frage überrumpelt mich, und es gefällt mir nicht, mit welcher Betonung er meinen Namen ausspricht. Als ob wir Freunde wären. Enge Freunde.

Um die Kontrolle zurückzugewinnen, frage ich: »Wussten Sie von dem Kind?«

»Sie glauben, dass ich der Vater bin, stimmt's?« Er lächelt verschmitzt.

»Und, sind Sie es?«

Langsam und mit minimalen Bewegungen kratze ich mich am Handrücken. Ich traue meinen Augen kaum, als er sich nur wenige Sekunden verzögert ebenfalls am Handrücken kratzt. Entweder wendet er die gleiche Taktik an wie ich, oder er zeigt, dass er mich durchschaut hat.

»Es wurde ihr weggenommen«, sagt er.

Ich habe vergessen, was ich ihn gefragt habe.

»Wissen Sie, was passiert ist?«, frage ich, ohne recht zu wissen, worauf ich eigentlich hinauswill. »Mit dem Kind«, schiebe ich schnell hinterher.

Kurzes Zögern. Ein fast unbemerktes Flackern der Augen kündigt die Lüge an.

»Nein.«

Er hat mir nichts zu trinken angeboten, wie es eine unsichere Person vermutlich getan hätte. Ich versuche es mit einem neuen Ansatz.

»Sie haben gesagt, sie hätte ein Haus gehabt. Warum hat sie dort nicht gewohnt?«

»Es gibt viele Gründe, wieso man nicht an einer festen Adresse leben will.«

Charlies Worte. Aber ein Haus? Keine Wohnung? Azora hat ihren Stoff vom Staat bekommen, und dabei hätte sie in einem Haus wohnen können. Warum hat sie das nicht getan?

»Hat sie irgendetwas bei Ihnen gelassen?«, frage ich. Ein Schuss ins Blaue.

Robert schüttelt den Kopf. Entspannt sich.

»Im Keller steht ein Karton. Um ehrlich zu sein, habe ich aber noch nie einen Blick hineingeworfen.«

»Wenn es keine Umstände macht, könnten Sie ihn vielleicht hochholen?«

Während er im Keller ist, könnte ich mir Jacke und Schuhe anziehen, damit ich jederzeit gehen kann.

»Würde es Ihnen etwas ausmachen, mit nach unten zu kommen?«

Um nichts in der Welt.

Er muss mein Einatmen gehört und das Zucken bemerkt haben, das durch meinen Körper gegangen ist. Als er aufsteht und auf mich zukommt, weise ich ihn mit dem Blick ab und weiche zurück. Trotzdem umfasst er meinen Oberarm.

»Ich habe nicht mehr viel Zeit«, sage ich und versuche, ihn abzuschütteln.

»Es geht schneller, wenn Sie mitkommen.«

Ich versuche es mit einem neutralen Ton. »Also gut.«

Ich stehe langsam auf und lasse mich von ihm zur Treppe führen. Er schiebt mich vor sich her und signalisiert mir, dass ich nach unten gehen soll.

Unbehandelte, dunkle Massivholzstufen führen in einen schwarzen Schlauch. Als Robert die schwache Glühbirne einschaltet, offenbart sich unter uns ein enger Raum. An den Wänden stehen Regale voller Bücher, Aufbewahrungsboxen aus Kunststoff, Sportgeräte und Werkzeug. Der Treppe gegenüber führt eine geschlossene Tür in einen weiteren Raum.

Ich bleibe auf der unteren Stufe stehen. Robert schiebt sich an mir vorbei und zieht eine Plastikbox mit Deckel aus einem Regal, die er auf den Schreibtisch stellt. Ich stelle einen Fuß auf den Kellerboden. Trete einen Schritt vor. Noch einen. Mit schweren Beinen gehe ich zu ihm und strecke die Hand aus, als er den Deckel abnimmt.

Obendrauf liegen Fotos, das obere mit der Bildseite nach unten. Ich greife danach und zucke panisch zusammen, als Roberts Hand meine streift. Er macht keine Anstalten, sich zur Seite zu bewegen, zieht die Hand nicht weg. Bleibt einfach so unangenehm nah stehen.

»Das ist eine von Azoras Kisten«, sagt er mit ansatzweise melancholischer, aber emotionsloser Stimme.

Er blättert eilig durch einige Unterlagen am Grund der Box. Nimmt ein Foto von Azora heraus. Ein Foto von ihr mit einem Kind auf dem Schoß. Es hat was von einem Gemälde auf rissiger Leinwand. Man sieht ihr an, wie hart das Leben ihr mitgespielt hat. Die Augenlider hängen, aus einem Mundwinkel tropft ein Speichelfaden. Das Haar ist zerwühlt, als wäre sie gerade aufgestanden. Mir entfährt ein mitfühlender Seufzer. Eine berauschte Frau mit einem Kind auf dem Schoß, gibt es etwas Traurigeres?

Das Kind ist vielleicht zwei Jahre alt. Das eine Auge ist geschlossen, das andere stiert trotzig in die Kamera. Das Weiße um die Iris ist elfenbeinfarben und spiegelt das Licht einer Kerze wider. Azora wirkt in dem schwachen Lichtschein wie ein Monster. Ein hübsches Monster. Ich betrachte die Fotografie eine Weile, bis Robert seine Hand um mein Handgelenk legt.

»Sie gehen jetzt besser«, sagt er und nimmt mir das Bild weg.

»Aber, könnte ich …?« In der Box liegen noch mehr Fotos und eines davon würde ich mir gern genauer ansehen.

»Nein. Genug jetzt.«

Seine Finger bewegen sich, ein kaum spürbares Zittern, das meinen Puls in die Höhe schnellen lässt. Plötzlich ist da dieser Geruch. *Saure Milch*. Es heißt, dass Männer, denen ein Mord Lust bereitet, den Duft von saurer Milch verströmen.

»Ciao«, sage ich etwas zu schnell. Mache einen Schritt nach hinten, ehe ich mich umdrehe und aufgesetzt sicheren Schrittes zur Treppe gehe. Ohne mich umzudrehen, nehme ich die erste Stufe, dann die nächste. In der Erwartung, dass seine Hände sich um meine Fußgelenke legen.

Im Eingang stürze ich auf die Tür zu, drehe den Schlüssel um und öffne sie, schnappe mir meine Stiefeletten und die Jacke, ziehe mich an und gehe ruhig nach draußen. Mein Blick fällt auf den Streifenwagen von vorhin. Die Männer hinter der Windschutzscheibe schauen zu mir rüber.

Ich muss noch mal hierher zurück, um mir die anderen Bilder anzusehen. Besonders das mit der jugendlichen Azora, auf dem sie ein anderes Kind auf dem Schoß hat. Vier oder fünf Jahre alt. Mich. Da bin ich mir sicher.

24

Am Tag nach der Episode mit Robert bin ich noch immer nervös und zittrig. Abs meldet sich beim dritten Klingeln, und ich stolpere über die Worte, als ich alles gleichzeitig zu erzählen versuche.

»Azora war meine Babysitterin. Ich habe ein Foto von ihr und mir gesehen. Deshalb wollte sie mich erreichen, und ich, ich glaube …«

»Moment, Moment«, unterbricht er mich. »Wovon redest du da?«

Ich wiederhole im Stillen die Informationen, die schon seit einer ganzen Weile in meinem Kopf herumschwirren. Azora war meine Babysitterin, und entweder hatte ich meine Albträume schon, bevor sie ins Bild kam, oder es ist etwas geschehen, während sie da war, weshalb sie plötzlich nicht mehr gekommen ist und meine Eltern auch nie darüber geredet haben.

»Es gibt ein Foto von ihr und mir«, wiederhole ich. »Ich war darauf noch ein Kind. Das erklärt, warum sie mich angerufen hat. Sie wollte mir etwas darüber erzählen.«

»Kannst du das nicht einfach der Polizei sagen? Dann bist du aus der Sache raus.«

Abs hat gern das letzte Wort, er versteht es, die Fakten so darzustellen, dass die Diskussion damit zu Ende ist. Aber bin ich dann wirklich raus? Bestärkt das nicht noch den Verdacht, wenn die Polizei eine Verbindung zwischen Azora und mir herstellt?

»Warum rufst du mich an und nicht diejenigen, die den Fall bearbeiten?«, fragt Abs.

Ich verziehe den Mund, obwohl er das gar nicht sehen kann.

»Die Polizei geht davon aus, dass sie getötet wurde, nicht wahr?«, frage ich, um nicht antworten zu müssen. Er ist der Einzige, dem ich vertraue, aber wenn ich ihm das sage, gehen die Gefühle mit mir durch, und das will ich nicht.

»Du weißt, dass ich dir darauf nicht antworten darf«, sagt er.

»Sie waren bei mir zu Hause und haben mich zur Befragung ins Präsidium vorgeladen. Sie haben sogar über mildernde Umstände gesprochen.«

»Uih«, sagt Abs. »Sicher, dass sie das so gesagt haben?«

Ich habe nicht die Kraft, das zu kommentieren.

Abs schweigt, es ist aber nicht schwer, sich auszurechnen, was er denkt. Er will mir helfen. Er glaubt nicht, dass ich die drogenabhängige Frau umgebracht habe, kann aber nichts von den Ermittlungen preisgeben, ohne Schwierigkeiten mit seiner Behörde zu bekommen.

»Sie glauben, dass sie getötet wurde«, wiederhole ich. »Und ich glaube das auch. Aber auf den Fotos der Überwachungskameras sind nur Azora und ich zu sehen und nur eine von uns hat lebend den Tatort verlassen.«

»Vermutlich wollen sie dich nur als Täterin ausschließen, um sicherzugehen, dass es Selbstmord war.«

»Mildernde Umstände«, sage ich noch einmal.

»Stimmt, das sagt man nicht so einfach, eigentlich heißt das, dass …«

»Genau«, erwidere ich. »Sie müssen einen konkreten Verdacht haben. Und dann reden wir von Mord.«

»Aber wer schubst eine Drogenabhängige vom Dach?«, fragt Abs.

Es dauert ein paar Sekunden, bis ich kapiere, dass er meine professionelle Meinung will.

»Jemand, der es wie einen Selbstmord aussehen lassen will«, antworte ich schnell.

»Was sagt uns das?«

Die Worte strömen nur so aus mir heraus. »Das war keine süße Rache. Kein Druck, der irgendwann zu groß wurde. Der Täter wollte ihr nicht in die Augen sehen, als sie starb. Wollte sie nur los sein.«

»Als abschreckendes Beispiel für andere?«, sagt Abs. »Was passiert, wenn man nicht zahlt?«

Ich denke an das, was Linnea über das Milieu gesagt hat, in dem Azora verkehrte. Die brutale Gang, die kochendes Öl in die Ohren derjenigen schüttet, die die Warnungen nicht ernst nehmen.

»Nein«, sage ich. »Wer solche Nachrichten schickt, will, dass der Empfänger sie auch versteht. Wenn in der letzten Zeit nicht mehr Leute von irgendwelchen Dächern gestürzt sind, macht das keinen Sinn. Bei dieser Sache dreht es sich nicht um einen schiefgelaufenen Drogendeal. Azora war auf dem Weg, clean zu werden.«

»Auch clean kann man noch reden«, wirft Abs ein.

Genau das war der Punkt, denke ich. Azora wusste etwas.

»Es ist unpersönlich, jemanden vom Dach zu stoßen«, denke ich laut. »Gleichzeitig bin ich überzeugt davon, dass der Täter sie kannte. Man schubst niemanden von einem Dach, den man zufällig dort getroffen hat.«

»Red weiter«, sagt Abs.

Er will meine Theorie hören und nichts treibt mich mehr an als das.

»Er könnte ihr gefolgt sein«, fahre ich fort. »Jemand, der auf der Straße nicht auffällt.«

»Wer ist unsichtbar?«

»Jemand, der dazugehört, der so tut, als würde er dazugehören.«

»Impulstat?«

»Dann war er auf der Jagd«, sage ich. »Und von solchen Menschen gibt es hier nicht viele. Es ist sehr viel wahrscheinlicher, dass er wusste, wer sie ist, und sie loswerden wollte.«

Gewöhnlich hätte ich Abs jetzt gefragt, ob es Anzeichen für einen Kampf oder einen Streit gab oder ob das Opfer sexuell missbraucht wurde. Die Frage war in diesem Fall überflüssig, weil ich selbst dort war. Trotzdem ist der Täter ein immens hohes Risiko eingegangen, was mir sagt, dass der Mord gut vorbereitet war.

»Die Frage ist nur«, fahre ich fort, »warum gerade an diesem Abend? Wenn er ihren Schlafplatz kannte und dass sie dort die meiste Zeit allein war, hätte er es zu jedem beliebigen Zeitpunkt tun können. Warum also an diesem Abend? Warum ist er das Risiko eingegangen, dass Zeugen vor Ort waren?«

»Es eilte«, sagt Abs. »Weil sie jemandem etwas erzählen wollte.«

»Etwas, das nichts mit Albträumen zu tun hat.«

»Verstehst du jetzt, warum die Polizei nicht von dir ablässt?«

Wir beenden das Gespräch. Ich suche die Fotos vom Tatort heraus und drucke sie aus. Studiere die Namen, die sie in den Beton geritzt hat. Von ihrem Onkel Espen, ebenso Charlie. Den Namen des Kindes, Evelyn, hatte sie gleich mehrfach eingeritzt, die Kerben waren tief und abgerundet.

Sind diese Namen eine Botschaft oder hat sie das nur in Gedanken gemacht? Hat sie das mit den Albträumen gesagt, um mich zu sich zu locken? Damit ich es sehe?

Beim Betrachten der Fotos wird mir bewusst, dass etwas nicht stimmt. Meine Gedanken arbeiten schnell, trotzdem braucht es ein paar Minuten, bis sie den Punkt gefunden haben. Robert. Sein Name fehlt. Ein Ex-Lover, der sich auch nach der Trennung um sie gekümmert hat, der ihr geholfen und sie geliebt hat. Sollte man da nicht erwarten, dass auch sein Name in den Beton geritzt ist?

Ich sehe mir die restlichen Fotos an. Schaue genauer nach, ob vielleicht Namen entfernt wurden. Auf den Ausdrucken ist nicht zu erkennen, ob Roberts Name weggekratzt und überschrieben wurde.

Mein Magen rumort, als ich mich anziehe. Die Übelkeit versucht, mich in der Wohnung zu halten. Ich sollte mich mit Tee, Schokolade und Netflix auf dem Sofa einigeln. Stattdessen übergebe ich mich im Bad, ehe ich mich auf den Weg mache. Ich versuche, mein schlechtes Gewissen gegenüber Kristian zu verdrängen. Wüsste er, dass ich schwanger bin, würde er mich jetzt nicht aus dem Haus gehen lassen.

Etwas später stehe ich wieder vor dem Gebäude in Grønland. Ich klettere über das Tor und laufe geduckt über die Treppe aufs Dach. Auf dem letzten Absatz bleibe ich stehen und rufe mir das Foto in Erinnerung, das hier beim letzten Mal von mir gemacht wurde. Aus dem Aufnahmewinkel ging hervor, dass es nicht von demjenigen gemacht worden sein konnte, der unter dem Tisch gehockt hat. Der Fotograf muss auf einem der anderen Dächer gestanden haben. Die Gebäude liegen dicht beieinander, und jetzt verstehe ich auch, wie der Mörder den Überwachungskameras entgehen konnte. Er ist über ein anderes Gebäude gekommen und hat denselben Weg zurück genommen.

Die Pappen, die beim letzten Mal noch hier gelegen haben, sind weg. Ich gehe zum Ventilator, hocke mich hin und leuchte mit der Taschenlampe den Boden ab. Über den Namen befinden sich Sterne und Striche, etwas, das wie ein umgedrehtes C aussieht. Eine Stelle ist zerkratzt, und ich versuche zu erkennen, ob unter den Kratzern etwas stand. Fahre mit den Fingern über den Beton, als könnte ich so die obere Schicht wegwischen. Einzelne Buchstaben, die ich beim ersten Mal nicht bemerkt habe, bilden ein Wort. *Der Anfang*.

Die meisten Drogenabhängigen wollen zurück zum Anfang, wollen andere Entscheidungen treffen, ein anderes Leben führen. Einen Sinn im Dasein finden. Die meisten, die bei mir in Therapie waren, haben Trauer und Freude darüber empfunden, dass alles, was einen Anfang hat, auch ein Ende haben muss.

Nachdem ich alles gründlich untersucht habe, ohne Roberts Namen zu finden, sacke ich innerlich etwas zusammen. Ich bin immer überzeugter davon, dass er etwas mit der Sache zu tun hat, ohne aber auch nur den Anflug einer Ahnung zu haben, wie das alles zusammenhängt. Vorläufig habe ich nur eine Antwort: Er hat sie am besten gekannt, mit ihm hat sie alles geteilt. Er kennt den Anfang und vielleicht auch das Ende.

Schwere Schritte reißen mich aus meinen Gedanken. Jemand ist auf dem Weg nach oben.

Mein Daumen wischt blitzschnell über das Display des Handys und schaltet es aus. Ich stehe auf. Lausche. Das Kratzen an der Mauer wird deutlicher. Ja, da kommt definitiv jemand. Ist es die Polizei oder jemand anders? Niemand darf mich hier finden.

Mir bleibt nicht viel Zeit. Ich laufe zu den gestapelten Tischen und Bänken in der Ecke. Krieche darunter, drücke mich so weit nach hinten, wie es nur geht, und halte die Luft an.

Ein Mann klettert auf den Dachabsatz. Er bleibt stehen und nimmt den Platz vor dem Ventilator in Augenschein. Dann geht er zu der brummenden Metallbox und geht an exakt demselben Platz in die Hocke, an dem ich noch vor einer Minute gesessen habe. Seine Finger berühren den Boden, wo die Namen in den Beton geritzt sind.

Der Mann ist groß und schlank, mittleren Alters, und ich kenne sein Gesicht nur zu gut. Es ist Tore aus meiner Gruppe. Er bleibt nicht lange, sieht sich kurz um und geht dann gleich darauf über die Treppe wieder nach unten.

25

In der nächsten Therapiestunde ist Tore wieder da. Er ist vor ein paar Monaten zur Gruppe dazugestoßen, selbstsicher und sympathisch, scheint aber nicht gegen seine Wut angehen zu wollen. Manchmal habe ich den Verdacht, dass er sich selbst nur als unabhängigen Beobachter betrachtet.

Obwohl ich mir sicher bin, dass er mich auf dem Dach nicht gesehen hat, muss ich mich zwingen, ihn nicht anzustarren. Er sitzt wie üblich auf dem Sofa, wirkt aber irgendwie anders. Und das trifft auch auf Gaute zu. Sie sind wie Skulpturen aus Stein, während Marcos' Füße unablässig den Boden bearbeiten.

»Hat jemand was von Reza gehört?«, frage ich, während ich meine Jacke aufhänge und mir einen Kaffee eingieße. Es ist nicht das erste Mal, dass er spät kommt, meistens drehen sich seine Entschuldigungen um seine Tochter, die sich wieder mit ihrer Mutter gestritten hat.

Als niemand antwortet, drehe ich mich zu ihnen um und frage noch einmal: »Reza? Habt ihr was gehört?«

Allgemeines Kopfschütteln.

Es wundert mich, dass sie heute so stumm sind, irgendwie fühle ich mich dadurch ausgeschlossen. Ich lasse mir nichts anmerken, setze mich hin, trinke einen Schluck kochend heißen Kaffee und frage: »Und? Wer will heute anfangen?«

Während ich meinen Notizblock hole, erwarte ich, Marcos' Stimme zu hören. Als nichts kommt, hebe ich den Blick. Sie strahlen heute etwas Fremdes aus, wie am Anfang, als sie noch neu waren und ihren Platz noch nicht gefunden hatten.

»Marcos«, sage ich und blättere zurück zu meinen Notizen vom letzten Mal. »Neulich war die Rede davon, dass du eine ... wie war der Ausdruck ... so eine Drogenschlampe verprügelt hast. Magst du uns beschreiben, was du dabei empfunden hast?«

Ich habe mich gefragt, worum es dabei wirklich ging. Da Gaute nichts sagen wollte, hoffe ich, dass Marcos selbst etwas beisteuern wird. Doch der sitzt mit verschränkten Armen da und sieht an mir vorbei. Ein unangenehmes Gefühl überkommt mich. Hat einer dieser Männer mich gestalkt?

»Marcos ... möchtest du über deine Gefühle sprechen?«, frage ich noch einmal.

Schweigen.

»Komm schon ...«

»Ich war wütend«, sagt er ohne jede Gesichtsregung.

Ich beobachte ihn ein paar Sekunden lang konzentriert und frage mich, warum der Mann, der sonst immer so mitteilsam ist, heute nichts sagen will.

»Geht es ein bisschen ausführlicher?«, frage ich, ohne meine Verärgerung zu zeigen.

Keine Antwort. Die Sekunden ticken weiter. Die Stille im Raum ist beklemmend. So langsam mache ich mir Sorgen, dass irgendetwas wirklich nicht stimmt.

»Marcos? Ist etwas passiert?«

Er sieht mich nicht an, als er sagt: »Hab einfach keine Lust zu reden.«

Er bewegt unruhig die Beine. Auch bei den anderen

erkenne ich jetzt die Unruhe. Die Kluft tut sich nicht nur zwischen Marcos und mir auf, sondern zwischen mir und allen Männern.

»Tore? Lust, anzufangen? Oder du, Gaute?«

Immer noch keine Antwort. Was ist nur mit ihnen los? Habe ich etwas getan oder gesagt? Ich bin nach den Stunden immer noch eine Weile für alle erreichbar und bereit, auf Anliegen zu reagieren, die sie nicht im Plenum bereden wollen. Aber jetzt sind diese Männer so verschlossen wie ich in meiner Kindheit.

Ich lasse sie in Ruhe. Setze sie nicht weiter unter Druck. Einer von ihnen wird früher oder später zu reden anfangen, das weiß ich. Menschen in einer Gruppe können nicht anders.

Die Luft ist dick, trotzdem trinke ich entspannt meinen Kaffee. Nehme mir reichlich Zeit, notiere etwas auf meinem Block. Tue so, als wäre alles in bester Ordnung. Hat Tore das Facebook-Foto mit ihnen geteilt? Ahnen sie, dass ich in Schwierigkeiten stecke? Gaute meinte, er könne mir das ansehen, aber wie viel weiß er tatsächlich? Ich habe nicht mit ihnen über den Ellingsen-Fall gesprochen, frage mich aber, ob ich ihn thematisieren sollte.

»Also, wenn hier nichts läuft heute …« Tore legt die Hand auf die Lehne des Sofas und macht Anstalten aufzustehen.

Manchmal schwappt die Wut der Männer auf mich über, ich verliere aber nie in ihrer Gegenwart die Fassung. Ich weiß, wie schwierig es ist, loszulassen. Aber das heute ist etwas anderes. Ein stiller Protest.

»Na ja, unsere Treffen hier, das sind ja nicht gerade Vorlesungen.«

»Und ich bin nicht gekommen, um mich ausliefern zu lassen«, kommt es von Marcos.

Ich halte den Atem an. Ausliefern?

Ich fahre mir mit der Hand über den Hals. Der Pullover fühlt sich zu eng an, ich ziehe ihn vorsichtig nach unten, um besser Luft zu bekommen.

Ehe ich fragen kann, was Marcos meint, fliegt die Tür auf und Reza stürmt herein. Er zieht mit ruckhaften Bewegungen die Jacke aus und lässt sich verschwitzt auf einen Sessel fallen.

»Was macht die Polizei hier?«, fragt er.

Die Worte treffen mich wie eiskalter Regen.

»Wie meinst du das?«

»Unten vor der Tür steht ein Streifenwagen. Hast du die gerufen, wegen der Sache beim letzten Mal?«

Ich blase die Wangen auf, tue so, als könnte das unmöglich etwas mit uns zu tun haben. Innerlich klopft mein Herz aber so fest, dass ich Angst habe, sie könnten es hören.

»Natürlich nicht.«

Trotzdem sitze ich stocksteif da und warte, dass irgendwelche Beamten hereinstürmen und mir Handschellen anlegen.

Haben die etwas gegen mich in der Hand? Oder bin ich gestern auf dem Dach gesehen worden?

Von draußen ist aber nichts zu hören, und die Tür bleibt geschlossen, während vier Augenpaare mich unergründlich mustern.

Meine Stimme klingt anders, als ich sage: »Die haben keinen Grund, hierherzukommen. Lasst uns anfangen.«

Marcos atmet aus und kneift die Lippen zusammen, als er bemerkt, dass ich ihn ansehe. Gaute sieht sich ratlos um und holt das Gummi hervor, das er immer in seine Hand schnellen lässt. Es trägt wie der Stressball dazu bei, seine Anspannung zu lösen.

»Was ist los?«, fragt Reza.

»Schwer zu sagen«, erwidere ich. »Es wäre aber sehr hilfreich, wenn wir das aus der Welt schaffen könnten. Wer will erzählen?«

Stille.

»Jetzt reißt euch mal zusammen«, sage ich und frage mich, wie ich den Knoten zerschlagen soll. »Ihr seid erwachsene Männer.«

Tore hebt die Hand.

»Bitte«, sage ich und achte darauf, nicht herablassend zu klingen.

Tore räuspert sich, rutscht auf die Sofakante und steckt die Hand in die Gesäßtasche seiner Jeans. Ein zusammengefaltetes Blatt kommt zum Vorschein. Als er es auseinanderfaltet, sehe ich, dass es meine Zeichnung zu der Szene in der letzten Stunde ist, als Marcos wie ein Chihuahua auf Gaute losgegangen ist.

Für einen quälenden Moment fürchte ich, dass meine Stimme nicht trägt. War ich beim letzten Mal so durch den Wind, dass ich die Zeichnung auf dem Tisch vergessen habe?

Ich reiße mich zusammen.

»Aha«, sage ich und ringe mir ein Lächeln ab. »Verstehe.«

Marcos zuckt zusammen. »Was verstehst du?«

»Du bist gekränkt.«

»Da kannst du einen drauf lassen.«

Der Raum ist wie ein schwankendes Boot. Sollte ein

Journalist herausbekommen, dass ich meine Klienten karikiere, ist es mit meiner Karriere ein für alle Mal vorbei. Ich sehe schon die Schlagzeilen vor mir. »Ehemalige Kriminalamt-Mitarbeiterin verspottet die Schwachen.«

Noch schwerer wiegt, dass ich die Männer, die ich psychisch aufbauen soll, in den Karikaturen demütige. Wie konnte ich nur so dumm sein?

Ich muss mich schnellstmöglich beruhigen, greife nach der Box mit den Papiertüchern, obwohl ich nicht weine. Nehme zwei heraus und halte sie zwischen den Fingern. Ich weiß, wann ich zu Kreuze kriechen muss.

»Damit will ich niemanden kränken«, sage ich ruhig und achte darauf, jedem der Männer in die Augen zu blicken.

Marcos ist am Siedepunkt, die anderen sind bereit, ihn zu unterstützen. Jeder der Männer wird meine nächsten Worte auf die Goldwaage legen.

»Die Zeichnungen sind meine Methode, das Unterbewusstsein zum Sprechen zu bringen.«

Marcos steht auf, zieht den Sessel bis dicht vor mich. Er setzt sich und stützt die Hände auf die Knie. Mit zitternder Stimme sagt er: »Dein Unterbewusstsein sieht mich also als so eine Schwuchteltöle.«

»Du leugnest nicht einmal, dass diese Zeichnung von dir stammt?«, wirft Reza ein, während Marcos sein Gesicht noch dichter an meins heranschiebt.

»Reißt euch zusammen«, sagt Gaute. »Sie meint das nicht böse.«

Ich drehe den Kopf zur Seite. Die Männer haben mich genau im Blick.

»Situationsbedingte Archetypen«, sage ich.

Marcos sieht aus, als dächte er nach. »Was ist das für ein Scheiß?«

»Archetypen sind eine Art, das Universelle des Menschen zu verstehen. Wenn mir das Unterbewusstsein sagt, was du über dich selbst denkst, kann ich dir besser helfen.«

Das ist nicht die ganze Wahrheit, ich hoffe aber, dass die Männer sie mir abnehmen.

»Das musst du erklären«, sagt Marcos. »Tu so, als wäre ich vier Jahre alt.«

Ich spüre, wie die Luft im Raum sich verändert. In den nächsten Minuten entscheidet sich, wer wir sein werden, wenn wir hier heute Abend auseinandergehen. Jetzt entscheidet sich die Zukunft der Gruppe.

Ich halte das Schweigen noch eine Weile durch, dann sage ich: »Du machst dich selbst kleiner, als du bist. Spielst den kleinen, kläffenden Köter, wobei du eigentlich ein mächtiger Dobermann bist. Ich glaube, dass es dir deshalb nicht gelingt, deine Wut in den Griff zu bekommen.«

Marcos sinkt auf seinem Sessel zusammen. Als er zu weinen beginnt, reiche ich ihm die Box mit den Papiertüchern.

26

Am nächsten Morgen sitzt vor den Büroräumen der Straßenhilfe ein obdachloser Mann und hämmert mit einem Stein Münzen platt, sodass sie wertlos werden. Seine Haare und der Bart sind lang, schwarz und verfilzt. Die Augen wie Glasscherben. Seine Kleider sind zerrissen. Er geht barfuß und seine Füße sind schwarz von Nekrose und Dreck.

Der kalte Wind brennt in der Lunge. Es entbehrt nicht einer gewissen Ironie, dass er einsam direkt vor der Tür der Einrichtung sitzt, die ihm helfen sollte. Was bitte läuft falsch in dieser Gesellschaft und was kann ich tun? Hilfe rufen? Ihn einweisen lassen? Ist sein Leben überhaupt lebenswert? Resigniert begebe ich mich hoch in die Büros. Treffe als Erstes auf Linnea. Sie trägt einen blassrosa, weiten Wollpullover mit breitem Halsausschnitt und großen roten Herzen. Die Beine werden von einem weich fallenden Strickrock bedeckt. Ihre Jacke ist offen, über ihrer Schulter hängt eine schwarze Sporttasche.

Ich gebe vor, zufällig in der Gegend gewesen zu sein und dass ich ihnen nur sagen wollte, dass unten vorm Gebäude jemand sitzt, der ihre Hilfe braucht. Mit finsterer Miene stellt Linnea die Tasche auf dem Boden ab und geht zur Tür, als Josefine mit dem Arm voller Tüten hinter ihr auftaucht. Sie hebt eine Hand und grinst breit.

»Ratet mal, wer sich gleich freut! Ich geh runter auf

den Marktplatz und treffe die Frauen von Samstag ...« Sie bleibt stehen, als sie Linneas Tasche auf dem Boden sieht. »Wolltest du nicht zum Training?«

»Die Pflicht ruft ...«

Josefine zieht eine Augenbraue hoch.

»Dachte, wir hätten uns drauf geeinigt, dass du ein Privatleben hast.«

»Schatzi«, sagt Linnea und tritt gegen die Tasche. »Dachte, wir hätten uns drauf geeinigt, dass eine Mutter reicht.«

Meine Wangen glühen. Erwarte ich wirklich, dass sie alles stehen und liegen lässt, weil ich einen Penner auf der Straße gesehen habe?

Als ich die zwei in der Kirche gesehen habe, wirkten sie wie das perfekte, eineiige Zwillingspaar. Jetzt erkenne ich die Unterschiede. Linnea ist die Denkerin, Josefine die übersprudelnde Rednerin, Macherin. Die dafür sorgt, die Dinge in Gang zu setzen. Ein eingespieltes Team und gute Freundinnen. Mein Herz weint vor Neid.

»Ihr macht wirklich einen tollen Job«, sage ich.

Josefine lächelt. »Hilfe zur Selbsthilfe ist nie verkehrt. Machen Sie gerne mit.«

Der Gedanke ist verlockend, muss ich zugeben.

»Warum nicht?«, höre ich mich antworten.

»Denken Sie drüber nach«, sagt Linnea, als Josefine durch die Tür verschwindet. »Sozial engagierte Menschen wachsen nicht auf Bäumen.«

Sie hebt die Tasche auf, fummelt an den Trageriemen herum und winkt mich rüber zum Sofa.

»Sie sehen müde aus, setzen Sie sich doch.«

»Ach was, gehen Sie zu Ihrem Training.«

»Selbstverteidigung«, sagt Linnea mit einem Zwinkern. »Das hol ich am Samstag nach. Macht dann mehr Spaß, Schlägereien anzuzetteln.«

Ich setze mein frechstes Lächeln auf, lasse mich aufs Sofa fallen und sinke zwischen die weichen Kissen und Decken.

»Und, wie geht es Ihnen?«, fragt sie, als sie die Jacke auszieht und zur Küchenzeile mit der Kaffeemaschine und dem Wasser geht.

Sie nimmt ein Glas, lässt Wasser einlaufen, doch gleich darauf rutscht ihr das Glas aus den Fingern und fällt zu Boden. Dem Klirren folgt ein leiser Fluch.

Ich springe auf. »Kann ich helfen …«

»Bleiben Sie sitzen.«

Ihre Stimme ist scharf und ich falle überrumpelt zurück aufs Sofa.

»Ich bin wohl ziemlich kaputt«, sagt Linnea, als sie zu mir zurückkommt.

Sie stellt zwei Gläser auf den Tisch und setzt sich ein Stück von mir entfernt hin. Sie hat sich in den Finger geschnitten, scheint aber nicht zu merken, dass Blut auf ihren Rock tropft.

»Entschuldigung, Sie blu…«, setze ich an und zeige auf ihren Rock, als Linnea sich vorbeugt und ihr Pullover von der einen Schulter rutscht.

Teile einer Tätowierung kommen zum Vorschein. Ein Schmetterling mit ausgebreiteten Flügeln. Schmetterling im Winterland. Das poetische Lied kommt mir in den Sinn. So müssen diese beiden Frauen denen vorkommen, die Hilfe von ihnen bekommen. Ich ertappe mich dabei, dass ich mich frage, ob Linnea einen Freund hat und er sie gut behandelt. Was er wohl dazu sagt, dass sie nachts in der

Stadt unterwegs ist? Im Kopf entwerfe ich einen perfekten Mann für sie, einen Kristian, der ihr alles Gute wünscht.

»Wie lange ist es her?«, fragt Linnea und sieht mich an.

»Was?« Ich verstehe nicht, was sie meint, nur, dass sie offensichtlich durchschaut hat, dass ich nicht zufällig vorbeigekommen bin.

»Seit Ihr Gehirn seinen Dienst quittiert hat?«

Ich fühle mich unwohl, sehe sie fragend an. Linnea rutscht näher an mich ran, dicht neben mich, und nimmt meine Hände. Zu meinem Schrecken sehe ich, dass sie zittern. Die Episode bei Robert. Die Panik, weil die Gruppe sich von mir abgewendet hat. Dass mir möglicherweise jemand folgt. Die Polizei. Erst jetzt wird mir richtig klar, wieso ich so erschöpft bin.

»Wenn Sie sich tatsächlich mit Drogenabhängigen abgeben wollen, will ich Sie nicht davon abhalten.« Linnea verstummt, lässt die Worte aber provozierend in der Luft hängen.

Ich krümme mich innerlich.

»Deswegen sind Sie doch hier, oder?« Das klingt nicht wie eine Frage.

»Eine Sache lässt mir einfach keine Ruhe«, sage ich. »Wissen Sie, ob Azora ein Haus besessen hat?«

»Graben Sie nicht länger darin herum«, sagt sie wie zu einem kleinen Kind.

»Hatte sie ein Haus?«

»Dann hätte sie ja wohl dort gewohnt.«

Auch wenn es sich an den Haaren herbeigezogen anhört, kann ich den Gedanken nicht loslassen. »Vielleicht hatte sie früher eins.«

Ohne meine Hand loszulassen, nickt Linnea nachdenklich und sagt: »Möglich. Das hat sie dann aber bestimmt verkauft und das gesamte Geld verbraten.«

»Es tut mir so leid um sie«, sage ich. »Sicher etwas spät, aber …«

»Ja?«

»Die Jugend gibt einem die Richtung fürs weitere Leben vor.«

»Und die war der reinste Ponyhof?«, fragt Linnea.

»Nicht unbedingt«, antworte ich. »Ich war wohl wie die meisten Jugendlichen. Konnte meine eigenen Fähigkeiten nicht einschätzen, hab versucht, meine Umgebung zu kontrollieren, hatte Antworten auf alles. Das Übliche.«

»Hört sich für mich nach Ponyhof an«, sagt Linnea. »An einer harmonischen Kindheit ist nichts auszusetzen, aber vielleicht ist das für manche Leute nicht so leicht nachzuvollziehen … Ach, vergessen Sie's.«

Wieder komme ich mir wie eine Idiotin vor und schäme mich für meine behütete Kindheit. Die auch nicht immer einfach war. Eine Zeit lang, ich erinnere mich nicht mehr genau, in welchem Alter, wollte ich sterben. Wahrscheinlich nach einer Phase mit besonders schlimmen Albträumen.

»Es gab eine Phase, in der ich nichts gefühlt habe«, sage ich, als wäre das die ultimative Antwort auf alle Fragen.

»Rasierklinge oder Büroklammern?«, fragt Linnea.

Sie hat meine Hände losgelassen und reibt sich mit den Fingern über das eigene Handgelenk. Ich ertappe mich dabei, dass ich nach einer Narbe Ausschau halte.

»Hab mir einen Revolver an den Kopf gehalten und abgedrückt.«

Linnea lacht laut. Dann nimmt sie sich zurück.

»Ernsthaft, jetzt? Wie ist das ausgegangen? Gestorben sind Sie ja nicht, aber …«

»Genau, die Kammer war leer.«

Ich habe das noch nie jemandem erzählt, aber der Revolver hat alles verändert. Der Rausch danach, geradezu magisch. Anschließend hat nichts auch nur ansatzweise daran herangereicht.

»Und dann?«, fragt Linnea mit kaum hörbarer Stimme.

»Ich war etwas benommen, hab aber wohl den Sinn des Lebens gesehen«, antworte ich. »Ich wollte die Welt vom Abschaum befreien. Von solchen, die anderen das Leben zur Hölle machen. Hab mich wohl auf eine Weise unsterblich gefühlt, wie Teenager es tun.«

Ich schaue auf meine Hände, auf denen Linneas Blut in kleinen Punkten getrocknet ist.

»Ich hatte gute Eltern«, sage ich. »Sie haben gemerkt, dass irgendwas nicht stimmt, und sich um mich gekümmert.«

Ich lächele ein schelmisches Lächeln, das Linnea erwidert. Ich wundere mich, dass ich von dem Revolver erzähle, nicht aber von den Albträumen. Aber die Träume sind zu nah und intim. Es ist einfacher, von einem einmaligen Vorfall zu erzählen, aus dem meine Eltern mir rausgeholfen haben.

»Schon vor meinem Schulabschluss wusste ich, dass ich Kriminologie und Psychologie studieren wollte, mit Schwerpunkt Verhaltensanalyse«, beende ich meine Ausführungen.

Linnea rückt wieder von mir weg und streicht mit der Hand über ihren Pullover. Die Kerben auf ihren unlackierten Nägeln zeugen davon, dass sie nicht davor zurückschreckt, sich die Hände schmutzig zu machen. Sie wirkt so makellos mit ihren puren Zügen, politisch korrekten Ansichten und ihrem aufopfernden Job. Über ihrer Schulter tanzt der Schmetterling. Für immer frei, so wie ich es gerne wäre.

»Warum triggert Azoras Tod jetzt etwas in Ihnen?«, fragt sie und wickelt eine Haarsträhne um ihren Finger.

Sie versucht, lässig zu wirken, aber ich beobachte fasziniert, wie sie an sich herumzupft, am Pullover zieht, am Haar. Irgendetwas bereitet ihr Unwohlsein. Ich überlege, ob das meine Anwesenheit sein könnte.

»Es kommt gerade ein bisschen viel zusammen«, sage ich. »Schluss mit dem Typen, und ich bin schwanger.«

Alles sprudelt aus mir heraus. Meine Beziehung zu Kristian, dass meine Eltern tot sind. Die Schwangerschaft. Linnea sitzt ganz still da, bis ich mich leer geredet habe. Sie kauft mir die Antwort nicht ab, sehe ich, respektiert aber, dass ich nicht über den eigentlichen Grund, warum mich Azoras Tod so beschäftigt, sprechen kann.

»Alleinerziehende Mütter …«, sagt sie schließlich, »… sind doch nichts Besonderes mehr. Wünschen Sie sich Kinder?«

Ich trinke einen Schluck Wasser, erkenne, dass sie mich direkt durchschaut. Was ich bin und was ich niemals sein werde. Ich stelle das Glas auf dem Tisch ab und trockne die Hände an der Hose ab.

»Wenn ich das wüsste«, sage ich und spüre, wie sich meine Brust vor Scham zusammenzieht. »Ich habe mir eigentlich nie Kinder gewünscht, aber jetzt, wo so ein kleines Leben in mir wächst, ist alles anders.«

»Natürlich ist alles anders«, sagt Linnea, zupft wieder an ihrem Rock, scheint das Blut aber noch immer nicht zu bemerken. »Plötzlich ist da die Verantwortung für ein Kind, das man beschützen muss.«

Meine Augen brennen. Ein Kind, das ich beschützen muss.

»Dabei habe ich schon genügend Probleme, auf mich selbst aufzupassen«, sage ich und versuche, das Ganze wegzulachen.

Linnea lächelt nicht, auch wenn sie die Lippen verzieht.

»Sollte das für Sie nicht oberste Priorität haben?«

Ihre Augen werden schmal. Die Frage ist sehr persönlich, finde ich. Weil sie so viele Schicksale gesehen hat, so viele verlassene Kinder? Oder steckt noch mehr dahinter? Hat es was mit dem Vater zu tun, von dem Charlie erzählt hat, der an einer Überdosis gestorben ist? Es brennt mir auf der Zunge, sie zu fragen, ob sie sich Kinder wünscht, ich befürchte aber, damit einen wunden Punkt zu treffen.

»Jetzt ist es wohl zu spät, mir noch zu überlegen, ob ich mir Kinder wünsche oder nicht«, sage ich und leere das Glas.

Linnea schüttelt den Kopf, abschätzend.

»Niemand kann Sie zwingen, es zu behalten.«

Es. Nicht *das Kind*. Ich weiß nicht, ob es durch diese Entmenschlichung weniger real wird.

»Oder ich trage das Kind aus und gebe es dann zur Adoption frei«, argumentiere ich. »Viele Menschen wünschen sich Kinder und können keine kriegen.«

Ein angedeutetes, melancholisches Lächeln in Richtung Boden.

»Wenn Sie keinen Wunsch verspüren, Mutter zu werden, ist das vielleicht ein Zeichen.«

Ich kann ein leises Schluchzen nicht zurückhalten, versuche zu deuten, was sie eigentlich meint. Fahre mit der Hand über den Bauch und fühle ein hohles Ziehen unter dem Brustbein. Dieses zarte, feine Wesen, das in mir wächst, hat niemanden außer mir. Wenn ich nicht die Verantwortung übernehme, wer dann?

Wie ein Echo meiner eigenen Worte, die Welt zu retten, höre ich tief in mir drin eine Stimme. »Pass auf das Kleine auf«, flüstert sie.

Ich fälle meine Entscheidung.

Ich werde das Leben des Babys nicht beenden.

»Azora hatte Albträume«, sage ich, um das Gespräch auf ein anderes Thema zu lenken. »So wie ich.«

Linnea nickt vor sich hin, wie auf der Suche nach einem Zusammenhang.

»Und als ich sie vom Dach fallen sah ...«, fahre ich fort. »Genauer unmittelbar davor ...«

»Ja ...?«

»Da habe ich einen Schrei gehört.«

»Als sie gesprungen ist.«

»Ja.«

»Und jetzt wissen Sie nicht, was Sie glauben sollen?«, fragt Linnea mit leise bebender Stimme.

Mein Körper krümmt sich immer mehr zusammen. Die Gedanken wirbeln durcheinander.

»Das war ein Angstschrei«, sage ich. »Ich glaube nicht, dass sie gesprungen ist.«

Linnea sieht mich überrascht an. »Was wollen Sie damit sagen?«

Ich wische mir übers Gesicht. »Ich weiß es nicht so genau ...«

»Hören Sie«, sagt sie energisch. »In diesem Land stirbt

jeden Tag ein Drogenabhängiger. Normalerweise nicht durch Mord, aber klar kommt das mal vor. Der Grund ist dann fast immer ein Streit um Geld. Es ist traurig, dass Azora tot ist, aber …«

»Und wie kriegt man raus, mit wem Azora gestritten hat?«

»Das spielt keine Rolle«, sagt Linnea. »Fragen Sie nicht weiter.«

»Aber …«

»Nein!«

Da ist wieder die scharfe Stimme, und als ich protestieren will, schneidet Linnea mir mit einem geduldigen Lächeln das Wort ab.

»In was für einer Märchenwelt leben Sie denn?«

Meine Rückenmuskulatur spannt sich an, ich komm mir völlig bescheuert vor.

»Verstehen Sie denn wirklich gar nichts?«, redet sie weiter.

»Hören Sie mal«, erwidere ich, will zu einer Erklärung ansetzen, wie wichtig es ist, alle Todesfälle routinemäßig zu untersuchen, aber das ist sinnlos. Linnea weiß, wovon sie spricht.

»Sind ihre Sachen bei euch abgegeben worden?«, frage ich schnell.

»Warum wollen Sie das wissen?«

»Azora war meine Babysitterin.« Mein Lächeln soll Linnea signalisieren, dass ich sie mochte.

Sie sieht mich an, als ob sie nicht genau wüsste, was sie davon halten soll.

»Babysitterin?«

»Ich hab schon viele Jahre nichts mehr von ihr gehört«, sage ich. »Und jetzt erst festgestellt, dass sie auf mich aufgepasst hat, als ich klein war. Darum macht mich das alles so traurig.«

Sie dreht den Hals hin und her.

»Verständlich.«

Draußen herrscht beißende Kälte. Der Mann, der vor der Tür gesessen hat, ist weg, ich kann ihn nirgends sehen. Es nagt an mir, dass ich nicht weiß, wie es ihm bei dieser Kälte geht. Bald wird das ganze Land weiß verschneit sein. Trotzdem fühlt sich das Leben so leicht an wie schon lange nicht mehr. Das muss an dem Kind liegen und an meiner endlich gefällten Entscheidung.

Wir zwei gegen den Rest der Welt.

Auf Höhe der Jakobskirche sehe ich im Augenwinkel eine Bewegung. Ich fahre herum, aber der Schatten verzieht sich, ehe ich sehen kann, wer es ist. Das ganze Gerede über das Drogenmilieu und dass ich vorsichtig sein soll, hat mich total alarmiert. Linneas Worte hallen in meinem Kopf nach, aber ich bin jetzt ruhiger. Das hat alles nichts mit mir zu tun.

Ich bin in der Mitte der Brücke, als er auf mich zugewalzt kommt. Schwarze Kleidung, schwarze Maske. Mehr registriere ich nicht, ehe er über mir ist. Eine behandschuhte Hand trifft mein Gesicht. Ledergeruch steigt mir in die Nase. Ich verliere das Gleichgewicht, und ehe ich michs versehe, liege ich in Embryohaltung auf dem Boden, während es Tritte gegen meinen Bauch hagelt. In meinem Kopf explodieren Raketen. Mein Blickfeld wird zu einem schwarzen Tunnel. Ich krümme mich zusammen, ziehe die Knie so weit an die Brust, wie ich kann, um den Bauch zu schützen. Halte die Arme abwehrend vors Gesicht. Der Schmerz reißt an mir. Mein Puls rast. Der Geruch von saurer Milch. Voller Panik spanne ich alle Muskeln an, während die Tritte wie Stempel auf mich niedergehen.

Das Abendlicht wird auf eine ewige Dunkelheit runtergedimmt, mit einer schwachen, warmen Glut am Horizont. Einzig der kalte Boden unter mir fühlt sich real an. Alles andere ist verrückt. Und dann verstehe ich. Endlich passiert das, worauf ich ein Jahr lang gewartet habe. Der Moment der Vergeltung ist gekommen.

Es war meine Schuld.

Wärme strömt in meine Lippen, während der Kerl über mir stöhnt. Ich schnappe nach Luft und begreife, dass ich kämpfen muss. Ich muss mich wehren. Ich drehe mich um, sein Fuß trifft eine Niere, und ich ersticke fast an meinem eigenen Erbrochenen.

Zwei kurze Tritte. Eine schrille Sirene. Der Mann wendet sich von mir ab und stürmt über die Brücke davon. Das Letzte, was ich von ihm sehe, ist, wie er elegant über die Mauer springt und zwischen den Bäumen verschwindet.

»Alles in Ordnung?«, fragt der Beamte, der mir auf die Beine hilft.

Ich zittere. Keuche. Speichelfäden seilen sich aus meinem Mund ab.

»Danke«, nuschele ich.

»Wir bringen Sie in die Notfallambulanz.«

Mein Bauch tut weh, ich habe aber keine Lust, den Rest des Abends in der Warteschlange zu verbringen.

»Nicht nötig«, sage ich und wische mir den Speichel mit dem Handrücken vom Kinn. »Ich denke, es ist alles in Ordnung. Ich komm morgen vorbei und erstatte Anzeige.«

»Keine Diskussion«, sagt der Beamte. »Sie lassen sich untersuchen.«

Dankbar, dass er so entschieden hat, schiebe ich mich auf die Rückbank des Streifenwagens. Die Beamten lassen mich vor dem Haupteingang raus. Als ich an der Rezeption meinen Namen nenne und sage, dass ich schwanger bin, werde ich sofort reingerufen. Ein Arzt untersucht mich und stellt fest, dass ich großes Glück hatte und glimpflich davongekommen bin. Zusammen rechnen wir aus, dass ich vermutlich in der siebten, möglicherweise achten Woche bin. Eigentlich zu früh für Ultraschall, den wir trotzdem durchführen, zusätzlich zu der Blutprobe, die zeigen soll, ob der Embryo gesund ist.

»Das Resultat der Blutprobe können Sie im Laufe einer Woche auf PatientSky abfragen«, sagt der Arzt, ich höre aber nur mit halbem Ohr zu. In meinem Kopf hat nur der eine Gedanke Platz, dass die Schatten auf dem Bildschirm einen kleinen Menschen zeigen.

»Gehen Sie es die nächsten Tage etwas ruhiger an«, sagt der Arzt fast streng und will mir was Schmerzstillendes verschreiben, was ich ablehne. Ich erkläre ihm, dass ich Natursubstanzen vorziehe.

Eins ist mir klar geworden, als ich da auf dem Boden lag und die Tritte kassiert habe: Das war kein ausgerasteter Idiot, der mich an einem Tatort gesehen hat oder glaubt, ich hätte eine unschuldige Drogenabhängige umgebracht.

Linneas Worte hallen in meinen Ohren wider. In diesem Milieu machen die Leute sich nicht selbst die Hände schmutzig. Mein Verfolger wurde angeheuert, um mir Angst zu machen oder mich zu töten, weil jemand glaubt, dass ich etwas weiß. Und jetzt stehe ich vor der Wahl, ob eine tote Frau mir wichtiger ist als mein ungeborenes Kind.

27

Am nächsten Morgen klingelt mein Handy, bevor ich richtig wach bin. Ich reibe mir die Augen, völlig ausgelaugt, nachdem ich die ganze Nacht gejagt worden bin. Von maskierten Männern, die mich mit Tritten und Schlägen gegen meinen Bauch bearbeitet haben. Nasser Schnee hat mich zugedeckt. Ich muss im Schlaf die Hände zu Fäusten geballt haben, denn meine Finger schmerzen, als ich mich nach meinem Handy ausstrecke.

Unbekannte Nummer, zeigt das Display an. Ich wische über den roten Hörer, aber ehe ich die Decke über den Kopf ziehen kann, klingelt es erneut.

Ich setze mich im Bett auf, biete der Welt die Stirn und schnauze: »Ja?«

Eine Frau, dem Dialekt nach aus Trøndelag, antwortet. Falls sie die Aggression in meiner Stimme bemerkt, ignoriert sie sie. Sie will sich nur versichern, dass sie mit Bjørk Isdahl spricht, bevor sie den Grund ihres Anrufes nennt.

»Frau Anwältin Larsen würde gerne einen Termin mit Ihnen machen«, sagt sie. »So schnell wie möglich. Passt es Ihnen heute, elf Uhr?«

»Heute?«

»Ja.«

»Worum geht es überhaupt?«

»Es ist sicher das Beste, wenn Sie hierherkommen. Frau

Larsen hat um elf Uhr eine Lücke, andernfalls geht es auch um halb zwei.«

Ein herablassender Ton schwingt in ihrer Stimme mit, wahrscheinlich ist sie keinen Widerspruch gewohnt. Vermutlich weiß sie, worum es geht, trotzdem ist nichts aus ihr herauszukriegen. Ist vielleicht auch besser so. Die Wahrscheinlichkeit einer guten Nachricht von einer Anwältin so früh am Morgen ist eher gering.

Ich höre mich den Termin bestätigen und weiß tief in meinem Innern, dass es jetzt so weit ist. Die Familie von Ellingsen hat beschlossen, gerichtlich gegen mich vorzugehen.

»Bringen Sie einen Pass oder anderen Ausweis mit, um sich zu legitimieren«, sagt die Frau und beendet das Gespräch.

Ich winde mich aus dem Bett. Knie mich vor den Kleiderschrank und ziehe Winterhose, Handschuhe und Mütze aus dem unteren Fach. An der Rückwand des Schranks ist ein Spalt im unteren Boden. Ich schiebe den Finger darunter und hebe die Bodenplatte an. Finde die Box mit den wichtigen Unterlagen und entnehme den Pass. Die steifen Seiten riechen noch neu. Kristian und ich hatten so viele Reisepläne. Ganz oben auf der Liste stand Bali mit der traumhaften Mischung aus weißen Sandstränden, schwarzen Tempeln und göttlichem Essen. Harmonische, faule Tage in der Hängematte, dazwischen lange Mopedtouren durch saftig grüne Reisfelder. Ich weiß, dass er vorhatte, mir dort einen Heiratsantrag zu machen.

Die Anwaltskanzlei liegt am St. Olavs plass, in einem Haus mit einem Treppenaufgang mit hoher Decke und schweren Türen, die förmlich aufgestemmt werden müssen. Hinter einem Tresen sitzt eine junge Frau in einem tadellosen marineblauen Kostüm und hellblauer Bluse. Freundliche Stimme, verklemmtes Lächeln. Sie sieht dezent über die Schrammen und blauen Flecken in meinem Gesicht hinweg.

»Setzen Sie sich noch einen Augenblick«, sagt sie, nachdem ich mich vorgestellt habe. »Anwältin Larsen wird Sie gleich empfangen.«

Ich gehe ins Wartezimmer und nehme mir eine Ausgabe von *Kapital*, die auf dem Tisch ausliegt. Fotos von reichen Menschen mit bislang unbekanntem Vermögen schmücken das Cover. Die Liste der wohlhabendsten Norweger als Aufmacher.

Nachdem ich drei Magazine durchgeblättert habe, führt die Rezeptionistin mich in ein Konferenzzimmer mit hohen Fenstern zur Straße. Sie stellt eine Wasserkaraffe und trockene Kekse auf den Tisch und bittet mich um einen Moment Geduld. Ich schenke mir ein Glas ein und konzentriere mich auf den Verkehr draußen. Das Geräusch von Reifen auf Asphalt, von vorwurfsvollen Hupen. Obwohl ich genügend Zeit hatte, mich darauf vorzubereiten, was ich der Familie Ellingsen sagen will, ist mir noch nichts wirklich Passendes eingefallen. Da scheint es mir doch vernünftig, einen professionellen Partner an der Seite zu haben, auf den ich mich stützen kann.

Endlich taucht die Anwältin auf. Eine Frau Ende fünfzig, kurvig, ohne dick zu sein, und verhältnismäßig groß. Braunes Haar mit weißen Strähnen, die sie nicht zu verbergen versucht. Selbstbewusster Gang. Ein Mensch, dem man sich anvertrauen möchte.

»Sie fragen sich vermutlich, warum ich Sie so kurzfristig

um einen Termin gebeten habe«, sagt sie und nimmt mir gegenüber Platz.

Ich befeuchte meine Lippen

»Ich gehe davon aus, dass es mit Ellingsen zu tun hat?«

Statt einer Antwort legt sie einen elfenbeinfarbenen A4-Umschlag mit einem Larsen-&-Larsen-Stempel zwischen uns auf den Tisch. In der einen unteren Ecke ist er etwas dicker, er enthält also wohl noch etwas anderes als nur Unterlagen.

Sie signalisiert mit einem Nicken, dass ich ihn aufmachen soll.

Ein Prickeln im Hals provoziert einen Hustenreiz. Ich schlucke, versuche zu deuten, was ihr Gesicht sagt. Ist da ein Zeichen zu sehen? Eine Warnung?

Ich schiebe langsam die Hand über den Tisch. Unentschlossene Finger, die lieber nach dem Glas als nach dem Umschlag greifen wollen. Austrinken, verabschieden. Jacke anziehen und gehen. Die Mitteilung verweigern, die ich nicht haben will. Am Ende nehme ich den Umschlag, hebe ihn vorsichtig hoch. Er ist schwerer als gedacht, der Inhalt klirrt. Es durchrieselt mich kalt, ich stelle mir vor, dass es eine Kette ist, hoffentlich nichts Persönliches von Ellingsen.

Der Klebestreifen wehrt sich gegen meine Finger und macht seinem Namen alle Ehre. Endlich habe ich ihn auf und drehe den Umschlag auf den Kopf. Ein Schlüssel fällt klirrend auf die Tischplatte. Ein einfacher, altmodischer Messingschlüssel, matt und verkratzt, an einer ebenso einfachen Metallkette. Ich lasse den Schlüssel auf dem Tisch liegen, unsicher, was er zu bedeuten hat.

Die Anwältin lässt mir alle Zeit, die ich brauche. Als ich den Blick hebe, nickt sie. Da ist noch mehr im Umschlag.

Ich schaue hinein, sehe einen dünnen Stapel Blätter, den ich zögernd herausziehe.

Als ich die Papiere in den Händen halte, sehe ich, dass es nicht um Ellingsen geht. Die Härchen auf meinen Armen stellen sich trotzdem auf. Ich mache den Mund auf, kriege aber kein Wort heraus.

Es ist ein Testament.

Die Papiere sind mit zwei Namen unterschrieben, die ich nicht kenne. Der Text macht unendlich viele Worte, um einen einzigen Fakt zu erklären. Ich lese die Zeilen mehrmals. Blättere um und habe Probleme zu erfassen, was das alles bedeutet.

Ich habe ein Haus geerbt. Von meiner Schwester Azora Strand.

28

Das glaube ich nicht, ist mein erster Gedanke. Es gab keine ehrlicheren Menschen als meine Eltern, und die hätten mir doch gesagt, wenn ich eine Schwester hätte. Also nein, das kann nicht stimmen.

Aber warum klopft mir dann das Herz bis zum Hals? Warum fühle ich mich wie auf dem Rand eines jeden Moment zerbrechenden Glases?

Die Vorstellung, dass ich eine Schwester hatte, lässt mich zittern, und das Pokerface der Anwältin verrät nichts, gibt mir keine Antwort. Ich forme die Hände zu einer Schale, blase warme Luft hinein, damit das Zittern aufhört. Gleichzeitig weiß ich, dass es nicht wahr sein kann.

Ich hatte keine Schwester. Azora war meine Babysitterin.

Schule, Klassenkameraden, Hausaufgaben am Küchentisch. Ich sehe mich an der kalten Wand lehnen. Rufe Erinnerungen wach wie Strohhalme, an die ich mich klammern kann. Das Geschrei auf dem Schulhof. Spielende Kinder. Niemand bemerkt das Mädchen am Rand. Oft genügt ein bestimmter Geruch, damit diese Erinnerungen kommen. Birkenpollen im Frühling. Nasse Wolle nach einem verregneten Tag. Die Erinnerung ist hart, aber willkommen. Ich sehe meine Schule vor mir, meine Kindheit, aber da war keine Schwester.

Dann aber diese Worte: »Ich weiß, warum du Albträume hast.«

Vogelgezwitscher direkt vor dem Fenster reißt mich aus meinen Erinnerungen. Einen Augenblick später verstehe ich, wie alles zusammenhängt. Papa muss ein Kind aus einer früheren Beziehung gehabt haben.

Ich habe eine Idee, wo ich die Antwort finden kann. Mama hat Tagebuch geführt. Es gibt ganze Stapel davon, von denen ich noch keins gelesen habe. Ich konnte es nicht, habe alles ins Lager gepackt, mit den anderen Dingen. Wenn Papa eine Tochter hatte und Mama davon wusste, hat sie bestimmt darüber geschrieben. Und wenn die Tagebücher keine Antwort geben, muss ich die Daten meines Vaters genauer unter die Lupe nehmen und so herausfinden, ob er noch andere Kinder hatte. Dann wird auch die fehlende Geburtsurkunde von Azora auftauchen.

Ich hebe den Kopf, fühle mich gleich leichter. Der Zettel mit der Adresse des Hauses verspricht Antworten, aber zuerst fahre ich zum Lagergebäude.

Die Schiebetür öffnet sich mit einem metallischen Schnarren und die Neonröhren springen knisternd an. Ich bleibe vor den Stapeln von Möbeln, Koffern, Kartons mit Büchern und Erinnerungen stehen. Warum zum Henker bin ich die Sachen nicht durchgegangen, als ich das Haus ausgeräumt habe? Die Antwort ist ganz simpel. Damals wollte ich alles behalten. Papas altes Fahrrad, Mamas Handarbeiten. Die hässlichen Teelichthalter, die ich gehasst habe. Sogar die Skier, die sie mir in meiner Jugend geradezu aufgezwungen haben. All das hatte reinen Affektionswert, ich wollte nicht, dass die Sachen auf irgendeinem Flohmarkt landeten. Jetzt bereue ich es ein wenig, nichts aussortiert zu haben, weil es mir die Suche nach Papas altem Leben erschwert.

Ich schiebe die leichten Möbel zur Seite und bahne mir einen Weg bis zur hinteren Wand. Staub und Dreck wirbeln auf und finden ihren Weg in meine Augen und meine Nase. An der Wand lehnen Gemälde von einem Künstler, den ich nicht kenne. Kartons mit der Aufschrift »Büro« stapeln sich in der Ecke. Ich öffne systematisch eine Kiste nach der anderen. Die meisten Papiere sind in Plastikmappen verstaut. Alte Briefe und Weihnachtskarten von Tanten und Großmüttern, die schon vor meiner Geburt gestorben sind. Keine Ahnung, warum ich das alles aufgehoben habe.

Als ich endlich den Karton mit den Tagebüchern finde, kommen die schlechten Erinnerungen. Ich lasse sie über mich hinwegspülen wie eine Welle, sicher, dass auch die guten Erinnerungen kommen werden, wenn ich nur lang genug warte. Aber ich kann mich nicht von dem Gedanken freimachen, dass meine Erinnerungen ja auch falsch sein könnten.

Mamas alte Tagebücher sind keine ledergebundenen Bücher mit Stempeln wie von berühmten Autoren, sondern simple graue Schulhefte.

Das oberste Tagebuch beginnt ein paar Monate vor dem Unfall. Die Seiten sind glatt und abgenutzt. Ich sehe Mama vor mir, wie sie abends im Bett oder morgens am Küchentisch sitzt und schreibt. Diese Erinnerungen waren komplett ausgelöscht bei mir. Ein unspektakulärer Teil des Alltags, an den ich nie gedacht habe. Der möglicherweise genau die Informationen enthält, die ich brauche, um zu verstehen.

Meine Knie zittern, als ich einen der alten Küchenstühle

heranziehe und mich setze. Zaghaft öffne ich das Tagebuch. Als Erstes fällt mir ihre sichere, klare Schrift auf. Sie erzählt von einer Frau, die dankbar für ihr Leben und ihre Familie war. Eine Frau, die sich über die einfachen Dinge freuen konnte. Sommer mit Rosé und Gegrilltem. Freunde, Familie, Hütte. Meine Wangen werden warm, als ich lese, wie sehr sie Papa und mich geliebt hat.

Ich überfliege den Text und komme zu dem Teil, in dem das Schmerzhafte eine Tatsache wird.

Krebs. Dieses vergiftete Wort, vor dem alle Angst haben. Alle, außer mir. Ha! Ich habe mein Leben gelebt, habe es richtig gelebt. War aktiv, habe mich gut ernährt. Wahre Freude empfunden. Ich sollte eigentlich vor Krankheiten gefeit sein.

Sagt man nicht, dass das Glück die beste Medizin ist? Und dass Krebs durch Stress entsteht?

Ich habe alles richtig gemacht und konnte mir nicht im Traum vorstellen, dass der Arzt von mir spricht.

Ein paar Zeilen darunter steht:

Wir haben alles richtig gemacht.

Meine Augen brennen, als ich über die Schmerzen lese, die Chemotherapie und die Angst vor dem Sterben. Tränen fallen auf die Seiten und mischen sich mit Flecken, die von ihr stammen müssen. Ich blättere zur letzten Seite, hoffe, dass gegen Ende noch irgendwelche Bekenntnisse kommen, Gedanken an Dinge, die sie mir noch hätten sagen sollen. Aber die Schrift wird dünner mit Fortschreiten der Chemo. Worte so blass, dass sie kaum noch zu lesen sind.

Ich lege das Heft weg, zögere und suche weiter. Nehme das nächste Tagebuch. Ihre Handschrift in den frühen Büchern ist anders. Die Buchstaben sind kleiner, kaum Abstand zwischen den Worten. Das sieht nach einer unsichereren Variante meiner Mutter aus. Eine junge Frau, die Liebe, Freundschaft und Anerkennung braucht.

Es ist, als läse ich meine eigenen Gedanken. Wir sind uns so ähnlich, realisiere ich, als ich die Seiten auf der Suche nach Azoras Namen überfliege. Wenigstens einen Hinweis auf ein anderes Kind. Aber da ist nichts.

Ich kann mir keinen Reim darauf machen. Haben sie wirklich nie über seine andere Tochter gesprochen? War sie nie zu Besuch? Und warum haben sie es vor mir geheim gehalten?

Ich blättere weiter und lese, lese und blättere, bis meine Augen tränen. Langsam frage ich mich, ob Papa vielleicht gar nichts von ihr wusste. Das kann natürlich sein. Vielleicht hat Azora erst nach seinem Tod herausgefunden, dass er ihr biologischer Vater war.

Ein Stechen im Bauch lässt mich zusammenzucken. Mit steifen Gliedern erhebe ich mich. Mein Körper schmerzt nach den Tritten, dem Sturz. Es rumort in mir, wird aber schnell besser. Ich schiebe ein paar Kartons weg und denke bereits ans Aufhören, als ich einen braunen Karton mit der Aufschrift »Fotoalbum« sehe. Den will ich mir noch anschauen, bevor ich nach Hause gehe. Ich ziehe ihn zu mir heran und klappe ihn auf. Finde ein grünes gepolstertes Album mit Bildern aus der Jugendzeit. Ich fand es schon damals ätzend, fotografiert zu werden, muss aber lachen, als ich sehe, dass die Fotos wirklich alle Stilperioden wiedergeben, die ich durchgemacht habe. Grunge, Wannabee-Goth, normale Jugendliche und dann noch ein paar Fotos, die man bestenfalls als »undefiniert« bezeichnen kann. Auch ein paar Freundinnen sind auf den Bildern zu sehen, von Geburtstagsfesten, die Mama irgendwie durchgesetzt hat. Was ist aus ihnen geworden? Cathrine, Samira, Natascha. Nur Herdis ist mir geblieben, und als Kristian in mein Leben trat, dachte ich, niemand anderen mehr zu brauchen.

Ich fahre mir mit der Hand über den Bauch.

Du und ich, kleiner Freund, gegen den Rest der Welt.

Ganz unten liegt ein weißes Album mit der verschnörkelten Aufschrift »Brautpaar«. Eine Mischung aus Wehmut und Freude durchspült mich, als ich es aufschlage. Mama und Papa sind glücklich. Sie strahlen. Einige sagen, dass sie sich am besten an ihre Mutter erinnern, dass sie ihnen die meiste Wärme gegeben hat. Bei uns war das nicht so. Sie waren beide gleich warm, gleich fürsorglich, wie eine Person, unmöglich zu trennen. Ich blättere durch das Album. Lächele über die fröhlichen Gäste und die Blumen auf den Tischen, zugleich erfüllt mich der Anblick aber auch mit Trauer. Das, was vom schönsten Tag meiner Eltern noch übrig ist, passt zwischen zwei Buchdeckel, verstaut in einem Lagerraum in einem Industrieviertel.

Ich habe nie darüber nachgedacht, dass bei uns die Hochzeitsfotos nicht wie bei anderen Leuten auf irgendwelchen Kommoden standen. Es ist viele Jahre her, dass ich diese Bilder gesehen habe. Ich habe ganz vergessen, wie hübsch Mama war. Haare wie ein Engel und eine so schmale Taille, dass ich niemals in dasselbe Kleid passen würde.

Viele der Bilder zeigen Onkel Edgar und seine Frau Betty.

Streng genommen kein biologischer Onkel, sondern Papas bester Freund. Ein Polizist und mein Jugendidol. Er brachte oft Geschenke mit, wenn er kam. In der Jugend waren es irgendwelche Krimis, später dann, als mein Interesse geweckt war, Bücher über Rechtsmedizin und Psychologie.

Ich halte inne. Irgendetwas stimmt da nicht. Auf einem der Fotos stehen Edgar und Betty vor Fenstern mit Blick auf einen dichten Wald. Ihre Gesichter sind im Gegenlicht nicht zu erkennen. Draußen glänzen die Bäume in der tief stehenden Sonne. Ich blättere zurück zu dem Foto von Mama mit dem Gefühl, dass da etwas nicht zusammenpasst. Vielleicht spielen die Erinnerungen mir ja einen Streich, aber ich bin mir ganz sicher, dass Mama gesagt hat, sie sei bei ihrer Hochzeit mit mir schwanger gewesen.

Auf den Fotos war noch kein Bauch zu sehen und die Bäume waren nicht frühlingsgrün, sondern fast kahl. Auf dem Boden goldoranges Laub. Über dem Brautkleid trägt Mama einen dicken Bolero. Die Hochzeit muss im Spätherbst gewesen sein und ich bin im Dezember auf die Welt gekommen. Es vergehen ein paar Sekunden, bis ich verstehe, was das heißt. Mama war in dem Jahr, in dem ich geboren wurde, nicht schwanger.

29

Ich suche eine Nummer heraus, die anzurufen ich so viele Male versprochen habe. Getan habe ich es nie. Es tut weh, mit Edgar zu reden, seit es Papa nicht mehr gibt. Ich ertrage seine Geschichten vom Forellenfischen, von seinen Bergtouren und seine Prahlerei nicht mehr.

»Bjørk?« Seine Stimme ist fest und warm, wie ein Herbsttag, der noch ein bisschen nach Sommer riecht. Ich sehe ihn vor mir, wie er am Grill steht, unrasiert, mit immer grauer werdenden Haaren. Sein Körper von Mal zu Mal etwas ausladender.

»Störe ich?«

»Aber nein, du störst nie, mein Mädchen. Wie geht es dir?«

»Ich weiß nicht recht. Hast du Zeit zum Reden?«

»Klar. Ist was passiert?«

Ich konzentriere mich auf das, was ich sagen will. Es geht nicht anders, es muss raus.

»Hatte ich eine Schwester?«

Edgar fragt nach einer verdutzten Pause: »Wie hast du es herausgefunden?«

Ich erzähle von dem Testament und was ich über Azora weiß. Versuche sachlich zu bleiben und meine Fragen kurz zu halten.

Edgar lässt mich ausreden.

»Können wir uns treffen?«, fragt er mit schwerer Stimme. »Ich würde dir das lieber von Angesicht zu Angesicht erklären.«

Wir verabreden uns für den nächsten Tag und ich gehe nach Hause. Als ich um die letzte Ecke biege, sehe ich die Polizistin Rosa Zafón und ihren Partner, die sich immer mehr in mein Leben drängen.

»Sie wurden zusammengeschlagen«, sagt die Frau. »Wollen Sie das nicht anzeigen?«

Ich lege die Hand auf die Klinke der Haustür und stecke die andere in die Tasche, um den Schlüssel hervorzuholen. »Observieren Sie mich?«

Es dauert etwas, bis Rosa das Wort ergreift.

»Sie haben der Streife vor Ort Ihren Namen genannt. Wir wollen nur sichergehen, dass es Ihnen gut geht.«

Sie redet so, als hätten wir keine Vorgeschichte. Als hätten sie nicht vor Kurzem mit versteinerten Mienen vor mir gesessen und angedeutet, ich hätte jemanden ermordet.

»Gibt es einen Grund dafür, dass Sie keine Anzeige erstatten?«, fragt ihr Partner und verzieht den Mund.

Ich überlege kurz, ihnen zu sagen, dass ich schwanger bin, habe aber Angst, dass ich mich damit noch verletzbarer mache und ihnen damit eine weitere Sache in die Hand gebe, die sie zu ihrem Vorteil nutzen können.

»Wofür soll das gut sein?«, frage ich und richte meinen Blick auf einen vorbeigehenden Mann, der mich von Kopf bis Fuß mustert.

»Eine Idee, wer das getan haben könnte?«, fährt der Kommissar fort.

»Vielleicht sollten Sie Robert Nygaard ein bisschen auf den Zahn fühlen. Das wäre meine Idee«, sage ich. Ich denke auch an Tore, aber es muss schon hart auf hart kommen, dass ich einen meiner Klienten anzeige.

»Hat der Sie angegriffen?«

Ich halte inne, starre auf meine Schlüssel, um nichts Unbedachtes zu sagen. Frage mich, ob Abs sie über meinen Anruf informiert hat. Ich weiß nicht mehr, ob ich ihm gesagt habe, dass ich bei Robert war, oder nur, dass Azora meine Babysitterin war. Er wäre kein guter Polizist, wenn er das nicht weitergegeben hätte. Ein beunruhigender Gedanke kommt mir. Wissen die beiden schon länger, dass Azora meine Schwester war?

»Wir überprüfen gerade, ob es in der Gegend eine Kamera gibt«, sagt Rosa Zafón. »Sollte dem so sein, würden Sie sich die Aufnahmen dann mal anschauen?«

»Natürlich«, erwidere ich, drehe mich von ihnen weg und stecke den Schlüssel ins Schloss. Ein klares Zeichen, dass sie mich in Ruhe lassen sollen.

»Was hat es mit diesem Robert Nygaard auf sich?«, fragt die Frau.

Für den Bruchteil einer Sekunde will ich ihnen sagen, was ich über ihn denke, aber meine Stimme versagt.

»Äh … gute Frage. Wissen Sie, wer er ist?«

Die Beamten wechseln Blicke.

»Wie schätzen Sie ihn ein?«, fragt die Frau.

Ich bin hellwach. Da ist doch was. Haben sie ihn in Verdacht?

»Er war auf der Beerdigung. Ich glaube, er ist Azoras Ex.«

»Und deshalb sollen wir ihn uns genauer anschauen?«

Ich kann ihnen darauf nichts antworten.

»Wir haben Azoras Telefondaten«, fährt Rosa fort und

lässt die Worte für eine Weile in der Luft hängen. »Raten Sie mal, wen sie im letzten Monat mehrmals angerufen hat?«

Ich verstehe nichts. Hat Azora mich öfter als dieses eine Mal angerufen?

»Bei unbekannten Nummern gehe ich meistens nicht ran«, sage ich.

»Interessant«, wirft der Beamte ein. »In diesem Fall haben Sie das ganz offensichtlich getan.«

Mein Mund ist trocken. Im letzten Jahr bin ich rund um die Uhr von irgendwelchen Leuten angerufen worden, die mich beschimpft haben. Azora könnte durchaus darunter gewesen sein, ohne dass ich es bemerkt habe.

»Ich weiß, dass Sie uns etwas verschweigen«, sagt Rosa.

Sie versuchen mich aus der Reserve zu locken, ich erkenne aber auch, dass ihnen Informationen fehlen. Sie will mich verleiten zu protestieren, zu fragen, woher sie das alles wissen.

»Wenn Sie wirklich etwas gegen mich in der Hand hätten, würden Sie mich festnehmen«, schnaube ich, öffne die Tür und mache einen Schritt nach vorn.

»Ja«, sagt sie. »Das würde ich.«

Die beiden Beamten lassen mich stehen. Als ich ins Haus gehen will, sehe ich eine andere bekannte Gestalt in meine Richtung laufen. Gaute.

»Probleme mit der Polizei?«, fragt er augenzwinkernd.

Ich hebe den Kopf, lache und verdrehe die Augen, als hätte ich seit Langem nichts Dümmeres gehört. Ich übertreibe wie eine Zeichentrickfigur.

»Und du? Spaziergang?«, frage ich. Es ist mir unangenehm, dass Gaute vor meiner Haustür auftaucht.

»Ich wollte mal nach dir schauen. Darf ich reinkommen?«

Niemals.

»Wie wäre es mit einem Kaffee da drüben?« Eigentlich bin ich müde von dem langen Tag und möchte nur noch nach Hause, zeige aber trotzdem auf die andere Seite des Parks.

»Nördlich vom Park ist für mich tabu.«

Seine Stimme ist ruhig und ausgeglichen, trotzdem bin ich mir sicher, dass er etwas auf dem Herzen hat, und schlage einen Spaziergang vor.

»Du musst mich für aufdringlich halten«, sagt er, während wir Seite an Seite durch die Straßen laufen.

Mit der Annahme liegt er nicht ganz falsch, ich sage aber nichts.

»Was ist mit Marcos los?«, frage ich stattdessen. »Ist er sauer auf mich? Wegen der Sache neulich?«

Gaute breitet die Hände aus. »Gibt es irgendetwas, wegen dem er nicht wütend ist?«

»Ich meine … muss ich mir Sorgen machen?«

»Streng genommen solltest du dir vor jedem Mann Sorgen machen, der wie wir ist«, sagt er und sieht mich lange an. »Ernsthaft?«

Ich nicke. »Ernsthaft.«

»Marcos ist ein Idiot, aber ich werde auf dich aufpassen.«

Vollkommen unerwartet hakt er sich bei mir ein und zieht mich an sich. Ich verliere für einen Moment die Kontrolle und muss all meine Kraft zusammennehmen, um mich nicht loszureißen.

»Erzähl schon«, sagt er. »Wie geht es dir?«

»Ganz ehrlich? Richtig gut.«

»Quatsch. Ich sehe dir schon lange an, dass dich etwas quält.«

»Nur so Familienkram«, sage ich.

»Mit anderen hat man nie so viele Probleme wie mit der eigenen Familie«, erwidert Gaute mit einem Stöhnen und sieht unendlich müde aus. »Warum ist das nur so?«

»Starke Gefühle«, erwidere ich und löse mich langsam aus seinem Arm. »Das entwickelt sich oft so. Man ist am gemeinsten zu denen, auf die man am besten aufpassen sollte.«

Ich will nicht, dass dieses Gespräch sich zu einer Therapiesitzung entwickelt. Wir gehen schweigend weiter, ehe ich zurück in die Richtung schaue, aus der wir gekommen sind. »Warum nicht nördlich vom Park?«

»Wegen meiner Ex.«

»Sie wohnt da?«

Gaute bleibt stehen, zieht ein Hosenbein hoch. Ein straffes, breites Band mit einem kleinen grauen Kasten kommt zum Vorschein.

»Fußfessel?«

»Ja«, sagt er. »Wenn ich mich ihr auf mehr als hundert Meter nähere, kommen die Bullen.«

Noch bevor wir an dem Café sind, zu dem ich eigentlich mit ihm gehen wollte, wird mir klar, dass Gaute nichts Besonderes will. Vielleicht hält er uns für Freunde, oder er hat ein Auge auf mich geworfen.

Nach einer Weile bleibt er wieder stehen und nimmt mein Handgelenk. »Wie wär's, trinken wir ein Bier?«

»Nein«, antworte ich. »Das kann ich nicht.«

»Du kannst oder du willst nicht?«

Ein unangenehmes Gefühl meldet sich und ich ziehe automatisch meinen Arm zurück, aber Gaute hält mich fest. Unweit entfernt geht ein Autoalarm los, nach dreimaligem Heulen scheint der Besitzer aber da zu sein. Die Menschen, die an uns vorbeieilen, würdigen uns keines Blickes.

»Lass mich los«, sage ich streng. »Du weißt ganz genau, was für eine Beziehung wir haben.«

»Schwachsinn«, faucht er und beugt sich zu mir vor. »Wenn du dich schämst, mit mir gesehen zu werden, kannst du das ruhig sagen.«

Ich reiße mich los. »Darum geht es nicht, aber ...«

»Erspar uns das«, sagt Gaute, macht auf dem Absatz kehrt und verschwindet.

Ich bleibe ein paar Sekunden stehen und blicke ihm nach. Mit keinem meiner früheren Klienten habe ich so etwas erlebt. Typisch, dass ich diese Situation so unprofessionell gemeistert habe.

Zu Hause setze ich mich aufs Sofa, nehme die Tagebücher von Mama und lese an der Stelle weiter, an der ich aufgehört habe. Das Erlebnis mit Gaute ist bald vergessen, als ich erneut in die Erinnerungen an Mama eintauche. Am Schluss habe ich ein ebenso schönes wie zerbrechliches Bild von ihr. Die Struktur matt, die Farben verblichen. Für einen Moment suche ich nach ihrem Geruch, dann vergrabe ich mich wieder in den Text.

Ich finde es unbegreiflich, dass sie Azora nicht mit einem Wort erwähnt. Es geht mir nicht aus dem Kopf, dass sie in dem Jahr, in dem ich geboren wurde, nicht schwanger war. Eigentlich kann das nur eines heißen.

Am nächsten Tag treffe ich Edgar in einem stillen Pub

mitten in der Stadt. Seine Begrüßungsumarmung ist das Beste, was ich seit Langem bekommen habe. Er holt sich ein Bier und mir ein Wasser. Zieht die Jacke aus, lässt sich mir gegenüber auf einen Stuhl fallen und nippt an seinem Glas. Eine gefühlte Ewigkeit sagt er nichts, sieht mich nur lange und aufmerksam an. Das Schweigen ist so ungewöhnlich für ihn, dass ich mich frage, ob er in den Polizistenmodus geschaltet hat und darauf wartet, dass ich das Gespräch eröffne.

Ich lege das Testament auf den Tisch.

»Warum hat niemand etwas gesagt?«

Edgar befeuchtet sich die Lippen, trinkt einen Schluck und schmatzt.

»Wir dachten, dass es so am besten ist.«

»Wir?«

Was in aller Welt hat Onkel Edgar damit zu tun?

Er räuspert sich, starrt auf das Testament. Streckt die Finger und legt die Fingerkuppen aneinander, wie ein Ritual, das er braucht, um die richtigen Worte zu finden. Als er endlich den Mund aufmacht, redet er mit seiner nüchternen Polizistenstimme.

»Veslemøy und Karl waren nicht deine biologischen Eltern.«

Damit ist das, was ich die letzten Stunden in meinem Kopf wälze, eine ausgesprochene Tatsache, vor der ich nicht mehr weglaufen kann. Edgar mustert mich, schluckt, presst die Lippen zusammen. In seinen blanken Augen spiegelt sich das Teelicht auf dem Tisch. Er sieht müde aus, ich sehe aber auch die Erleichterung darüber, dass er endlich die Wahrheit sagen konnte. Die Lüge belastet ihn schon viel zu lange.

Nach einer Weile zieht er einen Umschlag aus der Jackentasche. Darin ist die Geburtsurkunde eines Mädchens.

Evelyn Moe. Die Namen der Eltern lauten Lene und Arild Moe.

»Evelyn«, sage ich mit brüchiger Stimme. »Bin … ich das?«

Edgar nickt. »Das bist du.«

Ich verstehe es noch immer nicht. Wieso habe ich einen anderen Namen bekommen? Bin ich nicht Bjørk?

»Und meine Eltern?«, frage ich. »Meine biologischen Eltern?«

»Sie sind verschwunden. Auf einer Reise nach Deutschland. Irgendwo auf dem Kontinent hat sich ihre Spur verloren. Wir haben sie nie gefunden.«

30

Ich verlasse Edgar. Gehe durch die Stadt. Suche mir die härteste Trashmetal-Playlist auf Spotify heraus und drehe die Lautstärke auf. Will mir das Hirn wegblasen, aber es hilft nicht. Die Eindrücke bohren sich durch die Musik. Alles, was ich für wahrhaftig und echt hielt, waren Lügen.

Zu Hause gehe ich ins Bad. Schalte das Licht nicht ein, stelle mich aber trotzdem vor den Spiegel. Durch das winzige Fenster oben an der Wand fällt ein Streifen Licht auf die Hälfte meines Gesichts. Die andere Hälfte liegt im Dunkeln. Die Schattenseite mit dem schwarzen Auge. Eine Seite meines Körpers treibt irgendwo durchs Universum. Wo ich nicht bin. Nicht existiere.

Ich drehe das Wasser der Dusche auf. Es dauert eine Weile, bis es warm wird. In der Zwischenzeit ziehe ich mich aus, trippele auf dem kalten Boden herum. Unter dem glühend heißen Wasser beginnt das Blut wieder durch die Adern zu pumpen. Ich schließe die Augen, warte darauf, dass mein Körper aufwacht, expandiert, größer und größer wird, bis die Dusche zu klein ist, die Wände zu eng.

Wenn ich aufhöre zu atmen, ist dann Schluss? Verschwindet dieses schwarze Loch dann endlich, sodass ich zurück in mein altes Leben kann?

Aber will ich dahin zurück?

Ich setze mich in Morgenmantel und Pantoffeln mit dem

Laptop auf dem Schoß aufs Sofa. Neben mir die Geburtsurkunde. Meine Finger hängen zitternd über der Tastatur. Ich schreibe: »Lene und Arild Moe« ins Suchfeld, kann mich nicht überwinden, auf Enter zu drücken.

Laut Edgar war ich fünf Jahre alt, als meine Eltern verschwanden. Sie kamen beiden aus schwierigen Verhältnissen, wuchsen irgendwo in dreckigen Trabantenstädten auf. Arild war von seiner Jugend an kriminell, mit Jugendknast und Polizei vertraut. Viel zu jung haben Lene und er dann geheiratet, aber Ehe und Familie konnten sein kriminelles Temperament nicht zügeln. Im Gegenteil. Zwischenzeitlich wurde er observiert, weil die Polizei hoffte, dass er sie zu den Hintermännern führen würde, auf die sie es abgesehen hatte, aber die Aktion führte zu nichts. Arild selbst wurde nie für größere Sachen verurteilt. Was das Paar in Deutschland wollte, konnte nie geklärt werden, aber sie waren allein unterwegs. Die vierzehnjährige Azora passte währenddessen auf die Fünfjährige auf.

Daran müsste ich mich doch erinnern. Noch irgendwie Bilder im Kopf haben, mit einer anderen Familie in einem anderen Haus gelebt zu haben. Ich sollte noch etwas von meiner Schwester wissen. Aber alles ist weg.

In der kommenden Nacht mache ich kein Auge zu. Ich starre auf meine Geburtsurkunde, drehe ein paar Runden durch die Wohnung. Koche Kaffee, den ich in der Maschine vergesse. Ich muss mit jemandem reden. Jemandem, dem ich vertraue. Ich überlege, Herdis anzurufen, aber wird sie mich verstehen oder alles nur wegwischen, als würde meine Fantasie mal wieder mit mir durchgehen?

Am nächsten Morgen suche ich Kristians Nummer heraus. Mein Finger zögert einen Moment über seinem

Namen, bevor ich ihn antippe. Ich lege das Handy ans Ohr. Lausche. Es klingelt dreimal, dann meldet sich die Box. Ich hinterlasse keine Nachricht. Wähle seine Nummer aber gleich noch einmal. Auch dieses Mal geht er nicht ans Telefon.

Er weiß nicht, dass er Vater wird. Ahnt nicht, dass seine Zukunft anders aussieht. Dass ich eine andere bin.

Regen klatscht ans Fenster. Ich gehe in die Küche und öffne es. Trete dicht an den Rahmen und schlage den Morgenmantel zur Seite. Die Tropfen treffen mein Gesicht, meinen Hals, meine Brust. Laufen an meinen Beinen hinunter bis auf die Füße. Hinterlassen kleine Lachen auf dem Boden. Die Kälte dringt bis in meine Knochen, ohne dass ich mich darum kümmere. Was auch immer ich für eine Geschichte erzählt habe, es ist nicht die meine. Die Vergangenheit gehört nicht mir. Ich weiß nur, dass ich nicht erwünscht bin. Nicht als Lebensgefährtin. Nicht als Kollegin. Nicht einmal meine Eltern wollten mich. Sie haben meine Schwester und mich im Stich gelassen. Es anderen überlassen, uns aufzuziehen.

Es stand in Veslemøys Tagebüchern. *Wir haben alles richtig gemacht.*

Es gibt nur eine Person, mit der ich reden kann. Sie bekommt sogar Geld dafür, mir zuzuhören, und ich weiß, dass ihr Arbeitstag morgens um sieben beginnt.

»Bjørk?« Beim Blick der Psychologin bereue ich augenblicklich, gekommen zu sein.

»Wenn es warten könnte, wäre ich jetzt nicht hier«, sage ich als Antwort auf alles.

Ihre mandelförmigen Augen flackern. Sie wirft einen raschen Blick auf den Flur und winkt mich herein.

Das Bürolicht explodiert in meinen Augen, macht mich aber ein bisschen wacher.

»Erzählen Sie«, sagt sie und geht zur Kaffeemaschine. »Wie geht es Ihnen?«

»Wie in einem Film von Christopher Nolan. Nichts ist, wie ich geglaubt habe.«

Sie kommentiert meine Worte nicht, nimmt zwei Tassen aus dem Schrank und gießt uns ein. Die alltägliche Normalität wirkt absurd. Das Büro sollte sich verändert haben, neue Farben an der Wand, neues Mobiliar. Wie kann alles identisch sein, wenn die Welt auf dem Kopf steht?

»Ist es möglich, dass ich keine Erinnerungen an die ersten Jahre meiner Kindheit habe?«, frage ich und zwinge mich, ruhig zu atmen, während ich die Tasse mit beiden Händen entgegennehme.

»Nicht nur möglich, sondern höchstwahrscheinlich«, sagt sie und wirft einen Blick in Richtung Notizblock, holt ihn glücklicherweise aber nicht. »Wir erinnern uns nur selten an das, was vor unserem dritten oder vierten Lebensjahr passiert ist.«

»Ich wurde adoptiert, als ich fünf Jahre alt war, an die Zeit davor erinnere ich mich nicht«, sage ich. »Ist es wirklich denkbar, dass ich mich nicht an die Eltern erinnere, die ich fünf Jahre lang hatte?«

Ich stelle die Tasse ab, hole die Geburtsurkunde von Evelyn Moe heraus und reiche sie ihr. Lege ein Bein über das andere und lehne mich zurück.

Sie starrt auf den Zettel. »Woher haben Sie das?«

Ich beiße mir auf die Unterlippe. Dann erzähle ich von Azora, dem Erbe und meinem Gespräch mit Edgar.

Merkwürdig ist, dass die Worte einfach so kommen und

ich nicht um sie ringen muss. Sie fließen aus mir heraus wie die Körner durch eine Sanduhr. Als hätten sie darauf gewartet. Es ist so leicht zu erzählen, so unglaublich leicht. Denn nicht ich rede, nicht ich bestimme, was über diese Wahrheit, die keine ist, gesagt werden soll.

Als ich zum Ende gekommen bin, realisiere ich, dass ich von dem Verhör der Polizei nichts gesagt habe. Habe ich doch unter Kontrolle, was ich von mir gebe?

»Die Tote war Ihre Schwester?«

Ich nicke. »Vielleicht ist die Adoption der Grund für die Albträume.«

»In diesem Alter von den Eltern verlassen zu werden, kann durchaus traumatisch sein«, sagt die Psychologin. »Wir haben ja schon früher darüber gesprochen, dass Sie unter einer Form von PTBS leiden.«

»Aber ich erinnere mich an meine Kindheit. An mein Zimmer, meine Spielsachen. Mama hatte auf einen Pullover für mich gespart, seit ich drei war …«

Sie zieht den Mund zusammen. Kratzt sich an der Lippe, bevor sie antwortet.

»Dissoziative Amnesie, retrograde Amnesie, sagen Ihnen diese Ausdrücke etwas?«

»Zum Teil …«

»Das ist nicht mein Fachgebiet, aber die Experten sind sich einig, dass diese Zustände in der Regel nach einem traumatischen Erlebnis eintreten.«

Der Druck im Magen wird schlimmer, während sie redet.

»Es gab vor ein paar Jahren einen Fall in Großbritannien. Ein Mann schien an den Strand gespült worden zu sein, er war vollkommen durchnässt, trug aber Anzug und Krawatte. Er konnte nicht sagen, wer er war oder wo er herkam, aber als man ihm ein Blatt Papier und einen Stift gab, zeichnete er ein Klavier. Lange glaubte man, er wäre Pianist, und man gewährte ihm auch Zugang zu einem Klavier, auf dem er einfache, melancholische Stücke spielte. Die Polizei fahndete mit Fotos von ihm in ganz Europa, und während die Suche nach seiner Familie anhielt, bekam er psychiatrische Hilfe. Langsam, aber sicher kam ein Großteil seines Gedächtnisses zurück. Zum Schluss erinnerte der Mann sich daran, dass er versucht hatte, sich das Leben zu nehmen. Er erinnerte sich aber auch noch an eine andere Sache. Er konnte nicht Klavier spielen.«

Ich verstehe, auf was sie hinauswill.

»Falsche Erinnerungen, die nicht in der Wirklichkeit verankert sind, gibt es immer wieder«, sagt die Psychologin. »Unser Gehirn ist seltsamer, als wir es uns vorstellen können.«

Sie setzt zu einer langen Erklärung über den Einfluss von Erinnerungen an. Ich höre nur mit halbem Ohr zu, spüre den Sandsturm in meinem Inneren und einen unangenehmen Druck in meiner Brust.

»Wie wäre es mit Hypnose?«, frage ich, als sie zum Ende gekommen ist.

»Sie wissen, was PTBS ist.«

Das ist keine Frage.

»Ein Leiden nach traumatischen Geschehnissen«, antworte ich. »Erinnerungen, Albträume, Flashbacks.«

»Warum nur Fragmente?«

»Weil der Zusammenhang oft zu grausam ist, um in seiner Gänze dargestellt zu werden. Dann wäre das Opfer wieder zurück in der Situation.«

Die Psychologin zieht eine Augenbraue hoch.

»Halten Sie Hypnose unter solchen Bedingungen für ratsam? Wenn alles wie ein Eimer Abwasser über einen ausgekippt wird.«

Ich habe diese Antwort erwartet.

»Außerdem«, fährt sie fort, »kann Hypnose zu neuen, falschen Erinnerungen führen.«

Mir wird klar, was sie mir sagen will, habe aber nicht die Zeit, Monate oder gar Jahre in Therapie zu gehen, um mich zu erinnern.

»Dann würden Sie das nicht machen?«

»Bjørk, da liegt zu viel im Dunkeln«, sagt die Psychologin. »Wir haben Ellingsen, für dessen Tod Sie sich verantwortlich fühlen. Eine Schwester, von der Sie keine Ahnung hatten. Eltern, an die Sie sich nicht erinnern. Der Druck, den Sie sich selbst machen, um wieder in den Polizeidienst zu kommen. Albträume. Dass Polizisten in Ihr Haus gekommen sind und Sie als Kind abgeholt haben, ist zweifelsohne ein traumatisches Erlebnis für Sie gewesen. So etwas erfordert medizinische Untersuchungen und lange …«

»Sie machen es also nicht?«

Ich hebe nicht den Blick, während ich auf die Antwort warte. Weiß, dass ich sie nicht beeinflussen kann.

»Hypnose? Nein. Mit Ihren Traumata zu arbeiten, ist etwas ganz anderes. Lassen Sie uns in der nächsten Stunde darüber reden. In der Zwischenzeit kontaktiere ich ein paar Experten.«

Ich brauche ungewöhnlich lange, um von meinem Stuhl aufzustehen. Knete den leeren Kaffeebecher zwischen den Händen, während die Psychologin mich besorgt ansieht.

»Wie wäre es, wenn Sie jemanden bei der Polizei kontaktieren, dem Sie vertrauen?«, fragt sie. »Und so Hilfe bekommen, um herauszufinden, was wirklich passiert ist?«

Ich gehe zur Tür, ignoriere ihre Worte. Habe längst den Boden unter den Füßen verloren. Ich falle. Es gibt niemanden, der mir helfen kann.

31

»Sollen sie meinetwegen doch alle verrecken«, sagt Gaute, als ich zwanzig Minuten verspätet zur Tür reinkomme.

Ich habe unsere Stunde ein paar Tage vorverlegt, weil ich es abends nicht allein zu Hause aushalte. Da sind einfach zu viele Gedanken in meinem Kopf.

Das Gespräch bricht ab. Der Raum scheint zu schrumpfen, als ich die Tür hinter mir zumache.

»Tut mir leid«, sage ich. »Worüber habt ihr geredet?«

»Nichts«, sagt Tore mit verbissenem Mund.

»Ah ja«, sage ich, lächele vielsagend und setze mich auf meinen Stuhl. Ich nehme meinen Notizblock, lasse ihn unaufgeschlagen auf meinem Schoß liegen. Erinnere mich, wie gut sich das angefühlt hat, wenn mein eigener Therapeut seinen Block mal nicht aufgeschlagen hat. Heute will ich nur zuhören und anleiten. Vielleicht zum ersten Mal seit mehreren Wochen richtig anwesend sein.

Erst jetzt fällt mir auf, dass Reza noch nicht da ist. Wie beim letzten Mal verspätet er sich.

»Weiß jemand was von Reza?«

Alle schütteln den Kopf, als die Tür auffliegt und Reza hereingewalzt kommt.

»Diese gottverdammten Penner«, schimpft er, schleudert seine Jacke in die Ecke und lässt sich auf einen Stuhl fallen.

»Ach, auch schon da?«, sagt Tore, schnalzt mit der Zunge und grinst vor sich hin.

»Können wir die nicht einfach nach Hause schicken oder sie abknallen?«, sagt Reza. »Ich hab' echt so die Schnauze voll, an jeder Straßenecke von diesen Schmarotzern aufgehalten zu werden. Da bräuchte ich noch einen Extrajob, wenn ich jedem von denen was geben wollte.«

»Den bräuchtest du genau genommen doch schon, um deine eigenen Gören satt zu kriegen«, sagt Tore.

»Amen«, kommt es gedämpft von Marcos.

Gaute lacht, während Reza den Mund verzieht.

Ich halte mich zurück, während die Unterhaltung sich hochschaukelt. Natürlich sind sie nicht immer einer Meinung, aber Menschen mit Aggressionsproblemen sind sich meistens einig darin, dass die anderen schuld an allem sind.

»Bloß weil du einen gut bezahlten Job hast, musst du nicht auf andere runterschauen, die nicht so viel Glück haben«, sagt Reza.

»Aber wenn du das mit Pennern machst, ist das okay? Oder meinst du nur ausländische Bettler?«

Ein Zucken fährt durch Rezas Gesicht.

»Das sind doch alles Schmarotzer«, sagt er. »Warum soll der Staat für Junkies und anderes Pack bezahlen?«

»Rund zehn Prozent der Bevölkerung tragen ohnehin nichts zum wirtschaftlichen Gewinn der Gesellschaft bei, es wäre echt billiger, die abzuschieben«, kommentiert Gaute und lehnt sich selbstzufrieden zurück.

Die Diskussion eskaliert. Jeder von ihnen hat eine Meinung dazu, was in unserem Staat schiefläuft. Früher habe ich immer eine konstruktive Lösung gefunden, um diese Auseinandersetzungen zu beenden, aber da kannte ich noch nicht alle die Leute, die ich in den letzten Wochen kennengelernt habe. Meine eigene Schwester lebte verbannt in einer eiskalten Hölle, und ich konnte ihr nicht helfen. Ich frage mich, wie ich diesen Menschen vor mir helfen soll.

»Okay, von uns kommen auch nicht alle aus einem behüteten Zuhause«, höre ich Marcos predigen, »aber seit wann ist eine Spritze die Lösung?«

Genau das frage ich mich auch. Warum hat Azora diesen Weg gewählt?

Traumata. Albträume.

Ich gehe durch, was ich bisher in Erfahrung gebracht habe. Unsere Eltern sind verschwunden, wir haben neue Adoptiveltern bekommen, sind aber nicht als Schwestern zusammengeblieben. Azora hat den Kontakt gesucht. Irgendwann hat sie mich gefunden und wollte mich wieder in ihr Leben holen. Außerdem war sie schwanger und wollte von den Drogen weg. Vielleicht hatte sie den geheimen Wunsch, mit ihrem ersten Kind wiedervereint zu werden.

Springt so eine Frau in den Tod?

Mein Gehirn hängt sich auf. Der Name Evelyn hat mich auf den Gedanken gebracht, dass Azora eine Tochter hat. Jetzt muss ich an den jungen Mann in der hinteren Bankreihe der Friedhofskapelle denken. Könnte das nicht auch ihr Sohn gewesen sein?

Ich erinnere mich auch noch an etwas anderes, das Azora an dem Abend am Telefon gesagt hat, und mit einem Mal wird mir eiskalt.

Sie hat gesagt, dass sie mich nicht länger beschützen kann.

Habe ich das alles falsch interpretiert?

Ich dachte, die Polizei hätte mich im Visier, weil Azora mich an dem Abend kontaktiert hat, aber vielleicht wussten sie ja längst, dass sie meine Schwester war? Und denken deshalb, ich wäre in irgendwas verwickelt? Linneas Worte, dass Azora Teil irgendeines Bandenkriegs war, gehen mir nicht aus dem Sinn. Dass sie mit Leuten zu tun hatte, die anderen Leuten siedendes Öl in die Ohren gießen. War sie eine Kleinkriminelle wie ihr Vater? Oder war es ernster?

Der Streit ist jetzt so laut, dass ich sie am liebsten anschnauzen würde, die Klappe zu halten und sich wie erwachsene Männer zu benehmen. Sie verdienen eindeutig eine bessere Therapeutin als mich, jemand, der ganz bei ihnen ist und nicht mit seinen eigenen Dämonen kämpft.

Ich räuspere mich, sie werden still.

»Ich hatte eine Schwester, sie ist vor Kurzem gestorben«, sage ich. »Sie war drogenabhängig.«

32

Nach der Stunde gehe ich in den Vaterlandspark. Es riecht nach Frittierfett und Pisse. Charlie liegt eingerollt in einem versifften Schlafsack auf der Treppe, die nach unten zum Fluss führt. Er sieht mich verwirrt an, als ich ihn wachrüttele.

»Charlie?« Ich halte ihm den Hamburger hin, den ich unterwegs gekauft habe. »Hier, iss was.«

»Was'n Service«, sagt er und leckt sich die Lippen. Er setzt sich auf, pellt den Oberkörper aus dem Schlafsack und greift mit zitternden Händen nach dem Burger.

»Erzähl mir, was du über Azora weißt«, sage ich. »In was war sie verwickelt?«

Er stopft das Burgerfleisch und das Brötchen in sich rein, schmatzt, Fett und Fleischsaft tropfen auf sein Kinn. Mir dreht sich der Magen um bei dem Gedanken an den Dreck, den er da isst, aber mit Salat brauch ich ihm sicher nicht zu kommen.

»Ein guter Mensch, wie ich gesagt hab … verrückt, aber gut …«

Ich gehe neben ihm in die Hocke, sehe mich nervös um, aber wir sind allein im Park.

»Wie meinst du das?«, frage ich.

»Gibt's auch was zu trinken?«, fragt er zwischen den Bissen.

Ich gebe ihm die Cola, die ich ebenfalls gekauft habe.

»Inwiefern war Azora verrückt?«

Er stürzt die Cola runter, rülpst herzhaft und isst den Rest Burger.

»Du hättest zwei kaufen sollen.«

»Du schuldest mir noch zweitausend für den Stoff von Gerd«, sage ich. »Mehr gibt's nicht.«

Charlies Kopf zuckt zur Seite.

»Erzähl«, sage ich.

»Was?«

Lichtpunkte flackern hinter den Augenlidern. Muss ich ihm denn wirklich jedes Wort aus der Nase ziehen?

»Azora. Verrückt. In welcher Form?«

In seinen Augen geht ein Licht an.

»Beinhart. Keine Angst vor gar nichts.«

»Nicht mal vor der Polizei?«

Charlie schüttelt sich und zieht den Schlafsack unter die Achseln.

»Nein, denen hat sie nicht getraut. Das tut hier keiner.«

Ich habe Abs vertraut, den Kollegen im Kriminalamt. Und bis jetzt war Onkel Edgar für mich die Wahrhaftigkeit in Person. Er war mein Vorbild, ich wollte wie er sein. Jetzt frage ich mich, ob er während unserer Kindheit Kontakt zu Azora hatte.

Charlie beugt sich vor, zaubert eine Kippe unter seiner Mütze hervor und zündet sie an. Ich drücke sanft seinen Ellenbogen.

»In was war Azora verwickelt?«

»Woher soll ich das denn wissen.«

»Stell dich nicht dumm, Charlie«, sage ich etwas schroffer als beabsichtigt. »Du kanntest sie am besten, und die Polizei hat mich auf dem Kieker, ich muss wissen, warum.«

»Alright, alright«, sagt er und trinkt einen Schluck Cola, während der Rauch noch in seinen Mundwinkeln sitzt. »Warte kurz …«

Ich sehe ihm an, dass er überlegt, was er sagen soll.

»Ihre Schwester«, sagt er unvermittelt, als wäre das Wort zufällig in seinem Kopf aufgetaucht.

Mein Herzschlag hämmert im Ohr. »Azoras Schwester?«

»Sie hat sie getroffen. Das ist ein Jahr her. Vorm Bahnhof.«

»Was ist passiert?«, flüstere ich fast.

»Die Frau hat sie verscheucht. Dachte wohl, sie wollte betteln.«

Charlies Worte zerfließen zu einem Nebel. Ich kann mich ums Verrecken nicht daran erinnern, versuche aber, sie mir in dem Menschengewimmel vorzustellen. Busse und Straßenbahnen rauschen vorbei und eine abgewrackte Drogenabhängige will meine Aufmerksamkeit. In einer der schlimmsten Phasen meines Lebens habe ich sie vielleicht als Patientin aus der Klinik wiedererkannt und wollte nichts mit ihr zu tun haben.

Das war meine Schwester.

»Erde an Weltall.« Charlie wedelt mit den Händen vor meinem Gesicht.

»Entschuldigung.«

»Das Kind«, sagt er.

Ich habe vergessen, was ich fragen will.

»Sie hat nach ihrem Kind gesucht, das weiß ich, und …« Mein Mund spuckt Worte aus, während das Gehirn um Klarheit ringt. »Und was ist mit dem Haus?«, frage ich.

»Warum hat sie es nicht verkauft, wenn sie dort nicht wohnen wollte?«

»Sie wollte es renovieren«, sagt er.

»Sobald sie clean war?«

Charlie rülpst zur Antwort.

»Azora wollte ihr Kind finden, einen Entzug machen, das Haus renovieren. Das weiß ich alles und irgendwie klingt das auch logisch, lässt man die Tatsache außer Acht, dass sie da nicht gewohnt hat. Weil sie sich nicht sicher gefühlt hat«, sage ich und würde meiner Wut am liebsten freien Lauf lassen. Es ist so klar, dass er mehr weiß, als er sagt. Hat Azora ihn gebeten, die Klappe zu halten, oder tut er das, um sich selbst zu schützen?

»Wieso sollte die Angst, dort zu wohnen, nach einer Renovierung weg sein?«, gebe ich zu bedenken.

Charlie drückt die Kippe an dem Beton neben sich aus und sieht mit einem Mal abwesend und schläfrig aus.

»Sie hätten aufgehört zu suchen.«

Mir wird schwindelig. Ich wurde überfallen, gestalkt, heimlich fotografiert. Von den gleichen Leuten, die Azora auf den Fersen waren?

»Wer sind ›sie‹?«, frage ich.

»Weiß ich nicht«, sagt Charlie. »Aber sie hatte Todesangst vor etwas aus ihrer Vergangenheit.«

33

Google wirft kaum Antworten aus, was meine Eltern angeht. Die wenigen Artikel in den Onlinezeitungen über das junge Paar, das von zu Hause verschwunden ist, sind äußerst lückenhaft. Ich werde auf Mikrofiche in der Bibliothek zurückgreifen müssen.

Aus der Menge der Beiträge wird aber schnell klar, dass die Geschichte damals das ganze Land beschäftigt hat. Ich beginne mit den ersten Artikeln, nachdem der Fall öffentlich gemacht wurde, und arbeite mich langsam chronologisch vor.

> »Der Polizei liegen nach wie vor keinerlei Hinweise vor, was mit Lene und Arild Moe, die im Frühsommer aus ihrem Haus verschwunden sind, passiert sein könnte. Die einzige konkrete Spur und ein letztes mögliches Lebenszeichen ist das Signal, das von Arild Moes Mobiltelefon für kurze Zeit in Deutschland aufgefangen wurde. Die Polizei schließt ein Verbrechen nicht mehr aus.«

Auf dem den Text ergänzenden Foto ist ein junges Paar zu sehen, sie eine magere Brünette mit typischer 90er-Jahre-Dauerwelle und rotem Strickpullover. Er mit dunklen, kurzen Haaren, schütterem Bart und blau kariertem Hemd.

Sie stehen vor einer Skulptur, die ich nicht zuordnen kann. Das Bild passt gut zu der Beschreibung des Paares. Durchschnittliche Arbeiterklassefamilie. Nicht schön, nicht hässlich. Ganz gewöhnliche Leute, er Fernfahrer, sie Hausfrau. Damals waren gerade die ersten Mobiltelefone auf den Markt gekommen, es dürfte aber wohl eher ungewöhnlich gewesen sein, dass ein Fernfahrer eins hatte?

Außer natürlich er war in kriminelle Machenschaften verstrickt.

Ich suche nach Ähnlichkeiten auf dem Bild, nach irgendetwas Vertrautem. Für einen Moment glaube ich dann etwas zu sehen, ich bin mir aber nicht sicher. Durchkämme mein Gedächtnis nach warmen, glitzernden Erinnerungen, aber da ist nichts.

Es macht mich traurig, dass ich mich nicht an sie erinnere und die Fotos nicht das Geringste in mir auslösen. Wie bei einem Film, der mich nicht berührt. Mit Charakteren ohne Tiefe, Leuten, die mich nicht wirklich interessieren, von denen ich aber trotzdem gern mehr wissen würde. Ich wusste immer schon, dass etwas mit mir nicht stimmt, und allmählich beginne ich zu begreifen, was es ist. Ich kann keine Zärtlichkeit für mein eigen Fleisch und Blut empfinden.

Warum haben unsere Eltern uns verlassen? Diese Frage mahlt in mir. Meine Finger zucken zu meinem Gesicht. Ich kratze mich an der Stirn. Im Mundwinkel. Verstehe einfach nicht, was damals passiert ist.

Ich lese weiter.

»Dass beide Konten des Paares vor ihrem Verschwinden leer geräumt wurden, könnte ein Hinweis sein, dass … Um die Kinder des Paares kümmern sich vorläufig die Behörden …«

Die Zeitungen werfen mit Theorien nur so um sich: deutsche Mafia, Mord aus Eifersucht oder ein versuchter Versicherungsbetrug, der schiefgegangen ist. In regelmäßigen Abständen kommen neue Blickwinkel hinzu. Lene Moes Bruder wird von mehreren Zeitungen interviewt und wiederholt hartnäckig, dass seine Schwester ihre Kinder niemals freiwillig verlassen hätte. »Sie ist eine gute Mutter«, behauptet er. Dasselbe sagen die Eltern des vermissten Mannes über ihren Sohn: »Er liebt seine Kinder über alles in der Welt.«

Von Azora und mir gibt es keine Fotos und weitere Familienangehörige werden nicht erwähnt. In einem längeren Artikel empört sich der Bruder der Frau über die Polizei. Er stehe wegen seiner Theorien weiterhin mit den Behörden und Medien in Kontakt und werfe der Polizei Engstirnigkeit vor, weil sie das Ganze nur als reinen Vermisstenfall behandeln. Er selbst sei überzeugt davon, dass das Paar wegen der kriminellen Vergangenheit des Mannes ermordet wurde.

Der Name des Bruders lautet Espen Teie. Der Mann, der bei der Beerdigung in der ersten Reihe gesessen hat, ist mein Onkel. Er ist der Schlüssel, denke ich. Oder, Moment. Meine Hand schiebt sich in die Jackentasche. Hart, glatt und kalt gleitet das Metall über meine Haut, als ich den Hausschlüssel bis zum Adressanhänger durch die Finger gleiten lasse.

34

Die Adresse befindet sich auf einer Anhöhe unweit der Trabantensiedlungen im Osten der Stadt. Es ist eines von einer Handvoll weit verstreuten Häusern am Wald. Die Stille ist befreiend und bedrückend zugleich, der Stadtlärm und das Rauschen der Autobahn unten im Tal sind nur als ganz entferntes Hintergrundgeräusch zu hören. Mir wird bewusst, dass ich schon lange nicht mehr eine solche Ruhe empfunden habe.

Das Haus steht etwas abseits der Straße ziemlich verloren auf einem weitläufigen, verwilderten Grundstück. Weiße Holzfassade unter schwarzem Himmel, an der Grundmauer blättert der Putz ab. Aus dem Dach ragt ein Schornstein. Drei Treppenstufen führen zu einer Tür mit schiefem Vordach. Die beiden Fenster links und rechts erinnern an leere Augen.

Die alte Eiche im Garten ist das einzig Lebendige.

Mir stockt kurz der Atem, und mein Brustkorb schnürt sich zusammen, als sich ohne Vorwarnung die Erinnerungen melden. An mein Elternhaus, das Haus, in dem ich gewohnt habe, an den Garten, in dem ich gespielt habe. Ich höre leise Stimmen in meinem Kopf. Ob sie traurig oder fröhlich klingen, kann ich nicht sagen. Ich bin mir aber ganz sicher, dass ich hier die ersten Jahre meines Lebens verbracht habe.

Langsam gehe ich über die Straße. Totes Laub raschelt unter meinen Füßen. Hier oben ist es kälter als unten in der Stadt. Was mich an den nahenden Winter und die schlimmer werdenden Albträume erinnert. Als ich die Tür aufschließe, beginnt ein altes Lied in meinem Kopf zu spielen. Ein Kinderlied oder etwas, das ich im Radio gehört habe? Ich weiß es nicht, kann die Töne nicht einordnen, die sich wieder auflösen, als ich die Tür aufschiebe und mit einem Fuß über die Schwelle trete. Ich spüre, dass das Haus etwas mit mir macht. Dass es kaum erwarten kann, mir etwas zu erzählen. Ich ziehe den zweiten Fuß zögernd nach, unsicher, ob ich es hören will.

Mein Puls geht schneller, als ich den Windfang betrete, in dem es kalt durch die Spalten in der Wand hereinzieht. Es gibt kein Licht, und bevor sich meine Augen an die Dunkelheit gewöhnen, schalte ich die Handytaschenlampe ein und richte den Lichtschein in einen leeren Flur, in dem sich eine LSD-inspirierte Siebzigerjahretapete von den Wänden schält. Eine steile Treppe führt hoch ins obere Stockwerk. In der Küche auf der gegenüberliegenden Seite fehlen alle Haushaltsgeräte, der Linoleumboden ist teilweise herausgerissen, der Küchentisch liegt umgedreht auf dem Boden, die Beine in die Luft gestreckt wie ein verendetes Insekt. An den Wänden gähnen leere Schrankfächer ohne Türen, und wo früher einmal der Herd gestanden hat, klafft ein großes Loch. Wahrscheinlich hat Azora nach und nach das Inventar verscherbelt. Aber warum hat sie nicht einfach das ganze Haus verkauft? Und warum hat sie draußen geschlafen, wenn sie doch ein Dach überm Kopf hatte?

Ich gehe weiter ins Wohnzimmer. Ein nackter Raum mit großen Fenstern und einer schmalen Tür zum Garten.

Dahinter ist dunkler Wald. Vor der hinteren Wand steht ein Jøtul-Ofen aus schwarzem Gusseisen mit Glasfront, daneben ein Kaminbesteck. Es riecht heimelig nach Sommerhütte, obwohl es alles andere als gemütlich ist. Vor dem Ofen gehe ich in die Hocke und lege das Handy weg, fahre mit den Fingern über den samtigen, kalten Ruß. Azora hätte sich hier aufwärmen, hier wohnen können. Wäre da nicht das Problem gewesen, dass sie sich hier nicht sicher gefühlt hat.

Ich kann dich nicht länger beschützen, hat sie am Telefon gesagt. Vor wem?

Sie würden aufhören zu suchen.

Nach wem? Oder was?

Es ist schnell zu sehen, dass hier mehr als nur ein paar Schönheitsreparaturen notwendig sind. Ich würde es mir durchaus zutrauen, den Kasten wieder auf Vordermann zu bringen. Das Haus mit Leben zu füllen, mit Kindern. Ich könnte meine Wohnung in der Stadt verkaufen und hier rausziehen.

Ein Ziehen im Magen, ein Stechen in der Brust. Vielleicht hätten wir zwei hier zusammen leben können?

Ein Heulen zieht durch den Raum. Ich stemme mich hoch, schlage mit dem Handrücken gegen die Ofenkante. In der nächsten Sekunde kapiere ich, dass das nur der Wind im Schornstein war. Ich lache ertappt. Wische mir den Ruß von der Hand und gehe zurück in den Flur. Mein Blick fällt auf eine Tür. Ich drücke die Klinke runter. Abgeschlossen. Als ich den Schlüssel umdrehe und sie öffne, strömt mir kalte Kellerluft entgegen. Ich drücke die Tür wieder zu und gehe über die Treppe nach oben.

Die Stufen ächzen unter meinen Füßen. Oben laufe ich wie auf rohen Eiern über morsche Bodendielen und Reste von zerfressenen Teppichen. Meine Haut prickelt beim Anblick der verschlossenen Zimmertüren. Ich lege den Kopf in den Nacken und entdecke eine Dachluke.

Plötzlich spüre ich fast greifbar einen milden Luftzug. Hände im Nacken, ein Wuscheln durch die Haare. Sichere, beschützende Arme. Ich versuche, den vagen Erinnerungen an meine Eltern Farbe und Kraft einzuhauchen. Aber es sind immer nur Veslemøy und Karl, die vor meinem inneren Auge auftauchen.

Ich richte meine Aufmerksamkeit wieder auf die verschlossenen Türen, bleibe eine Weile vor der ersten stehen. Zögere. Als ich sie öffne, offenbart sich dahinter das Bad mit gesprungenen Fliesen und rostroten Flecken auf dem Boden. Stockflecken an der Decke, der brackige Geruch von Wasser, das jahrelang in den Rohren gestanden hat. Ich ziehe mich schnell zurück auf den Flur, schließe die Tür und gehe langsam weiter. Sehe vor mir zwei Mädchen, die in dem dunklen, kalten Flur spielen. Haben sie auf dem Boden gesessen und zusammen über Geschichten gekichert, die sie sich ausgedacht haben? Ich grabe in meinem Gedächtnis, aber da ist nichts.

Ich lege die Hand auf die Klinke der nächsten Tür und schiebe sie auf. Als ich die Taschenlampe in den Raum richte, schlage ich erschrocken die Hand vor den Mund. Ich werfe einen Blick über die Schulter, erwarte fast, dass da jemand steht.

An der einen Wand steht ein gemachtes Bett mit mintgrünem Überwurf über Bettdecke und Kissen. Die Decke ist augenscheinlich alt, die Füllung platt zusammengesunken, trotzdem wirkt das Bettzeug sauber und gut erhalten, als hätte eben noch ein Kind darin geschlafen.

Am Bettende sitzen, nach Größe sortiert und sorgsam aufgereiht, Plüschteddys und Puppen. Die größeren hinten, die kleinen vorne. Einige Puppen tragen Kleider, die wie Volkstrachten aus anderen Ländern aussehen, vielleicht Souvenirs aus dem Duty-free-Bereich.

Ich folge dem tanzenden Lichtkegel in den Raum und bleibe wie angewurzelt stehen. Ans Kopfteil gelehnt, halb zur Seite gekippt, sitzt ein verschlissener Paddington-Bär. Von der alten Sorte mit blauer Jacke und schwarzem Hut. Er stiert mich mit kleinen Knopfaugen an und lächelt sanft, als würde er fragen, wo ich denn die ganze Zeit gesteckt habe.

Das ist meiner!

Ich setze mich auf das Bett und hebe den Bären auf. Bohre meine Nase in den kleinen Kerl, um seinen Duft einzusaugen. Eine Staubwolke steigt von dem Stoff auf, ich huste und räuspere mich. Wahrscheinlich ist es reines Wunschdenken, dass mir das verstaubte Kerlchen so vertraut vorkommt.

Mit dem Bär im Arm lasse ich den Blick schweifen. In der Ecke hinter der Tür steht ein Kleiderschrank. Ein fadenscheiniger Teppich auf dem Boden. Eine Kiste voller Spielzeuge, von denen manche ganz neu aussehen, andere wie von tausend Kinderfingern berührt. Es ist alles aufgeräumt, nichts liegt zufällig herum. Ich suche nach anderen Hinweisen, dass dies mein Zimmer war. Durchforste meine Hirnwindungen nach möglichen Gegenständen, die hier sein sollten. Nichts. Paddington ist der Einzige, der etwas in mir auslöst. Und trotzdem bin ich mir so sicher, wie man sich sein kann. Hier habe ich gewohnt, in diesem Bett habe ich geschlafen. So ist es. Ich schließe kurz die Augen, lege den Kopf in den Nacken. Die Muskeln entspannen sich, die Fasern lockern sich. Das hier ist mein Kinderzimmer.

Neben dem Bett steht eine Kommode. Auf der Häkeldecke darauf eine Lavalampe, daneben drei Märchenbücher und eine Schneekugel mit einem Gebäude, das ich nicht wiedererkenne. Als ich die Kugel in die Hand nehme und mit meinem Schütteln ein Schneetreiben auslöse, schießt ein Kälteblitz durch meinen Körper. Mir wird schwindelig und ich stemme mich vom Bett hoch. Tief aus meinem Innern steigt etwas auf, drängt nach draußen. Aber es kann nicht, darf niemals rauskommen. Denn wenn diese Dunkelheit sich in mir ausbreitet, kann ich niemals mehr zurück.

35

Als ich wieder zu mir komme, sitze ich auf dem Boden, die Arme um die Knie geschlungen, und wiege mich langsam vor und zurück. Vor mir liegt die Schneekugel. Der Schnee im Innern liegt am Rand der toten Welt. In einem ersten Impuls denke ich, dass im Haus etwas Böses herrscht, in diesem Zimmer. Oder ist das alles ein großes Missverständnis? Meine Albträume handeln davon, vom Schnee erstickt zu werden, jetzt frage ich mich, ob es in Wahrheit um diese Schneekugel geht.

Vorsichtig stehe ich auf, hebe Paddington hoch und setze ihn wieder aufs Bett. Dann stelle ich die Schneekugel auf die Kommode und gehe auf unsicheren Beinen zurück auf den Flur. Nähere mich der nächsten Tür und versuche, wieder zur Ruhe zu kommen. Drücke die Klinke nach unten und öffne sie. Das Handy rutscht mir aus den Fingern und strahlt in den Raum. Ich lehne mich an den Rahmen, mir ist übel von dem Gestank, dabei ist es sicher nur abgestandene Luft.

Azoras Zimmer.

Ich weiß nicht, wonach ich zuerst schauen soll. Meine Augen huschen über Decke und Wände. Jedes Fitzelchen ist mit Zeichnungen übersät. Wütende, mit den verkohlten Überresten aus dem Ofen gekritzelte Traumskizzen. Nein, keine Träume, Albträume.

Meine Beine verweigern jeden Schritt, stehen wie festgemauert auf der Schwelle, während ein Echo vergessener Schreie durch meinen Kopf hallt. Trotzdem schiebt sich langsam etwas in mein Bewusstsein. Ich kenne diesen Wald, diese Tiere, den schwarzen Schnee. Dort sind die düsteren Monster, vor denen ich als Kind solche Angst hatte. Sie schweben über die Decke, starren auf mich herab und strecken ihre knochigen Finger nach mir aus.

Der Boden ist übersät von Müll. Ich atme durch den Mund, um den Geruch wegzufiltern. Robert hat gesagt, Azoras Angst habe ihn an einen schlechten Horrorfilm erinnert. Jetzt verstehe ich, was er meinte. Was ich hier sehe, ist nicht das Werk einer gesunden Person. Die Gedanken an eine mögliche Renovierung des Hauses sind wie weggeblasen. Selbst wenn ich die Wände einreißen würde, das hier würde ich nicht los.

Irgendwann wird es zu viel, der Gestank treibt mich nach draußen. Ich hebe das Handy auf, schließe die Tür und starre vor mich hin. Und dann, noch bevor ich mich umentscheiden kann, gehe ich mit entschlossenen Schritten zur letzten Tür und drücke die Klinke nach unten. Die Tür rührt sich nicht, und ich unternehme keinen Versuch, den Schlüssel zu finden. Ich habe genug von diesem Haus. Ich schleiche an Azoras Tür vorbei, dann verlasse ich das Haus und werfe die Tür hinter mir zu.

36

»Dan Simonsen?«

»Richtig. Mit wem spreche ich?« Die raue Stimme des älteren VG-Journalisten ist neugierig, als könnte jedes Gespräch einen neuen Scoup bringen.

»Ich frage mich …«, beginne ich und zögere. Die Journalisten sind in den letzten Jahren nicht gerade freundlich mit mir umgesprungen. Aber ich brauche meinen Namen ja nicht zu nennen.

»Sie haben damals über das Verschwinden von Lene und Arild Moe geschrieben, erinnern Sie sich?«

Die Pause zieht sich unerträglich in die Länge.

»Moe. Oh ja«, sagt der Journalist. »Das ist lange her. Eine traurige Sache, besonders für die Kinder.«

Ich fahre ruckartig meine Antennen aus, als seine Stimme zum Ende des Satzes höher wird. Was er sagt, klingt wie eine Frage, die eine Erwiderung erfordert. Ich muss aufpassen.

»Die Eltern wurden nie gefunden, ist das korrekt?«

»Stimmt, sie wurden nie gefunden«, sagt er mit einem Anflug von Enttäuschung. Vielleicht hat er den Glauben an die Polizei verloren, oder nur an die verantwortlichen Beamten.

»Woran erinnern Sie sich noch?«

Die Antwort kommt wie aus der Pistole geschossen. »An alles.«

»Alles?«

»Ich bin Kriminaljournalist. Gewalt, Misshandlungen, Mord gehören für mich zur Tagesordnung. Aber nur wenige Sachen haben mich so beschäftigt wie dieser Fall, also ja, ich erinnere mich an alles.«

Meine Hände werden feucht. Ich nehme das Telefon in die andere Hand, bin ungeduldig, gierig auf Informationen, frage mich zugleich, ob es richtig war, ihn anzurufen.

»Kommt es häufiger vor, dass Menschen nie gefunden werden?«

»Tja, früher schon. Heute ist es nicht so leicht ...«

»Was, glauben *Sie*, ist mit ihnen geschehen?«

»Entschuldigung, wie war gleich Ihr Name?«

Eigentlich verspüre ich kein Bedürfnis, ehrlich zu sein, aber dann nenne ich doch meinen Namen. Evelyn Moe. Den ich bis jetzt noch nie laut ausgesprochen habe.

»Ich bin die Tochter.«

Ein Stuhl knarrt, der Journalist hat sich wohl ausgestreckt. Dann hört es sich so an, als würde er zu einem Stift greifen und einen Block aufschlagen.

»Ich habe versucht, die beiden Mädchen aufzuspüren«, sagt er. Ich höre ihn schlucken. »Ihr wart doch zwei, oder?«

»Meine Schwester ist vor Kurzem gestorben.«

Neue Pause.

»Mein Beileid.«

»Danke.«

»Sind Sie in Oslo?«

»Ja.«

»Ich erzähle gerne alles, was ich weiß. Gegen ein Interview.«

Der Vorschlag sollte mich nicht überraschen, kein Journalist lässt eine solche Möglichkeit ungenutzt, trotzdem bin ich enttäuscht.

»Ich werde darüber nachdenken«, sage ich und beende das Gespräch.

Wenn ich sein Angebot annehme, muss es so vonstattengehen, dass mein Gesicht nicht wieder in irgendeiner Zeitung prangt. Außerdem gibt es noch eine andere Person, die mir die Informationen geben kann, die ich brauche. Ich sammele allen Mut und rufe Abs an.

»Ich muss mit dir reden«, sage ich. »Und es geht weder um die Arbeit noch um Azora Strand.«

»Okay«, erwidert er etwas zurückhaltend. »Worum dann?«

»Um meine Eltern.«

»Du meinst den Unfall?«

»Meine biologischen Eltern.«

Die Stille will kein Ende nehmen.

»Der Fall ist mehr als zwanzig Jahre alt«, sagt er.

»Ich bitte nur darum, dass du mal einen Blick auf die Sache wirfst. Ich habe … die Zeitungen durchforstet, das heißt, die Mikrofilme, aber …«

Ich weiß, dass er es tun wird. Abs ist einer der wenigen, die mich wirklich mögen. Solange die Informationen öffentlich sind, wird er sie an mich weitergeben, da bin ich mir sicher. Vermutlich überrascht es mich deshalb, dass er nachdenken muss.

Als wir das Gespräch beenden, wird mir bewusst, dass ich ihn nicht nach den Ermittlungen gefragt habe, und als etwas später am Abend das Telefon klingelt, hoffe ich, dass er es ist. Aber auf dem Display steht Gautes Name.

»Ich finde, wir sollten mal ein Bier trinken gehen«, sagt

Gaute. »Nur als Freunde«, fügt er schnell hinzu. Die Wut, dass ich ihn abgewiesen habe, scheint verflogen zu sein.

Ich wehre ab. »Ich trinke nicht.«

»Du trinkst keinen Alkohol? Oder magst du kein Bier? Du kannst gerne auch einen Wein nehmen.«

»Ich trinke keinen Alkohol«, sage ich. »Aber darum geht es nicht, ich kann nicht mit einem Klienten ausgehen.«

»Wenigstens bezeichnest du mich nicht als Patienten«, schnaubt er, kommentiert meine Alkoholgewohnheiten aber nicht.

Dann ist er mit einem Mal ganz still. Im Hintergrund ist ein monotoner Laut zu hören. Wiederholendes dumpfes Klopfen, gefolgt von Stille. Die Straßenbahn?

»Darf ich dich was fragen?«, fragt Gaute und mit einem Mal hört seine Stimme sich ganz verändert an. Beherrscht, fast melancholisch.

Ich dämpfe meine, bis ich auf seinem Niveau bin. »Klar.«

»Ich habe ein paar dumme Entscheidungen getroffen …« Er hört sich angespannt an, als er weiterredet. »Und heute habe ich jemanden sagen hören …«

»Ja?«

»Dass ein Mensch die Summe der Entscheidungen ist, die er getroffen hat.«

»Ich bin mir nicht sicher, ob ich deine Frage verstehe«, sage ich.

»Wofür wärst du bereit zu sterben?«, fragt er unvermittelt. Fast glaube ich, sein Hirn am anderen Ende summen zu hören.

»Scheiße, jetzt bist du aber tiefgründig«, sage ich mit einem Lachen. »Ist das auch etwas, das du gehört hast? Dass man wissen muss, wofür man zu sterben bereit ist?«

»Ich hab' das irgendwo gelesen.« Er lacht kurz. »Ja wirklich, ich lese, kaum zu glauben, oder?«

Ich mag diese Fragen. Auch Abs hat solche Fragen gestellt, und Kristian, auf jeden Fall am Anfang unserer Beziehung. Ich verstehe nur nicht, warum Gaute spätabends anruft und mit solch existentiellen Dingen kommt. Es wirkt so konstruiert.

Ich schiebe einen Finger unter meinen Hosenbund. Ist er enger geworden? »Nun, hätte ich ein Kind …«

»Kinder zählen nicht, das ist unfair«, unterbricht er mich. »Es muss schon etwas anderes sein.«

Eigentlich brauche ich nicht nachzudenken, in letzter Zeit habe ich eine unbändige Wut auf all das entwickelt, was mir nie gesagt wurde. Biologische Eltern, von denen ich nichts wusste, eine Schwester, die ich nicht kennenlernen durfte. Das Unrecht, das an uns begangen wurde, weil irgendjemand es für richtig hielt.

»Die Wahrheit«, sage ich. »Sich selbst wirklich zu kennen, die guten und die schlechten Seiten, seine ganze Geschichte.«

Am anderen Ende ist es wieder still geworden. Auch das Klopfen ist verstummt.

»Bist du noch da?«

»Ja«, antwortet Gaute. »Ich musste nur über deine Antwort nachdenken.«

»Und?«

»Jetzt bist du genauso tiefsinnig wie ich.« Er lacht, klingt dabei aber recht kleinlaut. »Uns würde der Stoff sicher so schnell nicht ausgehen, wenn wir ausgehen würden.«

Aha. Er will mir also zeigen, dass er ein interessanter Mensch ist, mit dem man gute Gespräche führen kann, und nicht nur ein Straftäter, der seine Freundin misshandelt hat.

»Und du?«, frage ich. »Wofür wärst du bereit zu sterben?«

Die Antwort kommt sofort. »Ein normaler Mensch zu werden.«

37

Zwei Tage später schicke ich eine Nachricht an Dan Simonsen. Ich sage ihm, dass er das Interview bekommt, wenn es mit meinem alten Namen und ohne Fotos geführt wird. Glücklicherweise akzeptiert er meine Bedingungen und wir verabreden uns in ein paar Stunden am unteren Ende des Botanischen Gartens.

Ich erkenne ihn schon von Weitem. Ein mittelgroßer, grobschlächtiger Mann mit Outdoorjacke und ausgeleierter Jeans. Er zuckt zusammen, als er mich sieht. Auch wenn ich mich aus den letzten Jahren nicht an seinen Namen erinnere, ist es nicht unwahrscheinlich, dass auch er über mich geschrieben hat.

»Ich bin nicht sonderlich gut, was Small Talk angeht«, sagt er, als wir uns begrüßt haben. »Was ich habe, sind die Fakten, okay?«

Ich nicke. Er gibt mir ein Zeichen, die Straße zu überqueren und in Richtung Tøyen zu gehen. Nach einer Weile halten wir an einem alten Ziegelbau aus der Zeit der vorletzten Jahrhundertwende.

»Was wissen Sie?«, fragt der Journalist, holt einen Schlüssel hervor und schließt auf.

Ich erzähle ihm von dem Gespräch mit Edgar, während Simonsen vor mir her durch das alte Fabrikgebäude läuft. Ganz hinten bleiben wir stehen, er schaltet eine Taschenlampe ein und kaltes Licht fällt in einen offenen Raum ohne Möbel. Die gebogenen Fenster sind mit Brettern vernagelt und der Putz bröselt von den Wänden. Auch der Boden ist rau und uneben.

»Ich gehe davon aus, dass Ihr Onkel Ihnen die Details ersparen wollte«, sagt er. »Sind Sie sich sicher, dass Sie wirklich alles wissen wollen?«

Es quält mich, dass er noch einmal fragt, und ich muss mir selbst eingestehen, dass ein Teil von mir gut mit der Ungewissheit leben könnte, mit meinem alten Weltbild. Der Rest von mir erinnert sich an das, was ich tags zuvor Gaute gesagt habe.

»Ja«, antworte ich schnell und mein Blick folgt dem Lichtschein. »Ich muss alles wissen, was passiert ist.«

Dan Simonsen betritt den Raum, es knirscht unter seinen Füßen.

»Das hier war das Lager des größten Alkoholschmugglerrings der Neunziger«, sagt er. »Eine Schmuggelzentrale mitten in der Stadt, klug, nicht wahr?«

»Die Polizei wusste nichts davon?«

»Doch, der Ort wurde jahrelang observiert, aber man wollte die großen Fische dingfest machen. Politiker und Botschafter standen auf der Kundenliste und haben das alles aufrechterhalten. Es wurden geheime Berichte verfasst, die alle aber erst zwei Jahrzehnte später veröffentlicht wurden, so schlimm war das.«

»Und mein Vater war ein Teil davon?«

Er dreht sich zu mir um und lässt seinen Blick durch den Raum schweifen. Bewegt die Taschenlampe, sodass der Lichtschein über die Wand tanzt und seine Silhouette zu einer dunklen Kontur wird.

»Er war sogar eine der zentralen Figuren. Arild Moe war ein Schwein, nicht mehr und nicht weniger. Er schmuggelte vor allem aus Polen und war in ein paar üble Erpressungen verwickelt. Außerdem soll er eine Reihe von Leuten so richtig zusammengeschlagen haben. Es wurde gemutmaßt, dass er auch eine Vergangenheit in irgendeiner Rockergang hatte, aber das wurde nie bestätigt.«

Die Worte treffen mich wie Ohrfeigen. Mein Vater ein Erpresser, ein wirklich übler Verbrecher?

»Sie müssen wissen, dass es beim Alkoholschmuggel nicht nur um billige Ware geht, wir sind uns vermutlich alle einig, dass die Preise, die wir im Vinmonopol zahlen, Halsabschneiderei sind. Die Schattenseite des Schmuggelns sind aber illegale Waren.«

»Diese Methanol-Sachen?«

Simonsen hält sich die Hand vor den Mund und hustet als Antwort.

»Warum haben die Zeitungen nicht mehr darüber geschrieben, als meine Eltern verschwanden?«, frage ich. »Für gewöhnlich scheut ihr nicht davor zurück, im Dreck zu wühlen?«

»Auflagen der Polizei. Sollte das Paar irgendwo am Leben gehalten werden, wollte man nicht, dass die Medien dem Milieu zu nahe kamen.«

Das hört sich plausibel an.

»Man glaubt inzwischen aber, dass es das erste Mal war, dass Moe nach Deutschland fuhr«, fährt er fort, als ich nichts sage. »Also, vorausgesetzt, es war nicht einfach ein Urlaub. Aber ehrlich gesagt, glaube ich nicht an einen romantischen Ausflug.«

Dan Simonsen reibt sich die Stirn und macht ein paar

Schritte, als wollte er überdenken, was er als Nächstes sagt.

»Was da in Deutschland passiert ist, weiß niemand«, fährt er fort. »Die Handysignale konnten irgendwo zwischen Kiel und Hamburg aufgespürt werden, danach ist dann nichts mehr aufgefangen worden. Vielleicht war die Batterie leer, oder das Handy wurde zerstört, wer weiß. Ich bin sogar nach Deutschland gefahren, um …«

»Sie sind nach Deutschland gefahren?«

»Ja, ich habe aber nichts gefunden. Wirklich gar nichts. Die Polizei ist damals davon ausgegangen, dass es zu einem Streit innerhalb des kriminellen Milieus gekommen ist. Ich bin in Kontakt mit ziemlich zwielichtigen Typen gewesen, aber niemand hatte von dem Paar gehört. Entweder wollten sie nichts sagen, oder … das ist schwer zu sagen.«

Ich zwinge mich dazu, ruhig zu bleiben und konzentriert zuzuhören. »Die Polizei hat die Medien aber doch gebeten, sich da rauszuhalten?«

Er breitet die Arme aus. »Wir halten uns nie ganz raus.«

»Und Norwegen? Das Milieu hier?«

Er geht auf eine der Wände zu und ich folge ihm.

»Totales Schweigen. Ich weiß noch, wie seltsam ich das damals fand. Es gibt doch immer ein Schwein, das redet.«

»Hatten sie ein Auto?«, frage ich und strecke die Hand zur Wand aus. Kalter, rauer Stein.

»Der Lastwagen, den Ihr Vater für gewöhnlich fuhr, stand noch in Norwegen, und ein anderes Fahrzeug hatte das Paar nicht. Und sie haben auch keinen Leihwagen genommen. Vielleicht haben sie sich ein Auto von einem Freund geliehen oder sie wurden in Kiel abgeholt.«

»Auf der Fähre stand auch keins?«

»Ohne Schilder, meinen Sie? Nein, es deutet nichts darauf hin.« Er wischt sich den Mund ab. »Es gab ein Ticket für die ganze Familie und der Preis enthielt auch ein Fahrzeug, aber wir wissen nicht, welches das war.«

»Wir hätten dabei sein sollen?« Mein Kopf schwingt in seine Richtung.

Er nickt. Sieht beinahe traurig aus.

»Was glauben Sie, warum ist es nicht dazu gekommen?«

»Ich kann nur spekulieren, es passt aber zu der Theorie, dass es keine Ferienreise war.«

»Sie wollten uns nicht mit auf eine Schmuggeltour nehmen?« Meine Stimme klingt mit jedem Wort gequälter.

»Wäre doch schlüssig.«

»Warum haben sie dann ein Ticket für die ganze Familie gekauft?«

Simonsen dreht die Handflächen nach oben.

»Ich war damals fünf Jahre alt«, sage ich. »Meine Schwester vierzehn. Und da sollen die uns alleingelassen haben, das passt doch nicht zusammen.«

Fünf und vierzehn, wiederhole ich innerlich.

Dan Simonsen stöhnt schwer und sieht sich um, als wüsste er nicht, wohin er seinen Blick richten sollte.

»Das ist noch nicht alles«, sagt er, er begegnet meinem Blick, in der Stirn eine tiefe Falte. »Was jetzt kommt, wird ziemlich unangenehm für Sie.«

Er macht eine Pause, und ich wage nicht einmal zu spekulieren, was er als Nächstes sagen wird.

»Dieser Edgar hat vermutlich nicht gesagt, dass das Jugendamt regelmäßig bei Ihnen war, genau wegen solcher Vorfälle.«

Innerlich gefriere ich. »Sie haben uns mehr als einmal allein gelassen?«

»Sie waren sicher nicht die besten Eltern, um es mal so zu sagen. Die Polizei musste immer wieder eingreifen. Laute Streitigkeiten, Vernachlässigung, Misshandlung.«

»Misshandlung?« Meine Hand zuckt zu der Brandwunde auf meinem Arm. Eigentlich höre ich sonst immer Papas Stimme, wenn ich sie berühre. War auch diese Geschichte eine Lüge?

Dan Simonsen wirft mir einen besorgten Blick zu.

»Es waren mehr als nur Verdächtigungen. Lehrer, Freunde … nun ja, es gab Zeugen.«

Er beobachtet mich genau. »Sagen Sie, erinnern Sie sich wirklich an nichts?«

»Nein … tue ich nicht …« Meine Stimme ist so schwach, dass die Worte fast verdampfen.

»Sie Glückliche. Und man hat Ihnen nie etwas erzählt?«

»Nicht vor dem heutigen Tag.«

»Vermutlich wären Sie früher oder später vom Jugendamt aus der Familie geholt worden. Aber dann sind Sie beide auf andere Weise zu Waisen geworden.« Er sagt es mit einer gewissen Erleichterung. Die schlimmen Eltern haben bekommen, was sie verdienten.

»Kann Arild Moe seine Frau gezwungen haben, mit ihm zu reisen?«

Komm schon, denke ich. Gib mir eine Bestätigung, dass wenigstens meine biologische Mutter eine warmherzige Frau war, die mich geliebt hat.

»Frauen können ebenso kalt sein wie Männer«, sagt der Journalist. »Wenn ich das richtig verstanden habe, haben sich die beiden geglichen wie ein Tropfen Branntwein dem anderen.«

Etwas lärmt an der Decke über uns. Ich zucke zusammen, als plötzlich etwas losfliegt. Albträume. Schnee. Ich sehe ein Muster, nähere mich einer Antwort und greife fest nach dem Strohhalm.

»In welcher Jahreszeit war das?«, frage ich.

Sag Winter, sag Winter, sag Winter.

»Im August«, antwortet Dan Simonsen.

Ich kann es nicht glauben.

Er sieht mich an und neigt den Kopf etwas zur Seite. »Sie waren mit Ihrer Schwester zwei Monate allein, als die Polizei gerufen wurde.«

38

Am nächsten Morgen rufe ich als Erstes beim Jugendamt an, um Hintergrundinformationen zu meinem Fall einzuholen. Ein freundlicher Mitarbeiter antwortet nach dem ersten Klingelton.

»Um Einsicht zu bekommen, müssten Sie bei der Jugendhilfestelle in Ihrem Stadtteil einen schriftlichen Antrag stellen«, erklärt er mir, als ich ihm mein Anliegen geschildert habe. »Die fordern dann aus dem betreffenden Stadtteil die entsprechende Akte an.«

Hört sich bürokratisch umständlich an, aber ich habe mir fest vorgenommen, der Sache bis zuletzt auf den Grund zu gehen, wohin mich das auch führt.

Ich nutze die Zwischenzeit, um zu Espen Teies Wohnung in einem mausgrauen Hochhausblock in Ensjø zu fahren. Er ist Nordseetaucher und vor einer Woche war er auf alle Fälle zu Hause.

Soll ich ihm gleich erzählen, dass ich seine Nichte bin, oder mir erst mal anhören, was er zu sagen hat? Ich zögere die Entscheidung heraus, indem ich vor dem Wohnblock auf und ab laufe und hoffe, dass jemand herauskommt und mir die Tür zum Treppenhaus öffnet.

Eine Mutter mit zwei Kindern und Kinderwagen ist die Türöffnerin. Ich halte sie ihr auf und schlüpfe hinein, gehe langsam die Treppe hoch und lese die Namensschilder an den Türen, wenn es denn welche gibt. Vor einer Wohnung im vierten Stock liegt eine Fußmatte mit einem Taucher. Obwohl die Klingel unbeschriftet ist, wage ich einen Versuch.

Ich höre ein lautes Summen. Kurz darauf öffnet sich die Tür einen Spaltbreit. Ein kahl geschorener Junge von vielleicht zehn Jahren schiebt den Kopf heraus und mustert mich von oben bis unten.

»Hallo«, sage ich. »Ist dein Papa zu Hause?«

»Der kommt bald.« Der Junge will die Tür schon wieder schließen, aber ich schiebe meinen Fuß dazwischen.

»Und deine Mama?«

»Die wohnt nicht hier. Nur wenn Papa bei der Arbeit ist.«

Der Junge und ich zucken zusammen, als auf der anderen Seite des Hausflurs eine Tür aufgerissen wird und ein dürrer Typ heraustorkelt, die Jacke hinter sich über den Boden schleifend, einen Schuh in der Hand. Glasige Augen. Sein Gesicht ist verschrammt, die Hände dreckig. Aus der Wohnung sind die lauten Stimmen einer Frau und eines Mannes zu hören. Ich ziehe mich auf die Fußmatte mit dem Taucher zurück, als der Typ auf mich zutaumelt. Ehe er sich an mir abstützen kann, macht der Junge die Tür ein Stück weiter auf und lässt mich herein.

Der Mann stolpert mit fürchterlichem Gepolter die Treppe hinunter.

»Der nimmt Drogen und pumpt seine Schwester immer wieder um Geld an. Er hat sogar schon mal Feuer in ihrer Wohnung gelegt.«

Ich ziehe die Augenbrauen hoch. »Kommt das häufiger vor?«

»Ja«, sagt der Junge, der noch im Schlafanzug steckt, obwohl es schon ziemlich spät ist.

»Wie wär's mit einem Wachhund?«, schlage ich vor.

»Papa will keine Haustiere, er hatte eine Katze, als er klein war.«

»Dein Papa ist Espen Teie, oder?«, frage ich.

Der Junge nickt. »Und wer bist du?«

Ich will lügen, mich als Bekannte seines Vaters ausgeben, kriege es aber nicht über die Lippen.

»Ich will deinen Papa was fragen. Kann ich hier auf ihn warten?«

Der Junge ist auf der Hut, ein wachsames Kerlchen, das schon früh im Leben gelernt hat, seine Nervosität zu verbergen. Fast, jedenfalls. Am Ende beschließt er dann doch, dass ich wohl keine Gefahr darstelle, und schlurft vor mir in die Wohnung. Ich ziehe meine Schuhe aus und folge ihm ins Wohnzimmer, das wie die klassische Vorstadtwohnung eingerichtet ist: schwarzes Ledersofa, eingerahmt von zwei Stressless-Sesseln. Der Fernseher wie ein Altar im Raum.

»Wie heißt du?«, frage ich.

»Michael.«

»Ich bin Bjørk. Wo wohnst du, wenn dein Papa bei der Arbeit ist?«

»Hier. Camilla macht Mittagessen. Ich schlafe bei ihr. Manchmal auch bei Oma, da ist auch Mama ...«

»Und wer ist Camilla?«

»Die wohnt nebenan. Willst du mir beim Spielen zugucken?« Michael zeigt auf den Flachbildschirm, der bei mir die halbe Wand bedecken würde.

»Klar«, sage ich und frage mich, ob es Camilla war, die so geschimpft hat. »Was spielst du?«

»Papa und ich spielen Warcraft zusammen, aber das ist total altmodisch.«

»Ich hab' früher Tomb Raider gespielt«, sage ich.

»Echt? Das ist doch hundert Jahre alt.«

Ich lache. »Ungefähr. Was ist dein Lieblingsspiel?«

»The Witcher.«

»Okay«, sage ich zögernd und oute mich, dass ich keinen Schimmer habe.

Es ist unmöglich, nicht an Kristian zu denken. Unser Kind in seinen Armen, die ersten Schritte, Geburtstage. Fußballspiele und der Duft von Grillwürsten und Ketchup. Dass mich jemand mit festen Tritten gegen meinen Bauch einer möglichen Fehlgeburt ausgesetzt hat, macht mich so rasend wütend, dass ich einen Moment lang nur blind vor mich hinstarren kann.

Michael fährt das Spiel hoch und holt mich aus meinen Gedanken. Ein weißhaariger Mann auf einem Pferd erscheint auf dem Bildschirm. Er reitet auf ein mittelalterliches Dorf zu. Zwei auf den Rücken geschnallte Schwerter. Geschnürte Lederkleidung. Üppige Landschaft mit Sonnenblumen und hohem Gras unter einem klarblauen Himmel.

»Gehst du gern in die Schule?«, frage ich, während ein paar Gänse vor dem herannahenden Pferd auseinanderstieben.

»Geht so.« Er drückt das Kinn an die Brust, als er das sagt.

»Viele Freunde?«

»Papa will nicht, dass ich …«

Die Wohnungstür wird geöffnet. Der Junge wirft den Controller weg und springt auf. Ruft, als er in den Flur läuft: »Papa, Papa, wir haben Besuch, hier ist eine Frau!«

Ich stehe auf, als Espen Teie ins Wohnzimmer kommt. Bei meinem Anblick scheint er in seinem Gedächtnis graben zu müssen, ehe der Groschen fällt.

»Ich glaube, du bist mein Onkel«, sage ich, ehe er mich vor die Tür setzen kann.

Er sieht nicht überrascht aus, scheint irgendwie damit gerechnet zu haben. Mit einer langsamen Bewegung streicht er seinem Sohn über den Kopf.

»Spiel ruhig weiter, Michael, ich unterhalte mich so lange mit der Frau.«

Der Junge lässt sich nicht zweimal bitten, und Espen signalisiert mir, ihm in die Küche zu folgen.

Vor dem Fenster steht ein schmaler Tisch mit einem geblümten Wachstischtuch, bestimmt von Espens Mutter. Ich hätte Lust, nach der mütterlichen Seite der Familie zu fragen, warte aber noch. Ziehe einen Hocker unter dem Tisch vor und setze mich. Er nimmt eine Flasche Cola Zero aus dem Kühlschrank, bietet mir etwas an, und ich nicke höflich, obwohl ich das schäumende Zeug nicht vertrage.

»Evelyn«, sagt er und wiegt den Kopf hin und her.

Ich fühle mich von dem Namen nicht angesprochen.

»Ich habe es selbst erst vor ein paar Tagen erfahren«, sage ich. Aus dem Wohnzimmer sind klirrende Schwerter und feuerspeiende Drachen zu hören, dazwischen Jubelgeschrei von Michael.

»Ich hab' so was geahnt, als ich dich in der Kirche gesehen habe«, sagt er mit tiefer Sorgenfalte auf der Stirn. »Ich war mir aber nicht sicher, du hast ja keinen Hinweis gegeben und damals warst du noch so klein … Aber ja, ich hatte so eine Ahnung …«

»Ich hätte dir nicht geglaubt, wenn du dort etwas gesagt

hättest«, sage ich. »Inzwischen hat man mir aber die offizielle Version erzählt, was mit meinen Eltern passiert ist.«

Espen zieht einen Stuhl heran, setzt sich rittlings darauf und trinkt einen großen Schluck Cola. Im grellen Licht der Küchenlampe wirkt seine Haut aschfahl. Er sieht älter aus, als er wahrscheinlich ist.

»Und du glaubst, ich kenne die inoffizielle Version?«

Ich richte mich auf.

»Ich möchte vor allem wissen, wer sie waren«, sage ich. »Wie sie waren.«

Er betrachtet mich. »Woran erinnerst du dich?«

»Ehrlich gesagt an nichts. Ich hatte keine Ahnung, dass Azora meine Schwester ist, bevor ich das Haus geerbt habe. Das war eine echte Überraschung. Wie viele Obdachlose besitzen wohl ein Haus?«

Espen mustert mich, reibt sich über den Hinterkopf.

»Nora«, sagt er. »Das war ihr Taufname. Den Namen Azora hat sie sich selbst gegeben. Er soll wohl Glück bedeuten, aber …«

»Wie war sie?«

Espen lächelt mich schief an.

»Eine harte Nuss. Hat sich von niemandem die Butter vom Brot nehmen lassen. Ich glaube, sie hat gehofft, eines Tages in dem Haus zu leben, mit ihren Kindern. Stattdessen hat sie alles verscherbelt, was nicht niet- und nagelfest war, um ihren Drogenkonsum zu finanzieren.« Er verdreht die Augen, bewegt den Kopf langsam hin und her. »Im Haus mit ihren Kindern … sie … sehr unwahrscheinlich.«

»Sie hat eins gehabt, das ihr weggenommen wurde.«

Er leert das Glas. »Ja, aber das ist lange her …«

»Kennst du das Kind?«

»Hast du Kinder?«, fragt er.

Die Kämpfe und Todesschreie aus dem Wohnzimmer werden lauter.

»Nein.«

Espen streckt sich nach der Flasche aus, knibbelt am Etikett herum.

»Sei froh«, sagt er, während sein Blick zwischen der Flasche und dem Fenster hin- und herpendelt. »Azoras Kind ist gestorben.«

Damit habe ich jetzt nicht gerechnet.

»Bist du sicher?«, frage ich. »Was ist passiert?«

»Nora hatte anfangs noch das Umgangsrecht, aber das ist ihr dann irgendwann genommen worden. Das Kind war wohl krank und ist dann irgendwann gestorben. Sie hat sich geweigert, darüber zu reden.«

Sie haben Azora das Umgangsrecht genommen, wiederhole ich im Stillen. Hat sie ihrem Kind was angetan? Dafür muss es schon triftige Gründe gegeben haben. Ich habe sie die ganze Zeit in Schutz genommen. Bin von falschen Weichenstellungen ausgegangen, durch die sie auf die schiefe Bahn geraten ist, habe den Drogen die Schuld gegeben, dass sie ihr Kind nicht behalten durfte. Aber vielleicht gibt es eine andere Wahrheit und diese würde besser zu dem passen, was ich über meine Mutter und meinen Vater erfahren habe. Und zu den Zeichnungen in Azoras Zimmer. Ich lege eine Hand auf den Bauch. Und zu mir.

»Ich habe ein Foto von ihr und dem Kind gesehen«, sage ich. »Bei Robert. Kennst du ihn?«

»Nicht näher«, sagt Espen mit gesenktem Blick. Es vergehen ein paar Sekunden, ehe er mich wieder ansieht.

Ich muss gar nicht weiter seine Mimik studieren oder

wie er die Hand zum Gesicht führt, um die Lüge zu erkennen. Die winzigen Gesten zwischen ihm und Robert in der Kirche sind mir nicht entgangen, ich verstehe nur nicht, wieso er leugnet, dass er ihn kennt.

»War er der Vater?«, frage ich.

»Er hat ständig Bilder von den beiden gemacht, das hat Azora mir erzählt. Aber ganz ehrlich, ich glaube nicht, dass er der Vater war.«

Hätte er trotzdem das Sorgerecht bekommen können? Oder hat er mehr als einen Behandlungsfehler auf dem Gewissen?

»Wusstest du, dass sie wieder schwanger war?«, frage ich.

Espen sieht mich forschend an. Er wirkt nicht sonderlich überrascht.

»Wer hat das gesagt?«

»Sie hat sich für einen Entzug beworben. Ihre Schwangerschaft war der Grund, dass sie so schnell einen Platz bekommen hat. Eine Woche vor Antritt ist sie gestorben.«

»Scheiße.« Er füllt den Mund mit Luft, bläst sie wieder aus. Schenkt sich mehr Cola ein. »Manche Leute haben einfach kein Glück. Ich zweifle nicht an ihren guten Vorsätzen, aber ganz ehrlich, ich glaube nicht, dass es diesmal besser gelaufen wäre. Der Zug ist vor langer Zeit abgefahren.«

Ich stutze. »Was für ein Zug?«

Er dreht das Glas in der Hand. »Dass aus ihr eine liebevolle und verlässliche Mutter werden könnte.«

Mir brennen so viele Fragen auf der Zunge, aber ich will Espen nicht ausbremsen, dass er das ausspricht, was ihn innerlich zu bedrücken scheint. Irgendwas ist da, das sehe ich ihm an. Und im Grunde kann man sich gut vorstellen, warum Azora auf die schiefe Bahn geraten ist.

Mein Gesicht juckt. Ein Duft, den ich nicht verorten kann, brennt in meiner Nase und verschwindet ebenso schnell wieder. Ich stutze, der Duft war wie eine Erinnerung.

Espen sieht mich fragend an.

»Du erinnerst dich wirklich an nichts?«

Aus dem Wohnzimmer sind Explosionen zu hören.

»Nein.«

Das ist eine Lüge, ich erinnere mich sehr wohl an etwas. Azora und eine Katze. Vielleicht die, von der Michael gesprochen hat?

Espen sieht mich weiter unergründlich an, ganz offenkundig glaubt er mir nicht. Ich kann es ihm nicht verübeln.

»Ich kann mir vorstellen, dass du das nicht glaubst«, sage ich.

»Na ja, du warst damals ja kein Säugling mehr. Es heißt doch, dass Kinder ab drei Jahren Erinnerungen haben.«

»Nicht nach traumatischen Erlebnissen«, kontere ich. »Ich hatte eigentlich gehofft, dass du mir helfen könntest, ein paar Lücken zu füllen.«

Er schaut aus dem Fenster. »Zu ihrem Verschwinden?«

»Ja.«

»Woher soll ich was wissen?«

Er hebt die Stimme, geht in Verteidigungshaltung, und ich verstehe ihn. Vermutlich hat er Fragen wie diese im Laufe der Jahre zigmal beantwortet.

»Ich weiß nicht, ich … Hast du uns damals besucht?«

»In dem Sommer? Du meinst, ich hätte merken müssen, dass was nicht stimmt?«, verteidigt er sich schon wieder.

Ich verschränke die Arme vor der Brust.

»Ich war regelmäßig bei euch«, sagt er. »Besonders, wenn Arild unterwegs war. Und das war er glücklicherweise oft. Fernfahrten nach Polen. Eine anständige Arbeit, bis auf die Tatsache, dass er nicht anständig war, aber das weißt du ja sicherlich?«

Ich nicke. »Ja.«

»Ich habe sie sehr gemocht«, sagt Espen, jetzt fast versöhnlich. Er legt die Handflächen auf den Tisch und streckt die Finger. »Lene ... deine Mutter. Ich hätte alles für sie getan. Habe alles für sie getan. Sie hat mich gebeten, nach euch zu schauen, wenn sie mit ihm unterwegs war. Das habe ich getan.«

Alle Kraft fließt aus meinen Armen, ich lasse sie an der Seite hängen. Ist das so in dieser Familie, lässt man seine Kinder zwischendurch einfach allein? Werde auch ich das so machen, wenn ich genervt bin von Kindergeschrei und vollgeschissenen Windeln? Aber Kristian verschwindet nicht, denke ich und nehme mir vor, bei Michael vorbeizuschauen, wenn Espen wieder arbeitet.

»Und in dem Sommer?«, frage ich.

Er sieht mich an und scheint nach Entschuldigungen für meine Schwester zu suchen. »Azora war ja schon fast erwachsen.«

Ich beuge mich zu ihm vor, innerlich auf Krawall gebürstet.

»Sie war vierzehn.«

Espen richtet sich auf, kippelt auf dem Stuhl.

»Na ja, nicht direkt erwachsen. Aber alt genug, um sich ein paar Tage um dich zu kümmern. Ihr seid zum Baden zu einem See in der Nähe gegangen und habt im Garten Blumen gepflanzt. Habt gezeltet. Nora hatte Ideen, hat Dinge mit dir unternommen und ist nicht nur mit ihren Freundinnen herumgezogen.«

Sonnenblumen. Wir haben Sonnenblumen gepflanzt. Haben schöne Sachen unternommen. Hatten einen schönen Sommer.

Der Duft streicht über mein Gesicht, hüllt mich ein. Diesmal bleibt er länger. Ausgelöst von Espens Erwähnung unserer Badeausflüge. Gerade konnte ich den Geruch noch nicht einordnen, jetzt rieche ich ganz deutlich Erde, Sumpf und Seewasser. Aber erinnere ich mich wirklich daran, dass Azora und ich zusammen gebadet haben? Ich bin mir nicht sicher, versuche aber, den Gedanken im Gehirn anzudocken, um Erinnerungen an glückliche Sommertage mit meiner Schwester wachzurufen.

»Warst du in dem Sommer oft bei uns?«, frage ich.

Er kippelt mit dem Stuhl nach hinten.

»Ich wusste ja nicht, dass sie verschwunden waren. Habe geglaubt, sie wären übers Wochenende unterwegs, wie Azora es gesagt hat.«

Wochenendausflüge? Vielleicht waren sie ja doch nicht so verantwortungslos, geht mir durch den Kopf, aber dann denke ich an das, was Dan Simonsen wegen der Kindeswohlgefährdungsmeldung gesagt hatte.

»In Deutschland scheint etwas schiefgelaufen zu sein«, denke ich laut.

Espen schüttelt den Kopf und starrt zerknirscht auf die Wachstischdecke.

»Wie lange waren sie schon weg, als du es gemerkt hast?«, frage ich.

Er rutscht auf die vordere Stuhlkante, knibbelt wieder an dem Flaschenetikett. Würde er die Wahrheit sagen, würde seine Körpersprache das widerspiegeln, was er sagt, aber das tut sie nicht.

»Wenn ich vorbeigekommen bin, hat Azora immer nur gesagt, sie wären unterwegs. Ich habe erst gegen Ende des Sommers gerafft, dass sie schon seit Wochen nicht zu Hause waren.«

Ich sehe Azora vor mir, ohne sagen zu können, ob das eine richtige Erinnerung ist oder etwas, das ich mir nur einbilde. Ich verstehe sie aber. Sie wollte mit mir allein sein.

»Was hast du gemacht, als du es herausgefunden hast?«

Kurzes Zucken unter seinen Augen. Er bekommt wieder Farbe im Gesicht.

»Was glaubst du denn? Ich hab' natürlich die Polizei informiert.«

»Und was haben die gemacht?«

Er taucht in sein Gedächtnis ab, seine Augen weiten sich und werden blank.

»Sie sind gekommen«, sagt er und wischt sich mit einer Hand übers Gesicht. »Sie sind gekommen, haben euch mitgenommen, und ich habe euch nicht mehr wiedergesehen.«

Ich spüre Stiche unter den Rippen. »Warum?«

»Die Polizei hat euch ins Zeugenschutzprogramm aufgenommen. Vor ein paar Jahren habe ich Azora dann zufällig in der Stadt getroffen. Da war sie schon abgestürzt. Ich hatte keine Ahnung, wohin es dich verschlagen hat.«

Das ist ungewöhnlich, denke ich.

»Zeugenschutzprogramm nach so vielen Monaten ist doch eher unüblich?«

»Das fand ich auch und habe wohl etwas zu vehement

dagegen protestiert. Jedenfalls habe ich nie erfahren, wo ihr hingekommen seid.«

»Weißt du, wie sie das damals begründet haben? Wir waren ja noch Kinder.«

Ich beuge mich vor, stütze mich auf dem Tisch ab, aber Espen schüttelt den Kopf, ehe ich meine Gedanken ganz verdaut habe.

»Erzähl mir was von meiner Mutter«, sage ich.

Espens Gesichtszüge entspannen sich, und dann spricht er so lebhaft von ihr, dass sie vor meinem inneren Auge aufersteht wie ein Polaroidfoto.

»Sie war so unglaublich hübsch. Freundlich. Klug. All meine Freunde waren in sie verschossen. Ich glaube, manche von ihnen haben mich nur besucht, um sie zu sehen. Und später, als wir in der Stadt unterwegs waren ... Sie war total genervt, dass ich mich an ihre Freundinnenclique drangehängt habe, aber ich hatte einfach Sorge, dass ihr was passiert.«

Das hört sich in meinen Ohren ziemlich gruselig an, trotzdem erwidere ich sein offenes Lächeln.

»Klingt nach einem ergebenen großen Bruder.«

»Lene wusste, dass es gut gemeint war. Sie hat mir bei den Hausaufgaben geholfen, dafür hab ich ihr die Idioten vom Leib gehalten. Guter Deal, oder?« Er schmunzelt. »Im wichtigsten Moment war ich dann aber leider nicht sehr erfolgreich.«

Ich verkneife mir einen Kommentar und denke an die Aussage des Journalisten, dass Arild und Lene alles zusammen entschieden haben.

Als ob Espen meine Gedanken lesen könnte, sagt er: »Versteh mich nicht falsch. Nachdem sie Arild geheiratet hat ...«

Immer ist der Mann schuld, oder?

»Ihr habt euch nicht sonderlich gut verstanden, oder?«, frage ich.

»Arild war ein verdammter Drecksack. Ein totaler Egoist …«

Da ist mehr als nur Irritation in seiner Stimme. Ich sehe es in seinem flackernden Blick. An der Wucht, mit der er das Glas an die Lippen setzt.

»Er war schlicht und ergreifend ein Arschloch«, sagt Espen. »Hatte ganz schlechten Einfluss auf sie. Sie ist ihm immer ähnlicher geworden.«

»Inwiefern?«

Espen legt die Arme übereinander.

»Na ja, ich weiß nicht …«

Ich versuche, ihm auf die Sprünge zu helfen.

»Ich erinnere mich nicht an meine Mutter, du brauchst keine Hemmungen zu haben, schlecht über sie zu reden.«

»Sie hat ihre Sanftheit verloren«, sagt Espen. »Das beschreibt es wohl am besten.«

Mir ist klar, dass Menschen von anderen beeinflusst werden können, aber dass eine sanfte, liebevolle Frau sich in eine Kindesmisshandlerin verwandelt, glaube ich nicht. Das muss schon vorher in ihr geschlummert haben.

»Wie sah sie aus?«, frage ich. »In den Medien ist nur das eine Bild von ihr und Arild zu sehen und das vermittelt nicht unbedingt den richtigen Eindruck.«

»Alle haben gesagt, dass sie wie die Schauspielerin Lena Olin aussah, wir haben sie damit aufgezogen. Außerdem hatte sie ja fast den gleichen Namen. Langes braunes Haar, haselnussbraune Augen. Stolze Haltung, zumindest in ihrer Jugend.«

Meine Augenbrauen wandern nach oben. Die Frau, die ich in den Online-Zeitungen gesehen habe, würde ich nicht mal mit viel Fantasie als Lena-Olin-Kopie bezeichnen.

»Hast du Fotos von ihr?«, will ich wissen.

Espen springt auf, läuft ins Wohnzimmer, wechselt ein paar Worte mit seinem Sohn und kommt mit einer leicht verblassten Fotografie in einem dünnen Rahmen zurück. Er drückt das Bild gegen die Brust, als wollte er es nicht hergeben. Als er es mir reicht, kriege ich Panik, es womöglich fallen zu lassen.

Die Frau ist schöner als auf den offiziellen Fotos, das muss ich ihm lassen. Keine direkte Filmschönheit, aber eine hübsche junge Frau, für die ich so etwas wie Sympathie zu empfinden beginne. Ich streiche mit einem Finger über das Bild. Meine Wangen werden warm, als meine Haut das kalte Glas berührt. Sie sieht mager aus. Mit androgynen Zügen. Ich erkenne Teile von mir in ihr wieder und sehe die Ähnlichkeit mit Azoras Foto aus der Kirchenzeitung. Das ist zweifellos unsere Mutter.

Etwas in ihrem Gesicht lässt mich allerdings stutzen. Ich sehe mir die Linien an, versuche, nicht zu viel in das Bild hineinzuinterpretieren.

»Sie war sehr dünn«, sage ich.

»Hat in ihrer Jugend Handball gespielt«, sagt Espen mit stolzem Unterton. »Sie war stark. Zäh.«

»Und später im Leben?«

Espen stößt einen tiefen Seufzer aus, streckt die Hand nach dem Bild aus.

»Bei unserem letzten Treffen haben wir genau darüber gestritten.«

»Worüber genau?«

»Sie war angegriffen«, sagt er mehr zu sich selbst und starrt das Bild an. »Sah aus wie ein Gespenst. Hat nicht ordentlich gegessen, glaube ich. Alle Lebenskraft schien aus ihr gewichen zu sein. Ich weiß, dass sie ihn verlassen wollte.«

»War sie krank?«, frage ich.

»Was?« Espen sieht mich an. Er scheint sich zum ersten Mal mit diesem Gedanken zu befassen und sagt nach kurzer Bedenkzeit:

»Ja, jetzt, wo du es sagst. Es lag irgendwas ganz gehörig im Argen.«

Im Wohnzimmer kracht etwas. Irgendetwas muss kaputt gegangen sein, aber von Michael ist kein Laut zu hören.

»Der Rotzlöffel!« Espen springt auf und stürmt ins Wohnzimmer, es hagelt Flüche, bis der Junge anfängt zu weinen. Erst da tröstet Espen ihn.

Als er zurückkommt, bleibt er im Türrahmen stehen, was ich als Signal deute, dass ich jetzt besser gehen sollte.

»Alles okay mit ihm?«, frage ich beim Aufstehen.

»Ja, kein Stress. Der Junge sucht nur Aufmerksamkeit.« Er sagt es so laut, dass Michael es unmöglich überhört haben kann. Meine Brust schnürt sich zusammen.

»Espen, wie meintest du das vorhin? Was war mit Lene nicht, wie es sein sollte?«, frage ich, als wir im Flur stehen.

Espen zögert mit der Antwort.

»Ich weiß nicht, aber irgendetwas war da nicht in Ordnung.«

»Wie sah ihre Haut aus?«

Er sieht mich an. »Warum zum Teufel willst du das wissen?«

»Ich versuche, mich an sie zu erinnern«, sage ich so entwaffnend, wie ich kann. »Sie war meine Mutter.«

Er scheint die Erklärung zu schlucken. Stößt leise prustend die Luft aus.

»Grau«, sagt er. »Aschfahl. Sie hatte zu rauchen angefangen, stell dir das vor. Wer fängt denn als erwachsener Mensch das Rauchen an? Ich habe es darauf geschoben. Glaubst du, dass …« Er beendet die Frage nicht. Wirkt trotz seiner Kraft plötzlich irgendwie verzagt. Ich sehe es seinem Gesicht an. Er fragt sich, ob er die Zeichen hätte erkennen müssen.

Ich schaue rüber zum Wohnzimmer. Michael sitzt vermutlich wieder vor dem Bildschirm, ich höre die Melodie des Intros. Das ist der Moment, in dem ich nach meinen Großeltern frage.

»Die haben das nicht so gut verkraftet«, antwortet er. »Zwei Jahre nach eurem Verschwinden sind die beiden gestorben.«

»Wie war Lene sonst so?«, frage ich weiter. »Ihr Humor?«

Er schiebt mit dem Fuß einen Joggingschuh beiseite.

»Den hatte auch er auf dem Gewissen.«

»Arild?«

»Der Typ war von Geburt an zornig. Hat sie angesteckt.«

»Das heißt, sie hatte Stimmungsschwankungen? Waren sie stark? Hat sie Medikamente genommen?«

Ich merke, dass meine Fragen ihn stressen.

Sein Blick verfinstert sich.

»Sie war nicht verrückt!«

Er sieht mich verächtlich an, wendet sich von mir ab und geht auf die Wohnungstür zu, um mich rauszulassen.

»Ich habe gehört, dass das Jugendamt eingeschaltet

war«, sage ich vorsichtig. »Könnte das der Grund für ihren Zustand gewesen sein?«

Er öffnet die Tür einen Spaltbreit.

»Lene hat erzählt, dass sie da waren. Wusste nicht mehr ein noch aus. War wohl mehr wütend als traurig, und sie hatte beschlossen, Arild zu verlassen.«

Lene. Diese Zärtlichkeit in seiner Stimme, wenn er ihren Namen ausspricht.

»Dann hat Azora die Zähigkeit von ihr?«

Er sieht mich mit einem Lächeln an.

»So viel ist sicher. Die Leute erzählen bestimmt eine Menge dummes Zeug über deine Mutter, aber Lene wollte nur euer Bestes. Die Schuld trifft wirklich nur diesen Drecksack. Er hatte nicht alle Sinne beieinander.«

39

Ich nehme mir reichlich Zeit. Komme fast eine Dreiviertelstunde zu früh, um aufzuräumen, zu spülen und mir Notizen zu machen. Während der Staubsauger brummt, ertappe ich mich bei dem Gedanken, dass ich diese Gruppe behalten muss, was auch immer geschieht. In diesem Raum mit der intimen Atmosphäre kann ich meine Professionalität ausleben, er sichert mein Einkommen. Natürlich sollte ich so nicht denken. Ein Therapeut ist für seine Patienten da, nicht umgekehrt. Im Augenblick brauche ich diese Männer aber in meinem Alltag. Und sie brauchen mich.

Ich stehe in der kleinen Küche und mahle Kaffee, als die Tür aufgeht. Mein Körper erstarrt, als ich mich vorbeuge und sehe, wer da kommt. Verdammt!

Robert Nygaard füllt die Türöffnung aus und versperrt den einzigen Fluchtweg, schießt es mir durch den Kopf. Blick und Körpersprache sind wie beim letzten Treffen, das sehe ich sogar aus der Distanz. Hypnotisierend, herrisch. Ich drehe mich um und halte nach meinem Handy Ausschau. Gewöhnlich habe ich es in der Hosentasche, bis wir anfangen, heute muss ich es in der Jacke vergessen haben.

»Guten Abend«, sagt er und kommt langsam auf mich zu.

Mein Hals kratzt, als ich antworten will.

Ich nicke. Weiß nicht, ob ich ihm den Rücken zudrehen

und mit meiner Arbeit fortfahren soll, um meine Unsicherheit zu verbergen, oder ob es besser wäre, das Handy aus meiner Jacke zu holen.

»Warum sind Sie so von Azora besessen?«, fragt er, als er dicht vor mir steht. Seine Stimme ist unnatürlich ruhig.

Mein Atem wird flacher, und meine Bauchmuskulatur spürt wieder die Tritte, die sie in der letzten Woche einstecken musste. Das Gesicht, die weichen Handschuhe. Der Geruch nach Leder. War er das?

Nach dem Gespräch mit Espen bin ich mir sicher, dass Robert weiß, wovor Azora Angst hatte, und dass die Antworten in seinem Keller zu finden sind. In dem Karton mit den Fotos von ihr und mir. Während ich mich noch frage, was ich sagen soll, greife ich in den Oberschrank der Küche, nehme zwei Tassen heraus und schalte die Kaffeemaschine ein.

»Wollen Sie auch einen?«, frage ich im Versuch, Zeit zu gewinnen. Weiche etwas vor ihm zurück.

Er antwortet nicht, weshalb ich mich an einem Lächeln versuche, bin mir aber sicher, dass er mir meine Verunsicherung ansieht.

Ich sehe beiläufig zur Jacke, während ich auf einen Stuhl deute und sage: »Nehmen Sie doch Platz.«

Er bleibt stehen. »Ich habe Ihnen eine Frage gestellt«, sagt er und macht einen Schritt auf mich zu. »Warum interessieren Sie sich so für eine tote Frau?«

»Warum treibt es Sie um, dass ich es tue?«

Sein Mundwinkel zuckt, aber ich lasse mich nicht stoppen. »Geht es Ihnen so gegen den Strich, dass Sie mich verfolgen?«

Er sieht mich verwirrt an. Mein Kopf arbeitet auf Hochtouren. Wenn Azora etwas wusste und er sie in den Tod getrieben hat, ist er vielleicht zu der Schlussfolgerung gelangt, dass auch ich etwas weiß.

Ich kämpfe gegen den Drang an, zur Tür zu schauen. Weiß, dass ich sie unmöglich vor ihm erreichen kann.

»Ich glaube, sie hatte Angst vor jemandem aus dem Milieu«, sage ich.

Ist das Erleichterung in seinen Augen? Oder etwas ganz anderes?

»Warum glauben Sie das?«

Ich schlüpfe in meine Therapeutenrolle, achte auf die Körpersprache, gebe mich so professionell wie nur möglich. »Nun, ich habe mit ein paar Leuten aus dem Milieu geredet und mit einigen Frauen, die mit den Drogensüchtigen arbeiten. Mir ist dabei eine ziemlich beunruhigende Geschichte zu Ohren gekommen.«

»Die da wäre?«

Ich sehe ihn an, als würde ich nachdenken, überlege, wie viel ich sagen kann. Am liebsten würde ich ihn nach dem Haus fragen. Ob er mal dort war? Kennt er ihr Zimmer?

»Ich glaube, Azora ist jemandem aus dem Weg gegangen …«

»Was denken Sie denn? Dass diese Leute freiwillig und aus lauter Jux und Tollerei da draußen leben? Wie eine Art Selbsterfahrungstrip?«

Meine Beine bewegen sich wie von selbst. »Natürlich nicht, aber …«

»Wer verzweifelt genug ist, trifft dumme Entscheidungen, das sollten Sie doch wohl wissen.«

Die Kaffeemaschine gurgelt. Mein Kopf nickt wie von selbst, und mein Körper ist so verkrampft, dass ich kein

Wort herausbringe. Dann geht die Tür auf und meine Erleichterung ist fast physisch greifbar.

»Hallihallo, ist jemand da?« Ich erkenne Tore. Er kommt oft früh, aber so früh wie heute nie.

»Hier«, sage ich und stecke den Kopf durch die Tür, ringe mir ein Lächeln ab.

Warum muss ich ausgerechnet mit diesen beiden Männern allein sein? Kennen die beiden sich, haben sie womöglich vereinbart, sich heute hier zu treffen?

Mein Kopf geht alle möglichen Szenarien durch, und als Tore zu uns kommt und in seiner Tasche nach etwas sucht, streckt meine Hand sich im Reflex nach der Schublade mit den Messern aus.

Robert betrachtet mich, ohne zu blinzeln. Ich zittere derart, dass eine Tasse zu Bruch geht, als ich mich umentscheide und statt eines Messers weitere Tassen aus dem Schrank nehme.

»Zu viel Koffein?«, fragt Robert mit einem Zwinkern. Dieser Arsch. Selbstsicher, weil er jemanden getötet hat und damit durchgekommen ist?

Tore geht direkt neben meinen Beinen in die Hocke, um die Scherben aufzuheben. Ich tue so, als würde ich es gar nicht wahrnehmen, lasse einen Kaffee aus der Maschine und reiche ihn Robert. Als Nächster taucht Marcos auf. Robert dreht sich um und unterhält sich mit Marcos. Wie zwei beste Freunde.

Für gewöhnlich müssen die Männer erst ein paar Formalitäten regeln, bevor sie sich der Gruppe anschließen können, aber da Robert nun schon mal da ist, lasse ich ihn bleiben. Um Punkt acht Uhr setze ich mich auf meinen Stuhl.

»Wir haben heute einen Gast«, sage ich und vermeide es bewusst, ihn gründlich zu mustern. »Robert?«

Er zögert, räuspert sich angespannt.

»Ich habe gerade eine gute Freundin verloren. Sie ist … sie hat vor ein paar Jahren den Halt verloren und ist auf der Straße gelandet.«

Ich fühle mich nicht wohl in meiner Haut.

»Meine Ex war keine einfache Person und wir hatten in den letzten Jahren nicht viel Kontakt, aber als ich von ihrem Tod erfahren habe, sind bei mir ein paar Sicherungen durchgebrannt. Ich habe mir selbst vorgeworfen, nicht genug für sie getan zu haben. Und jetzt … ist sie für immer weg.«

Er sucht eine Weile irgendwo tief in seinem Innern nach Worten.

»Wie die Polizei habe ich angenommen, dass sie sich das Leben genommen hat. Innerlich war ich fast froh, dass es vorbei ist und sie nicht länger leiden muss.«

Die Pause wirkt echt, er spannt den Körper nicht an, wie es viele Menschen tun, wenn sie eine Geschichte erfinden. Ich frage mich allerdings, ob er es auf das Mitgefühl der anderen abgesehen hat.

»Dann ist eine Person an meiner Tür aufgetaucht. Ohne eine Erklärung hat diese Person mich wissen lassen, dass meine Freundin vielleicht ermordet wurde. Sie hat nicht direkt gesagt, dass ich verdächtigt werde, aber es schwang in ihren Worten mit.«

Er bricht ab, streicht sich über den Hals und sieht mich an.

»Die Person hat mich ausgefragt. Über irgendwelche Unterlagen, die meine Ex bei mir deponiert haben soll.

Fotos. Über ein Kind, dessen Vater ich sein könnte. Sie hat mich unter Druck gesetzt. Alle nur erdenklichen Knöpfe gedrückt.«

Die Männer nicken verständnisvoll, mehr als nur mitfühlend.

Robert fährt sich mit der Hand über die Haare.

»Die Wut ist in mir hochgekocht.«

Er erntet Sympathiebekundungen von den anderen. Ich selbst bewege keinen Muskel. Frage mich, warum er dieses Forum wählt, um sich zu verteidigen.

»Ich wollte ihr nichts tun«, fährt Robert fort. »Ich wollte sie nicht verletzen.«

Gaute hat wieder das Haargummi in der Hand. Tore nickt still vor sich hin.

»Aber ich habe ihr Angst gemacht. Und darauf bin ich nicht stolz.«

Er lässt die Luft aus seiner Lunge. Bereut er wirklich?

»Wer erkennt sich wieder«, frage ich in die Gruppe.

Alle Hände heben sich.

»Eine Idee, wie Robert die Episode besser hätte handhaben können?«

»Noch eine Sache«, sagt Robert. »Das soll keine Entschuldigung sein, aber so richtig zurechnungsfähig ist diese Frau nicht.«

Als die Stunde zu Ende ist, beeile ich mich, Jacke und Schal anzuziehen. Ich schließe die Tür ab und gehe mit den anderen nach draußen. Auf dem Weg nach unten frage ich mich, ob ich die Kaffeemaschine ausgeschaltet habe. Ich lasse es darauf ankommen, gehe nicht wieder nach oben. Soll das Gebäude doch abbrennen.

Draußen stockt der Verkehr. Ich bleibe stehen, warte auf

ein Taxi, statt nach Hause zu laufen. Als die anderen weg sind, kommt Robert zu mir. Stellt sich dicht neben mich, den Blick auf die Straße gerichtet.

»Azora wollte nie über ihre Kindheit reden«, sagt er. »Zu viele Dämonen.«

»Ich kann nicht recht einordnen, was Ihre kleine Vorführung zu bedeuten hat«, erwidere ich.

Er sieht mich an. Sein Blick verwirrt mich, er kann alles bedeuten. Wollte er mir wirklich nur einen Schrecken einjagen?

»Leben Sie gerne allein?«, fragt er schließlich. »Mögen Sie die einsamen Abende?«

Ich starre ihn an. »Und Sie?«

»Ganz und gar nicht. Mich zieht es jeden Abend raus.«

»Und was machen Sie dann?«, frage ich. »Wohin gehen Sie?«

Ein Lächeln huscht über sein Gesicht.

»Sie können ja mal in der Tennishalle in Hasle anrufen.«

Das also ist sein Alibi. Er versucht mir zu sagen, dass er jeden Abend dort ist.

»Aber nicht heute«, sage ich.

»Ich rate Ihnen, vorsichtig zu sein«, sagt er. »Lassen Sie die Vergangenheit ruhen.« Mit diesen Worten läuft er über die Straße zu seinem geparkten Auto.

Ein Taxi hält, und ich steige ein, atme tief durch und sehe Robert hinterher. Dann werfe ich einen Blick auf mein Handy. Eine Nachricht von Abs. Er fragt, ob wir uns morgen Nachmittag treffen können.

40

Abs schlägt vor, dass ich ins Kriminalamt in Bryn komme, aber so weit bin ich noch nicht, ich habe Angst, frühere Kollegen zu sehen, vor ihren Blicken, wenn sie sich unbeobachtet wähnen. Er setzt mich nicht unter Druck, als ich zögere, und wir verabreden uns stattdessen am alten Bahnhof in der Nähe.

Als ich den steilen Hang hinunter zum Bahnsteig gehe, sehe ich ihn mit beiden Händen tief in den Taschen seiner Winterjacke vergraben. Fast meditierend starrt er vor sich hin. Er muss meine Schritte gehört haben, denn er dreht sich zu mir um, noch ehe ich bei ihm bin. Ich reiße mich zusammen, um ihm nicht zu zeigen, wie sehr ich mich freue, ihn zu sehen. Der gutherzige Riese wie aus einer Episode von Vikings ist noch immer auf meiner Seite und glaubt an mich.

»Schön, dich zu sehen«, sage ich. »Ich will deine Zeit auch nicht zu sehr beanspruchen.«

»Wie geht es dir?«, fragt Abs und macht Anstalten, mich zu umarmen. Als er meine Anspannung bemerkt, drückt er nur kurz meine Schultern.

»Ich glaube, Azora wusste etwas über das Verschwinden unserer Eltern«, sage ich. »Vielleicht hat sie etwas gesehen. Vielleicht haben wir beide das, nur dass ich mich nicht daran erinnere.«

Abs kneift die Augen zu. »Wie geht es dir, liebe Bjørk? Eigentlich interessiert mich das am meisten.«

Liebe Bjørk. Das zieht mir den Boden unter den Füßen weg, er scheint es wirklich so zu meinen.

»Gut«, sage ich, gehe zum Bahnhofsgebäude und lehne mich mit dem Rücken an die gelben Planken. »Es geht mir gut. Aber ich muss irgendwie die Wahrheit herausfinden. Und ich hoffe, dass du mir dabei helfen kannst.«

Ich bringe es nicht über mich, nach Rosa und ihrem Kollegen zu fragen, die mich zweifelsohne auf dem Kieker haben.

»Ich glaube, dass Azora damals etwas gesehen hat«, wiederhole ich.

Abs stellt sich neben mich, die Hände wieder in den Jackentaschen, und kommentiert nicht, dass ich am Telefon nichts von Azora gesagt habe. Natürlich geht es bei diesem Treffen um sie. Es dreht sich alles um sie.

»Aber dir geht es gut?«, fragt Abs und mustert mich.

»Ja«, sage ich mit einem Schulterzucken. »Mir geht es gut.«

»Ich habe gehört, dass du überfallen wurdest.«

Ich fahre mir mit der Hand über das Gesicht.

»Ist alles gut gegangen. Hilfst du mir?«

Er atmet aus. »Okay, du glaubst also, dass Azora irgendetwas beobachtet hat?«

»Ja.«

»Was?«

»Pass auf. Ich habe erfahren, dass unser Vater Alkoholschmuggler war«, sage ich und sehe ihn an. »Und ich weiß, dass Azora und ich nach dem Verschwinden unserer Eltern im Zeugenschutzprogramm aufgenommen wurden. Dafür muss es einen Grund geben. Die Polizei muss damals einen Verdacht gehabt haben. Sie scheinen davon ausgegangen zu sein, dass wir etwas gesehen haben.«

»Ich habe mich in den Fall eingelesen«, sagt Abs. »Die erste Theorie der Polizei war tatsächlich, dass bei euch zu Hause kriminelle Dinge gelaufen sind und ihr das vielleicht mitbekommen habt. Aber später kam das mit Deutschland ins Bild und die Ermittlungen haben sich darauf konzentriert.«

»Die Wahrscheinlichkeit, dass sie entführt wurden, ist ja wohl ziemlich gering«, sage ich. »Niemand bringt Geiseln mit der Fähre von Norwegen nach Deutschland. Außerdem passt das nicht mit der Sache mit dem Handy zusammen ...«

»Du glaubst, dass sie hier ermordet wurden?«, fragt Abs. »Oder dass eine Schmuggeltour schiefging?«

Ich lege den Kopf auf die Seite.

»Ich weiß es nicht. Aber Azora wusste offensichtlich, was passiert ist.«

Abs mustert mich erneut.

»Ich höre, was du sagst, aber wenn sie etwas gesehen hat, muss das in Norwegen gewesen sein.«

Ich trete mit dem Fuß gegen ein McDonald's-Papier, das jemand weggeworfen hat.

»Außer sie sind untergetaucht«, sage ich und weiß nicht recht, wo diese Worte herkommen. Mein Herz fühlt sich wie das eines kleinen Tieres an, es galoppiert davon, während in meinem Kopf eine weitere Theorie Form annimmt. Unsere Eltern wurden bedroht und haben ihre Flucht geplant. Sie wollten Azora und mich mit nach Deutschland nehmen, wurden dann aber durch etwas Unvorhergesehenes gezwungen, uns zu verlassen. Kannten wir die Leute, die sie bedroht haben?

Charlies Worte kreisen in meinem Kopf herum. *Sie hätten aufgehört zu suchen.* Eine Renovierung des Hauses hätte vermutlich signalisiert, dass es verkauft werden soll. Waren das Azoras Gedanken?

»Hat Azora jemals Kontakt aufgenommen?«, frage ich. »Hat sie sich bei der Polizei nach dem Fall erkundigt?«

»Es ist nichts protokolliert worden, aber das muss nichts heißen …«

»Aber Espen Teie hat sich erkundigt und seine Theorien kundgetan.«

»Das ist richtig.«

»Und wurden die protokolliert?«

»Ja.«

»Vielleicht gab es ja einen Grund für seine Fragen«, sage ich. »Auch wenn er keine Ahnung hatte, kann er ja eigene Ideen gehabt haben. Oder er wollte die Polizei auf eine falsche Fährte locken.«

»Und wenn man einen Grund zu fragen hat, es aber nicht tut«, sagt Abs, »dann weiß man etwas.«

Ich strecke den Rücken, verschränke die Arme vor der Brust. »Azora wusste etwas und wurde deshalb getötet. Jemand verfolgt mich, weil er glaubt, dass auch ich etwas weiß. Davon ist auch sie ausgegangen.« Ich mache eine kurze Pause, rede weiter. »Ich denke, es ist an der Zeit, Rosa Zafón vorzuschlagen, den Fokus zu ändern.«

Abs kratzt sich den Bart.

»Erzähl mir, was an dem Abend passiert ist, an dem Azora dich angerufen hat.«

Ich wiederhole, was ich schon den Beamten gesagt habe.

Dass sie angerufen und gesagt hat, dass sie mich unbedingt treffen muss. Und dass ich unten in dem Innenhof stand, als sie vom Dach stürzte.

»Was hast du gesehen?«, fragt Abs.

Ich sehe ihn verwirrt an.

»Als ich auf sie gewartet habe? Nichts.«

»Komm schon, Bjørk. Das kannst du besser.«

»Wie meinst du das?«

»Bist du dir ganz sicher, dass du nichts gesehen hast? Oder hast du es so oft wiederholt, dass du selbst daran glaubst?«

Erinnerungen sind äußerst selten glaubwürdig. Die Worte meiner Psychologin klingeln in meinem Kopf.

Mein Blick schweift über den Bahnsteig. Folgt einer Taube, die bis ganz an den Gleisrand trippelt. Habe ich etwas gesehen, an das ich mich nicht erinnere?

»Ich habe mich beobachtet gefühlt«, sage ich. »Habe Erinnerungen an einen Schatten, den ich für Tauben gehalten habe.«

»Hast du Tauben gehört? Ein Flattern oder Gurren?«

»Nein.«

»Sprich weiter«, sagt Abs, wie er es oft tut, wenn er will, dass ich meinem Gedankengang folge, ein anderer Gedanke scheint mir aber noch wichtiger zu sein.

»Da war was im Hintergrund«, sage ich.

»Erzähl.«

»Als sie mich angerufen hat, habe ich etwas im Hintergrund gehört.« Ich rufe mir das Telefonat in Erinnerung. Versuche, das Hintergrundgeräusch von ihrer Stimme zu trennen. »Sie war irgendwo drinnen.«

»Fernseher?«, fragt Abs.

»Nein.«

»Andere Menschen? Musik?«

»Eigentlich war es still, aber da war so ein Geräusch …«

Ich durchforste meine Hirnwindungen, laufe durch das Labyrinth in meinem Kopf. Starre auf die Schienen, bis mich ein vorbeidonnernder Zug aus meinen Gedanken reißt. Ich folge den vorbeirauschenden Wagen mit den Augen, aber nicht mit dem Kopf. Denke nach. Kann das, was ich im Hintergrund gehört habe, ein Zug gewesen sein? Dasselbe Geräusch, das ich bei dem Telefonat mit Gaute wahrgenommen habe.

»Da war ein Geräusch«, sage ich, als der Zug weg ist. »Ein sich ständig wiederholender Laut.«

»Sprich weiter«, sagt Abs.

»Wir haben doch darüber gesprochen, wie merkwürdig es ist, dass der Mörder sie gerade an diesem Abend getötet hat?«, sage ich.

»Willst du damit andeuten, dass ihr Mörder im selben Raum gewesen sein könnte, als sie dich angerufen hat?«

»Ja. So wusste er, dass sie mich treffen und mir etwas Wichtiges erzählen wollte.«

»Aber er konnte nicht vorhersehen, dass sie aufs Dach geht. Außer er hat sie dazu gezwungen.«

»Vielleicht war es nicht das erste Mal«, sage ich. »Vielleicht sind sie öfter hoch aufs Dach gegangen, um zu reden. Wenn das für Azora vertraut war, hat sie sich keine Gedanken gemacht.«

Abs neigt den Kopf. »Ein interessanter Gedanke. Dann kannten sie sich?«

»Es deutet alles darauf hin«, sage ich. »Wenn sie im selben Raum waren, als sie telefoniert hat, muss sie ihm vertraut haben.«

»Hat er das vorher schon einmal getan?«, fragt Abs.

»Getötet, meinst du? Garantiert.«

»Warum bist du dir da so sicher?«

»Weil es vollkommen geräuschlos vonstattengegangen ist.«

»Kontrolliert«, sagt Abs. »Keine Wut? Kein Hass?«

»Bei Mord ist fast immer Hass im Spiel«, sage ich. »Was für ein Motiv man auch hat. Hass spielt immer eine Rolle. Auf das Opfer, die entstandene Situation oder auf sich selbst.«

»Und Hass entsteht nicht in einem Vakuum«, sagt Abs.

Gaute, Robert, Espen. Und Tore, den ich auf dem Dach gesehen habe. Kannten Azora und Tore sich? Mir kommt ein Gedanke. Ich nehme mein Handy, gehe in die Cloud und öffne die verschlüsselten Informationen über meine Klienten. Danach google ich die Jobadresse von Tore. Es ist die Adresse, an der Azora getötet wurde.

Abs reißt mich aus meinem Gedankenkarussell. »Die Überwachungskamera.«

Ich fahre mir mit der Hand über das Gesicht. Verdammt. So muss es gewesen sein. Sie ist allein gekommen. Aber vielleicht kannte Tore, da er dort arbeitet, ja einen anderen Eingang.

41

Der Schnee, der Hirsch, das Wasser. Die Furcht, unter dem Weiß zu ersticken.

Der Albtraum hat mich im Griff, hält mich im Schlaf fest. Flüstert mir ein, dass es sicherer ist zu bleiben, egal wie beängstigend es wirkt. Sicherer als was, denke ich, als ich die andere Stimme höre, die mir befiehlt, aufzuwachen.

Zwischen Dämmerung und Traum zwinge ich mich in einen bewussten Wachzustand, bleibe noch eine Weile liegen und lausche in die Stille. Ich fühle das Sofa unter mir, die Hose, die ich nicht mehr geschafft habe auszuziehen, als bei mir gestern Abend die Lichter ausgegangen sind. In meinem Mundwinkel klebt getrockneter Speichel. Mich beunruhigt, dass ich nichts höre. Die Stille ist zu intensiv.

Ein Geruch bringt mich auf die Spur, der schwache Hauch von feuchtem Haar. Von einem Menschen? Die Frage holt mich schlagartig zurück in die Wirklichkeit. Ich bin mir sicher, dass es in meiner Wohnung nach einem Fremden riecht.

Die Angst schnürt meine Brust zusammen, der Kopf ist noch nicht richtig eingeschaltet. Meine Arme wollen mir nicht gehorchen, als ich mich aufrichte. Ich bleibe gekrümmt auf der Sofakante sitzen und versuche zu erfassen, was hier los ist.

Es ist jemand in meiner Wohnung.

Die Panik meldet sich, aber ich schiebe sie weg und werfe einen Blick zum Fenster. Draußen ist noch dunkle, kalte Nacht. Ich komme auf die Füße und schleiche, so leise ich kann, in den Flur. Stoße mir den Zeh an der Türschwelle, schaffe es aber, den Schmerzensschrei zu unterdrücken. Vorsichtig überprüfe ich die Wohnungstür. Sie ist nicht abgeschlossen. Die Sicherheitskette nicht eingehängt. Habe ich das gestern Abend tatsächlich vergessen?

Da, ein Geräusch in der Küche. Kaum hörbar. Schritte? Mein Gehirn versucht, rational zu bleiben, erinnert mich an die Fensterhaken, die ich vor ein paar Wochen nicht zugemacht habe. Aber das hier ist kein im Wind schlagendes Fenster.

Da ist jemand in meiner Wohnung.

Ganz leise nehme ich eine Jacke vom Haken und öffne die Tür. Die Angeln ächzen, das Geräusch in der Küche verstummt. Ich verliere keine Zeit, reiße die Tür auf und stürme die Treppe hinunter.

Ich halte mich nicht mit Blicken hinter mich auf, laufe in langen Schritten die Straße hinunter. Rutsche auf dem nassen Gehweg aus, fange mich mit einer Hand an einem parkenden Auto ab, ohne zu fallen. Mein Atem keucht, die Lunge brennt, meine Füße tun weh, aber ich halte nicht an. Will so weit weg von meiner Wohnung wie möglich, meinem Zuhause, zu dem sich jemand Zugang verschafft hat, als ich geschlafen habe.

Heißt das, dass ich der Wahrheit zu nahe komme?

Jede Faser meines Körpers rät mir, Kristian anzurufen. Damit er mich abholt, mich tröstet, mir sagt, wie sehr er mich liebt. Aber ich könnte die Demütigung, wenn er nicht antwortet, nicht ertragen.

Als ich ganz sicher bin, dass mir niemand folgt, werde ich langsamer. Ich bewege mich in Richtung Zentrum. Jeder Schritt kostet Überwindung, aber ich traue mich nicht, stehen zu bleiben, mich hinzusetzen und auszuruhen. Ich muss weiter. Überlege, ob ich Herdis anrufen oder Charlie suchen soll. Aber ich bin total verunsichert, weiß nicht, wem ich trauen kann. Selbst bei Edgar bin ich ins Zweifeln gekommen. Eine Sache arbeitet in mir, seit ich von der Adoption erfahren habe. Ich kriege nicht auf die Reihe, warum er »*Wir* haben sie nie gefunden« gesagt hat. »*Wir* wollten dir ein Trauma ersparen.« Das kann doch nur bedeuten, dass er – in welcher Form auch immer – an den Ermittlungen beteiligt war. Zeugenschutz. Er weiß mehr, als er zugibt.

Meine Füße schmerzen, meine Lunge kollabiert bald, aber ich laufe weiter. Würde mich gerne in einer Ecke zusammenrollen und mir alles aus dem Körper weinen, bis ich ganz leer bin und nicht mehr aufstehen kann.

Als meine Beine so schwer werden, dass ich keinen Schritt mehr weiterlaufen kann, schaue ich runter auf meine Füße. Erst jetzt sehe ich, dass ich barfuß bin.

42

Der Schmerz hält mich wach. Zwischendurch gönne ich den Beinen ein paar Minuten Ruhe. Setze mich hin und versuche, meine Füße zu wärmen. Dann stapfe ich weiter und halte Ausschau nach Kleidercontainern von der Heilsarmee, um ein Paar Schuhe zu organisieren. Als ich endlich einen entdecke, traue ich mich nicht hineinzuklettern, die Angst, nicht mehr rauszukommen, ist zu groß.

Der Untergrund vibriert von der durchfahrenden U-Bahn. Ist das die letzte oder die erste Bahn? Ich habe keine Ahnung, mein Handy liegt zu Hause. Auf den Bahnsteigen sind sicher Uhren, aber auch dahin traue ich mich nicht. Ich habe Angst vor einer Hand auf der Schulter, die mich vor eine Bahn stößt.

Die Straßen sind ausgestorben, jeder Schritt eine Quälerei. Es juckt am ganzen Körper. Im Haar, an den Beinen, am Po. Jemand will mich aus dem Weg räumen, das ist das Einzige, was ich sicher weiß. Ich werfe unruhige Blicke über die Schulter, sehe niemanden, höre aber Leute streiten, Flaschen zersplittern, aggressive Rufe. Geräusche der Nacht. Hinter geschlossenen Fenstern flackert rötliches Licht durch einen Spalt in den Vorhängen. Ein Stahltor quietscht, eine Tür knallt ins Schloss. Mein Kopf zerplatzt bald. In diesem Moment verstehe ich, warum Azora das Bedürfnis gehabt haben könnte, allem ein Ende zu bereiten. Aber warum tun das nicht alle, die dieses Schicksal teilen?

Ein Auto fährt langsam an mir vorbei. Suchen sie nach mir? Auf der anderen Straßenseite schleicht eine vornübergebeugte Gestalt an den Hauswänden entlang. Wirft mir Blicke zu und spricht vor sich hin. Mit sich selbst oder ins Telefon? Macht er Meldung, wo ich zu finden bin?

Die Paranoia verfolgt mich bis in den Schlaf. Jagt mich durch meine Träume, durch die Stadt mit dicht verschneiten Straßen, durch die ich mich kämpfe. Unter dem Schnee liegen verweste Menschenkörper, die nach mir greifen. Ich trampele sie wieder nach unten, trete hart zu. Und dann sehe ich, wovor ich nicht fliehen kann. Das, was es nicht geben sollte. Zuerst auf der einen, dann auf der anderen Seite. Grauenerregende, lange Schatten kommen aus dem Rinnstein gekrochen und schlängeln sich über den Gehweg die Hauswände hoch. Bis zum Dach.

Auf der Jagd nach Menschen. Auf der Jagd nach meinem Kind.

Heute Abend sind wir die Beute.

Die Konturen wachsen und leuchten grell. Ich kneife die Augen fest zusammen, um besser zu sehen. Fokussiere mich auf die Gebäude, die Straße. Die Lichter hinter den Vorhängen. Ich will schreien, aber meine Stimme versagt. Dann versuche ich, diese Schattenwesen kraft meiner Gedanken zu vertreiben. Bin ich tot? Ist das ein letztes Aufbäumen des Körpers, bevor ich erfriere? Oder ist das jetzt meine Welt?

In einiger Entfernung sehe ich einen Mann und eine Frau. Meine biologischen Eltern. Sie zeigen lachend auf mich. Sagen, dass ich es niemals schaffen werde, mich um ein Kind zu kümmern. Ich ziehe mich zurück, will, dass sie verschwinden, aber sie kommen immer näher.

Kurz darauf schrecke ich aus dem Schlaf hoch. Ich weiß nicht, wo ich bin oder was mich geweckt hat. Halb sitze, halb liege ich auf einer Treppe vor der Tür eines älteren Wohnblocks. Ich weiß nicht, ob ich erleichtert oder enttäuscht bin, dass ich noch atme, und rolle mich zusammen, ziehe die Füße unter mich und schaue mich in alle Richtungen um. Meine Zehen sind taub, und als ich wieder in den Schlaf gleite, streift mich ein Gedanke. Ich habe den Tod eines Menschen auf dem Gewissen. Hier zu sitzen, ist eine angemessene Strafe.

Ich bin mir nicht sicher, ob ich schlafe oder wach bin, als ich eine Person vor mir stehen sehe. Ich blinzele, bekomme die Augen aber nicht richtig auf, sehe verschwommen, erkenne nur die Konturen der Gestalt, die mich auf die Füße zieht, mich unterhakt und zu einem Auto führt.

43

Als ich das nächste Mal aufwache, friere ich nicht mehr. Das Gefühl ist wunderbar, bis ich merke, dass ich nicht in der Lage bin, die Augen zu öffnen. Mein Körper ist schwer, als würde er zu Boden gedrückt. Der Atem geht stoßweise und keuchend. Die Füße scheinen in viel zu engen Schuhen zu stecken und reagieren nicht, als ich mich aufzurichten versuche. Als ich realisiere, dass ich tatsächlich von etwas niedergedrückt werde, kommt mir die Gestalt vom letzten Abend in den Sinn.

Neben meinem Kopf ist ein Laut zu hören, Licht fällt mir ins Gesicht. Mit Mühe zwinge ich meine Augen auf. Ich liege unter einer schweren Wolldecke, die ein bisschen schimmelig und nach muffigem Dachboden riecht. Eine Ecke der Decke ist zur Seite geklappt, und ich sehe, dass ich auf dem Sofa bei der Straßenhilfe liege.

»Wach?« Linnea mustert mich mit verknittertem Gesicht. Sie sieht ungefähr so durch die Mangel gedreht aus, wie ich mich fühle.

Ich bekomme nicht mehr als ein Wimmern über die Lippen.

Ein Glas gelbe Flüssigkeit steht nicht weit von meinem Gesicht auf dem Tisch, der Duft von Kräutern und Zitrone kribbelt in meiner Nase.

»Frischer Saft«, sagt Linnea. »Josefines magischer Krafttrunk. Trink.«

Ich habe keine Kraft, mich aufzurichten, also hebt Linnea vorsichtig meinen Kopf an und flößt mir schluckweise den Saft ein, der nach Ingwer und Zitrone schmeckt. Und nach etwas undefinierbar Bitterem, bei dem mein Magen sich umstülpt. Aber es wärmt. Auf dem Tisch steht ein Teller mit geschmierten Broten, aber ich kriege keinen Bissen herunter. Ich schließe die Augen wieder und höre Wasser plätschern, zucke zusammen, als etwas hart in meine Zehen kneift. Ein brühwarmer, nasser Lappen wischt über meine Füße. Ich rieche Salbe, fühle das weiche Reiben von Socken auf Haut.

»Was ist passiert?«, fragt Linnea, als ich irgendwann wieder die Augen aufschlage. »Warum bist du barfuß?«

Meine Zunge ist trocken und geschwollen.

»Es war jemand in meiner Wohnung.«

Sie sieht mich skeptisch an. Ihre Hände streichen sanft über der Decke über meine Beine.

»Josefine meint, die Füße sähen okay aus. Sie war vorhin da und hat sie sich angesehen.«

»Josefine …?«

»Sie hat dich gefunden. Schlafend im Eingang von …«

»Wie einen räudigen Köter?« Ich versuche mich an einem Lächeln, das Linnea nicht erwidert. Ich kann nicht richtig erkennen, ob sie genervt, besorgt oder erleichtert ist. An Josefine habe ich überhaupt keine Erinnerung, nur an eine Gestalt, die mich in ein Auto gebracht hat.

»Findest du das nicht ziemlich verantwortungslos?«, fragt Linnea nach einer längeren Stille.

»Entschuldigung?«

»Du bist schwanger und gehst so mit deinem Kind um.«

»Ehrlich gesagt …« Ich stütze mich auf die Ellenbogen, ziehe die Füße weg von ihr. Versuche zu erklären, was am Vorabend passiert ist, von meiner Panik, aber ich dringe nicht zu ihr durch.

»Oberste Priorität sollte doch sein, dein Leben wieder in den Griff zu kriegen«, sagt sie. Es klingt nicht wie eine Frage.

Natürlich hat sie recht, es stört mich aber trotzdem, in welchem Ton sie mit mir redet.

»Wer auch immer da in meiner Wohnung war, ich war sicher, dass er mich töten wollte«, sage ich mit extra verzweifelter Stimme. »Warum bricht er sonst in meine Wohnung ein …«

»So einfach bricht man nicht bei jemandem ein«, sagt Linnea. Schon wieder scheint sie mir nicht zu glauben.

»In den älteren Wohnhäusern in Oslo schon«, antworte ich. »Wenn man nicht so schlau war, sich neue Schlösser einbauen zu lassen.«

Linnea sieht mich mit stumpfem Blick an und ich denke, dass sie wahrscheinlich die ganze Nacht neben mir gewacht hat.

»Ich habe so viel Elend gesehen«, sagt sie. »So viele leidende Kinder.«

Und wieder sind wir an dem Punkt. Sie traut mir nicht zu, Verantwortung für ein Kind zu übernehmen. Ich strecke mich nach dem Teller mit den Butterbroten aus, um ihr zu zeigen, dass ich wenigstens daran denke, dem Baby genug Nahrung zuzuführen. Ich werde das regeln, mir mein Leben zurückholen. Auf das Kind aufpassen, mit Kristian reden.

Während ich kaue, überlege ich, wer den Wunsch haben könnte, mich einzuschüchtern oder zu töten. Alle, denke ich. Alle hassen mich.

Nach dem Essen schlafe ich wieder ein. Irgendwann nachmittags weckt Linnea mich, als sie das Büro verlassen will.

»Bjørk, wie geht es dir?« Ihre Stimme ist sanfter, und ich frage mich, ob sie ein schlechtes Gewissen hat, weil sie vorher so schroff zu mir war.

»Kannst du vorübergehend irgendwo unterschlüpfen?«, will sie wissen. »Nach Hause solltest du jetzt nicht. Ich kann dir anbieten, bei mir zu wohnen.«

»Alles gut«, sage ich, weil ich merke, dass sie mich lieber nicht im Haus haben würde. »Ich weiß, wo ich hinkann.«

»Du kannst natürlich auch ein paar Tage hier auf dem Sofa schlafen«, sagt Linnea. »Aber hier latschen den ganzen Tag Leute durch.«

Kristian will ich nicht anrufen und Herdis' Ermahnungen ertrage ich jetzt nicht.

»Wenn ich noch diese Nacht hierbleiben könnte, wäre das super«, sage ich schließlich.

Am nächsten Tag hält Linnea mich fest, als ich mich übergebe. Danach packt sie mir einen Rucksack mit etwas zu essen und einer Thermoskanne, Taschenlampe, dicken Kleidern und einem Schlafsack. Sie gibt mir warme Winterschuhe, die eine Nummer zu groß sind. Am Ende drückt sie mir ein paar Geldscheine in die Hand.

Ich gehe direkt zum Arzt, der mir versichert, dass mit dem Kind alles in Ordnung ist. Das Kleine ist offensichtlich stärker, als ich ihm zugetraut hätte. Ein kleiner Krieger.

Trotzdem nehme ich mir Linneas Ermahnung zu Herzen, nicht unverantwortlich zu handeln.

Als ich aus der Praxis komme, ist aus dem Regen Schnee geworden, der sich schwer auf den Boden legt. Die schlimmste Jahreszeit lauert hinter der nächsten Ecke.

44

Ich trete hier oben am Waldrand in eine ganz eigene Welt ein. Die Abwesenheit von Leben ist überwältigend. Totes Gras, vermoderte Baumstümpfe. Das leise Rascheln einer sanften Brise in der alten Eiche. Das Rauschen der Stadtautobahn ist unter dem Nebelschleier eingeschlossen, der über dem Tal liegt.

Ich bleibe ein paar Sekunden auf dem Treppenabsatz stehen, ehe ich aufschließe. Trampele den Dreck von den geborgten Stiefeln. Warum rufe ich nicht Herdis an oder Edgar und seine Frau? Menschen, die mir zugetan sind und sich gerne um andere kümmern?

Weil ich mich nicht dazu durchringen kann. Wenn ich ein für alle Mal einen Strich unter die Geschichte ziehen will, muss ich das allein durchziehen.

Im Haus trommele ich mir sanft auf die Brust, um meine Laune zu heben. Ich stelle den Rucksack im Wohnzimmer ab, behalte die Schuhe an und werfe einen Blick zum Ofen. Als Erstes muss ich für Wärme im Haus sorgen. Mit ein bisschen Glück finde ich im Keller Brennholz.

Ich verharre vor der Tür zur Kellertreppe. Stelle mir alle möglichen Horrorgestalten vor, die mir in dem finsteren Untergeschoss auflauern. Die Angst verpufft, als ich beim Versuch, die Tür zu öffnen, daran erinnert werde, dass sie ja abgeschlossen ist. Ich suche in den Küchenschubladen, auf den Fensterbrettern, nach Schlüsselhaken an den Wänden. Nichts. Ich finde auch nichts, womit ich die Tür aufstemmen könnte. Dann sehe ich vor meinem inneren Auge die Bodenluke an der Rückseite des Hauses. Ich weiß nicht, wo der Gedanke plötzlich herkommt. Aber als ich draußen in dem dunklen Garten stehe und die Hände an die Griffe der zwei Holzflügel lege, empfinde ich das als einen kleinen Triumph. Meine Erinnerungen kommen zurück.

Ich öffne die morschen und wurmstichigen Türen. Farbe blättert über meine Hände, und ich muss aufpassen, mir nicht die Haut aufzureißen. Vier Stufen führen nach unten zu einer Kellertür. Ich gehe vorsichtig hinunter und will gerade nach dem Türgriff greifen, als hinter mir im Wald ein Zweig knackt. Ich zucke zusammen, gehe blitzschnell in die Hocke und drücke mich in die Ecke neben der Tür. Halte den Atem an.

Ich rühre mich nicht, spähe ins Dunkle. Aber der Waldrand gibt nicht die kleinste Bewegung preis. Ich versuche den Gedanken abzustreifen, dass dort zwischen den Bäumen jemand steht. Das beängstigende Gefühl, beobachtet zu werden.

Als ich mich endlich davon überzeugt habe, dass dort niemand ist, geht mir auf, dass meine spontane Reaktion auf das Geräusch mir nicht unbekannt ist. Der Reflex, mich zu verstecken, statt wegzulaufen, ist mir vertraut. Ich habe mich hier in diesem Winkel schon öfter versteckt. Aber wovor?

Ich stehe auf, sehe mich ein letztes Mal um, dann drücke ich die Klinke nach unten. Auch diese Tür ist verschlossen. Ich hebe den Blick. Streiche mit den Fingern langsam am Rahmen entlang über das morsche Holz. Versuche nicht an die Spinnen zu denken, die hier im Winter sicher Zuflucht suchen. Als ich erneut ein Knacken hinter mir höre, sehe ich ein, dass das die typischen Geräusche des Waldes und von alten Holzhäusern sind. Und im gleichen Augenblick, ein Stück vom Türrahmen entfernt, ertasten meine Finger einen Nagel, an dem ein Schlüssel hängt.

Wusste ich, dass er dort ist?

Ich nehme den Schlüssel herunter, stecke ihn ins Schloss. Er klemmt, lässt sich dann aber umdrehen. Die Tür leistet etwas Widerstand, als ich sie öffne. Beißender Schimmelgeruch strömt mir entgegen. Trotzdem bin ich erleichtert, dass es nicht nach Tod und Verwesung riecht.

Ich mache einen Schritt nach vorn und bleibe stehen. Die Hoffnung, dass das Tageslicht den Raum etwas erhellt, muss ich schnell aufgeben. Die Dunkelheit verschlingt mich. Zögernd strecke ich die Hände vor mir aus, als würde ich eine unsichtbare Katze streicheln. Ich schiebe einen Fuß vor, meine Beine kribbeln, ziehe den anderen Fuß nach. Taste mit den Händen vor mir im Nichts, mache noch einen Schritt.

Nach einer gefühlten Ewigkeit erreiche ich die hintere Wand. Meine Hände berühren eine unebene, kalte Mauer. Mit einer weiteren Tür, die nicht verschlossen ist. Ich gehe vorsichtig weiter, stütze mich an der Wand ab und streiche über einen Lichtschalter, den ich drücke, ohne nachzudenken.

Eine nackte Glühbirne wirft fahles Licht in den Raum. Aber wieso ist hier Strom? Hat Azora die Rechnung bezahlt und selbst auf der Straße gelebt? Oder hat jemand anders sie beglichen? Ich denke an Espen, aber das ergibt keinen Sinn.

Neben der Treppe nach oben steht ein Karton mit Brennholz, in einem Regal daneben ordentlich sortierte Konserven. An einer Wand liegt eine Matratze, darauf ein Kissen und eine Decke. Es beruhigt mich, dass meine Schwester in den schlimmsten Winternächten nicht draußen schlafen musste.

Ich gehe mit einem Arm voll Feuerholz die steile Treppe hoch. Der Schlüssel steckt von innen, und als ich aufschließe, verstehe ich den Grund. Die Tür öffnet sich nach innen zur Treppe. Kennt man sich hier nicht aus und öffnet die Tür vom Flur aus, kann man schnell zu Tode stürzen.

Als das Feuer brennt, gehe ich zurück in den Keller. Ich lasse das Licht an und sehe mich im vorderen Raum um. Dort ist nichts außer alten Werkzeugen. Einige hängen an einer Platte an mit Umrissen gekennzeichneten Plätzen. An einer Wand lehnen ein Spaten, einige Gartengeräte und eine Heugabel, die besser auf einen Bauernhof passen würde als in ein abgelegenes Wohnhaus. Ich schließe die Bodenluke von innen. Von jetzt ab bestimme ich hier. In meinem Haus.

Ich lasse im Keller alles so, wie es ist, und gehe hoch in mein altes Kinderzimmer. Dort ziehe ich die Matratze vom Bett, trage sie nach unten ins Wohnzimmer und lege sie vor den Ofen. Bevor ich mich schlafen lege, gehe ich um die Hausecke und pinkele. Das Bad in der oberen Etage muss erst mal ordentlich geschrubbt werden, bevor ich meinen Hintern auf die Klobrille setze.

Der alte gusseiserne Ofen heizt gut. Das Knistern des Feuers ist beruhigend. Ich wickle mich in den Schlafsack und nehme die Thermoskanne und die Brote aus dem Rucksack. Beim Essen spüre ich die merkwürdige Ruhe, mit der das Haus mich erfüllt. Allem Schimmel und Dreck und undefinierbaren Gerüchen zum Trotz, die möglicherweise aus den alten Rohren kommen, kann ich die Angst, die Azora in diesem Haus gespürt hat, nicht nachvollziehen. Das Einzige, was mir nicht geheuer ist, sind die großen in den Garten rausgehenden Fenster. Hätte ich hier drinnen Licht, wäre ich zu sehen wie ein Fisch in einem beleuchteten Aquarium. Im Moment bin ich froh, dass ich aus dem Dunklen sehen kann, was dort draußen vor sich geht.

45

Es ist beißend kalt, ich schwimme unter Wasser, bis die Lunge nach Luft schreit. Als ich an die Oberfläche komme, glaube ich gerettet zu sein, doch meine Finger stoßen an das Eis. Panik ergreift mich. Ich hämmere mit den Fäusten dagegen, ohne dass etwas passiert.

Mit einem Ruck schrecke ich aus dem Schlaf hoch, lege die Hände an den Hals und schnappe nach Luft. Meine Kehle ist so trocken, dass ich kaum schlucken kann. Die Zunge klebt am Gaumen. Ich strecke mich nach der Flasche Wasser aus, die am Boden steht, und trinke gierig. Anschließend halte ich die Hände an den noch lauwarmen Ofen. Ich lege Holz nach und blase Leben in die Glut.

Warum glaube ich, hier sicherer zu sein? Ist der Gedanke nicht extrem naiv? Azora hatte Angst vor jemandem, jemand war in meiner Wohnung und dann halte ich das hier für einen sicheren Ort? Ich lehne mich an die Wand, lasse den Blick durch den Raum schweifen. Oder ist es der Albtraum, der mich so verwirrt hat? Er war anders als der übliche Traum. Ich war nicht wie sonst im Wald und habe einen Hirsch im Moor versinken sehen. Bin nicht vom Schnee erstickt worden. Dieses Mal war ich in einem See, unter Wasser gehalten von einer Eisschicht. Was will mir dieser neue Traum sagen? Verändert das Haus mein Unterbewusstsein? Ich weiß es nicht. Hebe den Blick und starre an die Decke. Feuchtigkeitsflecken und Staub.

Nach einer Weile stehe ich auf und gehe in den ersten Stock. Oben fällt mir eine Luke zum Dachboden auf, aber die muss warten, erst will ich mir das Zimmer anschauen, das ich beim letzten Mal ausgelassen habe. Das Schlafzimmer meiner Eltern. Der Schlüssel liegt sicher bei Azoras Sachen.

Die Klinke zu ihrem Zimmer fühlt sich kälter an als beim letzten Mal, und jetzt, da ich weiß, was mich dahinter erwartet, fällt es mir schwerer, sie zu öffnen. Ich rüste mich innerlich, und doch erfasst mich mit dem ersten Schritt in den Raum ihre Hoffnungslosigkeit. Ich bahne mir einen Weg durch überquellende Aschenbecher, schmutzige Handtücher, Glasscherben und sauber ausgekratzte Konservendosen. Es würde mich nicht wundern, wenn es hier von Ratten wimmelt. Ich ziehe das Rollo vor dem Fenster hoch und öffne es, lasse Licht und frische Luft herein.

Der mit Kohle gezeichnete Wald bedeckt jede noch so kleine Fläche der Wand. Zwischen den Bäumen verstecken sich vielköpfige Wesen. Beim letzten Mal habe ich nur gruselige Monster gesehen, jetzt erkenne ich, dass die Figuren wie eine Kette zusammenhängen. Manche halten sich an den Händen, andere wachsen aus den Köpfen ihrer Nachbarn heraus. Eine Frau, bei der es sich um Azora handeln könnte, ist gleich mehrmals zu finden. Hinter einem Baum, unter Wasser, für sich allein auf einem Dach neben der Öffnung eines Warmluftschachts. Auffallend ist, dass allen Figuren irgendwelche Tentakel aus den Köpfen und Rücken herauswachsen. Man muss kein Therapeut sein, um zu erkennen, dass die Zeichnerin dieser Figuren psychische Probleme hat.

Ich fahre mit den Fingerkuppen über die Bilder, folge ihnen auf der Suche nach einer Art Muster. Es gibt nicht nur Ungeheuer, auch überraschend viele Menschen. Diejenigen, die in Azoras Leben eine Rolle gespielt haben? Der Mann mit dem Bart könnte Robert sein und der Große mit der ovalen Maske vielleicht Espen? Charlie ist mit seiner Strickmütze nicht zu verkennen und gleich mehrmals zu finden.

Viele der Figuren haben zwei oder drei Häupter, deren Gesichter wie Janusköpfe häufig in unterschiedliche Richtungen schauen. Die Fantasiewesen strecken ihre unzähligen Arme nach den anderen Figuren aus. Greifen sie nach etwas? Wollen sie den anderen etwas wegnehmen? Hat Azora es so empfunden? Dass ihr alles weggenommen wurde?

Einige Frauen haben ein umgedrehtes C auf der Brust und in jeder Hand. Es ist unklar, ob es sich um verschiedene Frauen handelt oder ob Azora mehrmals dieselbe gezeichnet hat. Das Symbol in den Händen ist identisch. Kann das C ein Halbmond sein? War so etwas nicht auch oben auf diesem Dach?

Eine Figur steht mit zwei Kindern zusammen. Die Hände auf ihren Schultern, lächelnd wie ein Beschützer. Der Anblick bereitet mir Unwohlsein. Die in alle Richtungen abstehenden Haare, die an Hörner oder ein Geweih erinnern. Ich denke an die Beschreibungen unserer Eltern. Aber irgendwie ist dann merkwürdig, dass die Kinder lächeln.

Die Bäume, die alle Wesen zwischen sich aufnehmen, dürften der Wald hinter unserem Haus sein, und Azora wird unseren Badesee gemalt haben. In meinem Kopf poppen Bilder auf, aber sind das wirklich Erinnerungen oder nur Wunschdenken? Ich weiß es nicht. Ich hatte so sehr gehofft, dass die Zeichnungen mir etwas sagen, doch jetzt fühle ich nur noch Ohnmacht.

Die Wand links vom Fenster ist so oft übermalt worden, dass sie wie ein schwarzes Loch wirkt. Davor liegt eine Matratze mit einem dünnen Kissen und einem alten Schlafsack. Ein paar CDs stapeln sich auf dem Bett. Alle von Nick Cave.

Unter dem Fenster steht wie in meinem Zimmer eine Kommode. Der Aschenbecher darauf ist bis zum Rand gefüllt, Kippen und braune Kaugummis. Daneben ein verdreckter Gummischlauch. Meine Augen werden von einem hier vollkommen deplatzierten, vergilbten Häkeldeckchen angezogen, unter dem sich etwas zu verbergen scheint. Als ich es anhebe, kommt ein Schlüssel zum Vorschein.

Ich strecke mich zum Fenster aus und schließe es, drehe mich um und erstarre, als ich auf der Innenseite der Tür, die zugeglitten ist, ein Bild mit zwei Mädchen sehe, das eine etwas größer als das andere, die sich an den Händen halten. Sie sind von hinten gezeichnet vor einer großen, offenen Fläche. Dem kleineren Mädchen fällt etwas aus der Hand. Eine Schneekugel. Auf dem Boden der Kugel steht etwas.

Ich gehe zur Tür, beuge mich vor, kann die Worte aber nicht lesen. Ohne nachzudenken, laufe ich in mein Zimmer, hebe die Schneekugel an und drehe sie um.

Von Onkel Espen.

Ich halte die Schneekugel in der Hand, kann aber nur Fragmente der damaligen Gefühle auffangen. Schließlich knalle ich die Kugel zurück auf die Kommode und gehe auf den Flur. Schließe mit dem gefundenen Schlüssel die Tür des letzten Zimmers auf.

Ich weiß nicht, ob ich erleichtert oder enttäuscht bin, als sich der Raum als durchschnittliches Mittelklasseschlafzimmer aus den Neunzigern entpuppt. Etwas protzig mit Spiegelwürfeln als Nachttischchen, dicken tiefroten Vorhängen und einer flusigen Pelzdecke über dem Bett. Zwei doppelte Kleiderschränke direkt hinter der Tür, ein verschlissener aschgrauer Teppichboden und ein Doppelbett aus Kiefernholz.

Durch das Fenster sieht man direkt in den verwilderten Garten. Sträucher und Büsche in den Ecken, dazwischen braune Grasbüschel. Verblichene Plastikgartenmöbel. An einigen Stängeln hängen halb entblätterte, welke Blüten. Rosen und Sonnenblumen, die anderen Sachen kenne ich nicht. Ich setze mich aufs Bett. Die Matratze gibt kaum nach. Ich fahre mit der Hand über den Kunstpelz, lasse mich nach hinten fallen. Versuche, die Leere, die meine Eltern hinterlassen haben, zu ergründen, aber in meinem Kopf tauchen nur Veslemøy und Karl auf, nicht meine biologischen Eltern.

Bevor ich gehe, werfe ich einen letzten Blick auf das Kopfteil des Bettes. Ich muss mich vorbeugen, um die Spuren im Holz richtig erkennen zu können. Es sind Bissmarken.

46

»Im See versenkt?«

Edgar und ich sitzen in der hintersten Ecke von Oslos tristestem Pub. Das Lokal scheint mit den Restposten eines Baumarkts eingerichtet und dann sich selbst überlassen worden zu sein. Jede Wand eine andere Farbe und halbhohe Vertäfelungen aus vier verschiedenen Holzarten. Schlammbraune Kunstledersofas und Plastikblumen auf den Tischen.

Edgar hat sich ein großes Bier und Chilinüsse gekauft und mir ein Mineralwasser mitgebracht.

»Sag mal, wie geht es dir wirklich?«, fragt er kauend.

Edgar ist nicht dumm. Ein erfahrener Polizist sieht die Lüge, bevor sie ausgesprochen ist.

»Gut«, erwidere ich und versuche mich an einem leichten, unbeschwerten Ton.

»Ich habe dich seit dem Tod deiner Eltern kaum gesehen. Im letzten Jahr bist du nie ans Telefon gegangen, wenn ich dich angerufen habe, und als wir uns das letzte Mal gesehen haben, hatte dich gerade jemand zusammengeschlagen. Da ist ›gut‹ doch wohl eine Übertreibung?«

Ich verziehe den Mund.

»Wurden die Seen und Teiche in der Nähe des Hauses untersucht?«

Edgar trinkt einen Schluck Bier und lehnt sich zurück.

»Nein, nein, mein Mädchen. Zuerst antwortest du mir mal auf meine Frage.«

Ich seufze. »Du kannst wirklich beruhigt sein, es geht mir …«

Ich breche den Satz ab. Warum serviere ich Edgar diese Lügen? Er und seine Frau Betty gehören zu den wenigen Menschen, die mir noch geblieben sind. Sie waren meine ganze Jugend hindurch immer für mich da. Außerdem könnte Edgar mir helfen, Antworten zu finden. Warum lüge ich ihn dann an?

Ich lasse meine Schultern sinken. Am liebsten würde ich meinen Kummer auf ihn abladen, damit ich nicht alles allein tragen muss. Ich neige das Glas etwas zur Seite und sehe die Blasen aufsteigen und an der Oberfläche platzen.

»Es geht gerade alles vor die Hunde«, flüstere ich und schiebe mir einen Fingerknöchel zwischen die Zähne. »Ich schlafe kaum noch, habe Albträume und bin total desillusioniert.«

»Desillusioniert?«

Mir steigen Tränen in die Augen.

»Es ist aus mit Kristian«, sage ich.

Er trinkt einen Schluck und schnaubt leise.

»Das ist doch noch nicht alles, oder?«

Ich seufze.

Er stellt das Glas zur Seite und greift nach meinen Händen. Sie verschwinden fast in seinen Pranken.

»Raus damit, Bjørk. Erzähl mir alles.«

Ich könnte seiner sanften Stimme stundenlang zuhören, aber jetzt erwartet er, dass ich rede, und ich weiß nicht, ob ich das schaffe.

»Ich tue Sachen, die ich nicht tun sollte …«, ist alles,

was ich herausbringe. »Ich schlafe nicht …«, sage ich dann. »Erinnere mich an nichts …«

Edgar streichelt meine Handrücken mit seinen Daumen. »Bjørk, vertraust du mir?« Seine warme Stimme ist fest und sicher.

»Ich glaube, dass Azora getötet wurde«, sage ich. »Und dass mir der Mörder deutliche Signale sendet, mich da rauszuhalten.«

Ich erzähle ihm weder von dem Einbruch noch von dem Kind, weil er sonst nur darauf bestehen würde, dass ich zu ihm und Betty ziehe. Aber ich könnte ihre überwältigende Gastfreundschaft jetzt nicht ertragen.

»Du musst vorsichtig sein«, sagt er. »Soll sich doch die Polizei darum kümmern.«

Ich ziehe meine Hände zurück. »Sie haben es bis jetzt ja nicht einmal geschafft, herauszufinden, was mit unseren Eltern passiert ist. Ich muss Klarheit bekommen, was mit Azora geschehen ist, was mit uns passiert ist.«

Edgar rollt eine Nuss zwischen den Fingern, steckt sie in den Mund und reibt sich die Handflächen. Salz und Gewürze rieseln auf seine Hose.

»Wer könnte ein Interesse daran haben, sie zu töten? Ein anderer Obdachloser?«

Das Mineralwasser ist schal geworden, ich trinke es trotzdem und wische mir die Lippen ab.

»Zwei Sachen passen nicht zusammen«, sage ich. »Sollte das ein Streit zwischen Drogensüchtigen gewesen sein, würde der Täter es jetzt nicht auf mich abgesehen haben. Die bleiben im Milieu.«

Edgar trinkt sein Bier aus und nimmt ein paar Nüsse. »Sprich weiter.«

»Außerdem war das so unpersönlich«, fahre ich fort. »Der Täter hat sie vom Dach gestoßen. Das passt nicht zusammen. Das wirkt eher so, als wollte er sie schlicht aus dem Weg haben, da war keine Rache oder so was im Spiel.«

Edgar nickt vor sich hin.

»Rache ist immer dabei, außer man will ein anderes Verbrechen vertuschen.«

»Statistisch gesehen handelt es sich bei dem Täter um einen Mann, und vermutlich nicht um einen jungen. Junge Männer sind ungeduldig, haben nur selten die Ruhe, auf die richtige Gelegenheit zu warten. Diese Person hat sich Zeit genommen und kannte sich vor Ort aus. Er wusste, wohin Azora wollte und dass das Risiko, gesehen zu werden, minimal war. Noch dazu war er dreist genug, es zu tun, während ein anderer Mensch in der Nähe war.«

Edgar nickt stumm.

»Und noch etwas«, sage ich. »Wenn er sie da aufs Dach gelockt hat, muss sie ihm vertraut haben. Sie müssen sich gekannt haben.«

Edgars Blick ruht auf mir, er sagt aber nichts.

»Unsere Eltern«, frage ich. »Haben sie sich aus dem Staub gemacht oder wurden sie ermordet? Was glaubst du?«

»Schwer zu sagen, es gab Tickets für die Fähre.«

»Espen Teie behauptet, seine Schwester wollte ihren Mann verlassen.«

»Soweit ich weiß, hat sie immer wieder darüber geredet. Aber Frauen wie sie tun das leider nur selten.«

»Wenn sie geflohen sind, könnten sie sich versteckt haben. Lange.«

»Wenn ich ehrlich sein soll, glaube ich nicht, dass dein

Vater intelligent genug ist, um so viele Jahre unerkannt auf der Flucht zu sein.«

»Auch nicht auf dem Kontinent?«

»Da erst recht nicht. Außerdem haben viel zu viele Leute nach ihm gesucht. Und um auf deine Frage zurückzukommen: Bevor die Polizei diese Verbindung nach Deutschland fand, hat sie die Teiche in der Nähe eures Hauses durchsucht. Der Bruder von Lene Moe war auch bei der Suche dabei …«

»Espen«, unterbreche ich ihn. »Aber der ist doch kein Polizist? Was, wenn er die Leiche seiner Schwester unter Wasser gefunden hätte?«

»Er war schon damals Taucher. Ein harter Brocken. Ich glaube, die waren damals froh um jedes Paar Augen in der moorigen Brühe. Das war ein Knochenjob. Unter Wasser sind so viele Zweige und loser Kram, dass man überall Gefahr läuft, hängen zu bleiben.«

Edgar reibt sich das Gesicht. Gibt dem Barkeeper mit seinem leeren Glas ein Zeichen.

»Wir hatten nur einen Fund«, sagt er.

Ich sehe ihn gespannt an.

»Einen Hirschkadaver.«

Die Luft entweicht aus mir.

»Wurde festgestellt, ob die Fährtickets benutzt worden sind?«, frage ich.

»In Deutschland sind die Handysignale aufgefangen worden«, sagt er.

»Und Azora?«, frage ich. »Was ist eigentlich mit ihr passiert?«

»Nachdem sie einen neuen Namen bekommen hatte, ist sie abgehauen.«

Ich kriege das nicht zusammen. »Ist es nicht seltsam, dass wir beide im Zeugenschutzprogramm waren?«

Er schnalzt mit der Zunge, sucht die richtigen Worte.

»Wir konnten nicht ausschließen, dass ihr etwas gesehen habt oder etwas wusstet. Wir haben euch als gefährdet eingestuft. Und bei Azora haben wir damals angenommen, dass sie nach Dänemark gegangen ist …«

»Die Polizei hat zugelassen, dass eine Vierzehnjährige sich einfach nach Dänemark absetzt?«

»So war das nicht …«

»Wie dann? Ihr habt sie doch wohl bei einer Pflegefamilie untergebracht? Sicher scheint sie sich da aber nicht gefühlt zu haben. Habt ihr euch danach nicht weiter um sie gekümmert?«

Er reibt sich die Augen.

»Ich bin zu der Familie gefahren, um sie abzuholen, aber sie war schon weg.«

»Sie muss vor jemandem Angst gehabt haben«, sage ich zu mir selbst. »Wenn eine Vierzehnjährige freiwillig das Land verlässt, muss sie Angst gehabt haben.«

»Was uns zurück zur Gegenwart bringt. Wer hätte einen Vorteil von Azoras Tod gehabt?«

»Ihr Ex, Robert Nygaard, ein ziemlicher Kotzbrocken«, sage ich.

»Hat der dich zusammengeschlagen?«

»Schwer zu sagen, ich habe das Gesicht meines Angreifers nicht gesehen.«

Er fährt mit der Zunge hinter seinen Lippen entlang. »Aber?«

»Nygaard ist nicht der Typ, der die Drecksarbeit selber macht.«

Edgar sieht mich nur wortlos an.

»Und dann ist da noch so ein Typ in meiner Aggressionsbewältigungsgruppe. Ich habe ihn vor dem Haus gesehen, von dem Azora gestoßen wurde.«

»Oh«, sagt Edgar und sieht zum Eingang. Ich folge seinem Blick, sehe aber niemanden.

»Azoras Ex, und einer, der zufällig in deiner Gruppe ist«, sagt Edgar. »Noch andere?«

Ich denke an Charlie. »Das Drogenmilieu, aber …«

»Das sind jetzt nur noch Spekulationen«, sagt Edgar. »Du gehst also davon aus, dass sie noch wusste, was vor fünfundzwanzig Jahren passiert ist …?«

Edgar hebt erneut den Blick und sieht zum Ausgang, als erwarte er jemanden. »Bei der Polizei haben wir uns immer gefragt, wer vom Tod einer bestimmten Person profitiert.«

»Profitiert? Viel zu holen gab es da nun wirklich nicht«, platze ich hervor.

»Na ja, realistisch gesehen hast du ein Haus mit einem ziemlich großen Grundstück geerbt.«

Das Licht im Raum verändert sich. Ich muss mich an der Tischkante festhalten, um nicht aufzuspringen und nach draußen zu stürmen.

Er rudert zurück. »Du sagst, dass du Sachen machst, die du nicht tun solltest. Dass du dich nicht erinnerst und desillusioniert bist …«

Worauf er hinauswill, weiß ich nicht.

»Glaubst du, ich hätte meine eigene Schwester getötet?«, frage ich provokant.

»Bjørk …« Seine Stimme versagt. »Natürlich nicht, ich will damit nur andeuten, auf welche Ideen die Polizei kommen könnte. Du musst mit solchen Fragen rechnen.«

»Nicht in dem Ton«, sage ich, sammele die Haare mit einer Hand zusammen und greife nach meiner Jacke. Seine Freundlichkeit ist nicht mehr echt.

»Glaubst du das wirklich?«, frage ich.

»Was ich glaube, spielt keine Rolle, wichtig ist nur, was die Polizei gegen dich in der Hand hat …«

Es vergehen ein paar Sekunden.

»Ich weiß, dass du mitten in der Nacht aus deiner Wohnung weggelaufen bist. Wer tut so etwas?«

»Jemand, der Angst um sein Leben hat.«

»Der würde auf die Polizei warten. Ein sichereres Umfeld gibt es nicht. Außer die Polizei hat noch mehr.«

»Telefondaten, Überwachungskamera«, sage ich. »Es gibt ein Bild von mir am Tatort, das nach Azoras Tod aufgenommen wurde.«

»Verdammt, was hattest du da zu suchen?«

Ich kann mich nicht überwinden, ihm in die Augen zu sehen.

»Ich verstehe gut, dass die Polizei sich Fragen stellt, Bjørk. Sie wissen vermutlich, dass Azora deine Schwester war und du nach der Sache im letzten Jahr noch auf dem Zahnfleisch gehst. Außerdem hast du jetzt ein Haus geerbt.«

Er ist gut, das muss ich ihm lassen. Macht auf den Punkt genau deutlich, wie passend dieses Erbe kam.

»Motiv und Gelegenheit«, sage ich.

»Motiv und Gelegenheit.«

47

Ich klingele beim Nachbarn und schleiche die Treppe hoch. Im zweiten Stock schiebt ein schlaksiger Mann, mit dem ich bisher kaum ein Wort gewechselt habe, seinen Kopf durch den Türspalt. Das neue Sicherheitsschloss an seiner Tür erinnert mich daran, wie naiv ich war.

»Bei Ihnen wurde eingebrochen, oder?«, fragt er.

»Korrekt«, sage ich. »Ich hab' mich woanders einquartiert, bis die Polizei ihre Arbeit erledigt hat.«

»Die haben nach Ihnen gefragt«, sagt er und mustert mich vom Kopf bis zu den Zehen. »Als sie abgeschlossen und mir den Schlüssel gegeben haben.«

»Ja, ich weiß«, sage ich. »Ich habe mit ihnen gesprochen.« Ich bleibe stehen, als er in die Wohnung verschwindet und das Schlüsselbund holt.

»Vielen Dank.«

Er stiert hinter mir her, und bevor ich weiter ins nächste Stockwerk gehe, frage ich: »Waren noch irgendwelche anderen Leute da und haben nach mir gefragt? Außer den Polizisten?«

»Nein, nur die. Sie haben mich regelrecht ausgequetscht, wo Sie wären. Ob Sie eine Hütte am Meer hätten und so weiter, aber ich hab' wahrheitsgemäß gesagt, dass ich das nicht weiß. Ich misch mich nicht in die Angelegenheiten anderer Leute ein.«

Er sieht mich erwartungsvoll an, hofft vielleicht, dass ich ihm erzähle, wo ich war.

Ich bedanke mich mit einem kurzen Nicken. »So was nennt man gute Nachbarschaft.«

Als ich das Licht im Flur einschalte, nehme ich augenblicklich die Ausdünstungen des Fremden wahr. Diesmal ist es kein feuchtes Haar, keine saure Milch oder teures Deodorant, sondern ein Duft, der nicht hierhergehört und den ich nicht zuordnen kann.

Ich gehe langsam durch alle Räume. Auf Zehenspitzen stehend lasse ich den Blick über Regale, Tisch und Sofa schweifen. Meine Sachen sind alle da, wenn auch manches an anderen Plätzen ist. Die Wolldecke liegt auf dem Boden, eine Keramikfigur, die ich von Herdis geschenkt bekommen habe, steht im Bücherregal. Irgendwas ist anders, ich weiß aber nicht, was es ist. Irgendwas hier gehört nicht in mein Leben.

Als ich feststelle, dass Mamas Tagebücher weg sind, sacke ich auf die Knie. Die Schluchzer steigen stoßweise aus meinem Bauch auf. Ziehen Schleim und Wasser mit nach oben. Ich lasse alles aus mir herausströmen. Wer kann denn ein Interesse an diesen Büchern haben?

Als keine Tränen mehr kommen, richte ich mich auf und sehe mich um. Edgar hat recht. Alles in diesem Fall weist auf mich. Und niemandem scheint daran gelegen zu sein, in eine andere Richtung zu schauen.

Ich kann mich lange nicht entscheiden, was ich mit der Erkenntnis anfangen soll, die in meinem Kopf Gestalt annimmt. Was, wenn in dem Karton in Robert Nygaards Keller, in dem ich das Foto von Azora und mir gesehen habe, noch weitere Fotos liegen? Oder andere Informationen? War er hier und hat Mamas Tagebücher mitgenommen? Das könnte dann nur heißen, dass etwas darin steht, was ich bisher übersehen habe.

Ich packe mein Handy, das Ladegerät und ein paar Kleider aus dem Schlafzimmerschrank in eine Tasche. Dazu die Lebensmittel aus dem Kühlschrank, die noch nicht abgelaufen sind. Danach fahre ich hoch ins Haus und tue endlich das, was ich schon längst hätte tun sollen. Ich rufe Kristian an. Diesmal geht er ran, und bevor er irgendetwas sagen kann, platze ich damit heraus: »Ich bin schwanger.«

Totenstille am anderen Ende. Ich höre förmlich die Zahnräder in seinem Kopf.

»Wollen wir uns treffen und darüber reden?«, fragt er.

Ich bin so froh über all die Fragen, die er nicht stellt, dass ich vor Erleichterung zusammensacke.

»Ja.«

48

Der Bus fährt bis an den Rand des Viertels, in dem Robert Nygaard wohnt. Ich spaziere langsam von der Haltestelle die Straße hoch und sehe mich um. Wie eine neu Zugezogene, die einen Erkundungsspaziergang im Viertel macht. Bei Robert brennt Licht, sein Auto ist aber weg. Vermutlich ist er wirklich jeden Abend in der Tennishalle.

Das Nachbarhaus liegt dunkel und verlassen da. Ein schmaler Grasstreifen zwischen den Häusern führt zu den dahinterliegenden Gärten. Ich gehe dicht an der Hecke auf der anderen Straßenseite entlang, umklammere das Schlüsselbund in meiner Tasche und warte, bis ich sicher bin, dass kein Auto kommt. Dann erst überquere ich die Straße und laufe hinter das Haus.

Die Tür im Erdgeschoss ist natürlich abgeschlossen. Etwas weiter oben an der Fassade sehe ich ein Fenster, das groß genug ist, dass ich hindurchpasse. Ohne nachzudenken oder darauf zu achten, leise zu sein, schnappe ich den nächsten Terrakottatopf und werfe ihn gegen die Scheibe, die klirrend zerbricht. Ich überprüfe nicht, ob irgendwelche Nachbarn etwas gehört haben, schiebe einen der soliden Gartenstühle unter das Fenster und ziehe mich hoch. Es wundert mich, wie leicht das alles geht und dass kein Alarm losheult.

Im Keller ist es stockfinster, es riecht nach feuchten

Kleidern und synthetischem Sommerwiesenparfüm. Mit eingeschalteter Handytaschenlampe schiebe ich mich an Waschmaschine und Trockner vorbei zu der Tür, die in den nächsten Raum führt, in dem ich bei meinem letzten Besuch war.

Der schwache Schein einer Lampe über der Treppe in die obere Etage fällt herein. Ich schalte die Taschenlampe aus, schiebe das Handy in die Tasche und gehe zu dem Regal mit den Kisten. Ziehe die heraus, die Robert mir gezeigt hat, und reiße den Deckel auf. Tatsächlich finden sich darin noch weitere Fotos, die meisten zeigen aber nur ihn auf irgendwelchen Sportveranstaltungen, Tennis, Schwimmen, Urkunden aus seiner Kindheit. Es sind auch ein paar Polaroids und Zeitungsausschnitte darunter. In seiner Jugend war er offensichtlich sportlich sehr aktiv und er scheint aus einer wohlhabenden Familie zu kommen. Was um alles in der Welt wollte er von Azora? Er hatte in der guten Gesellschaft doch sicher freie Auswahl.

Ich blättere einen Stapel öffentliche Dokumente durch, alle mit seinem Namen. Eine Sammlung Tim-und-Struppi-Hefte, mehrere in Französisch. Auf dem Boden steht eine bis zum Rand gefüllte Plastikbox mit Lucky-Luke-Heften. Ich sehe mich selbst in einem kurzen Aufblitzen mit Comics in einer Sprache auf dem Schoß, die ich nicht verstehe. Oder konnte ich einfach noch nicht lesen? Mir fällt eine Geschichte von einem Mädchen ein, das beim Spielen im Garten ein Loch unter den Wurzeln eines Baumes oder unter einem Busch entdeckt hat. Alice im Wunderland? Hatte mein Vater das womöglich aus Polen mitgebracht? Ich schüttele den Kopf und stelle die Kiste zurück.

Neue Kisten, neue Unterlagen, ein paar Zeitungsausschnitte zur Krankenhausgeschichte, die er wohl aufbewahren wollte. Verzweifelt blättere ich so schnell wie möglich die Unterlagen durch. Und endlich, ein Umschlag mit ihrem Namen. Ich öffne ihn und finde fünf Fotos von ihr und Robert. Aufgenommen vor den Drogen, vor dem tragischen Teil ihres Lebens. Azora kann auf den Fotos nicht älter als dreizehn oder vierzehn sein. Sie sieht entspannt aus, glücklich. Vielleicht hatte sie kein gutes Zuhause, aber sie hatte Robert. Sie hatten einander.

Auf einem der Fotos ist eine coole, lachende Clique Jugendlicher zu sehen. Sie sitzen im Kreis, sommerlich gekleidet, im Freien auf einer flachen Steinunterlage. Hinter ihnen liegt ein riesiger, vermutlich vom Sturm gefällter Baum. Der Wurzelballen fächert sich ausladend auf. Ich erkenne Robert, Azora und Espen. Die zwei anderen Jungs sind mir unbekannt. Ich sehe mir das Foto genauer an. Verstreut auf dem Boden liegen Bierflaschen, Azora ist augenscheinlich betrunken. Robert steckt gerade etwas in die Tasche und hat abwehrend eine Hand zu der Kamera ausgestreckt, als wollte er sagen: »Nicht jetzt.«

Sie kannten sich also schon als Kinder. Robert hat ja auch gesagt, dass er schon das blitzgescheite Mädchen kannte, das sein ganzes Leben noch vor sich hatte, nur dass ich das da nicht verstanden habe. Hat er es deshalb nicht übers Herz gebracht, sie wie alle anderen abzuweisen? Oder ist es möglich, dass er sie an die Drogen gebracht und sie irgendwann die Kontrolle verloren hat? Er selbst kam vielleicht aus einem funktionierenden Elternhaus, in dem Grenzen gesetzt wurden, ohne zu wissen, dass Azora nicht so stark war wie er.

Ich starre auf den Wurzelfächer hinter ihnen, irgendwie

kommt mir der Platz bekannt vor. Danach suche ich weiter nach dem Foto von Azora und mir.

Als ich ein Auto höre, zucke ich zusammen. Das Knallen der Haustür verrät mir, dass Robert wieder zu Hause ist. Kleider rascheln, er zieht die Schuhe aus. Dann höre ich Schritte auf der Kellertreppe. Zum Flüchten ist es zu spät, also gehe ich zwischen den Regalen in die Hocke und drücke mich an die Wand.

Robert bleibt in der Mitte der Treppe stehen. Nur in Unterhose, den Arm voller Dreckwäsche. Er scheint zu wittern, dass etwas anders ist, vielleicht spürt er den Luftzug von dem zerschlagenen Fenster. Meinen Duft. Spätestens am unteren Ende der Treppe sieht er mich, dann bin ich geliefert.

Er geht noch eine Stufe nach unten. Schaut runter in den dunklen Gang. Wirft schließlich die Dreckwäsche auf den Boden und geht wieder hoch. Kurz darauf höre ich ihn die Dusche aufdrehen.

Ich lausche konzentriert. Duscht er tatsächlich oder hat er die Dusche nur angestellt, um mich aus meinem Versteck zu locken? Ich stehe auf, mache einen Schritt, noch einen. Fühle mich beobachtet, zwinge mich, nicht panisch zu werden. Für einen kurzen Augenblick verstummt das leise Rauschen, dann plätschert es wieder ungleichmäßig. Wie der Blitz laufe ich die Treppe hoch und weiter in den Flur. Ich höre ihn oben pfeifen.

Es ärgert mich, dass ich keinen Beweis gefunden habe, dass er in meine Wohnung eingebrochen ist oder dass er Azora das Leben genommen hat. Ein brennender Zorn steigt in mir auf. Ich schleiche ins Wohnzimmer, in dem die Skulpturen als stumme Zeugen von Roberts Treiben stehen. Gefesselte Frauenfiguren, deren Schreie unter Knebeln erstickt werden. Wie es mit Frauen seit Tausenden von Jahren geschieht. Geknebelt von Männern, gedemütigt von Männern, gefesselt und verprügelt von Männern. Wie Ellingsen einer war. Und ich bin überzeugt davon, dass Robert auch so ist. Alles, was er sagt und tut, weist darauf hin.

Ich laufe in die Küche, ziehe eins der Messer aus einem schwarzen Metallblock und gehe zurück ins Wohnzimmer. Das ist für alle Frauen, über die er Macht ausgeübt hat, denke ich, als ich die Lederriemen und Schnüre durchschneide, als wäre das Messer dafür geschmiedet. Ich kappe die Fesseln, befreie die Frauen und lasse lautlos meinen brennenden Zorn aus mir herausfließen.

49

Wenn Robert herausfindet, dass ich bei ihm zu Hause eingebrochen bin und Dinge beschädigt habe, bin ich dran. Diese bittere Erkenntnis schleppe ich mit mir die Treppe zum Büro der Straßenhilfe hoch, wo ich fragen will, ob sie inzwischen Azoras Sachen gefunden haben. Außerdem will ich ihnen zeigen, dass es mir gut geht. Und aufs Klo muss ich auch.

Linnea scheint sich ehrlich zu freuen, mich zu sehen. Sie streicht mir über die Wange wie eine alte Großmutter.

»Ich war vor ein paar Tagen kurz in meiner Wohnung«, sage ich und bleibe unentschlossen vor der Tür stehen. Schließlich frage ich, ob ich ihre Toilette benutzen darf.

»Ziehst du wieder nach Hause?«, fragt Linnea, als ich zurück bin.

»Nein. Es sieht nicht so schlimm aus wie erwartet, aber ich halte mich noch eine Weile unterm Radar. Die Polizei war schon dort. Und ich sollte wohl die Versicherung informieren.«

An all diese Dinge habe ich bis jetzt noch gar nicht gedacht. Die praktischen Dinge, mit denen sich andere Leute wahrscheinlich stressen, sind mir überhaupt nicht in den Sinn gekommen. Ich bin einzig und allein daran interessiert, wer hinter mir her ist.

»Das wäre sicher klug«, sagt Linnea. Sie scheint noch etwas sagen zu wollen, schluckt es aber herunter.

»Brauchst du irgendetwas?«, fragt sie schließlich.

»Nein, danke. Verteil die Sachen an die, die es wirklich nötig haben.«

»Und das Kind?«

»Der Arzt sagt, dass alles gut ist, ich es aber ruhig angehen soll.«

Ich schicke ihr ein Lächeln, das herzlich sein soll, aber aus ihrer Reaktion lese ich ab, dass es wohl eher arrogant gewirkt hat. Sie verdreht die Augen und verschwindet ohne einen Kommentar im Büro. In der Zwischenzeit schicke ich jedem der Männer aus der Aggressionsbewältigungsgruppe eine Nachricht, dass ich unsere heutige Stunde absagen muss. Sie reagieren verständnisvoll, wahrscheinlich ist es ihnen nur recht.

Da Linnea immer noch nicht zurück ist, setze ich mich aufs Sofa. Sie kann mich nicht leiden, denke ich. Sie tut nur so, weil sie glaubt, dass sich das so gehört. Ich nehme mein Handy und wähle Espens Nummer.

»Hallo«, sage ich munter. »Danke für das Gespräch neulich, das hat mir wirklich gutgetan.«

Espen grunzt eine Antwort. Es hört sich an, als hätte ich ihn zu einem ungünstigen Zeitpunkt erwischt, aber vielleicht beurteile ich heute auch nur alles negativ. Ich habe gelesen, dass auch das zu einer Schwangerschaft gehören kann.

»Weißt du, wo Azora und ich zum Baden gegangen sind?«, frage ich. »Das war ein Waldsee, oder?«

Espen scheint nachzudenken. »Ich glaube, es gab da einen Pfad direkt hinter eurem Haus. Ihr seid mit dem Rad gefahren, zu Fuß vielleicht eine Stunde.«

»Warst du früher auch mal dort? Bist du mit uns zum Baden gefahren?«

Espen schnaubt.

»Es gibt schönere Badestellen, um es mal so zu sagen.«

Ist das Foto, das ich bei Robert gesehen habe, vielleicht gar nicht aus der Gegend um den Waldsee? Ich frage nicht nach, kenne das Bild ja offiziell gar nicht. Ich bin mir aber sicher, dass ich den Platz schon mal gesehen habe.

»Ich würde mir die Gegend gerne mal anschauen«, sage ich.

»Da wird schon ordentlich Schnee liegen«, gibt Espen zu bedenken. »Warte lieber bis zum Frühjahr, dann komme ich mit.«

Schnee. Ich schüttele mich innerlich. Massiere meine Nasenwurzel.

»Ich will ja nicht schwimmen, nur einen Spaziergang machen und gucken, ob irgendwelche Erinnerungen kommen.«

»Warte trotzdem«, sagt er, als hätte er böse Vorahnungen. »Das Moor da oben ist gefährlich.«

»Mag sein, aber ich muss versuchen, mein Gedächtnis zu triggern«, sage ich.

»Ich weiß nicht«, brummt er seufzend. »Manche begrabene Erinnerung lässt man vielleicht besser in Frieden ruhen.«

Du hast gut reden, denke ich. Hast nicht wie ich schon dein ganzes Leben lang Albträume, weil du dich an nichts erinnerst.

»Geh nicht ohne mich«, sagt er mahnend, als ich nicht antworte. »Ich will nicht, dass dir was passiert.«

»Entspann dich, ich geh ja nicht gleich«, lüge ich und

frage mich, ob es etwas gibt, von dem er nicht möchte, dass ich es herausfinde. Vielleicht wäre es ihm lieber, wenn meine Erinnerungen begraben blieben.

Bevor wir auflegen, stelle ich die Frage, die mir seit meinem Besuch bei Robert auf der Seele brennt.

»Hat Robert Azora an die Drogen gebracht?«

Stille.

»Oder warst du das?«

Er beendet das Gespräch, ohne meine Frage zu beantworten.

»Sorry, ich wollte nicht lauschen.«

Ich zucke zusammen, habe Linnea hinter meinem Rücken nicht bemerkt. Ihre Augen sind feucht, die Pupillen groß. Rote Flecken blühen in ihrem ansonsten blassen Gesicht. Hat sie geweint?

»Ja, das …« Sie hat mich aus dem Konzept gebracht, und ich frage mich, was vorgefallen ist. »Alles in Ordnung mit dir?«

Sie streicht sich mit den Fingern über die Wimpern.

»Ja, alles gut. Mit wem hast du telefoniert?«

»Mit meinem Onkel, Espen. Du hast ihn bei Azoras Beerdigung getroffen.«

»Onkel …?« Linnea sieht mich fragend an, versteht offensichtlich nicht, was ich gerade gesagt habe.

Ich mache die Jacke auf, lege das Handy weg und erzähle. Dass Azora meine Schwester ist, dass sie mir das Haus vererbt hat und unsere Eltern vor langer Zeit verschwunden sind. Dass Espen und sein Sohn die einzige Familie sind, die ich noch habe. Und schließlich weihe ich sie auch noch ein, dass ich überlege, ob meine Eltern ermordet und im Waldsee versenkt wurden.

»Mein Gott«, platzt sie heraus. »Dann war Azora gar nicht deine Babysitterin?«

Ich lege den Kopf schräg und sehe sie stumm an.

»Weißt du irgendwas über sie?«, frage ich. »Irgendwas, das erklären kann, was mit ihr passiert ist? Oder weshalb sie diese Albträume hatte?«

Linnea scheint nachzudenken.

»Und ihre Sachen«, sage ich weiter. »Hast du irgendeine Ahnung, wo die sein könnten? Sie muss doch irgendwas besessen haben.«

»Es hat schon jemand danach gefragt«, sagt Linnea.

»Wer?«

»Der war auch bei der Beerdigung. Der Bärtige.«

Ich fasse es nicht. Robert war hier und hat nach Azoras Sachen gefragt?

»Hat er irgendwas mitgenommen?«

»Nichts. Wir haben ja nichts.«

Ich drehe den Kopf zur Seite und schaue aus dem Fenster, erstarre. Es hat angefangen zu schneien.

50

Ich setze mich auf, schweißgebadet, und wache in einer weiß verschneiten Welt auf. Von nun an ist nicht nur mein Schlaf von Albträumen heimgesucht, auch tagsüber muss ich jetzt mit ihnen leben.

Ich schlinge meine Arme um den Oberkörper. Laufe durch den Raum, um Kräfte zu sammeln und in den Wald zu gehen. An den Ort, an den meine Albträume mich führen.

Der Tag ist schon weit fortgeschritten, als mir die letzten Ausflüchte ausgehen und ich mir Jacke, Handschuhe, Mütze, Schal und Stiefel anziehe. Ich fummele ewig am Reißverschluss herum, zittere, als ich die drei Stufen in den Garten hinuntergehe. Auf Google Maps studiere ich den mit kleinen Seen gespickten Wald und entdecke einen in der richtigen Entfernung zum Haus. An den See grenzt ein Moor.

Die Luft ist heute anders. Klarer. Das grelle Licht brennt in den Augen. Schärft die Sinne. Macht mich aufmerksamer für all das andere. Vogelgezwitscher und knackende Zweige. Raschelnde Büsche und leichte Flocken, die auf schwere Äste fallen und in lautlosen Kreiseln zu Boden rieseln. Ich hasse das alles. Hasse den Geruch der Tannennadeln. Jedes gelbe Birkenblatt, das sich an seinen Zweig klammert. Ich hasse mich selbst hier draußen, ängstlich und verzweifelt.

Etwas tiefer im Wald ist die Schneedecke dicker, als ich gedacht habe. Espen hatte recht. Der Weg ist noch durch den größeren Abstand zwischen den Bäumen zu erkennen, was meine Unruhe etwas dämpft, aber trotzdem komme ich nur langsam vorwärts. Ich sacke ständig ein, muss nach jedem Schritt die Füße mühsam aus dem Schnee ziehen. Die ganze Zeit fluche ich leise vor mich hin.

Das Gelände wird steiler. Ich mache so große Schritte, wie der Schnee es zulässt, und überlege, ob ich mit Skiern besser vorankommen würde. Ich war aber nie eine gute Langläuferin. Jetzt denke ich, dass es sicher keine schlechte Idee gewesen wäre, die alten Skier aus dem Lagerraum mitzunehmen.

Ich gehe weiter, lege lange Pausen ein und dringe immer weiter ins Gelände vor.

Mein Blick auf das Handydisplay sagt mir, dass ich schon eine Weile unterwegs bin. Nach Espens Berechnung müsste ich bald am See sein, noch kann ich aber keine freie Fläche erkennen. Friert Süßwasser, bevor es zu schneien beginnt? Oder hält das Moor mit seinen Gasen den Boden warm? Ich habe keine Ahnung und denke, dass ich mich besser hätte vorbereiten müssen.

In einem Urlaub in Nord-Norwegen spielte ich einmal mit ein paar Jungs, die mich herausforderten, bis zu einem großen Stein in der Mitte über ein Moor zu laufen. In der Schule war uns eingebläut worden, uns vor Mooren in Acht zu nehmen, weil sie einen mit Haut und Haaren verschlucken können, aber ich wollte den Jungs beweisen, dass ich kein Feigling war. Ich erinnere mich noch gut an das Schmatzen unter meinen Stiefeln, als ich durch das sumpfige Terrain lief. Den Geruch des moorigen Wassers.

Das Gefühl, als ich den Stein erreichte, ohne stecken geblieben zu sein. Ich winkte den Jungs mit einem überheblichen Grinsen zu, als sie sich nicht trauten, mir zu folgen, doch als mein Blick hinter den Stein fiel, wurde mir schwindelig. Der Kopf des Schafes war sauber abgenagt, der restliche Teil des Körpers steckte im Moor fest.

Ich ziehe die Mütze vom Kopf, wische einen Tropfen von der Nase und checke Google, um mich von meinem Gedankenkarussell abzulenken. Laut Karte liegt der See direkt vor mir.

Ein knackender Zweig lässt mich herumfahren. Ich gerate aus dem Gleichgewicht, versuche mich auf den Beinen zu halten, lande aber ohne Vorwarnung im Schnee. Als ich mich wieder aufrappele, sehe ich vielleicht dreißig Meter entfernt etwas Dunkles durch den Wald laufen. Ich gehe hinter dem nächsten Baum in die Hocke und wage einen Blick, ohne etwas zu sehen. Es ist mucksmäuschenstill.

Ich bleibe in der Hocke sitzen und warte. Da ist niemand. Als ich mich sicher fühle, ziehe ich mich am Stamm hoch und sehe ihn gar nicht weit von mir aus dem Wald treten. Ich kann die Konturen in dem groben Fell erkennen, wie die Feuchtigkeit von dem Tierkörper aufsteigt wie der Nebel über dem Wasser. Es ist kein großes Tier, das Geweih ist klein und ungleichmäßig. Ich rühre keinen Muskel, dicht an den Stamm gedrückt, und betrachte den Hirsch. Habe mit einem Mal das Gefühl, ihn schon einmal gesehen zu haben, aber das kann nicht sein. Das Tier zuckt mit dem Kopf zur Seite, den Blick auf den Wald auf der anderen Seite gerichtet, dann sieht es mich an. Eine Weile betrachten wir uns, dann setzt er sich in Bewegung und verschwindet eilig über den sanft geneigten Hang.

Ich folge dem Hirsch mit dem Blick, bis ich ein Stück vor mir den See entdecke. Hinter der Wasserfläche ragen hohe Fichten in die Höhe, auf dieser Seite sind nur vereinzelte, niedrige Büsche. Dazwischen der See wie das aufgerissene Maul eines gigantischen Wals.

Die niedrigen Büsche verraten mir, wo das Moor ist. Ich gehe am Uferstreifen um den See und versuche, Erinnerungen in mir zu wecken. Vergeblich. Kein Kribbeln in der Wirbelsäule, nicht das leiseste Wiedererkennen, dass hier etwas passiert ist, an das ich mich erinnern müsste. Aber auch in meinen Albträumen gibt es ein Moor und einen Hirsch, der darin versinkt. Irgendetwas ist hier verborgen. Ich denke an das Foto, das ich bei Robert gefunden habe, und mein Gefühl, den Platz mit dem Baum, an dem die Jugendlichen sitzen, zu kennen. Wahrscheinlich haben sie sich hier heimlich zum Trinken getroffen. Vielleicht haben sie auch Drogen genommen.

Bin ich ihnen gefolgt? Dass die kleine Schwester der größeren hinterherspioniert, ist wahrscheinlich. Ich weiß aber nicht, ob die Erinnerung echt ist. Ich sehe vor mir, wie ich durch den dunklen Wald laufe und mich hinter Bäumen verstecke, aber das kann natürlich auch von dem beeinflusst sein, was Espen gesagt hat.

Als ich die Karte auf dem Handy öffnen will, stelle ich fest, dass ich in einem Funkloch bin. Halb so wild, die Karte ist heruntergeladen und der See nicht groß. In einer halben Stunde kann ich ihn sicher umrunden. Sollte etwas dazwischenkommen, folge ich einfach meinen eigenen Spuren zurück.

An einer offenen Fläche am Seeufer geht mir auf, dass das unser Badeplatz gewesen sein muss. Ein schmaler Grasstreifen mündet in einen winzigen Sandstrand. Ich setze mich ans Ufer und lausche dem Geräusch des Wassers. Der Transformation von flüssigem zu festem Zustand. Dem fast lautlosen Knistern, das den langsamen Einschluss des Lebens begleitet.

Es sirrt unter der dünnen Eisschicht, als sie unter dem Druck meiner Finger bricht. Flüchtig und spröde.

Worüber haben wir gesprochen, wenn wir mit glänzenden Körpern aus dem Wasser stiegen? Wenn wir auf den im Gras ausgebreiteten Handtüchern unsere mitgebrachten Brote aßen und Saft tranken? Was ist uns durch den Kopf gegangen an den Tagen zu zweit, mit Schmetterlingen, Bienen und dem Geschmack von Walderdbeeren? Ich höre eine Melodie, mir fällt das Lied aber nicht mehr ein. Haben wir getanzt? Gesungen? Gelacht haben wir auf alle Fälle, da bin ich mir sicher.

Es ist, als lichte sich die Dunkelheit, die in meinem Körper ist, solange ich denken kann. Wie beim automatischen Neustart eines Computers, wenn das Programm sich aufgehängt hat. Das Gras, ein Radio, das Lachen meiner Schwester.

Eine an einem Strick baumelnde Katze verschlägt mir den Atem. Mein Hals schnürt sich zu. Ich springe auf, ziehe mich vom Wasserrand zurück. Espen. Ich sehe ihn vor mir. Er hat den Strick mit der Katze gehalten.

Ich zittere. Espens Sohn hat erzählt, dass sein Vater als Kind eine Katze hatte, aber in meiner Erinnerung ist er kein Kind mehr. Nicht erwachsen, aber auch kein Kind. Ein Jugendlicher, der vermutlich wie die meisten seine Grenzen ausgetestet hat. Ist es bei ihm so weit gegangen, dass er Tiere gequält hat?

Eigentlich traue ich ihm das nicht zu, aber ich weiß aus Erfahrung, dass manche Menschen meisterhaft verbergen können, wer sie eigentlich sind. Ich drehe mich im Kreis, suche nach irgendeinem Anhaltspunkt, ob das Foto bei Robert irgendwo hier aufgenommen wurde. Vielleicht kommen noch weitere Erinnerungen zurück, wenn ich den Platz mit dem umgekippten Baum und den emporragenden Wurzeln finde.

Nach über zwanzig Jahren dürfte er längst vermodert und verschwunden sein. Aber sind Wurzeln nicht sehr kompakt? Vielleicht verwittern sie nicht so schnell.

Muss ich tiefer in den Wald hinein?

51

Ich habe hier oben schon viel zu viel Zeit verbracht. Die Kälte dringt durch meine Kleider und es scheint zu dämmern. Ich laufe los, erst ein Stück um den See herum. Dann durch den Wald, über ein paar Hügel und wieder zurück zum Ufer, wo große, flache Steine liegen. Die ganze Zeit über sage ich mir, dass ich umkehren und zum Haus laufen sollte, bevor es zu dunkel ist, aber meine Erinnerungen treiben mich weiter. Locken mit einer Belohnung, wenn ich nur noch ein bisschen weitergehe.

Und dann stehe ich vor dem Baum mit dem herausgebrochenen Wurzelteller. Unverkennbar. Die gewaltige Kiefer lag hier schon, als ich noch ein Kind war. Mittlerweile ist der morsche Stamm teilweise in der Erde versunken, trotzdem bin ich mir sicher. Ich stapfe durch den Schnee, suche mit den Augen die Landschaft vor mir ab. Es riecht nach Erde und Wasser und ein bisschen auch nach Zigaretten. Ich bin meiner Schwester und ihren Freunden hierher gefolgt. Da bin ich mir ebenso sicher, wie dass dies der Ort ist, an dem meine Albträume begannen.

Ich kann das Wasser, den zusammenbrechenden Hirsch, das Moor jederzeit wachrufen. Die Angst, vom Schnee erstickt zu werden. Nur was damals wirklich passiert ist und wie das alles zusammenhängt, sehe ich nicht.

Ich klettere auf die Wurzel, beuge mich darüber und studiere die Rückseite, ohne auch nur zu ahnen, was ich in dem Haufen aus Schnee, morscher Rinde und gefrorenen Insekten zu finden hoffe. Dann beginne ich fast manisch, den Schnee mit den Händen zur Seite zu schieben. Ich habe eine Todesangst, auf die andere Seite zu kippen, zu versinken und verschluckt zu werden. Weiß nur, dass ich graben muss, in meinem Gedächtnis wie in diesem moorigen Boden.

Ich suche nach Erinnerungen, Träumen, Wahrheiten. Wühle in der Erde, bis die Handschuhe durchnässt von Schnee und Moorwasser sind und ich keuche wie ein Blasebalg. Nach einer Weile habe ich etwa die Fläche eines Müllsacks vom Schnee befreit. Ich setze mich rittlings auf den Stamm und fahre mir mit den eiskalten Fingern über das Gesicht. Frage mich, was ich hier eigentlich tue. Überall nur nasses Moos. Braun, klebrig und stinkend. Einerseits bin ich froh, keine Spuren eines toten Hirsches oder einer Katze an einem Strick zu finden, andererseits enttäuscht es mich, dass meine Gedanken nur Fantasie waren.

Es vergeht eine Weile, bis ich realisiere, wie weit die Dämmerung fortgeschritten ist. Es ist höchste Zeit, nach Hause aufzubrechen. Ich drücke mich hoch, rutsche mit dem Fuß weg und muss einen Schritt zur Seite machen. Ein stechender Schmerz schießt durch meinen Knöchel, als ich mit einem Fuß im Moor versinke. Ich schreie laut auf, fluche, spüre, wie die Hose im Schritt aufreißt. Halb im Schnee liegend, das eine Bein tief im Moor versunken, das andere in der Wurzel eingeklemmt, lehne ich mich nach hinten und versuche, mich hochzuziehen. Mein Fuß steckt bombenfest, als wollte das Moor meinen Körper um jeden Preis festhalten. Ich zerre mit beiden Händen daran, aber meine Finger gehorchen mir nicht, als gehörten sie nicht mehr zu mir. Erst jetzt bemerke ich, wie durchgefroren ich bin. Es dauert eine Weile, bis ich realisiere, dass das Klappern von meinen Zähnen kommt. Ich ziehe und drücke, ziehe und drücke, bis meine Lunge brennt, aber mein Fuß wird wie von einer Art Vakuum in dem nassen Moor festgehalten, einer Klaue, die keinen Millimeter locker lässt.

Jede Bewegung jagt Stiche durch meinen Knöchel. Ich weiß nicht, ob er gebrochen oder nur verstaucht ist. Vielleicht sind das aber auch nur die Erfrierungen von dem Abend, an dem ich barfuß aus meiner Wohnung geflohen bin und die Nacht draußen auf der Straße verbracht habe. Mit zitternden Fingern hole ich das Handy heraus. Ich habe noch immer kein Netz, der Notruf sollte aber funktionieren. Sie werden mich finden, denke ich und drücke die Taste.

Nichts.

Ich versuche es noch einmal.

Nichts.

Dann höre ich Stimmen. Leise, wie ein Flüstern im Wind, und verstehe. Dies ist der Ort, an dem ich in meinen Träumen war, wie im Leben, gefangen im Moor. Solange ich denken kann, wusste ich, dass ich hier draußen im Schnee sterben würde.

Für mich und mein Kind ist es vorbei.

Ich schiebe das freie Bein unter mich, nehme all meine Kraft zusammen und unternehme einen letzten Versuch, mich hochzudrücken. Als der Fuß sich endlich bewegt und mit einem Schmatzen aus dem Moor löst, beiße ich mir auf die Zunge. Ich habe Kupfergeschmack im Mund, aber was mich wirklich überrascht, ist das, was mein Fuß mit nach oben befördert hat.

Keuchend sacke ich neben der Wurzel zusammen. Starre auf Knochen unter dünner Haut. Verstehe kaum, was ich sehe, bis ich darin eine Hand erkenne und mir schwarz vor Augen wird.

52

Das Bett, in dem ich liege, ist so schmal, dass ich mich nicht umdrehen kann, aber immerhin friere ich nicht mehr. Als ich feststelle, dass ich am Leben bin, bin ich einen Moment fast enttäuscht. Der Vorhang verdeckt den Blick auf den dahinter schnarchenden Menschen, und mein Arm auf der Decke, aus dem eine Kanüle zu einem Tropf einen halben Meter über dem Bett führt, verrät mir, wo ich bin. Ich habe keine Ahnung, wie ich hierhergekommen bin. Weiß nur noch, dass ich im Wald war und mich mit meinem Tod abgefunden hatte.

Nasser Schneeregen klatscht ans Fenster und versucht, zu mir hereinzukommen. Dann reizt ein schwacher Rauchgeruch die Sinne. Ich schnuppere, drehe meinen Blick zur Seite und sehe Herdis auf einem Stuhl neben dem Bett. Sie sieht mich mit traurigen Augen an. Als Erstes denke ich, dass sie traurig ist, weil ich noch am Leben bin. Dann erst erkenne ich, dass sie geweint hat.

»Bjørk, Liebes.«

Ich stöhne eine Antwort. Mein Kopf fühlt sich an, als wäre er voller steifer Hundehaare. Es kribbelt und juckt. Alles dreht sich irgendwie um eine Hand.

»Das Kind?«, murmele ich, und erst dann fällt mir ein, dass ich ihr ja nichts davon gesagt habe.

»Was?«

»Ach nichts«, flüstere ich.

»Ich hatte solche Angst um dich«, fährt sie mit der Zuckerwattestimme fort, mit der sie sonst nur zu ihren Kindern spricht.

»Wer hat mich gefunden?« Meine Lippen sperren sich gegen die Worte. Sie sind irgendwie geschwollen und schwer zu kontrollieren.

»Irgendein Mann, glaube ich, ganz sicher bin ich mir aber nicht. Wichtig ist nur, dass es dir gut geht. Ich bin sofort gekommen, als ich es erfahren habe.«

»Wie …?«

Sie sieht einen Augenblick lang zur Tür.

»Kristian ist als Angehöriger angegeben. Er hat mich angerufen.«

Ich weiß nicht, ob ich erleichtert oder traurig bin, dass er nicht hier ist. Mit pochendem Herzen denke ich an unser Kind, während vom Bett hinter dem Vorhang leise Stimmen zu uns dringen. Ein Pfleger fragt mich, ob ich etwas essen will, aber ich bin zu erschöpft, um Wünsche zu äußern. Schließe als Antwort nur die Augen. Etwas später ist er mit geschmierten Broten, Joghurt und Saft zurück, beugt sich zu mir nach unten und flüstert mir ins Ohr: »Mit dem Kind ist alles in Ordnung.«

Ich sehe Herdis an und sage eine ganze Weile nichts. Dass die Fragen hinter ihren Lippen Schlange stehen, ist aber nicht zu übersehen.

»Was ist eigentlich los?«, fragt sie.

Ich atme schwer. »Mein Knöchel, ich denke … er ist gebrochen.«

»Ich meine, davor. Du warst nicht in deiner Wohnung.«

»Ich kann jetzt nicht darüber reden.«

Habe ich eine Hand gefunden?

Herdis' Gesichtsausdruck verrät mir, dass sie mir etwas sagen will. Sie beugt sich vor, sieht rasch zum Vorhang.

»Da ist etwas …« Sie ringt um die Worte. Dämpft die Stimme. »… das du wissen solltest.«

»Ja …?«

»Ein Video wurde online gestellt.« Ihr Blick geht zum Fenster.

Das verheißt nichts Gutes, denke ich. Sie holt ihr Handy heraus. Streicht mit dem Finger endlos langsam über das Display. Was auch immer sie mir zeigen will, es ist ernst. Es werden keine Bilder von mir am Tatort sein. Nicht der Einbruch in meine Wohnung oder wie ich total panisch die Flucht ergriffen habe. Das Video wird eine Art Zusammenfassung dessen sein, was in den letzten Wochen passiert ist. Und tatsächlich. Was ich dort sehe, wird alles verändern. Auf dem Display geht eine psychotische Frau, eine Verrückte, in einem Privathaus auf Skulpturen los.

Nicht die hasserfüllten Kommentare bedrücken mich. Auch nicht, dass wieder und wieder Ellingsen erwähnt wird. Mich sorgt viel mehr, was die Polizei darüber denkt. Bin ich für sie jetzt eine Person, die plötzlich durchgedreht ist, oder jemand, der schon die ganze Zeit gestört war? Eine Frau, die so viel Traumatisches erlebt hat, dass sie unter der Last zusammengebrochen ist, oder eine gefährliche Person, vor der man die Gesellschaft schützen muss?

Ich reiche Herdis das Telefon und schließe müde die Augen. Unmittelbar vorm Einschlafen höre ich Espens Worte über Mama, dass sie Papa verlassen wollte, weil er nicht richtig im Kopf war.

53

Ich wache von Edgars Räuspern auf.

»Wie geht es dir, mein Mädchen?«

Die Hundehaare kratzen noch immer wie Parasiten in meinem Kopf. Ich bin nicht in der Stimmung für Small Talk und auch nicht für Edgar.

Er sollte seinen Einfluss bei der Polizei geltend machen, um mir zu helfen, und nicht hier bei mir seine Zeit vertrödeln.

»Du glaubst doch auch, dass ich durchgedreht bin, oder?«, zische ich. Ich kann nichts dagegen tun, aus meinem Mund kommen einfach keine freundlichen Worte.

Edgar sieht sich um und schüttelt traurig den Kopf.

»Ich mache mir Sorgen um dich, und das offensichtlich zu Recht.«

Ich drücke mich mühsam auf meine Ellenbogen hoch. Edgar will mir helfen, aber ich gebe ihm mit einem Kopfschütteln zu verstehen, dass ich das selbst schaffe.

»Du warst an den Ermittlungen beteiligt und hast meine Adoption geregelt, oder?«, sage ich, nachdem ich die Kissen zurechtgeschoben und mich hingesetzt habe.

Das nervige Schnalzen mit der Zunge scheint eine neue Angewohnheit von ihm zu sein. »Ich habe mich um die Formalitäten gekümmert, ja.«

Er sieht mich lange an. Fragt sich vielleicht, wie er meine

Frage verstehen soll. Das Schweigen zwischen uns zerfranst an den Rändern.

»Alle haben gesagt, dass du das gut meisterst. Du schienst dich so schnell mit deiner neuen Situation abgefunden zu haben, dass …« Er zupft an der Jacke herum, die auf seinem Schoß liegt. Richtet sich auf. Scheint in seiner unendlichen Lebenserfahrung nach den richtigen Worten zu suchen.

»Ja?«, frage ich. Was verschweigt er mir?

»Wir waren davon überzeugt, dass es das Beste für dich ist.«

»Es soll das Beste für uns gewesen sein, dass meine Schwester und ich keinen Kontakt mehr hatten?« Die Worte tun mir weh.

»Ja.« Seine Stimme klingt neutral. Damit ich nicht daran zweifle, dass es wirklich zu unserem Besten war.

Allen muss damals klar gewesen sein, dass niemand eine Jugendliche adoptieren will. Süße Babys, ja, oder allenfalls noch Kinder im Vorschulalter. Eine Jugendliche, die Death Metal hört, ihre Grenzen austestet und mit Drogen experimentiert, holt sich niemand ins Haus, absolut niemand. Ich kann das alles nachvollziehen. Aber warum durfte ich keinen Kontakt zu ihr haben?

»Sie war meine Schwester«, fauche ich. »Eine Schwester, mit der ich nicht zusammen aufwachsen durfte. Mir hat immer etwas gefehlt, das habe ich gespürt.«

»Das verstehe ich«, sagt Edgar so betroffen, als würde er Azora gleich hinter seinem Rücken hervorzaubern. »Es gibt da noch etwas, das ich dir sagen muss. Ich habe es einfach nicht übers Herz gebracht.«

Er steht auf, nimmt die Jacke vom Schoß und dreht

sich ruhelos zur Tür. Dann wirft er sie auf das Fußende des Bettes und schiebt den Stuhl aufreizend langsam zu mir heran.

»Du wurdest mit Brandwunden gefunden.«

Durch den verringerten Abstand zwischen uns wird der Größenunterschied deutlicher. Er wirkt alt, in sich zusammengefallen, als er die Hand auf meine Decke legt und darüberstreicht.

Ich weiß, dass meine Eltern dem Jugendamt gemeldet wurden, will ich sagen. Dass Papa Wutausbrüche hatte. Aber Edgar kommt mir zuvor.

»Frische Brandwunden.«

Draußen schneit es immer dichter. Der Wind wirbelt die Flocken ans Fenster. Meine Kopfhaut brennt, und alles, was ich über meine Eltern zu wissen glaubte, fällt in sich zusammen.

Jeder Atemzug tut weh. »Du meinst, dass ... Azora?«

»Wir wissen es nicht. Entweder hat sie das gemacht ... oder dieser Espen Teie. Aber es könnte auch einer von den anderen aus ihrem näheren Umfeld gewesen sein, wir wissen jetzt ja, dass auch dieser Robert Nygaard beteiligt war. Sie alle hatten in den Wochen nach dem Verschwinden von Arild Moe und seiner Frau regelmäßig Kontakt mit dir.«

Ich fahre mit der Hand über die Narbe auf meinem Oberarm. »Habe ich nichts gesagt?«

»In der ersten Zeit hast du überhaupt nicht gesprochen. Du hattest garantiert Angst. Vielleicht wolltest du auch loyal sein. Und später machte es den Eindruck, als würdest du dich an nichts mehr erinnern.«

Weil mein Adoptivvater mich glauben ließ, die Brandmale wären selbst verschuldet.

»Wir wollten dich aus der Gefahrenzone bringen«, sagt Edgar. »Du solltest in Sicherheit aufwachsen.«

Veslemøy und Karl.

Ich blättere in meinem Kopf zurück. Dass ein erwachsener Mann Kinder brandmarkt, ist ungewöhnlich, eine Vierzehnjährige mit Problemen ist als Täterin viel wahrscheinlicher. Aber weder Espen noch Robert waren damals erwachsen, sage ich mir selbst. Sie waren ein bisschen älter als Azora, aber nicht erwachsen.

Im Angesicht des Todes ist es ganz normal, einen Schritt zurückzuweichen. Ich habe mir diesen Reflex abtrainiert und mache einen Schritt nach vorn. Nehme die Szenerie genau in Augenschein. Ich erinnere mich an ihr Gesicht, als sie vor mir auf dem Boden lag. Der Hinterkopf war zerschmettert, aber hatte sie Narben im Gesicht?

»Er hat Tiere verletzt«, sage ich. »Espen Teie hat in seiner Jugend Tiere gequält.«

54

Ich schlafe immer wieder ein, während Edgar noch an meinem Bett sitzt. Je länger ich darüber nachdenke, desto sicherer bin ich, dass ich eine Hand gefunden habe, aber wenn ich ihm das sage, hält er mich bestimmt für total übergeschnappt. Als ich gegen Abend wieder aufwache, ist er gegangen.

Ich verstehe nicht, was Azora getrieben hat. Ich war mir so sicher, dass sie wusste, was mit unseren Eltern passiert ist. Jetzt zweifle ich daran. Vielleicht wusste sie nicht, was, nur wer.

Meine Gedanken verhaken sich wieder wie ein Saphir in einer Plattenrille. Warum sind sie nach Deutschland gefahren? Ist dort etwas passiert? Irgendetwas stimmt da nicht.

Ich grübele, bis der Pfleger kommt, der mir hilft und mich stützt, damit ich zur Toilette gehen kann. Der Knöchel ist kräftig verstaucht, aber nicht gebrochen. Ich soll das Bein hochlegen, bis die Schwellung abgeklungen ist. Anschließend starre ich an die Decke, während er die Schmerztabletten holt. Mein gemurmelter Einwand, dass ich lieber etwas Natürliches hätte, stößt auf taube Ohren, sodass ich irgendwann den Mund halte. Schließlich sagt er, dass sie mich wegen des Kindes ein paar Tage zur Beobachtung dabehalten wollen. Ich flehe ihn um eine Schlaftablette an, und er lässt sich nicht lange bitten, zwinkert mir aber zu, als wäre das unser Geheimnis. Dabei bin ich mir sicher, dass er es in meiner Krankenakte notiert.

Irgendwo zwischen Schlafen und Wachen bilde ich mir ein, dass eine Gestalt an mein Bett tritt. Ein schattenloses Gespenst ohne Gesicht. Es sagt nichts, will nicht wissen, wie es mir geht, streichelt mir nur über das Gesicht und flüstert etwas, das ich nicht verstehe. Ich versuche, mich selbst aus dem Schlaf zu reißen, und als die Decke angehoben wird, will ich schreien, es kommt aber kein Laut über meine Lippen. Mein Kopf dröhnt. Eine Tablette wird mir in den Mund geschoben, und dann hält mir jemand die Lippen zu, bis ich schlucke.

Endlose Stille, bis ich von Dunkelheit umgeben bin.

Als ich wieder aufwache, fühlt es sich an, als würde ich auf etwas Nassem liegen. Zwischen meinen Beinen klebt es und mein Unterleib schmerzt.

Ich fühle mich leer und wage nicht daran zu denken, was geschehen sein könnte. Versuche, alles so lang wie nur möglich auszusperren, klingele dann aber trotzdem nach dem Pfleger, der ein paar Minuten später kommt. Als er die Decke zur Seite schlägt, bohre ich meine Nägel so tief in die Matratze, dass sie schmerzen. Mein Blick wird unscharf, und alles, was ich im letzten Jahr gedacht habe, verliert plötzlich seine Bedeutung.

Die Augen des Pflegers strahlen Wärme aus. Er sieht von meinen Beinen zu meinem Gesicht und wieder zurück.

»Sie haben sich eingenässt«, sagt er. »Weiter nichts. Das ist nicht gefährlich.«

55

Ich habe die freundliche Fürsorge, die mir im Krankenhaus zuteilwird, nicht verdient. Das ist mir nach der befürchteten Fehlgeburt klar. Ich habe mein Kind Tritten in den Bauch ausgesetzt, Frost und Schmerzen. Ihm Leid zugefügt, das für ein ganzes Leben reicht, ehe es überhaupt geboren ist.

Man muss schon blind sein, um nicht zu sehen, dass ich keine gute Mutter sein werde.

Und trotzdem gibt er nicht auf, mein kleiner Krieger.

Die Schwester mästet mich regelrecht, liegt mir in den Ohren, wie wichtig es ist, jetzt wieder zu Kräften zu kommen. Sogar Schokolade schiebt sie mir in den Mund.

Meine erste Schwangerschaftskontrolle findet im Krankenhaus statt. Danach verkündet der Arzt, dass ich Besuch habe.

Ich tue so, als müsse ich mir jedes Wort förmlich abringen. »Tut mir leid, ich schaffe es noch nicht, jemanden zu sehen.«

»Ich werde schon dafür sorgen, dass sie nicht lange bleiben«, sagt er. »Aber ich denke, es ist besser, wenn Sie mit ihnen sprechen.«

Rosa Zafón und ihr Partner warten im Zimmer auf mich, wer auch sonst?

»Wie geht es Ihnen?«, fragt sie mich mit mitfühlendem Blick.

Ich würde sie am liebsten auffordern, die Höflichkeitsfloskeln zu überspringen und direkt zur Sache zu kommen, aber mir fehlt einfach die Kraft, mich aufzuregen oder eine gute Kinderstube zu demonstrieren.

»Ich lebe noch«, stelle ich fest.

»Wir hätten ein paar Fragen«, redet sie weiter, in strammer Haltung neben dem Bett stehend wie ein Soldat. Ihr Partner lässt sich auf den Stuhl fallen, unterdrückt ein Gähnen, zieht einen Block aus der Tasche und sieht mich mit Desinteresse an.

Ob die beiden vorher abgesprochen haben, wie sie mir gegenüber auftreten sollen, sie als die Strenge, er linkisch und leicht verwirrt? Will er, dass ich ihn unterschätze? Sie beide unterschätze?

»Erzählen Sie uns von dem Einbruch bei Ihnen zu Hause«, bittet die Frau.

Ich reibe mir übers Gesicht. Bin auf der Hut.

»Ich bin wach geworden. Und da war jemand.«

»Und was hat Sie geweckt?«

Ich ziehe die Schultern hoch. »Keine Ahnung. Ich bin auf dem Sofa aufgewacht und hab in der Küche ein Geräusch gehört.«

»Auf dem Sofa?«, fragt sie aufrichtig interessiert, fast verständnisvoll. Aber ich durchschaue sie, weiß, was sie denkt. Wer die Angewohnheit hat, auf dem Sofa einzuschlafen, hat Probleme.

»Ich schlafe öfter mal auf dem Sofa ein«, sage ich so unschuldig wie möglich.

»Gibt es einen speziellen Grund dafür?«

»Muss es den geben?« Ich mag nicht mehr. »Ich bin schwanger, falls Sie es unbedingt wissen wollen.«

Sie tauschen Blicke. Bilde ich mir das ein oder werden die Gesichtszüge der Frau weicher? Andererseits bezweifle ich, dass sie irgendwelche Emotionen hat, die sich nicht auf ihre Arbeit beziehen. Ich möchte ihr vorschlagen, die wichtigen Fragen zu stellen: Haben Sie sich in letzter Zeit unsicher gefühlt? Haben Sie den Verdacht, dass jemand Ihnen schaden will? Was können wir tun, um Sie zu schützen?

Aber diese Fragen stellt sie nicht.

Wie beurteilt sie mich eigentlich? Studiert sie meine Blicke? Zucken nach links bedeutet, dass man in seinem Gedächtnis sucht. Zucken nach rechts, dass man sich Mühe gibt, kreativ zu sein. Zuerst ein Zucken nach links, dann nach rechts impliziert, dass man sich erinnert, was passiert ist, aber nach alternativen Antworten sucht. Wenn es doch nur so simpel wäre wie in den Lehrbüchern über die Deutung der menschlichen Mimik.

»Wie oft schlafen Sie auf dem Sofa?«, fragt ihr Kollege.

Die Frau wirft ihm einen verärgerten Blick zu und wendet sich dann an mich.

»Gehen wir zurück zu dem Zeitpunkt, bevor Sie eingeschlafen sind. Was ist das Letzte, an das Sie sich erinnern?«

Dass ich eine Schlaftablette genommen habe.

Ich muss scharf nachdenken. Habe ich wirklich eine Tablette genommen? Ich habe zwar eine Schachtel zu Hause, aber habe ich die an jenem Abend angerührt? Ich starre auf den Vorhang, der mein Bett von dem nächsten trennt. Ich habe bestimmt schon mehrere Stunden keinen Laut von dort gehört. Belauscht der andere Patient unser Gespräch oder ist er nicht mehr da? Entlassen oder tot?

»Ich war erschöpft«, sage ich. »Habe nichts Großartiges mehr gemacht.«

»Verstehe«, sagt Rosa mit einer konzentrierten Falte über der Nasenwurzel. »Nehmen Sie manchmal Medikamente mit Alkohol ein?«

Meine Gedanken fahren Karussell. Lag die Schachtel mit den Schlaftabletten auf dem Tisch? Ich glaube nicht, aber es ärgert mich, dass ich mich nicht richtig erinnere. Wenn die Polizei meine Wohnung untersucht hat, haben sie sie garantiert im Bad gefunden. Ich muss meine Antwort gründlich abwägen.

»Ich trinke keinen Alkohol«, sage ich. »Das habe ich Ihnen bereits gesagt.«

Rosa scheint die Antwort zu akzeptieren, und plötzlich fällt mir ein, was anders war in meiner Wohnung. Es roch nach Rotwein.

»Was haben Sie gemacht, als Sie aufgewacht sind?«, fragt sie weiter.

»Ich hatte Angst«, erwidere ich und fahre mir mit der Hand über den Hals. Kratze mich mit dem kleinen Finger am Haaransatz.

»Wovor?«

Die Frage kommt schnell, ich muss aufpassen, nicht überstürzt zu antworten.

»Können Sie sich das nicht vorstellen?«

»Sagen Sie es mir.«

Sie stellt sich dumm, als würde sie nicht verstehen, was ich meine. Mich macht das so wütend, dass meine Antwort laut aus mir herausbricht.

»Jemand wollte mich umbringen! Haben Sie das noch immer nicht kapiert?«

So schnell wie der Ausbruch gekommen ist, so schnell verlässt mich die Kraft wieder.

»Ich denke, es ist das Klügste, eine Weile hierzubleiben«, sagt die Frau.

»No shit.«

Ich ärgere mich über meinen Kommentar, als er über meine Lippen ist.

Sie mustert mich mit einer tiefen Falte auf der Stirn.

»Sowohl in dieser wie auch in anderen Situationen weicht Ihre Wahrnehmung der Wirklichkeit stark von den Indizien ab. Besorgniserregend stark.«

Ich verstehe nicht, was sie damit sagen will.

»Was weicht ab?«

»Es gab einen Anruf wegen Ruhestörung, aber Sie waren weg, ehe wir bei Ihnen waren. In Ihrer Wohnung sind keine Spuren eines Einbruchs zu finden, nur jede Menge leere Weinflaschen und eine Quittung, der zu entnehmen ist, dass alle Flaschen am gleichen Tag gekauft wurden.«

56

Am nächsten Morgen quäle ich mich durch das Gespräch mit der Krankenhauspsychologin, die offensichtlich schon mit der Polizei in Kontakt steht und sich ihre Meinung gebildet hat. Sie glaubt, dass ich an einer psychotischen Depression leide und die Erlebnisse des letzten Jahres dazu geführt haben, dass bei mir alle Sicherungen durchgebrannt sind. Die Therapeutin in mir steigt in die Diskussion ein und argumentiert für eine Fehldiagnose, was sie natürlich provoziert, und mich dann auch, sodass ich schließlich aus dem Raum stürme.

Ich will keine Minute länger im Krankenhaus bleiben als unbedingt notwendig. Der Fuß fühlt sich schon besser an. Der Stützverband ist eng, aber mit festen Schuhen kann ich einigermaßen gehen.

An der *Faust mit Rose*-Skulptur in der Brugata treffe ich Charlie.

»Ich hab' dich gesehen und bin dir gefolgt«, sagt er.

»Trotzdem warst du vor mir hier«, sage ich.

»Shortcut.«

Seine Augen sind wach. Gelb, wo sie weiß sein sollten, rot gerändert, aber es ist Leben in ihnen, etwas, das verrät, dass er anwesend ist.

»Ich hab' dich lange nicht gesehen«, sagt er mit einem Nicken auf den Fuß. »Du siehst mitgenommen aus.«

»Ich hatte viel um die Ohren«, erwidere ich und nehme das Gewicht vom schmerzenden Knöchel. »Alles gut bei dir?«

Charlie beugt sich vor. Ein Zucken im Mundwinkel, schwer zu deuten.

»Spendierst du ein Bier?« Er sieht mich erwartungsvoll an, dann wandert sein Blick zu einer Kneipe ein Stück die Straße runter.

Während ich ein Bier für ihn und einen Kaffee für mich bestelle, nimmt Charlie das Schachbrett vom Fensterbrett.

»Spielst du?«

»Nicht wirklich, und absolut stümperhaft«, antworte ich.

Charlie lässt sich sein Bier schmecken, während er umständlich die Figuren aufstellt. Als er sie nach einer Weile richtig platziert hat, sagt er: »Taktik und ein Plan.«

»Wie bitte?«

»Darum geht's beim Schach.«

»Und das bedeutet?«

»Taktik heißt zu wissen, was zu tun ist, wenn man was tun kann, während ein Plan einem hilft, etwas zu tun, wenn man nichts tun kann.«

Das ist der vollständigste Satz, den ich jemals aus seinem Mund gehört habe.

»Kapiert?«, fragt er nach.

»Taktik im Sinne von Aktion?«

»Man kann zum Beispiel eine Spielfigur opfern.« Charlie dreht den Hals, trinkt einen Schluck Bier.

»Verstehe«, sage ich. »Clever.«

»Man muss das Ziel immer im Auge behalten.«

Ich habe die weißen Figuren und schiebe einen Bauern

zwei Felder vor. Nicht durchdacht, planlos. Genau wie mein Leben in den letzten Wochen. Ich bin hin und her gelaufen, habe gegraben und gefragt, bis ich Antworten bekommen habe. Aber es fehlen noch viele Puzzlestücke, das Bild ist noch lange nicht vollständig.

Charlie antwortet mit einem Gegenzug eines seiner Bauern, ebenfalls zwei Felder vor.

»Zwei Gegner, das darfst du nicht vergessen.«

»Das heißt?«

»Du hast einen Plan, er hat einen Plan. Was, wenn er deinen durchschaut? Dann musst du deinen ändern.«

»Und wie mach' ich das?«

»Mach einen Zug, bei dem dein Gegenspieler zu überlegen beginnt, ob du weißt, was du tust.«

»Du meinst, ein bisschen unberechenbar sein?«

»Bring den Gegner dazu, dein Spiel zu spielen. Nicht seins.« Er tippt mit zwei Fingern an die Schläfe. »Dann bestimmst du das Spiel.«

Ich bin wild entschlossen, das Spiel am Laufen zu halten. Und wenn es den ganzen Abend dauert, vielleicht kann ich so aus Charlie herauskitzeln, was er weiß. Ich signalisiere dem Barkeeper, ein neues Bier zu zapfen. Er mustert Charlie skeptisch, als er es bringt, aber ich werfe ihm einen beruhigenden Blick zu.

»Verunsichere den Gegner«, sagt Charlie mit einem schiefen Grinsen.

»Glaubst du, dass Azora ermordet wurde?«, frage ich.

»Keine Ahnung«, sagt Charlie und macht seinen Zug.

»Azora hatte offensichtlich Angst, dass jemand hinter ihr her ist. Wer könnte das gewesen sein, wenn es nicht um Drogen ging?«

Ich überlege, ob ich Charlie sagen soll, dass Azora meine Schwester war, befürchte aber, dass das Gespräch dann eine andere Wendung nimmt. Ich habe nicht vergessen, wie verächtlich er mich angesehen hat, als er mir erzählt hat, dass Azoras Schwester sie am Bahnhof abgewiesen hat. Ich will gerade meinen Zug machen, als Charlie seine Hand auf meine legt.

»Nicht unter Druck setzen lassen. Überlass es dem Gegner, sich festzufahren.«

Ich nicke, tue so, als würde ich das Spiel interpretieren, ziehe meinen Turm.

»Wir haben geredet. Im Sommer ganze Nächte. Haben uns alles erzählt.«

Jetzt spricht er wieder von Azora. Ich warte, er starrt auf die Figuren. Seine Hände bewegen sich rasch über das Brett, und ich frage mich, ob er nachts mit Azora auf dem Dach gesessen und geredet hat.

»Es trifft immer solche wie uns«, sagt er nach einer langen Pause.

»Aha?«

»Ist wie ein Fluch. Verlierst du deine Wohnung, kannst du sicher sein, dass auch dein Job flöten geht. Dann stimmt was mit deinen Papieren nicht und du kriegst keine Stütze. Wenn der Sozialberater endlich eine Zahlungszusage macht, werden neue Regeln eingeführt und du brauchst zusätzliche Antragsunterlagen. Und hat man die dann endlich, sind die anderen veraltet.«

Charlie richtet sich auf. Vor mir sitzt nicht mehr der zittrige Junkie, der mich um ein Bier angebettelt hat, sondern ein erwachsener Mann, dem das Leben hart mitgespielt hat.

»Wir sind nicht die Feinde der Gesellschaft«, sagt er.

Zum ersten Mal sehe ich sein wahres Ich. Einen Mann, der zu Recht scheißwütend auf das System ist.

Und da geht mir ein Licht auf. Ich hätte es schon begreifen müssen, als er so herzlich über die Freundschaft auf der Straße gesprochen hat, dass er, Azora und Randi ihren gemeinsamen Ton gefunden, sich gegenseitig unterstützt und aufeinander aufgepasst hätten. Er hat sie als die loyalste Gruppe der Welt beschrieben, aber so funktioniert das Milieu nicht. Drogenabhängige leben in permanenter Angst, bestehlen sich gegenseitig und stoßen nicht selten guten Freunden für einen Fünfziger den Dolch in den Rücken. Zugleich sind sie stigmatisiert von der Gesellschaft, und ihre Leidensgenossen bilden die einzige Community, der sie sich anschließen können. Ich habe Charlie bis jetzt für einen missverstandenen Menschen gehalten, harmlos, wie Linnea sagt. Jetzt sehe ich diesen mageren Mann vor mir, seine sehnigen, starken Hände. Ist seine Gebrechlichkeit nur vorgetäuscht?

Charlie schiebt seinen Läufer vor und ruft: »Schachmatt!«

So viel dazu, dass ich das Spiel in Gang halten will.

»Revanche?«, fragt Charlie.

»Aber klar«, sage ich.

Charlie braucht wieder eine Weile, bis er die Figuren aufgestellt hat.

»Zurück an den Anfang«, sagt er. »Immer zurück an den Anfang.«

»Etwas verstehe ich nicht«, sage ich. Die Figuren stehen, aber er hat das Spiel noch nicht eröffnet.

»Hä?«

»Gerd hat Blumen zu Azoras Beerdigung geschickt.«

»Und?«

»Ist das normal?«

Charlie sackt in sich zusammen, sagt leise: »Keine Ahnung. Für eine geschätzte Kundin?«

»Dir ist das auch aufgefallen, als du die Kränze angeguckt hast, stimmt's?«

»Ich erinnere mich nicht.«

»Aber ich. Ich habe mir alle Leute angeguckt, die bei der Beerdigung waren, dich und deine Freundin eingeschlossen. Damals wusste ich noch nicht, wer Gerd ist, aber jetzt finde ich es doch verdammt merkwürdig, dass eine Dealerin einen Kranz zur Beerdigung einer Kundin schickt, wenn sie sich nicht auf andere Weise kannten. Es würde ganz schön ins Geld gehen, sollte Gerd das bei allen machen.«

»Was hat Gerd gesagt?«, fragt er.

»Azora hat Subutex genommen, ein Drogenstreit ist also ziemlich unwahrscheinlich.«

Charlie blinzelt, hektisch, verwirrt. Er zieht eine zerdrückte Tabakpackung mit einem knallgrünen Gummiband darum heraus.

»Kann ja trotzdem um Stoff gegangen sein, selbst wenn sie nichts genommen hat.«

Ich sehe ihn an. »Azora hat gedealt?« Der Gedanke ist mir noch gar nicht gekommen. »Weißt du, an wen sie verkauft hat?«

»Nope.« Charlie schüttelt energisch den Kopf, legt den Tabakbeutel neben das Schachbrett und macht den ersten Zug.

Ich starre auf das Gummiband um Charlies Tabakpackung. Grün, dünn. Genau diese Gummis habe ich bei Gerd gesehen und hat nicht auch Gaute so eins?

Ich habe gerade meinen Zug gemacht, als mein Handy klingelt. Eine Vorladung bei der Polizei am nächsten Morgen.

57

Ich rufe Tore an und bitte ihn um ein Treffen. Sage, es beträfe die Gruppe. Wir verabreden uns für den nächsten Tag vor dem Termin bei der Polizei in einem ruhigen Café.

Ich bin etwas früher da, mein Bein schmerzt, und mir ist schlecht wegen der Gewissheit, dass die Polizei sich gerade auf den Gnadenstoß vorbereitet.

Ich suche mir einen Platz im hinteren Teil des Lokals, setze mein Headset auf, mache mich so unsichtbar wie nur möglich und fülle mich mit schwarzem Kaffee ab, bis Tore mit einem kalten Windzug zur Tür hereinkommt. Er durchschreitet den Raum mit festen, energischen Schritten. Sein Gesichtsausdruck ist ernst, fast autoritär.

Ich setze meine Therapeutenmaske und ein annähernd echtes Lächeln auf, als ich mein Headset abnehme.

»Danke, dass du dir die Zeit genommen hast. Ich habe mir den Fuß verstaucht, deshalb habe ich die letzte Stunde abgesagt.«

»Klar«, sagt Tore. »Geht's dir wieder besser?«

In den Therapiestunden ist er immer leger gekleidet. Bei der Arbeit trägt er ein eng geschnittenes Hemd, trendy Jeans und zu der teuren Uhr ein dunkelbraunes Lederarmband. Passend dazu eine abgewetzte, aber coole Lederjacke.

»Wie geht es dir?«, frage ich mit einem kurzen Blick auf

Hemd und Hose, damit er versteht, dass mir sein Style gefällt.

»Clevere Kerle wie ich haben alles im Griff«, sagt er, lacht augenzwinkernd und kratzt sich im Nacken.

Er zieht die Lederjacke aus und hängt sie über die Rückenlehne. Die Brauen ziehen sich in der Mitte zusammen. Seine Mimik ist etwas unklar, aber vielleicht ist er ohne seine Männerclique nicht ganz so selbstsicher. Auf jeden Fall löst meine innere Anspannung sich etwas. Ich lächele Tore halb flirtend, halb freundschaftlich an, damit er mir vertraut.

Im Hintergrund gurgeln Kaffeemaschinen, klirren Gläser und Tassen. Es sind nicht viele Gäste da, und niemand sitzt nah genug, um unser Gespräch zu hören.

»Kaffee?«, frage ich.

Tore ist wachsam, traut mir ganz und gar nicht.

»Ich will ja nicht unverschämt sein, aber das hier ist doch kein Kaffeekränzchen ... Ich geh davon aus, dass du irgendwas von mir willst?«

Er kommt direkt auf den Punkt. Gut. Das erspart mir die Zeit, ihm kalkulierte Fragen zu stellen, um ihn auf meine Seite zu ziehen.

Ich ringe mir ein verschwörerisches Lächeln ab.

»Darf ich ganz offen sein?«

»Selbstverständlich.«

»Wie funktioniert deiner Meinung nach die Gruppe?«

»Bist du als Therapeutin hier oder ...« Er fingert an seinem Armband, streicht mit dem Daumen unter dem Leder entlang.

»Mehr als Mensch, als Freundin. Aber ich leite ja die Gruppe und das kann ich nicht einfach ablegen.«

Er legt die Stirn in Falten. »Was willst du wissen?«

»Wie versteht ihr euch untereinander?«

Er beißt sich auf die Unterlippe. »Es gab einiges Gerangel.«

»Sorry wegen der Karikaturen«, sage ich. »Das tut mir echt leid, aber …«

»Kein Stress«, sagt Tore und richtet sich auf. »Im Gegensatz zu den anderen Jungs weiß ich, wie Kreativität funktioniert.«

»Schön, dass du das verstehst.«

Ich lasse die letzten Worte zwischen uns in der Luft hängen. Erlöse ihn erst, als ich die ersten Anzeichen von Unruhe in seinem Gesicht sehe.

»Wie gut kennst du die anderen privat?«

Er weicht meinem Blick aus.

»Wir treffen uns hin und wieder.«

»Marcos?«

Er zieht eine Augenbraue hoch.

»Nicht besser als die anderen.«

»Gaute? Reza?«

»Gaute ist im Gefängnis.«

Die Geräusche aus dem Café verstummen.

»Wann ist das denn passiert?«

»Vor ein paar Tagen. War besoffen und wollte seine Ex besuchen. Bei der er absolutes … Na ja, das weißt du ja sicher …«

Ich nicke. »Und was ist mit Reza, kennst du den näher?«

Tore sucht in meinem Gesicht nach einer Antwort, was ich eigentlich von ihm will. Dann scheint ihm ein Licht aufzugehen. Er presst die Lippen aufeinander und überrascht mich mit einem lauten Lachen.

»Haha! Willst du mich auch als Spion einsetzen?«

Ihm wird zu spät klar, was er da gesagt hat. Seine Unterlippe schiebt sich für den Bruchteil einer Sekunde vor, als hoffte er, die Worte wieder einsaugen zu können.

Luft und Kaffee schießen in meiner Speiseröhre nach oben.

Du mich auch?

Ich kann meine Überraschung nicht verbergen. Mein Entsetzen. Tore sieht das und steht auf.

»Ich hole mir einen Kaffee. Du auch was?«

Ich bin nicht in der Lage zu antworten. Er geht zum Tresen. Wäre seine Unsicherheit nicht so offensichtlich, hätte er seinen Ausrutscher überspielt und gesagt, dass sein Chef ihn als Spion bei der Arbeit einstellen wollte oder irgendwas in der Art. So verrät mir sein Verhalten, dass er unter falschen Prämissen in die Gruppe gekommen ist.

Meine Paranoia lässt schön grüßen. Die Polizei? Die Gemeinde? Die Beschwerdestelle für Therapeuten?

»Für wen?«, frage ich, als er zurückkommt und sich wieder setzt.

»Das spielt doch keine Rolle.«

Das spielt keine Rolle? Am liebsten würde ich ihm ins Gesicht schreien, dass das sehr wohl eine Rolle spielt. Aber wenn er es so will, bitte schön. Ich kann ihn auch auf andere Art unter Druck setzen.

»Ich werde dir sagen, weshalb ich mit dir reden will«, sage ich und lehne mich über den Tisch. Dämpfe die Stimme, um sie autoritär und bestimmt klingen zu lassen. »Die Polizei hat in unserem Therapieraum Spuren von Drogen auf dem Sofa sichergestellt.«

Tore sieht mich ungläubig an, dann streckt er mir abwehrend seine offenen Handflächen entgegen, als wollte er mir auf diese Weise zeigen, dass er sauber ist.

»Ich zieh mir nichts rein.«

»Wer hat gesagt, dass es Kokain war?«

»Ups. Ertappt.« Er schiebt das Kinn vor, grinst schief.

»Es ist mir herzlich egal, was du dir reinziehst, Tore«, flüstere ich. »Aber einer der anderen behauptet, du würdest sie mit Drogen versorgen, und das wird verdammt eng für dich, wenn ich beschließe, mit der Polizei zu reden.«

»Ich habe echt keine Ahnung, wovon du redest.«

Er führt die Kaffeetasse an den Mund, nippt an dem heißen Getränk und sieht mich über den Tassenrand an. Seine Wimpern zittern. Ich habe ihn genau da, wo ich ihn haben will.

»Ich sehe dir an, dass du lügst, Tore«, sage ich beherrscht. »Aber wie gesagt, ich habe es nicht auf dich abgesehen. Ich will nur wissen, von wem du deinen Stoff beziehst.«

Ganz langsam lehnt er sich vor und legt seine Hand auf meine. Streicht mit dem Daumen über meinen Handrücken, ehe er sagt: »Sei vorsichtig, welche Steine du umdrehst.«

Ich ziehe meine Hand weg. »Drohst du mir etwa?«

Er lehnt sich zurück, nimmt die Kaffeetasse wieder hoch.

»Ich kaufe nichts mehr, okay? Bin durch damit.«

»Ach ja?«

»Das ist nicht gut für die Psyche, weißt du.« Er zwinkert, kaum sichtbar.

»Erzähl mir nichts, Tore. Einer wie du kann das doch kontrollieren.«

»Schon, aber ich mag nicht mehr.«

Das ist mein Zeitpunkt für den Todesstoß. »Deine Dealerin ist tot«, sage ich.

Statt einer Antwort bläst Tore alle Luft aus seiner Lunge. Seine Augen verraten mir, dass ich ins Schwarze getroffen habe.

Wir sitzen stumm voreinander. Er dreht die Tasse in seinen Händen.

»Okay, ich kannte die Tote«, sagt er schließlich. »Und ja, ich gebe zu, dass ich ab und zu Partysnacks von ihr gekauft habe. Aber ich habe nie was von dem Zeug mit in die Stunden gebracht. Nie.«

»Azora. Sie hieß Azora.«

»Ja, Azora, ich hab' sie gekannt. Aber ich habe nichts an die anderen vertickt.«

»Was ist mit Reza oder Marcos?«

»Wir haben mal zusammen was eingeworfen, als wir in der Stadt waren. Was die ansonsten so treiben, interessiert mich nicht.«

»Hat Reza von Azora gekauft?«, frage ich.

»Das kann ich mir nicht vorstellen, östlich vom Zentrum setzt er keinen Fuß.«

Er scheint die Wahrheit zu sagen, aber ich kann Tore nur schwer einordnen, ständig versucht er abzulenken.

»Was ganz anderes«, sage ich. »Marcos soll eine Drogensüchtige verprügelt haben. Was war da los?«

Tore zieht die Schultern hoch.

»Ich glaube, das war damals, als er in Trondheim studiert hat. Ich weiß nichts Genaues darüber. Er hat einen Heidenrespekt vor Drogen, trinkt nichts Stärkeres als Bier.«

Ich will gerade weitere Fragen zu Azoras Tod stellen, aber Tore kommt mir zuvor, als könnte er meine Gedanken lesen.

»Die Polizei hat alle Leute aus dem Gebäude befragt. Ich stehe nicht unter Verdacht.«

Er sagt nicht, dass er unschuldig ist.

»Wissen die, dass du von Azora gekauft hast?«

»Hör zu, ich fand die Frau ziemlich cool. Du kanntest sie doch auch, oder?«

»Wie kommst du darauf?«

»Du hast doch gesagt, deine verstorbene Schwester wäre ein Junkie gewesen«, sagt er. »Und dann hab ich dich oben auf dem Dach gesehen. Konnte dich ausgiebig beobachten von meinem Platz unter dem Tisch.«

Sein Lachen macht mir Gänsehaut.

»Noch was«, sagt er, bevor mein Gehirn verarbeiten kann, wie das Lachen gemeint ist. »Du weißt, dass Gaute dich gestalkt hat, oder?«

»Bist du sicher?«

Es überrascht mich nicht wirklich, aber ich finde es extrem gruselig.

»Ist wohl in dich verschossen.«

»Erzähl mir von Azora«, sage ich.

»Nein, das zwischen Azora und mir war ein privater Deal«, sagt er. »Und der geht dich nichts an.«

Er steht auf, nimmt seine Lederjacke von der Stuhllehne.

»Wir sehen uns nächste Woche.«

Ich will etwas sagen, bringe aber nur ein unverständliches Grunzen heraus. Was hat der Kerl am Laufen? Wer ist er? Und was war das für ein privater Deal mit Azora?

»Sie hat um Hilfe gebeten«, sage ich, als er gehen will. »Sie wollte mir etwas Wichtiges mitteilen, und dann ist sie gestorben.«

»Der Ex«, sagt Tore, als er sich zur Tür dreht. »Check den.«

Ich bleibe noch eine Weile sitzen und grübele über Tores Worte nach. Seinen privaten Deal mit Azora. Seinen Ausrutscher, dass er für jemanden spioniert hat. Kann es so simpel sein? Hat Azora ihn aufgefordert, sich als Gegenleistung für den Stoff in meine Gruppe einzuschleusen?

58

Im Präsidium werde ich von Rosa Zafón erwartet. Sie hält mir betont freundlich die Tür zum Verhörraum auf, aber ich spüre förmlich ihre Klauen in meinem Nacken, sobald ich an ihr vorbei bin.

Wir sind im selben Raum wie beim letzten Mal, aber die Luft ist frischer.

»Wir würden gerne ein paar Fragen noch einmal stellen, wenn das okay ist?« Rosa ist hellwach, mit roten Wangen wie nach einer Joggingtour oder wildem Sex.

»Klar«, erwidere ich und setze mich auf den angewiesenen Platz, weit entfernt von der Tür.

»Kaffee?«

»Ja, danke.«

Sie nickt ihrem Partner zu, der die Tür hinter sich schließt. Ich höre das Quietschen seiner Gummisohlen auf dem Flur, bis eine weitere Tür ins Schloss fällt.

Rosa nimmt mir gegenüber Platz. Sie legt eine Plastikmappe mit Papieren auf den Tisch, daneben platziert sie einen Stift. Sie sitzt kerzengrade da, mit hellwachem Blick. Dieses Mal muss ich aufpassen, nicht zu schnell zu antworten oder mich in irgendwelche komplizierten Erklärungen zu verstricken.

»Ist es in Ordnung, wenn wir das Gespräch aufzeichnen?«, fragt sie mit einem Nicken Richtung Kamera, die auf einem Stativ ein Stück neben dem Tisch steht. »Damit wir uns später ganz sicher sein können, was gesagt wurde?«

»Ja, natürlich«, erwidere ich und versuche, so sicher wie sie zu wirken. Ich wippe leicht mit dem Fuß. Meine Muskeln sind noch immer steif, ich nehme aber keine Schmerzmittel mehr.

Schweigend warten wir auf ihren Partner, der sich reichlich Zeit nimmt, sicher eine Taktik, damit ich zu schwitzen beginne. Bei Ellingsen hat die Methode jedenfalls gewirkt. Genau deshalb sollte ich mich davon nicht beeinflussen lassen. Was mir nicht gelingt. Es muss einen Grund dafür geben, dass sie mich so kurz nach unserem letzten Gespräch wieder einbestellen.

Rosa Zafón öffnet die Mappe und blättert durch die Papiere, als würde sie darin lesen. Aber ihre Augen huschen viel zu schnell über die Zeilen, springen dann wieder zurück zum Kopf der Seite, ehe sie weiterblättert und die Bewegung wiederholt. Vielleicht hat sie ja hinten leere Seiten angeheftet, um mich zu verunsichern und es so aussehen zu lassen, als hätten sie reichlich Beweise gegen mich.

Endlich kommt ihr Kollege mit drei großen Kaffeebechern. Er stellt sie ab, geht zur Videokamera und schaltet sie ein. Eine rote Lampe leuchtet auf. Dann setzt er sich neben Rosa, lehnt sich zurück und verschränkt die Arme vor der Brust. Genau wie in einer Netflix-Serie, alles nur Schau. Das muss ich versuchen mir ins Bewusstsein zu rufen. Sie haben nichts.

»Wir sind kurz davor, die Ermittlungen im Todesfall Azora Strand abzuschließen«, sagt Rosa und lässt die Worte in der Luft hängen, um maximalen Effekt zu erreichen.

Auch ich hätte so angefangen, Worte mit besonderem

Gewicht, die den Standard setzen. *Kurz davor* klingt so, als hätten sie etwas Entscheidendes, das die letzten Fragen klärt, und mich deshalb noch einmal einbestellt.

Bei mir löst die Erkenntnis eine Lawine an Fragen und einen Fluchtinstinkt aus.

»War es Selbstmord?«, fragt sie mehr ihren Partner als mich. »Oder ein als Selbstmord getarnter Mord?«

Ich befeuchte meine Lippen, zwinge mich, nicht zu schlucken. Die Beamten sehen mich ausdruckslos an.

»Sie waren am Tatort«, sagt sie. »Weil Azora Sie angeblich gebeten hat zu kommen.«

»Angeblich? Sie haben doch die Telefondaten gecheckt?«

»Sie hat Sie angerufen, daran zweifeln wir nicht. Aber was gesagt wurde, wissen wir nicht.«

Ich verberge meine Resignation nicht. »Ich habe Ihnen längst erzählt, was sie am Telefon gesagt hat.«

»Ihre Version, ja …«, sagt sie schleppend, sieht in die Papiere, blättert, als würde sie nach den Aufzeichnungen des ersten Gesprächs suchen. »Und … Sie haben nichts ausgelassen?«

Ich trinke einen Schluck Kaffee, der brühwarm ist und sauer schmeckt. »Nein … also, nein.«

Ein paar Sekunden vergehen. Sie hebt den Blick.

»Also nein?«

»Nein, ich habe nichts ausgelassen.«

»Sie hat angerufen und um ein Treffen gebeten. Und Sie haben eingewilligt.«

»Also … zuerst habe ich abgelehnt, weil es schon so spät war. Ich wollte nicht, dass sie … Aber dann tat sie mir leid.« Ich rutsche auf die vordere Stuhlkante. »Aber das habe ich doch schon etliche Male gesagt.«

»Ja, das haben Sie«, erwidert die Frau. »Aber wie ist es dann möglich, dass eine Person, die bei Ihrem Telefonat mit Azora anwesend war, aussagt, dass Sie sich gestritten haben?«

Mein Knöchel beginnt zu zittern. »Wer sagt das?«

»Der Zeuge sagt aus, Azora hätte Sie davon in Kenntnis gesetzt, dass sie das Haus verkaufen will.«

»Ich wusste doch gar nichts von diesem Haus.« Meine Stimme ist ärgerlich, unsicher.

»Vielleicht wollten Sie das Erbe nicht verlieren. Schließlich sind Sie Schwestern.«

»Erbe? Wie meinen Sie das? Wir sind Schwestern, ja, aber das wusste ich zu dem Zeitpunkt noch gar nicht.«

»Sie wussten nicht, dass Sie eine Schwester haben?«

»Nein.«

»Sie waren fünf Jahre alt, als Sie getrennt wurden, und da wollen Sie nicht erkannt haben, dass Sie Ihre Schwester vor sich hatten, als Sie sich getroffen haben? Das müssen Sie mir erklären.«

»Retrograde Amnesie«, sage ich und versuche es ihnen mit derselben Überzeugung zu erklären, wie meine Therapeutin es mir erklärt hat. »Nach traumatischen Erlebnissen kann es zu Gedächtnisverlust kommen. Auslöser können Unfälle oder Krankheiten sein. Für gewöhnlich erinnert man sich nicht mehr an das, was davor oder während des Geschehnisses passiert ist.«

Selektiver Gedächtnisverlust ist ein interner Witz unter Polizisten, das weiß ich nur zu gut, bei Ellingsen habe ich das selbst ins Spiel gebracht.

Rosa nickt. »Verstehe. Aber Sie haben sich doch schon einmal getroffen? In der Klinik.«

»Ja, aber …« Ich sehe selbst, wie unwahrscheinlich das klingt. Erst recht wenn man den Zustand eines langjährig Drogenkranken nicht kennt, noch dazu in der Phase der Entgiftung. Die Betroffenen haben häufig keinerlei Verbindung zur Realität, bringen Geschehnisse, Menschen und Orte durcheinander.

»Sie hat mich bedrängt, aber was sie gesagt hat, hat keinen Sinn ergeben.«

»Was hat sie gesagt?«

»Dass sie mich zu kennen glaubt, von früher.«

»Aber Sie haben sie nicht erkannt? Ihre eigene Schwester?«

Ich seufze tief. »Ich wusste doch nicht einmal, dass ich eine Schwester habe. In diese Richtung habe ich nie gedacht. Ich war überzeugt, dass sie nur fantasiert.«

»Sie hat damals in der Entzugsklinik nicht gesagt, dass sie Ihre Schwester ist?«

»Nein, ich glaube nicht, dass sie mich zuordnen konnte.«

»Zwei Schwestern mit retrograder Amnesie?«

Ich unterdrücke ein Stöhnen. Würde ihr gerne ausführlich erklären, wie die Bahnen in unserem Gehirn durch Drogen verändert werden.

»Drogenmissbrauch wirkt sich negativ aufs Gedächtnis aus«, sage ich.

Sie zieht eine Augenbraue hoch, kommentiert meine Aussage aber nicht.

»Später haben Sie miteinander telefoniert«, fährt sie fort. »Sie haben sie getroffen und trotzdem nicht erkannt, dass Azora Ihre Schwester ist?«

»Wir haben uns nach der Klinik nie wieder getroffen«, sage ich.

»Zeugen behaupten etwas anderes.«

Zeugen? Plural? Die Schmerzen strahlen von meinem Knöchel bis in den Oberschenkel aus. Das kann eigentlich nur Charlie sein. War er mit Azora zusammen, als sie mich angerufen hat? Oder diese Randi? Welchen Nutzen ziehen sie aus dieser Lüge?

»Hören Sie«, sage ich. »Wer auch immer Ihnen erzählt hat, dass Azora und ich uns gestritten oder nach ihrem Entzug noch einmal getroffen haben, lügt.«

Zafóns Partner beugt sich vor und nimmt ein Foto aus der Mappe. Er legt es zwischen uns auf den Tisch und tippt mit dem Zeigefinger darauf.

»Da wäre dann noch dieses Foto vom Dach der Oper. Sie hatte ein Handy, also ist es eigentlich merkwürdig, dass sie das Foto nicht damit gemacht, sondern das Foto ausgedruckt hat.«

Er hat recht, das ist in der Tat seltsam.

Ich trinke noch einen Schluck vom mittlerweile nur noch lauwarmen Kaffee.

»Ich habe keine Ahnung, warum sie dieses Foto gemacht hat. Und wie ich bereits gesagt habe, wusste ich nicht, dass sie da war.«

»Und was ist mit diesem Foto?«

Rosa nimmt ein anderes Bild und schiebt es mit zwei Fingern über den Tisch auf mich zu. Es zeigt mich am Tatort.

»Das wurde ein paar Tage nach Azoras Tod aufgenommen«, sage ich. »Ich räume gerne ein, dass es dumm von mir war, da hochzusteigen.«

»Waren Sie das erste Mal dort?«

»Auf dem Dach? Ja, sicher«, sage ich verwundert über meine leise Stimme.

»Wie kann es dann sein, dass der Fotograf behauptet, Sie schon mehrmals dort gesehen zu haben …?«

Mein Kopf zuckt zur Seite. Der Puls in meinem Knöchel hämmert.

»Das ist nicht wahr!«

»Auch am Mordabend.«

Eine beklemmende Stille senkt sich über uns. Nicht einmal die Luft bewegt sich. Sie haben nicht genug, um mich festzunehmen, trotzdem muss ich dieses Verhör irgendwie drehen.

»Was haben Sie dazu zu sagen, Bjørk?«

Meine Hände zittern, als sie sich wie von selbst zur Kaffeetasse ausstrecken. Die lauwarme, saure Brühe rinnt meine Kehle herab. Es wundert mich, dass sie noch nicht gefragt haben, was ich bei dem Waldsee wollte. Oder nach der Hand. Seit ich im Krankenhaus aufgewacht bin, erinnere ich mich vage an eine Hand.

»Dass das alles Lügen sind, vermutlich von einer Person unter Drogeneinfluss«, sage ich. »Ich verstehe wirklich nicht, warum Sie damit Ihre Zeit vergeuden.«

Rosa Zafón lehnt sich zurück, zieht das Gummi von ihrem Zopf und befestigt es erneut.

»Ich weiß, wie es ist, anders zu sein, Bjørk«, sagt sie langsam und ruhig.

Ich muss mich gewaltig zusammenreißen, um sie nicht übel zu beschimpfen. Sie will mich festnehmen, das begreife ich jetzt. Will mich für einen Mord verurteilen, den ich nicht begangen habe. Mich aufgrund von Indizien wegsperren. Ist das in einem Land wie Norwegen nicht ein bisschen fragwürdig?

»Sie hatten eine harte Zeit im Kriminalamt«, fährt sie

mit einfühlsamer Miene fort. »Sie waren ehrgeizig, hätten fest angestellt werden sollen. Dann begehen Sie die ersten kleineren Fehler, bis es zu diesem fatalen Irrtum kommt. Wenn ich Absalon Lund richtig verstanden habe, sind Sie mit dem Druck nicht klargekommen.«

Meine Schultern sacken nach unten, die Lippen beben. Meine Hände umklammern noch immer die Tasse. Ich stelle sie weg, lege die Hände in den Schoß, sodass die Beamten nicht sehen, dass ich die Nägel in die Handflächen bohre.

»Das reicht, um auch den Besten in den Wahnsinn zu treiben«, fährt Rosa fort. »Ich glaube, Sie hatten es sehr schwer, Bjørk. Sie haben ein paar schlechte Entscheidungen getroffen, und ich glaube, dass Sie manchmal Schwierigkeiten haben, Fantasie und Wirklichkeit voneinander zu trennen.«

Ich starre auf den leeren Raum zwischen ihr und ihrem Partner. Stelle mir vor, es wäre ein Brunnen, in dem ich verschwinden könnte.

Sie zieht einen Zettel aus der Mappe. Tippt mit der Rückseite des Stifts langsam auf das Papier.

»In den letzten Tagen haben Sie einen Tatort kontaminiert, einen falschen Notruf abgegeben, öffentliche Behörden kontaktiert und sich als Polizistin ausgegeben.«

Ich höre ganz genau, was sie sagt. Sich als Polizist auszugeben, ist strafbar. Gegenüber einer staatlichen oder kommunalen Organisation zur Beschaffung vertraulicher Informationen, wiegt extra schwer.

»Die meisten Menschen sind nur zwei grobe Fehltritte davon entfernt, auf der Straße zu landen«, sagt sie.

Ihr Kollege beugt sich zu mir vor. »Und Sie haben mehr

rote Karten als alle Nationalmannschaften zusammengenommen.«

Rosa schließt die Augen und kneift die Lippen zusammen. Und verflucht vermutlich ihren Chef, ihr einen solchen Trottel als Partner zugeteilt zu haben.

»Wann?«, beginnt sie ruhig. »Wann und wo fing das alles für Sie an?«

Ja, wo fing es an? Vermutlich war ich nie richtig gesund.

Bevor ich antworten kann, fährt sie fort:

»Noch dazu wurden Sie verfolgt, gestalkt. Von einem Ihrer eigenen Klienten. Das muss beängstigend gewesen sein.«

Meine Augen brennen. Da ist etwas in ihrer Stimme, etwas Tröstendes, so verständnisvoll. Wie bei der Anwältin habe ich das Bedürfnis, alles zu gestehen, damit sie weiter freundlich zu mir ist.

Ich hole mich selbst zurück in die Wirklichkeit. Spanne den Bauch an, zwinge mich dazu, ruhig zu atmen und beherrscht zu bleiben.

»Es begann damit, dass meine Eltern in den Neunzigern verschwanden«, sage ich. »Die Polizei hat nie herausgefunden, was mit ihnen geschehen ist, aber Nora und ich kamen ins Zeugenschutzprogramm. Ich wurde von meiner Schwester getrennt, weil die Polizei nicht in der Lage war, ihren Job zu machen. Wegen dieses Versagens der Polizei habe ich nie erfahren, was mit meinen Eltern passiert ist.«

Die Beamten sehen sich an. Ich könnte ihnen sagen, dass Azora mir Brandwunden zugefügt hat und meine Eltern vom Jugendamt kontrolliert wurden, aber das wissen sie sicher. Ich möchte, dass sie Scham empfinden.

»Das muss schrecklich für Sie gewesen sein, das verstehe ich«, sagt Rosa.

»Ich glaube nicht, dass Sie verstehen, wie es sich anfühlt, nicht zu wissen, ob die eigenen Eltern einen einfach im Stich gelassen haben und nach Deutschland gegangen sind oder ob sie hier zu Hause liquidiert wurden.«

»Ich habe mich nicht mit dem Fall beschäftigt«, sagt Rosa. »Warum Deutschland?«

»Die Handysignale wurden in Deutschland aufgefangen«, antwortet ihr Partner.

Kurzes Schulterzucken von Rosa.

»Und wenn das Handy von jemandem in ein Auto geworfen wurde, das auf die Kielfähre gefahren ist?«

Ihr Kollege und ich starren sie überrascht an.

Sie erwidert meinen Blick.

»Hat wirklich niemand daran gedacht?«

Als weder ich noch ihr Partner antworten, ergreift sie wieder das Wort.

»Haben Sie im Wald nach etwas Bestimmtem gesucht?«

Mein Kopf ist noch immer mit ihrer einfachen Antwort beschäftigt. Wer immer meine Eltern getötet hat, könnte natürlich jemanden gebeten haben, das Handy mit nach Deutschland zu nehmen, oder es, wie Zafón gesagt hat, einfach in einem Auto deponiert haben, das auf dem Weg nach Kiel war. Das ist verblüffend einleuchtend.

»Der Wald«, sagt sie und zieht meine Aufmerksamkeit auf sich.

»Meine Schwester und ich sind damals öfter zu einem Waldsee gegangen«, antworte ich. »Ich hatte gehofft, mich da wieder zu erinnern.«

»Wir haben Ihre Spuren an dem Badeplatz gefunden. Sie sind eine Weile hin und her gelaufen.«

»Ja, richtig.«

»Was wollten Sie dort?« Ihre Stimme klingt jetzt neutral. Weder für noch gegen mich.

»Tja, ich dachte … ich habe versucht … mich an irgendwas von damals zu erinnern.«

»Und? Ist etwas gekommen?«

»Ein bisschen.«

»Was?«

»Was wir da gemacht haben …«

»Und was haben Sie und Ihre Schwester am Wasser gemacht?«

»Tja, was macht man an einem Waldsee? Wir haben gebadet, Saft getrunken, in der Sonne gelegen.«

»Sonst nichts?«

Ich antworte nicht.

»Der Ort, an dem Sie gefunden wurden … woran erinnern Sie sich?«

»An nichts.«

»Sie sind um den halben See herumgelaufen und haben an einer ganz bestimmten Stelle Halt gemacht.«

»Ich …«, antworte ich zögernd.

»Warum ausgerechnet dort?«

»Das weiß ich nicht.«

Sie holt ihr Handy aus der Tasche, sucht etwas heraus, legt es auf den Tisch und dreht es zu mir um. Es sind Fotos von Spuren im Schnee. Sie wischt weiter. Meine Spuren im Schnee.

Dann nimmt sie ihr Handy wieder an sich und sucht meinen Blick.

»Sie gehen zu diesem See, bleiben eine Weile am Badeplatz, um sich an Ihre Schwester zu erinnern, und laufen dann weiter am Ufer entlang, bevor Sie erneut anhalten.

Es sieht so aus, als wäre dort etwas geschehen, und etwas später findet man Sie stark unterkühlt an genau diesem Ort.«

Ich habe nichts zu erwidern. Rosa blättert durch ihre Unterlagen, bis sie ein Bild findet, das sie vor mir auf den Tisch knallt.

»Ich finde es sehr merkwürdig, dass Sie genau dort Rast machen, wo der hier liegt.«

Das Bild zeigt einen Körper. Das heißt Teile eines Körpers in Verwesung. Die Weichteile sind weg, an anderen Stellen spannt sich die Haut wie hauchdünnes Pergament über die Knochen. Braun, schleimig, mit Resten undefinierbarer Kleiderfetzen. Es sind die sterblichen Überreste eines Menschen.

»An genau dem Ort, an dem Sie an dem See gefunden wurden. Hinter einem umgestürzten Baum im Moor. Ein Ort, an dem niemand gesucht hat. Und Sie gehen dahin und graben im Schnee.«

Ich spüre, wie die Wirklichkeit sich verschiebt. Verstehe, was sie denken.

»Wurde er umgebracht?«, frage ich.

»Wer sagt, dass das ein Mann ist?«

Ich schließe die Augen, fühle mich wie ein verletztes Tier. Der Knall in meinem Albtraum, der im Moor versinkende Hirsch. All das habe ich gesehen. Habe gesehen, wie er gestorben ist. Wenn ich mich nur auch daran erinnern könnte!

Ein warmes Gefühl breitet sich in mir aus.

»Nach allem, was Sie gerade gesagt haben, könnte es mein Vater sein.«

Sie sieht fast ein bisschen enttäuscht aus. Weil selbst sie

versteht, dass eine Fünfjährige ihren Vater nicht tief in den Wald hineinzieht, um ihn im Moor zu beerdigen.

»Wusste Azora Strand von der Leiche?«, fragt sie. »Haben Sie darüber gestritten?«

»Wir haben uns nicht gestritten.«

»Oder darüber, dass sie das Haus verkaufen wollte?«

»Wir haben uns nicht gestritten, das habe ich bereits gesagt. Ich fasse es nicht, dass Sie der Aussage eines Drogenabhängigen vertrauen.«

»Wer hat gesagt, dass die Aussage von einem Drogenabhängigen kommt?«

Sie hat sich verplappert, zeigt es aber nicht. Wenn es kein Drogenabhängiger ist, steht Aussage gegen Aussage, plus die Tatsache, dass ich am Tatort war.

Sie sammelt ihre Papiere zusammen und legt sie zurück in die Plastikmappe. Sie sind fürs Erste fertig. Nur diese eine Frage steht noch im Raum.

Ich bringe kein Wort heraus, habe nichts mehr zu sagen.

»Azora hat sich merkwürdigerweise sehr gut daran erinnert. In Anbetracht der Tatsache, dass Drogen das Gedächtnis negativ beeinflussen. Wir haben eine Zeugenaussage, dass Azora Sie damit erpresst hat, sie im Wald hinter der Klinik im Stich gelassen zu haben. Haben Sie schon damals versucht, ihr das Leben zu nehmen?«

Mein Blickfeld schrumpft, wird schwarz. Ich werfe mich über den Tisch und packe sie am Kragen ihres Hemdes. Versuche, sie vom Stuhl zu ziehen. Im gleichen Moment fliegt die Tür auf. Zwei Beamte stürmen herein, reißen mich zu Boden und drehen mir die Arme auf den Rücken. Einen der Beamten erkenne ich wieder. Er war auf Azoras Beerdigung, der Mann aus der letzten Reihe.

Rosa Zafón geht neben mir in die Hocke und sagt: »Ich denke, wir werden Sie eine Weile hierbehalten.«

Ich beginne zu weinen. Hätte Ellingsen mich jetzt gesehen, er hätte bestimmt gelächelt.

59

Ich habe mal einen Ermittler sagen hören: »Wir suchen nicht nach Beweisen, wir bilden uns eine Theorie und bauen uns den Fall zusammen.« Damals habe ich das in unserer zivilisierten Welt für unmöglich gehalten.

Sollte beschlossen werden, mich nach drei Tagen Gewahrsam in Untersuchungshaft zu überführen, muss ich vorher einem Haftrichter vorgeführt werden. Bisher sieht es danach allerdings nicht aus. Besuch ist nicht erlaubt, außer von einem Anwalt, aber ich habe nichts zu sagen.

Ich bitte die Beamten lediglich, Abs zu informieren, und werde tatsächlich erhört. Er erwartet mich in einem gemütlichen Sprechzimmer mit warmem Licht, geschmackvollen Möbeln, Wasserkaraffe und Keksen auf dem Tisch. Ohne Spiegel an der Wand, hinter dem der Rest der Truppe jedes Wort mitverfolgt, das gesagt wird. Kein blinkendes Kameralämpchen in irgendeiner Ecke. Nur Bilder von geometrischen Figuren an den Wänden und grüne Gummibäume.

Abs schenkt uns beiden Wasser ein, trinkt in großen Schlucken und wischt sich ein paar Tropfen aus seinem roten Bart. Er hat keine Unterlagen dabei, keine Mappe mit Falldokumenten, und er zieht Gott sei Dank keinen Notizblock aus der Innentasche seiner Jacke. Ich möchte glauben, dass er als Freund hier ist.

Er atmet tief ein, während ich vor Spannung die Luft anhalte. Ich wappne mich innerlich gegen ein »Wie geht es dir?«, aber auch diese Frage kommt nicht. Er reibt sich nur kurz über die Augen, als könnte er nicht glauben, dass wir uns hier auf verschiedenen Seiten des Tisches gegenübersitzen.

»Hast du Angst?«, fragt er.

Ich brauche eine Weile, bis ich den Mund aufbekomme.

»Ja.«

Ich reiße den Blick von ihm los, schaue zu Boden, zurück zu ihm. Drücke Daumen und Zeigefinger fest aneinander und überlege, was für Konsequenzen es hätte, wenn ich ihm mein Herz ausschüttete. Weiß er, dass ich eine Nacht auf der Straße verbracht habe? Dass ich meine Albträume kaum noch von der Wirklichkeit unterscheiden kann und meine Angst in den letzten Wochen ihren Höhepunkt erreicht hat? Oder glaubt er nur, dass ich jetzt endgültig übergeschnappt bin?

»Ich habe den Bericht gelesen«, sagt er, schenkt sich Wasser nach und kratzt sich am Kopf. »Ich verstehe das nicht ganz … Wie konnte es so schieflaufen?« Er wirkt unverstellt und offen, spricht mit echter Sorge in der Stimme. Eine tiefe Furche spaltet seine Stirn. »Du warst meine klügste …«

Stille.

»Ich vermisse die Zeit, als wir zusammengearbeitet haben«, sage ich mit belegter Stimme.

Sein Gesicht wird weicher, die Furche auf der Stirn glättet sich.

»Ich auch.«

Neuerliches Schweigen, das er mit einem Nicken begleitet.

»Was ist mit uns passiert?«, frage ich. »Was hat dazu geführt, dass wir …« Meine Stimmbänder schaffen es nicht, den Satz zu beenden.

»Unser Urteilsvermögen verloren haben?«, fragt Abs.

»Ja.«

»Selbst die erfahrensten Ermittler können sich mal irren«, sagt er. »Aber haben wir das wirklich? Ich bin mir nicht sicher.«

Ich selbst war immer davon überzeugt, dass wir unser Urteilsvermögen nicht verloren haben, dass ich mich nicht geirrt habe. Ellingsen war ein Arschloch. Die Ermittlungen haben ganz klar und eindeutig gezeigt, dass er ein gewalttätiger Mann war.

»Ellingsen wäre jedenfalls ein klarer Klient für deine Aggressionsbewältigungsgruppe gewesen«, sagt Abs. Sein Bart bewegt sich, als er auf der Unterlippe kaut. Ich weiß, dass er sich schuldig fühlt, obwohl die Entscheidung, den Vertrag zu beenden, nicht von ihm kam.

»Dann gibst du also zu, dass mein Instinkt … ich meine …« Wieder lässt meine Stimme mich im Stich. »Hätte ich irgendwas anders machen können?«

Ich habe so hart daran gearbeitet, mich von allem zu distanzieren, was damals passiert ist, dass Kopf und Körper sich sträuben. Es kommt mir vor, als wäre es eine andere Ausgabe von mir gewesen, die einen unschuldigen Mann in den Tod getrieben hat.

»Bjørk … Wir haben darüber gesprochen …«

In seinem Blick liegt eine Schwere, ich wedele mit der Hand.

»Ja, ja … Ich weiß«, und ich bin zurück bei dem Gedanken, den ich schon die ganze Zeit hatte. Mein Untergang ist verdient.

»Es war nicht allein deine Schuld«, sagt er schließlich.

Ich versteife mich. »Was willst du damit sagen?«

Abs schenkt sich ein drittes Glas Wasser ein. Lässt sich Zeit.

»Die Inhaftierung von Ellingsen basierte nicht allein auf deinem Gutachten.«

»Was sonst?«

»Es wurden mehrere Verhöre durchgeführt. Ich war nicht dabei, hab' aber gehört, dass es da heftig zur Sache ging. Festgenommen wurde er dann vor dem Hintergrund des ganzheitlichen Bildes.«

»Ich dachte …« Die kaum hörbare Stimme ist nicht meine.

»Kein Urteil wird nach dem Gutachten nur einer Person gefällt«, sagt Abs, als würde das alles erklären.

All die Schuldgefühle, die sich im letzten Jahr aufgestaut haben, lösen sich. Wachsen und steigen auf in einer geballten schwarzen Wut. Aber statt zu explodieren, werde ich kalt und hart. Sie haben mich allesamt angelogen.

»Die Medien«, sage ich.

Er nickt. »Du weißt, wie sie sind.«

»Nein, nein, sie müssen ihre Informationen von irgendwoher bekommen haben. Sie haben meine Visage nicht ohne Grund auf allen Titelblättern gebracht.«

Die folgende Stille dauert lange an. Wabert durch den Raum und hüllt uns wie Nebel ein. Abs sieht verkniffen aus.

»Ich habe nicht damit gerechnet, dass es so schlimm werden würde.«

Meine Lippen bewegen sich von allein. »Was willst du damit sagen?«

»Jemand hat deinen Namen durchsickern lassen, ich kann dir beim besten Willen nicht sagen, wer. Und als er erst einmal bekannt war …« Er lehnt sich auf dem Stuhl zurück, fährt sich mit einer Hand über den Bart. Stößt die Luft mit einem schweren Stöhnen aus. »… hat die Nachrichtenübermittlung sich verselbstständigt.«

Der Raum verändert sich, wird zu einem engen Tunnel, in dem ich feststecke.

»Manchmal laden wir uns unverdiente Schuld auf«, sagt Abs. »Aber das hier war wirklich hart. Es tut mir leid, dass es so gekommen ist und dass es dich so unvorbereitet getroffen hat.«

Ich möchte ihn anschreien, warum er mich nicht unterstützt oder öffentlich widersprochen hat. Aber ich schlucke es herunter, streiche mir über den Bauch und merke, dass mein Hosenbund enger ist als vorher. Alles ist jetzt anders.

»Azora«, sage ich.

»Der Todesfall wurde routinemäßig untersucht«, sagt er, als wüsste er, was ich fragen will. »Alle Personen, die in dem Gebäude arbeiten, wurden verhört und scheiden als Verdächtige aus. Freunde, Bekannte, Familie, Pflegepersonal. Sie wurden alle verhört.«

»Aber offensichtlich wird jemandem aus ihrem Umkreis mehr Glauben geschenkt als mir.«

»Bjørk …«

Ich wedele abwehrend mit der Hand. Weiß, dass er mit mir nicht über den Fall reden oder mehr sagen kann. Und ich will nicht mit ihm über Robert, Gaute oder Charlie reden. Den Drogenstreit. Meine Theorien haben kein Gewicht mehr.

Ich schließe die Augen. Versuche meinem Gehirn Lösungen abzuringen, finde aber keine. Als Abs sich kurz darauf verabschiedet, merke ich, wie sich meine Fäuste öffnen und das Blut wieder in die Finger strömt.

60

In meinem Studium gehörte ich zu den Besten. Es war, als gäbe es keinen Filter zwischen meinem Gehirn und dem Wissen des gesamten Universums. Ich habe Dinge gesehen, die meine Kommilitonen nicht sehen konnten, kannte Emotionen, die sie nicht hatten. Ich verstand, wie aus dem augenscheinlichen Nichts blinde Wut explodieren konnte und dass Tränen nicht immer zum erwarteten Zeitpunkt kommen. Dieses mir eigene Talent war wohl der hauptsächliche Grund dafür, dass sie mich im Kriminalamt genommen haben.

Wie konnte es also so weit kommen?

Es ist zu einfach, alles auf den Ellingsen-Fall zu schieben. Zu sagen, dass damit alles angefangen hat. Aber wäre ich unter anderen Umständen meiner Sache so absolut sicher gewesen? Wenn ich damals schon gewusst hätte, dass meine Fähigkeiten nicht auf Intelligenz basierten, sondern auf dem, was ich durchgemacht habe? Meinen Traumata?

Wäre alles anders gekommen, wenn meine Adoptiveltern meine Vergangenheit nicht geheim gehalten hätten? Wenn sie mir gesagt hätten, dass meine Schwester, die sich um mich kümmern sollte, mir Verletzungen zugefügt hat? Dass unsere Eltern uns verlassen haben? Dass ich mich darum nie sicher gefühlt habe?

Ich drehe mich auf der Pritsche um. Das Gesicht dicht an der Wand. Die kalte Mauer riecht nach antiseptischem Putzmittel, aber nicht einmal das kann die Wahrheit über mich wegwaschen. Tief in mir drin weiß ich, dass mit mir etwas nicht stimmt. Es sind nicht irgendwelche Dinge, nicht das System, nicht irgendwelche Ereignisse. Ich selbst bin das Problem.

Abs Worte arbeiten in meinem Kopf. Dass Ellingsens Festnahme eine ganzheitliche Entscheidung war.

Ich bohre mein Gesicht ins Kissen, möchte mich am liebsten damit ersticken, als es an der Tür klopft. Ich drehe mich um und Linnea steht vor mir. Etwas sagt mir, dass das kein gutes Zeichen ist.

»Da steckst du also«, sagt Linnea angespannt lächelnd.

Sie zieht ihre Jacke aus und stellt sich vor die Pritsche. Ihr Haar ist feucht vom Schnee.

»Da ist ein Handtuch …«, sage ich und zeige zum Waschbecken.

Linnea sieht mich fragend an.

»Zum Haareabtrocknen.«

Sie fährt sich mit der Hand über den Hinterkopf.

Setzt sich neben mich.

»Wie ist es mit deinem Freund ausgegangen? Und der Schwangerschaft?«

Ich zupfe am Ärmel meines Pullovers. Mir tut alles weh. Arme, Brust, Beine. Ein brutaler, scharfkantiger Schmerz.

»Dem Kind geht es gut«, sage ich. »Aber das mit meinem Freund hat sich nicht geklärt.«

Sie antwortet mit einem Schulterzucken. »Komm jetzt erst mal wieder zur Vernunft.«

»Was soll das heißen?«

Sie sieht sich in der Zelle um. In der Deckenbeleuchtung wirft nichts Schatten.

»Ich dachte eigentlich, ich hätte Brief- und Besuchsverbot?«, sage ich und bereue es sofort, ich sollte nicht so schnippisch sein. Ich bin froh, ein freundliches Gesicht zu sehen, aber aus Angst vor der nächsten schlechten Nachricht traue ich mich nicht, die Krallen einzuziehen.

Linnea lächelt schief und nimmt meine Hände. »Ab und zu habe ich mit Inhaftierten zu tun.«

»Ach ja?« Ich verstehe nicht ganz, was sie damit sagen will, bin aber zu nervös, um nachzufragen.

Ihre warmen Finger brennen auf meiner Haut und ich ziehe meine Hände automatisch weg. Linnea hatte nie Schwierigkeiten, mich zu berühren. War nie zu feige, mich als einen vollwertigen Menschen zu sehen, mit all meinem Müll. Trotzdem schäme ich mich. Als meine Augen feucht werden, senke ich den Kopf.

Linnea streicht mir mit der anderen Hand über den Rücken.

»Lass es raus«, sagt sie.

»Ich verstehe nicht, wie alles so schieflaufen konnte«, sage ich zwischen den Schluchzern. »Wie ich mich selbst in diese Situation manövrieren konnte. Ich wollte doch nur herausfinden …«

Als meine Tränen versiegen und ich den Blick hebe, sehe ich Linneas nackte Schulter, ihr Pullover ist etwas heruntergerutscht. Diesmal ist das ganze Tattoo zu erkennen. Beim letzten Mal habe ich nur eine Ecke davon gesehen. Schmetterlinge und Larven in allen drei Stadien. So perfekt ausgeführt, dass sie richtig lebendig aussehen. Ich bilde mir ein zu sehen, wie die Larven sich winden und aus ihren Kokons in die Freiheit kämpfen.

»Was meinst du damit, dass ich zur Vernunft kommen soll?«, frage ich.

Schweigen.

»Haben sie schon irgendwas dazu gesagt …?« Linnea scheint nach den richtigen Worten zu suchen. »Wie es jetzt weitergeht?«

Ich seufze und lege den Kopf in den Nacken.

»Im Krankenhaus haben sie von psychotischer Depression gesprochen und hier von temporärem Gewahrsam.«

Ihre Kiefermuskulatur mahlt, als ob sie Anlauf nimmt.

»Es ist von Dikemark die Rede.«

Sie hätte mir genauso gut ein Messer in den Bauch rammen können, so weh tut das. Ich springe vom Bett auf und ziehe mich von ihr zurück. Drücke mich an die kalte Wand. Die Klapse? Warum hat mir Abs nichts davon gesagt? Er muss das doch gewusst haben?

»Ich bin nicht verrückt«, sage ich und ärgere mich, dass ich die Krankenhausdiagnose erwähnt habe.

»Nicht alle, die dort eingewiesen werden, sind verrückt«, sagt Linnea ruhig. »Viele Patienten sind wegen Suchtproblemen da oder milderen …«

»Ich habe keine Suchtprobleme.«

Linnea fasst sich an die Brust. »Aber du hast Probleme.«

»Nur ein bisschen neben der Spur«, sage ich mit schwacher, verbrauchter Stimme.

Linnea versucht sich an einem mitfühlenden Blick, die kalte Distanz, die mit einem Mal da ist, kann sie aber nicht überspielen. Nur wenige Minuten vor ihrem Auftauchen habe ich mir selbst eingeredet, dass etwas mit mir nicht stimmt. Dass ich nicht alle Sinne beieinander habe. Als ich das Video von mir gesehen habe, wie ich auf die Skulpturen in Roberts Wohnzimmer losgegangen bin, wurde mir klar, dass ich ein abscheuliches Gen in mir trage. Aber jetzt, da ich die Worte aus Linneas Mund höre, will ich mit allen Mitteln gegen die Behauptung ankämpfen.

»Ist es schon entschieden?«, frage ich.

»Das weiß ich nicht.«

»Du kannst jetzt gehen.«

Sie nickt, nimmt ihre Jacke, steht auf. Geht langsam auf die Tür zu. Klopft zweimal dagegen. Während sie darauf wartet, dass die Wache aufschließt, dreht sie sich noch einmal zu mir um.

»Dikemark ist kein Ort für ein Kind.«

Als sich die Tür hinter ihr schließt, hinterlässt sie drückende, stickige Luft. Meine pochende Übelkeit legt sich und wird von einem ganz neuen Gefühl abgelöst. Wie ein letztes Aufbäumen der Urkraft in mir laufe ich zur Tür und trommele mit den Fäusten dagegen.

»Wenn ihr keine wirklich stichhaltigen Beweise für meine Festnahme habt, lasst mich verdammt noch mal hier raus!«

61

Nach zwei Tagen begleitet Abs mich nach draußen. Wir gehen schweigend nebeneinander her, als gäbe es zwischen uns nichts mehr zu sagen. Als wäre die Luft, die wir teilen, verseucht von Schuld, Scham und Ausreden. Ich erwähne Dikemark mit keiner Silbe, er genauso wenig. Ich betrachte ihn, als er mir die Eingangstür aufhält. Draußen rauscht der Verkehr vorbei, noch nie kam mir die abgasschwangere Luft so willkommen vor.

»Es gab nur eine Leiche im Moor?«, frage ich.

»Bisher wurde nur die eine gefunden, ja.«

»Ist es mein Vater?«

Er sieht sich um. »Es ist zu früh, das zu sagen.«

Eine letzte Frage brennt mir auf der Zunge, aber ich weiß nicht, wie schlau es ist, sie zu stellen.

»Ja?«, sagt Abs.

»Nichts«, sage ich. Weiß, dass nichts Gutes dabei herauskommen würde.

Er strahlt Rastlosigkeit aus, als wollte er mir noch etwas sagen. Aber wir stehen wie zwei Fremde voreinander, die nicht recht wissen, wie sie sich voneinander verabschieden sollen.

Ich drehe mich um und gehe los, höre hinter mir seine sich entfernenden Schritte, und bereue es.

»Abs?«

Er bleibt stehen, wartet, bis ich bei ihm bin.

»Gibt es irgendeine Möglichkeit, dass jemand zu Azora aufs Dach gelangen konnte, ohne von einer Überwachungskamera aufgezeichnet zu werden?«

Er seufzt und inszeniert regelrecht das Herauszögern seiner Antwort.

»Bjørk …«

»Könnte jemand von oben gekommen sein? Antworte mir einfach, dann gehe ich.«

Ich habe schon früher darüber nachgedacht. Die Frage schlummert dort, seit Charlie mir erzählt hat, dass Azora und er über Aliens gesprochen haben und Anunnaki. Jetzt bin ich mir fast sicher, was passiert ist.

»Na ja, die Gebäude stehen dicht beieinander«, sagt Abs. »Im Grunde kann man über die gesamte Straßenlänge auf den Dächern entlanggehen.«

»Und man zieht nicht in Betracht, dass eine Person, die schon mal von den Kameras eingefangen wurde, beim zweiten Mal diesen Weg wählt?«, sage ich.

Er sieht mich an, ausdruckslos.

»Pass auf dich auf, Bjørk.«

Als ich in der U-Bahn sitze, rufe ich Linnea an.

»Ich hab' schon gehört, dass sie dich gehen lassen haben«, sagt sie.

»Jesses, du bist gut informiert.«

»Die Buschtrommeln funktionieren.« Sie lacht. Ein sanftes Lachen, das mich beruhigen soll.

»Kein Wort über Dikemark, zum Glück«, sage ich erleichtert, dass ich wieder auf freiem Fuß bin. Was aber noch lange nicht heißen muss, dass die Polizei fertig mit mir ist.

»Hast du was damit zu tun?«, frage ich ins Blaue hinein.

»Kein Kommentar«, sagt Linnea mit schlecht verborgenem Triumph in der Stimme. »Übrigens, Azoras Sachen sind gekommen. Ich gehe davon aus, dass du sie haben willst?«

»Ja, klar«, sage ich. »Aber jetzt bin ich grad auf dem Weg zum Haus.«

»Genieß die Freiheit. Alles ist vorbei«, sagt Linnea. »Komm irgendwann im Lauf der Woche vorbei, dann kriegst du die Sachen.«

»Super«, sage ich, höre aber meine eigene Unsicherheit. Vorbei? Glaubt sie das wirklich?

Danach rufe ich Edgar an und erzähle ihm, wo ich gewesen bin.

»Warum hast du mich nicht gebeten zu kommen?«

»Ich habe mich geschämt«, sage ich wahrheitsgemäß.

Ich brauche ein langes Gespräch mit Edgar, in dem er absolut alle Karten offen auf den Tisch legt, und frage ihn, ob er hoch ins Haus kommen kann.

»Gib mir eine Stunde, um mit Betty ihre Pläne abzustimmen.«

Ein Stück vom Haus entfernt bleibe ich stehen. Es ist bitterkalt. Der Schnee ist hart und bildet auf der Straße einen holprigen Panzer. Der Mond ist groß. Einmal habe ich von hier aus die Sterne beobachtet.

Vielleicht stammen Azoras Fantasien ja hierher. Ihre Träume von einem geheimnisvollen Universum. Die Antworten brodeln unter der aufgerissenen Wolkendecke. In diesem Moment sehe ich, dass aus dem Schornstein Rauch aufsteigt. Ich war mehrere Tage nicht hier, aber ganz offensichtlich ist jemand da drin und hat Feuer gemacht.

Ich gehe im Kopf alle Personen durch, die das sein könnten. Charlie, der sich aufwärmen will? Hat Azora noch anderen einen Schlüssel gegeben? Der Polizei? Mein Körper verkrampft sich, als mir in den Sinn kommt, dass es auch jemand sein könnte, der mich aus dem Weg räumen will. Der Worst Case.

Wie am Boden festgefroren, stehe ich ganz still da, starre auf die weißen Bretter, den Rauch. Die massive Eiche, die im Dunkeln etwas Bedrohliches hat. In diesem Moment verstehe ich, wieso Azora sich hier oben nicht sicher gefühlt hat. Es ist das Heim des Bösen.

Mit lähmender Furcht gehe ich die Allee hoch. Ich habe keine andere Wahl. Harter Schnee knirscht unter meinen Sohlen, die Treppe knackt, der Türgriff ist eiskalt, als ich die Hand darauf lege, die Tür öffne und wachsam in den Flur trete. Meine Nackenhaare stellen sich auf, als ich das Knistern der Flammen höre.

Ich versuche mich zu bremsen, um nicht auf die knarrenden Bodendielen zu treten, und schaue über die Treppe nach oben, aber dort scheint niemand zu sein.

Das Haus schließt sich mit jedem Schritt, den ich in Richtung Wohnzimmer mache, enger um mich. Als ich die Tür öffne, ist dort niemand. Ich lasse meine Schultern sinken. Im Ofen lodern die Flammen, es kann noch nicht lange her sein, dass jemand Feuer gemacht hat. Neben dem Ofen steht das schmiedeeiserne Feuerbesteck. Besen, Schaufel, Blasebalg und Zange. Ein Teil fehlt: der Schürhaken.

Ich stehe ganz still da. Sehe mich im leeren Wohnzimmer um, das nur von den Flammen im Ofen beleuchtet ist. Mein Blick landet auf den hohen Fenstern zum Garten. Die

Flammen spiegeln sich in den schwarzen Scheiben. Mein Blut rauscht durch die Adern. Und es dauert einen Augenblick, bis die Augen erfassen, was das Gehirn bereits weiß. Im Türrahmen zur Küche steht jemand. Espen.

Ich versuche, die Fassung zu wahren. Selbst im Dunkeln sehe ich seine Anspannung, sein Hals ist gestreckt, die Beine leicht gespreizt. Aber was mir wirklich Angst macht, ist die Hand mit dem Schürhaken.

62

Der Schein der Flammen spiegelt sich in Espens Augen. Er kommt einen Schritt auf mich zu und sieht aus wie ein Teufel mit flammenden Augen und fleischigen Wangen. Er durchbricht die Stille mit einem heiseren Flüstern.

»Ich habe den Ofen für dich angefeuert.«

Die Angst bringt mich aus der Balance. Dabei weiß ich genau, dass die geringste Bewegung ein Trigger für ihn sein könnte. Bei Leuten wie Espen ist das so. Für sie zählt einzig und allein die Kontrolle, dieses Gefühl muss ich ihm also lassen.

Ich werfe den Kopf nach hinten, als könnte ich nicht glauben, dass er es ist.

»Mein Gott, Espen, hast du mich erschreckt!«

Mit gespielt sicheren Schritten gehe ich ins Wohnzimmer, werfe die Jacke auf die Matratze und drehe die Handflächen zum Ofen.

»Ist Michael auch da?«, frage ich mit unbekümmertem Blick. Hoffe, dass die Erinnerung an seinen Sohn hilft.

»Ich will mit dir allein reden.«

Ich lege den Kopf schräg, öffne die Lippen zu einem unsicheren Lächeln. »Allein?« Meine Stimme hat den perfekten Klang für das Nachtradio.

»Ja, wir müssen miteinander reden«, sagt er.

»Reden?«

Er zieht eine Grimasse.

»Ja, es ist so langsam wirklich an der Zeit, dass du mir sagst, was du weißt und was du der Polizei gesagt hast.«

»Der Polizei?«

Bis jetzt scheint er nicht mitzubekommen, dass ich seine Worte spiegele, um ihn glauben zu lassen, dass ich auf seiner Seite stehe. Gleichzeitig versuche ich, ihm Informationen zu entlocken. Ich kann das, muss Zeit gewinnen, bis Edgar kommt.

»Ja, über das, was geschehen ist«, sagt er.

»Geschehen?«

Espen stöhnt, ich sehe ihm die Resignation an. Er macht einen weiteren Schritt in den Raum hinein, bleibt stehen und geht dann langsam im Zimmer auf und ab wie ein krankes Tier. Dabei fuchtelt er mit dem Schürhaken durch die Luft.

Ich bleibe still stehen, folge jedem Schritt mit den Augen.

»Ich habe sie so geliebt«, sagt er unvermittelt. »Lene, deine Mutter. Ich habe alles für sie getan.«

Es klingt noch obskurer als bei ihm zu Hause, trotzdem tue ich so, als würden seine Worte Eindruck auf mich machen. Es ist ihm extrem wichtig, dass er alles getan hat, trotzdem habe ich das Gefühl, dass er wegen irgendetwas ein schlechtes Gewissen hat.

»Natürlich, Espen«, sage ich so empathisch wie nur möglich. »Du hast alles getan, was in deiner Macht stand. Ich weiß, wie sehr du sie gemocht hast und dass du alles getan hast, um sie von Papa wegzulotsen.« Ich schlucke die letzten, anklagenden Worte herunter. »Und dass du für Nora und mich alles nur Erdenkliche getan hast.«

Indem ich Azoras ursprünglichen Namen nenne, hoffe

ich, dass er an sie als Jugendliche denkt. An das verletzbare Mädchen, das nicht gelernt hat, Grenzen zu setzen.

Er grunzt eine Antwort, die ich nicht verstehe, und läuft weiter hin und her.

Das Blut rauscht in meinen Ohren. Im Ofen knistern die Flammen und es riecht scharf nach Qualm. Irgendwann bleibt Espen vor dem Fenster stehen und starrt in den Garten und den schwarzen Wald.

»Sie haben seine Pistole nie gefunden«, sagt er mehr zu sich selbst. »Vielleicht kein Wunder, aber …«

Ich schlucke. Die Pistole? Ist sie der Schlüssel zu allem?

»Du hast ihn gehasst, nicht wahr?«, frage ich. Meine Stimme dringt kaum durch die Stille im Haus.

Espen dreht sich zu mir um, sein Blick ist härter als vorher. Wieder beginnt er, im Zimmer auf und ab zu laufen.

»Warum hast du der Polizei gesagt, dass ich sie getötet habe?«

Ich reiße die Augen auf, starre ihn an, breite die Arme aus, um meine Worte zu unterstreichen.

»Wo zum Henker hast du das denn her?«

Er fuchtelt mit dem Schürhaken vor mir durch die Luft, die Augen starr auf etwas gerichtet, das ich nicht sehe.

»Versuch es gar nicht erst. Ich weiß, dass du mit denen geredet hast. Es war in den Nachrichten, dass sie im Moor eine alte Leiche gefunden haben. Und du wolltest ja unbedingt dorthin. Wie es aussieht, hast du gefunden, was du gesucht hast.«

Espen glaubt wirklich, dass ich ihn angezeigt habe. Ein Schweißtropfen bildet sich auf meiner Stirn. Ich sehe die Dinge jetzt klarer. Erinnere mich plötzlich, wie oft Lene und Arild sich gestritten haben.

»Wusstest du, dass sie da liegt?«, frage ich mit einem raschen Blick zu dem Kaminbesteck.

»Nein.«

Ich tue so, als würde ich ihm glauben, als wären wir Verbündete.

»Ich bin verhört worden und habe zwei Tage in U-Haft verbracht«, sage ich. »Sie wollen mir eine ganze Reihe von Verbrechen anhängen.«

»Und dann haben sie dich freigelassen, weil du mich da reingezogen hast.«

»Ich habe dich mit keiner Silbe erwähnt, das ist doch klar.« Ich lasse meine Stimme verärgerter klingen, als ich es vorhatte.

»Und warum sind die dann gestern bei mir aufgetaucht? Ich dachte, ich hätte das hinter mir, aber mit einem Mal waren diese Lackaffen wieder da und wollten eine Aussage.«

Verdammt.

»Sie wissen noch gar nicht, wer die Leiche ist«, versuche ich, überzeugend zu klingen. »Das kann irgendjemand sein.«

Auch das nützt nichts.

»Ich habe bei der Suche in jedem dieser verfluchten Löcher geholfen.«

Meine Gedanken sind so klar, dass ich fürchte, Espen kann sie hören. Das alles passt zu gut. Der frisch ausgebildete Nordsee-Taucher, dessen Schwester verschwunden ist, stellt sich freiwillig dem Suchtrupp zur Verfügung. Heute wäre so etwas niemals mehr möglich, aber in den Neunzigern haben sie es mit den Formalitäten noch nicht so genau genommen.

Ein Gedanke kommt mir. Könnte der Tod meiner Mutter

ein Unfall gewesen sein? Hat Espen ihr geholfen, Arild loszuwerden, und dann ist etwas komplett schiefgelaufen? Ich nehme mir ein paar Sekunden, um über Motiv, Gelegenheit und die Alibigeschichte nachzudenken. Der trauernde Bruder, der der Polizei alle möglichen Theorien präsentiert. Wenn Espen Arild getötet hat, könnte er jemanden mit dem Handy nach Deutschland geschickt haben.

»Espen, ich weiß, dass du nett zu Azora warst.« Jetzt nutze ich ihren neuen Namen. »Das sagt alles darüber, was für ein Mensch du bist.«

»Sie war so niedergeschlagen«, sagt er. »War das Leben auf der Straße so leid. Die Drogen haben sie fertiggemacht. Sie wollte unbedingt clean werden, ein ganz normales Leben führen.«

Sein Körper schrumpft, und ich sehe, dass auch er am Boden ist. Weil er all die alten Lügen leid ist? Oder weil er sich noch einmal erklären muss?

»Wann hast du sie wiedergetroffen?«, frage ich und verlagere das Gewicht auf das andere Bein. Soll ich versuchen, mich der Haustür zu nähern, oder auf Edgar warten?

»Vor ein paar Jahren«, sagt er, tritt wieder ans Fenster und starrt in die Dunkelheit. »Ich hatte gehofft, dass sie mir etwas über diesen Sommer erzählen könnte.«

»Das hat sie aber nicht?«

»Nein, sie war verschlossen wie eine Muschel.«

Mein Hirn versucht, das Gesagte zu sortieren und gleichzeitig das Gespräch am Laufen zu halten. Azora wollte, dass ich Bescheid weiß, dass ich mich erinnere, sonst hätte sie die Schlafzimmer nicht beinahe intakt gelassen. Sie will mir mit den Zimmern etwas sagen, und wenn ich jetzt gehe, werde ich es nie erfahren.

Er macht einen Schritt auf mich zu, leise wie ein Fuchs. Ich widerstrebe dem Bedürfnis, zurückzuweichen, aber die Zeit rinnt mir durch die Finger. Wo bleibt Edgar?

»Sie hat auch versucht, mit mir Kontakt aufzunehmen«, sage ich. »Hätte sie das doch nur früher getan.«

»Das hat sie«, sagt Espen und bleibt etwas entfernt von mir stehen. »Aber das ist nicht auf fruchtbaren Boden gefallen.«

Die Scham füllt jeden Winkel in mir.

»Sie hat oft gesagt, wie sehr du ihr fehlst. Und das Kind natürlich.«

»Hat sie auch über unsere Eltern gesprochen?«

Espen stöhnt, reibt sich mit der freien Hand übers Gesicht.

»Nur das, was sie immer gesagt hat. Dass sie beide gehasst hat.«

Mein Blick geht zu dem großen Fenster, dem Wald. Was ist da draußen im Moor passiert?

»Ich habe die Schneekugel gefunden«, sage ich und frage mich im selben Moment, ob es wohl klug ist, das dünne Eis auf diese Weise zu testen. »Azora hat sie aufgehoben.«

Espen sieht mich verwundert an, als wüsste er nicht recht, wovon ich rede. Dann geht ihm ein Licht auf.

»Du hattest es nicht leicht«, sagt er. »Ich habe damals irgendwo gelesen, dass Kinder schreckliche Erlebnisse vergessen können, wenn sie ihre Gedanken an einem konkreten Ort ablegen können. Und da dachte ich mir, dass … ja, dass diese Schneekugel so ein Ort sein könnte.«

Habe ich es wirklich so gemacht? Habe ich alles Böse in der Schneekugel eingeschlossen? Aus der es seitdem herauszukommen versucht? Ich fasse mir an die Brust, weiche einen Schritt zurück.

»Danke«, flüstere ich, während mein Blick wieder zum Wald gezogen wird. Das Dunkel saugt alle meine Sinne auf. Flüstert mir zu, dass die Antwort dort draußen verborgen liegt.

Espen kommt mit resoluten Schritten auf mich zu.

»Dann erzähl doch endlich«, sagt er und in seiner Stimme schwingt eine lang aufgestaute Wut mit. »Sag mir, was du weißt.«

»Ich weiß nichts …«, stammele ich.

»Schluss mit den Lügen!«

Ich widerstehe dem Drang, zur Tür zu blicken. Weiche nur ein Stück vor ihm zurück, ohne allzu ängstlich zu wirken, aber am Ende hat er mich an die Wand neben dem Ofen gedrängt.

»Du und Nora, ihr habt alles gesehen, oder?«

Hitze wallt in mir auf, mein Gesicht brennt. Meine Haut ist von einem Schweißfilm überzogen.

»Jetzt sag es doch, mach endlich den Mund auf!«

»Ich weiß nicht, was ich sagen soll, Espen«, jammere ich. »Ich erinnere mich wirklich an nichts.«

Sein Gesicht ist so nah vor meinem, dass ich seinen Atem spüre.

»Warum glaube ich dir nicht?«, flüstert er.

Es ist, als würde ich das Seufzen des Waldes hören. Als wollte er mir mit seinen Worten auf die Sprünge helfen, aber ich verstehe sie nicht, schaffe es nicht, die Laute zu formen, die rauswollen. Die Angst, hier oben am Waldrand zu sterben, paralysiert mich und mir wird schwarz vor Augen. Ich schwebe in Gedanken über der Stadt, über dem Schnee, allem Bösen, aber das Kind holt mich aus dem Nebel zurück. Es pulsiert in mir wie winzige Feuerfliegen. Ich habe mir selbst versprochen, auf es aufzupassen. Irgendwie muss ich es schaffen, ihn davon zu überzeugen, dass ich nichts weiß. Aber die Erinnerungen kommen zurück. Und was mit ihnen auftaucht, macht mir Angst.

Es brummt in der Tasche meiner Jacke, ich zucke zusammen.

Espen beugt sich vor, durchwühlt meine Kleider, bis er das Handy findet. Er will den Akku herausnehmen, doch dann sehe ich ihn mit dem Finger über das Display fahren. Er hält mir das Telefon hin. Eine Nachricht von Edgar.

Betty geht es schlecht, ich muss mit ihr ins Krankenhaus. Ich rufe dich morgen an.

63

Ich schließe die Augen und hoffe, dass alles anders ist, wenn ich sie wieder öffne. Espen streckt sich nach einer Einkaufstüte aus, reißt sie auf und dreht sie zu einem Riemen zusammen.

Vor meinen Augen kreist alles. Längst weiß ich, dass ich nicht entkommen werde, und Edgar kommt nicht.

»Ich weiß nichts aus der Zeit, in der ich hier gewohnt habe«, wiederhole ich.

»Warum kann ich dir das verflucht noch mal nicht glauben?«

»Weil viele Leute glauben, dass man sich an alles erinnert, was man im Alter von vier oder fünf erlebt hat. Aber mal ehrlich, an wie viel aus deiner Schulzeit erinnerst du dich noch?«

Er dreht das Plastik noch ein paarmal weiter und scheint nachzudenken. Bei Leuten wie ihm ist es nie falsch, an die Logik zu appellieren.

»Azora hat mir etwas erzählt«, sagt er.

»Ja?«

»Dass sie meine Katze umgebracht hat.«

Eine Erinnerung poppt auf. Ich habe die Katze gesehen, mit der Schlinge um den Hals.

»Was ist passiert?«, frage ich.

Auf seinem Gesicht zeichnet sich so etwas wie Abscheu

ab. »Arild hatte Nora gewürgt, bis sie ohnmächtig wurde, und sie wollte ausprobieren, wie sich das anfühlt.«

Verdammt ...

Für einen Moment sind wir beide still.

»Niemand weiß, was in jenem Sommer passiert ist«, sage ich schließlich.

»Du weißt es.«

»Nein!«

»Wir haben eine lange Nacht vor uns«, sagt er nüchtern.

Warum ist er sich so sicher, dass ich ihn gesehen habe? Es muss einen Grund dafür geben, dass er nicht nachgibt. Ist das wegen der Zeugenaussage oder weil er keinen Kontakt zu uns haben durfte? Er muss mich gesehen haben, denke ich. Und davon überzeugt sein, dass ich ihn auch gesehen habe. Aber warum habe ich dann keine Erinnerung daran?

Die Minuten vergehen, und mit einem Mal tauchen vage Bilder in meinem Kopf auf, die ich aber noch nicht begreife.

»Sie gingen allein in den Wald«, murmele ich überrascht über mich selbst. »Es muss in der Nacht gewesen sein.«

»Und?«, fragt Espen.

»Jemand ist ihnen gefolgt.«

Seine Nasenflügel vibrieren. »Hast du gesehen, wer?«

Ich durchforste mein Gehirn, aber mehr ist da nicht. »Nein.«

Espen holt tief Luft, will den Arm nach mir ausstrecken, als es an der Tür klopft. Sie wird geöffnet und vom Flur höre ich Linneas Stimme. »Hallo!«

Espen stürzt auf sie zu, ich höre ein Gerangel, Körper, die zusammenstoßen, ein tiefes, schmerzhaftes Stöhnen. Als ich in den Flur stolpere, sehe ich Espen gegen die Kellertür kippen und kopfüber verschwinden.

64

Linnea schreit. »Scheiße! Was ist hier los?«

Sie ringt nach Atem, beugt sich vor, die Hände auf den Knien. Der Pferdeschwanz hängt lose über ihre Wange.

Ich drücke mich an den Türrahmen. »Mein Onkel. Wir hatten einen Streit.«

Etwas lodert in ihren Augen auf. »Erinnere mich daran, nie mit dir zu streiten.«

Aus dem Keller ist kein Laut zu hören. Mit unsicheren Schritten gehe ich zur Tür und sehe ihn im funzeligen Lichtschein der nackten Glühbirne. Espen liegt wie ein Bündel am Fuß der Treppe. Aus seinem Rücken ragen die Spitzen der Heugabel wie die Klauen von Wolverine. Es läuft mir kalt den Rücken runter. Ich bin absolut sicher, dass die Heugabel beim letzten Mal noch nicht da gestanden hat.

»Die Tür ist normalerweise verschlossen«, sage ich, während mein Magen sich umdreht. Diese Heugabel war für mich gedacht.

»Rufst du den Rettungswagen?«, frage ich.

Linnea legt mir die Hand auf den Rücken und führt mich weg von der Kellertür.

»Dem kann niemand mehr helfen«, sagt sie. »Hast du seinen Hals gesehen?«

In meinem Kopf beginnt eine Alarmglocke zu schrillen. »Ja, aber …?«

»Überleg dir ganz genau, was du sagen willst«, ermahnt mich Linnea. »Es sieht nicht gut für dich aus, wenn du gleich nach deiner Entlassung mit der nächsten Leiche aufwartest.«

Tief in meinem Inneren weiß ich, dass sie recht hat. Ich muss die Polizei anrufen, aber erst, wenn ich eine wasserdichte Geschichte habe, die Rosa und ihr Partner nicht zerpflücken können.

»Erzähl«, sagt Linnea. »Worüber habt ihr gestritten?« Sie zieht Handschuhe und Jacke aus, geht ins Wohnzimmer und setzt sich dicht am Ofen auf die Matratze. Aus der Tasche zieht sie eine Flasche mit dem gelben Saft, den sie mir schon nach der Nacht auf der Straße serviert hat. Sie hat auch zwei Gläser dabei.

»Ich habe Josefines Stärkungstrank mitgenommen«, sagt sie und reicht mir ein Glas. »Lass uns darauf anstoßen, dass du frei bist.«

Der Mond ist offensichtlich hinter Wolken verschwunden, da durch die Fenster kein Licht mehr fällt. Ich lasse mich neben Linnea fallen und nehme das Glas entgegen. Der Saft wirkt in der spärlichen Beleuchtung dunkler, schmeckt aber noch genauso scheußlich wie beim letzten Mal. Und erfüllt mich wieder mit dieser wohligen Wärme. Ist da Alkohol drin? Aber nein, Linnea weiß ja, dass ich schwanger bin.

Ich will das Glas abstellen, als Linnea sanft mein Handgelenk berührt. »Worüber habt ihr gestritten?«

»Wir müssen uns um ihn kümmern«, sage ich und sehe zum Flur.

»Immer mit der Ruhe … Er ist tot.« Linnea schenkt mir mehr Saft ein. »Was willst du erzählen?«

Ich erzähle ihr von Espens Wut und von meinen widerstreitenden Gefühlen zwischen Abscheu und Mitgefühl. Und dass ich mich allmählich frage, ob er tatsächlich nicht wusste, was mit meinen Eltern geschehen ist. Während ich das Gespräch mit meinem Onkel Satz für Satz aus der Erinnerung hole, wird mir klar, dass es so sein muss. Er klang so verletzlich, so ... und warum hätte er all die Fragen stellen sollen, wenn er seine Schwester selbst getötet hatte? Das alles passt nicht zusammen, aber irgendwie arbeitet mein Hirn nicht schnell genug. Ich weiß, dass ich etwas übersehe, aber in meinem Kopf dreht sich alles.

»Irgendwas stimmt da nicht ...«, sage ich und spüre, wie meine Zunge anschwillt.

Linnea beruhigt mich, nimmt mir das Glas aus der Hand und schenkt nach.

Auch das Zimmer dreht sich jetzt. Es muss Alkohol in diesem Drink sein. »Nein danke, ... das Kind.«

»Das ist kein Alkohol, sei unbesorgt.«

Widerstrebend nehme ich ihr das Glas ab, nippe aber nur noch daran. Wir reden weder über die Tatsache, dass gerade ein Mensch zu Tode gestürzt ist, noch darüber, wer für seinen Tod verantwortlich ist. Ein Pfeifen schrillt in meinem Kopf. Brauche nur ich eine wasserdichte Geschichte?

Ich fühle mich plötzlich so müde und schwer. Am liebsten würde ich mich hinlegen, aber mein hämmernder Puls hält mich wach. Und ich werde das Gefühl nicht los, dass die Heugabel für mich bestimmt war.

»Hast du Azoras Sachen dabei?«, frage ich nach einer Weile.

Linnea streckt sich nach ihrer Jacke aus und holt etwas

aus der Tasche. Ein altes Amulett. In die Außenseite ist der Buchstabe E graviert. Es ist das Amulett, das ich auf der Fotografie bei der Beerdigung gesehen habe.

Ich nehme es entgegen, schlucke und öffne es.

»Wer hat das gebracht?«, frage ich.

»Keine Ahnung«, sagt Linnea. »Das sind du und Azora, oder?«

Ich starre auf das Foto der beiden Mädchen. Azora und ich als Kinder. Sie sieht so unschuldig aus, so unberührt und schön. Aber ich habe noch Edgars Worte im Ohr, dass ich mit frischen Brandmalen gefunden wurde und Azora sofort in Verdacht geriet.

Wann ging das los? Wann wurde sie gewalttätig? Hat das schon immer in ihr gesteckt oder hat sie das gelernt? Erbe oder Umfeld, die ewige Frage.

»Merkwürdig, dass sie kein Foto ihres Kindes in dem Amulett hatte.«

Laut Espen hat man ihr das Besuchsrecht genommen und das Kind ist irgendwann gestorben.

War es zu schmerzhaft für sie, ein Bild von ihrem Kind bei sich zu tragen? Oder hat sie auch ihr Kind verletzt? Je länger ich darüber nachdenke, desto sicherer bin ich mir, denn ich sehe, wem die junge Azora ähnlich sieht, und plötzlich weiß ich: Ihr Kind ist nicht gestorben.

»Ich denke, wir sollten ihn woanders hinlegen.«, sagt Linnea und springt auf. »Sieht schon komisch aus, dass die Heugabel so riskant platziert war.«

In der Tat ein merkwürdiger Platz für eine Forke, ich finde es aber trotzdem falsch, Espen zu bewegen. Wenn wir alles so lassen, wird auch die Kriminaltechnik zu dem Schluss kommen, dass es ein Unfall war. Als ich aufstehen will, haut es mich fast von den Füßen, als wäre mein Körper fremdgesteuert.

Ich kneife die Augen zusammen, reiße sie wieder auf, stolpere in den Flur. Stütze mich an den Rahmen der Kellertür und sehe nach unten.

»Geh du vor«, sagt Linnea. Es klingt wie ein Befehl. Widerwillig steige ich die steile Treppe nach unten, ohne Espen aus den Augen zu lassen. Die Stufen knarren und in dem fahlen Licht der nackten Glühbirne sehe ich nicht viel. Ich umklammere das Geländer, um nicht über ihn zu stolpern. Atmet er noch? Sollten wir nicht doch den Rettungswagen rufen? Ich will mich nach unten beugen und zwei Finger an seinen Hals legen, kann mich aber kaum auf den Beinen halten.

Das Blut ist auf dem Kellerboden zusammengelaufen. Ungelenk steige ich über den Körper. Platziere den Fuß zwischen seinem Körper und einem Arm und achte darauf, nicht ins Blut zu treten. Als ich endlich auf seiner anderen Seite bin, öffne ich die Tür zum Vorraum.

»Wir dürfen ihn nicht bewegen«, sage ich.

Linnea schlendert unbeeindruckt die Treppe nach unten, ohne zu antworten. Sie hat schwarze Handschuhe angezogen, scheint sich ansonsten aber nicht zu sorgen, den Tatort zu kontaminieren. Als sie die Leiche erreicht, zögert sie nicht und schwingt sich mit einem Fuß an der Wand und einer Hand am Geländer über Espen hinweg.

Genau wie die Person, die mich auf der Brücke überfallen hat.

Mein Atem stockt, ich sehe sie vor mir. Androgyn, stark, athletisch. Handschuhe. Es fehlen nur die schwarze Kleidung und die Maske.

Für ein paar Sekunden verhaken unsere Blicke sich ineinander. Mich erstaunt, wie einfach das alles aussieht. Mit welcher Leichtigkeit sie Espen in den Tod gestoßen hat. Wie sie vermutlich auch Azora auf das Dach gelockt und vom Dach gestoßen hat. Der Weg über die Dächer, um die Überwachungskameras zu umgehen, wäre für sie sicher kein Problem.

Und sie könnte in meine Wohnung eingestiegen sein. Und mich mit diesem Saft betäubt haben.

»Bjørk …«, sagt sie mit einem Lächeln auf den Lippen. Ihre Pupillen wirken in dem wenigen Licht riesig.

Ohne zu zögern, laufe ich in den Vorraum, haste zur Tür. Sie ist verschlossen. Noch ehe ich es schaffe, mich umzudrehen, geht das Licht aus, und der ganze Keller liegt im Dunkeln.

Blitzschnell gehe ich ein paar Schritte von der Tür weg. Wenn ich nur nicht gegen etwas stoße und mich verrate! Ich zittere, völlig benommen und dösig. Warum habe ich nicht erkannt, dass Linnea Azoras vermeintlich tote Tochter ist, die ihr genommen wurde?

Ich starre ins Dunkel, kann sie aber weder sehen noch hören. Um mich herum herrscht klamme Stille. Nur mein eigener, unruhiger Atem ist zu hören. Wenn ich über die Treppe fliehen will, muss ich Linnea glauben lassen, dass ich ganz hinten im Keller bin.

Langsam schleiche ich mit ausgestrecktem Arm an der kalten Wand entlang. Irgendwo muss diese Tafel mit den Werkzeugen sein. Ich achte darauf, keinen Laut von mir zu geben, und habe eine Wahnsinnsangst, dass mein Atem mich verrät. Dann spüre ich endlich die Tafel unter meinen Fingern, die Konturen der Werkzeuge. Ertaste den Hammer. Ich bin so schwach, dass ich den Hammer kaum von der Wand bekomme, schließlich nehme ich beide Hände und verursache dabei ein leises Scharren. Ich weiß nicht, an was ich gestoßen bin, aber das hat Linnea garantiert gehört. So schnell ich kann, nehme ich ein weiteres Werkzeug von der Tafel und werfe es so weit in den Keller hinein, wie ich nur kann. Halte den Atem an. Als ich mich gerade weiterschleichen will, spüre ich eine Hand, die meine berührt.

»Da bist du ja«, sagt Linnea. Ihre Stimme klingt mild und bedrohlich zugleich. Ich zögere nicht und schwinge den Hammer mit aller Kraft ins Dunkel. Linneas Brüllen zeigt mir, dass ich getroffen habe. Ich schlüpfe zur Seite, stolpere auf die Stelle zu, an der ich die Tür zum anderen Keller vermute. Knalle mit der Schulter an den Rahmen und werde nach hinten geworfen. Der Hammer fällt zu Boden. Hysterisch suchen meine Hände nach dem Werkzeug. Ich finde es, rappele mich auf, taste mich vorwärts und schaffe es in den angrenzenden Raum. Dort stolpere ich über Espens Körper, steige über ihn und verletze mich an den Zinken der Heugabel, die aus seinem Rücken ragen.

Eine Hand schließt sich um meinen Knöchel. Ich schlage den Hammer mit voller Kraft nach unten. Ein scharfer Schmerz schießt aus meinem Knöchel durch mein ganzes Bein nach oben. Ich muss aber auch einen von Linneas Fingern erwischt haben, deren Schrei nicht misszuverstehen ist. Ihr Griff löst sich, und ich hinke weiter nach oben. Ich stürme durch den Flur und will die Haustür aufreißen, aber sie ist verschlossen und der Schlüssel nirgends zu sehen.

Als Linnea direkt hinter mir auftaucht, weiß ich, dass es vorbei ist. Sie stützt sich keuchend mit einer Hand an den Rahmen. Vor meinen Augen dreht sich alles, meine

Knie sind weich. Mein Hals ist trocken, die Zunge rau, ich kann meine Beine nicht bewegen. Ich sacke zusammen, der Hammer fällt zu Boden und ich strecke die Arme aus, um zu zeigen, dass ich ganz ruhig bin. Mit letzter Kraft schiebe ich den Ärmel meines Pullovers bis zur Schulter hoch und entblöße die Narben auf meinem Oberarm.

»Azora?«, fragt Linnea.

Ich nicke. Langsam, ganz langsam versuche ich aufzustehen, aber meine Bewegungen sind ungelenk. Ich kann nicht mehr klar denken, mich nicht konzentrieren, und als alles schwarz wird, denke ich, dass für mich und mein Kind nun alles vorbei ist.

65

Kalt, steif und mit grauenvollen Bauchschmerzen schrecke ich aus dem Schlaf. Was ist passiert? Der Gestank des Ofens zieht in meine Nase. Als ich das Holz knistern höre, weiß ich mit einem Mal, wo ich bin. Versuche, mich aufzurichten, und bemerkte, dass meine Hände mit Kabelbindern gefesselt sind. Ich liege auf der Matratze im Wohnzimmer. Mühsam drehe ich mich um und schaffe es irgendwie in eine sitzende Position, den Rücken an der Wand. Ich starre auf meine Handgelenke und hebe den Blick. Vor mir auf dem Boden sitzt Linnea. An ihrer Stirn ist angetrocknetes Blut. Die Haare kleben an ihrem Gesicht. Endlich setzt auch mein Gehirn wieder ein. Ich erinnere mich an Espen, dass ich über seinen Körper gestiegen, nach oben gerannt und dann im Flur zusammengebrochen bin.

Sie muss mich mit dem Saft betäubt haben. Vielleicht hat sie mir Rohypnol gegeben. Aber hat nicht auch sie einen Schluck davon getrunken? Die Konzentration muss so schwach gewesen sein, dass nichts passiert, wenn man nur am Glas nippt.

Linnea starrt mich ausdruckslos an. Als erwartete sie, dass ich irgendetwas unternehme. Was kann ich sagen, damit sie glaubt, dass ich sie verstehe? Soll ich sie anflehen? Ich öffne den Mund, aber es kommt nur ein trockenes Kratzen.

Das Feuer im Ofen brennt gut, die Flammen zucken

hin und her. Ich darf nichts sagen, was Linnea irgendwie wütend machen könnte. Habe panische Angst, dass sie etwas in meine Worte hineindeutet. Draußen ist es noch immer dunkel. Ich war also nicht lange bewusstlos. Bis zum Morgen dauert es noch eine Weile und sicher noch viel länger, bis mich irgendjemand vermisst.

Für einen Moment sehen wir uns nur stumm an. Die Situation kommt mir irgendwie bekannt vor. Ich hocke hier nicht das erste Mal, auf meine Strafe wartend. Und es ist auch nicht das erste Mal, dass ich ohnmächtig war.

Die Erinnerung an den Wald quält mich. Wie kann damals jemand meinen Eltern gefolgt sein? Es war doch mitten in der Nacht. Ich glaube, mich an eine Eule zu erinnern. Und an Insekten. Kein Wind.

Dass sie in den Wald gegangen sind, sehe ich klar vor mir. Wie auch die Tatsache, dass jemand anders in dieser Nacht seine Strafe erhielt.

»Wir hätten Freunde werden können«, sagt Linnea und unterbricht meine Gedanken. »Eine Familie.«

Familie. Was ist das eigentlich? Sind es die Geschichten, die wir einander erzählen, die uns verbinden? Unser eigen Fleisch und Blut, was auch immer es getan hat? Oder entscheiden wir selbst, wen wir in unserem Leben haben wollen? Linnea ist Azoras Tochter, die sie – wie mich – mit Zigaretten gebrandmarkt hat. Hätte ich das erkennen müssen, als ich die Narben unter Linneas Tattoos bemerkte? Sie waren nicht leicht zu sehen, aber wer sich mit Selbstverletzung auskennt, weiß ganz genau, welche Tattoos lediglich den Sinn haben, Narben zu verdecken. Es war kein Problem für Linnea, Kontakt zu ihrer Mutter aufzunehmen, ohne dass jemand das mitbekommt.

»Wir sind doch eine Familie«, sage ich. Meine Zunge ist noch immer geschwollen und lahm. Ich versuche mich an meinem verständnisvollen Therapeutenlächeln, obwohl ich eine ganz klare Vorstellung habe, wie ich dabei aussehe.

»Ich habe wirklich versucht, dich kennenzulernen.« Linnea sieht mich an, ohne zu blinzeln.

Fast glaube ich, die Abscheu riechen zu können, die sie empfindet.

»Ich wollte auch dich kennenlernen …«

»Nein«, fährt sie mir ins Wort. »Du hast dich nur für Azora interessiert. Immer wolltest du nur wissen, wissen, wissen. Als du bei mir im Büro warst, wolltest du nicht mich kennenlernen.« Sie schweigt für einen Moment und fügt dann hinzu: »Hättest du nicht einfach alles auf sich beruhen lassen können, als ich dich darum gebeten habe?«

Sie hat recht. Ich habe immer nur alle über Azora ausgefragt. Mehr gibt es dazu nicht zu sagen. Aber ich wusste ja auch nicht, dass Linnea meine Nichte ist.

Ich versuche, das Gespräch so lange wie nur möglich am Laufen zu halten. Soll ich sie fragen, warum sie das getan hat oder wie Azora sie behandelt hat? Ob sie weiß, warum Azora damals das Umgangsrecht abgesprochen wurde.

»Was auch passiert ist, wir müssen uns umeinander kümmern«, sage ich.

Linnea legt den Kopf nach hinten und lacht. Ein hartes, verblüfftes Lachen. »Als wenn du dich um mich kümmern würdest! Du hasst mich, wie du auch dein Kind hassen wirst, wenn es dir erst zur Last fällt.«

Meine Fingerkuppen kribbeln. Okay, damit wären wir am Punkt. Azora hat sie misshandelt. Linnea kam ins Heim und ist da vermutlich nicht zurechtgekommen. Als sie mitbekam, dass ihre Mutter erneut schwanger war, wollte sie dem neuen Kind dieses Schicksal ersparen.

»Nein, ich hasse dich nicht«, sage ich.

Sie kommentiert es nicht.

»Glaubst du wirklich, dass unsere Gene nicht dazu taugen, Kinder großzuziehen?«, frage ich. Ein stechender Schmerz zieht durch meinen Bauch, und ich denke mit Schrecken daran, dass sie mir auch eine Abtreibungspille in den Saft gemischt haben könnte.

Linnea schüttelt langsam den Kopf. Ihr Gesicht drückt eine Mischung aus Trauer und Abscheu aus. Die Flammen spiegeln sich in ihren Augen. »Warum kannst du nicht einfach ein bisschen freundlicher sein?«

»Aus meinem Mund kommen nicht immer die richtigen Worte«, gestehe ich ein und weiß, dass Linnea sich darin wiedererkennen wird. »Tut mir leid, ich war verzweifelt.«

Linnea denkt über meine Antwort nach, während ich mich frage, wie ich diese Rolle weiterspielen muss. Was kann ich sagen, damit sie mich im selben Team wie sich selbst wähnt?

»Was ist mit deinem Vater?«, frage ich. »Hast du Kontakt zu ihm?«

»Keine Ahnung, wer das ist!«, faucht sie.

»Ich kannte meinen biologischen Vater auch nicht«, sage ich nach einer Weile. »Für die kleine Familie, die ich habe, würde ich aber alles tun.«

Keine direkte Lüge. Es fällt mir wirklich nicht schwer, Mitgefühl und Trauer über all das zu empfinden, was Linnea erlebt hat. Eine andere Chance habe ich nicht, weshalb ich alles auf diese eine Karte setze. Ich tauche in die Gedanken ein, öffne mein Herz. Noch ein Kind, das unter schwierigsten Familienverhältnissen aufgewachsen ist, das in der Jugend Probleme hatte und von allen im Stich gelassen wurde. Mir steigen Tränen in die Augen.

Eine Falte gräbt sich in Linneas Stirn.

»Komm her«, sage ich so liebevoll wie nur möglich und strecke ihr die gefesselten Hände hin.

Sie sieht mich verunsichert an. Ihr Mund steht etwas offen, als frage sie sich, ob ich das ernst meine. Eine Weile bleibt sie so sitzen. Dann krabbelt sie über den Boden zu mir.

Als sie ihren Arm um mich legen will, werfe ich den Kopf nach hinten, mobilisiere all meine Kraft und treffe sie seitlich am Kopf, sodass ihre Schläfe gegen den Ofen knallt. Linnea starrt mich für den Bruchteil einer Sekunde schockiert an, dann sackt sie bewusstlos zu Boden. Ihre Enttäuschung, ihr Gefühl, verraten worden zu sein, trifft mich mit voller Wucht.

66

Ein paar Tage später muss ich wieder eine Aussage bei der Polizei machen, ich weigere mich aber, mit anderen als Abs zu sprechen.

»Hat Linnea bei der Drogenhilfe angefangen, um ihre Mutter zu finden, oder gab es dafür auch noch andere Gründe?«, fragt er, nachdem wir den Ablauf und meine Rolle darin gründlich aufgearbeitet haben.

»Das fragst du sie am besten selbst«, sage ich mit ruhiger, engagierter Stimme.

»Vorläufig verweigert sie die Aussage.«

»Gib ihr etwas Zeit. Ich glaube, sie wollte verhindern, dass noch ein anderes Kind durchmachen muss, was sie durchgemacht hat, nachdem sie von Azoras erneuter Schwangerschaft gehört hat.«

»Aber warum hatte sie es auch auf dich abgesehen?«

Ich schüttele den Kopf, genau das habe ich mich immer wieder selbst gefragt. »Anfangs dachte ich, sie wollte mich daran hindern, irgendwelche Ermittlungen anzustellen, mich aber auch irgendwie in ihrem Leben haben. Ich bin mir ziemlich sicher, dass sie von Beginn an wusste, dass ich ihre biologische Tante bin.«

»Und warum hat sie dich dann überfallen? Die Überwachungskamera am Hotel an der Brücke hat Teile des Geschehens aufgezeichnet. Vorläufig wissen wir noch nicht, ob das wirklich sie war, eine Kamera ganz in der Nähe hat aber kurz danach ein Bild von ihr aufgezeichnet, und darauf ist sie klar zu erkennen.«

»Dazu ist es erst gekommen, nachdem ich ihr von der Schwangerschaft erzählt habe.«

»Und der Einbruch?«

»Das war an dem Tag, als wir uns in Bryn getroffen haben. Ich glaube, sie hat mich zeitweise beschattet.«

»Verstehe«, sagt Abs. »Wir haben ihre DNA in deiner Wohnung gefunden, und es war tatsächlich sie, die Kontakt mit der Polizei aufgenommen und gesagt hat, dass Azora am Abend ihres Todes bei ihr war und sie mitbekommen hat, wie ihr euch am Telefon gestritten habt.«

Das sich wiederholende Hintergrundgeräusch war die Straßenbahn in der Storgata. Azora war bei der Drogenhilfe, als sie angerufen hat, weshalb Linnea wusste, dass sie mich treffen wollte. Ich drücke mir den Pullover auf den Bauch und versuche, eine klare Stimme zu behalten. »Sie glaubt nicht, dass ich in der Lage bin, mich um ein Kind zu kümmern. Das war vermutlich ihr Motiv. Sie wollte sowohl Azora als auch mich daran hindern, ein Kind zu bekommen.«

»Alles in Ordnung?«, fragt Abs und starrt auf meine Hände.

Seine Fürsorge tut mir gut. »Ja, der Arzt hat mir versichert, dass mit dem Kind alles in Ordnung ist.«

»Und Kristian?«

Mein Mundwinkel zuckt. Ich habe ihn noch nicht getroffen und lenke Abs mit einem weiteren Kommentar zu Linnea ab: »Vermutlich war es dann auch Linnea, die mich am Tatort fotografiert hat. Ich glaube auch, dass sie bei mir im Krankenhaus war. Frag sie danach.«

Mein Blick gleitet an meinem Körper nach unten. »Wer hat mich da im Wald gefunden?«

»Ein Mann, der in der Gegend seine Hütte hat. Ein totaler Zufall. Das hätte echt gründlich schiefgehen können.«

Ich weiß nicht, was ich sagen soll.

»Es gibt da noch eine andere Sache, die ich nicht verstehe«, sagt Abs und klopft mit dem Zeigefinger auf seine Unterlagen. »Dieser Espen.«

»Ich glaube, er wollte unseren Vater töten«, sage ich. »Aber was er gesagt hat, lässt mich daran zweifeln, dass er es wirklich getan hat.«

Abs beugt sich zu mir vor. »Was hat er gesagt?«

»Dass er einzig und allein seine Schwester schützen wollte, ihm das aber nicht gelungen sei.«

»Was ist mit ihnen passiert? Was glaubst du?«

»Mit meinen Eltern?«

»Ja.«

Ich antworte nicht. Habe nichts mehr zu sagen. Doch dann schieben sich plötzlich ein paar Bilder aus der Dunkelheit, und ich sehe, was ich schon gesehen habe, als ich vor Linnea aufgewacht bin.

Nach dem Treffen im Präsidium fahre ich zu Michael. Bleibe lange bei ihm. Lege meine Arme um ihn und drücke den Jungen an mich. Streichle ihm über die Haare, während er seinen Vater beweint. Seine Mutter ist da, und bevor ich gehe, nehme ich sie zur Seite.

»Hat Espen jemals gesagt, was mit seiner Schwester passiert ist?«

Sie schüttelt den Kopf. »Er hat nur immer wieder geschworen, dass er nichts damit zu tun hatte.«

»Und Sie haben ihm das geglaubt?«

»Ja.«

Bevor ich gehe, verspreche ich Michael, bald wiederzukommen. Seine Mutter wird eine Weile in der Wohnung wohnen und ist einverstanden, dass ich Zeit mit dem Jungen verbringe. Ich mag ihn, und er ist meine Familie. Die einzige, die ich habe.

Abends fahre ich zu Kristian. Schon an der Tür nehme ich ihren Geruch wahr. Das leichte, verspielte Parfüm gibt mir zu erkennen, dass mein Platz nicht mehr hier ist. Ich bin neugierig auf sie und will doch nichts über Kristians neue Frau wissen.

»Magst du was trinken?«, fragt er.

Ich lehne dankend ab. Falle gleich mit der Tür ins Haus. »Wie ich dir schon gesagt habe, bin ich schwanger.«

»Wie fühlt sich das an?«

Ich denke an kleine Füße im Gras. Rundliche Ärmchen. Sonne auf glatter Haut. »Jetzt, da ich mich an den Gedanken gewöhnt habe … ziemlich gut.«

»Aber?«

»Es ist ja nicht nur mein Kind …«

Kristians Gesicht entspannt sich. »Du weißt, dass ich mir immer gewünscht habe, Vater zu werden.«

»Ja, aber … du … du hast jetzt doch eine neue …«

Er sieht mich an, als würde er sich wirklich fragen, wie ich das denn wissen kann. Ich sage ihm aber nicht, dass ich sie gesehen habe.

»Ich bin trotzdem nicht aus der Welt«, sagt er schließlich, und der Knoten, den ich die ganze Zeit in der Brust hatte, löst sich auf. Ich weiß nicht, ob ich eine andere Antwort erwartet habe, Verbitterung vielleicht, aber davon ist nichts zu spüren, und als ich schließlich seine Wohnung verlasse, habe ich das sichere Gefühl, dass alles gut werden wird.

67

Anschließend hätte ich wohl zurück in meine Wohnung fahren und mich mit Take-away vom Thai und ein paar Krabbenchips in die Sofaecke kuscheln sollen, aber irgendwie fühle ich mich da nicht mehr zu Hause. Meine neue Heimat ist der Rand der Trabantenstadt, wo ein heruntergekommenes Haus auf mich wartet.

Die Polizei hat den Tatort freigegeben, weshalb ich mich auf den Weg mache. Unterwegs erkläre ich in einer langen Mail an die Männer meiner Aggressionsbewältigungsgruppe, warum ich in der letzten Zeit nicht kommen konnte.

»Ab nächster Woche läuft alles wieder wie gewohnt«, schließe ich und schicke die Nachricht ab.

Azoras Zimmer geht mir nicht aus dem Kopf, immer wieder frage ich mich, warum sie das alles gezeichnet hat. Es muss einen Grund, eine versteckte Nachricht an mich geben.

Ich setze mich im Schneidersitz in ihrem dunklen Zimmer auf den Boden und schließe die Augen. Versuche, meine Erinnerungen wachzurufen. Warte darauf, dass sie sich wie die Glieder einer Kette miteinander verbinden.

Kette. Das Wort geht mir nicht aus dem Kopf, seit ich vor Linnea aufgewacht bin und meine gefesselten Handgelenke bemerkt habe. Aber warum, was hat das zu bedeuten? Ich versuche, zu dem Gefühl zurückzukehren, zu der Angst. Was dachte ich, als ich meine gefesselten Handgelenke bemerkte? Jetzt, aus der Sicherheit gebenden Distanz, finde ich keine Erklärung.

Schließlich gebe ich auf und gleite stattdessen in eine Art meditativen Zustand, lasse Eindrücken und Impulsen freien Lauf, die mich schon bald überfluten. Ich kämpfe nicht dagegen an, versuche nicht zu analysieren. Stelle mich dem Ganzen wie einem leichten Sommerregen. Eine andere Zeit, eine andere Dimension. Erste Bilder zeichnen sich hinter meinen Augenlidern ab. Grobkörnig und dunkel gleichen sie alten Filmnegativen. Licht und Schatten verkehrt, flimmern sie vorbei. Ich verstehe nicht, was die Bilder zu bedeuten haben, lasse sie aber, wie meine Therapeutin es mir geraten hat, einfach passieren, ohne sie zu bewerten.

Schon nach kurzer Zeit werden die Bilder deutlicher. Eines kann ich nicht einfach ziehen lassen. Es ist eine Szene aus einem Haus aus den Neunzigerjahren, die Gardinen offen, sodass Sonnenlicht durch die großen Fenster in den Raum fällt. Es scheint ein schöner Sommertag zu sein, im Garten singen die Vögel. Drinnen ist es aber trotzdem irgendwie dunkel und kalt. Der Aschenbecher auf dem Couchtisch quillt über, daneben stehen Bierdosen, Teller und leere Chipstüten. Auf dem Sofa liegt ein zerrissenes Shirt zwischen abgewetzten Kissen. Davor hockt ein kleines Mädchen im Dreck. Es hat helle, verfilzte Haare, an ihrem Mund kleben Nutellareste. Die dreckigen Kleider sind viel zu groß. Zwei unterschiedliche Socken. Das Mädchen zieht seine Barbiepuppe mit ernster, entschlossener Miene um.

Es versetzt mir einen Stich, als ich mich selbst in dem Mädchen erkenne.

Lange bleibe ich mit diesem Bild auf der Netzhaut sitzen. Ich versuche, nicht zu urteilen. Will sie nur sehen, die Erinnerungen kommen lassen, trotzdem frage ich mich mehr und mehr, ob es bei uns immer so ausgesehen hat oder meine Eltern dieses eine Mal bloß eine Party gefeiert hatten. Vernachlässigung. Jugendamt. Die Worte des Journalisten hallen mir durch den Kopf. Und innerlich weiß ich, in was für einer Welt ich gelebt habe.

Es tut weh, ausgerechnet dieses Bild festzuhalten. Mit jeder Faser meines Körpers möchte ich es zerreißen, bis die Wahrheit nicht mehr zusammengefügt werden kann. Ich will es ersetzen durch Szenen einer harmonischen Familie. Aber es kommen keine anderen Bilder mehr, und als ich irgendwann die Augen aufschlage, weiß ich nicht, wie lange ich da schon gesessen habe. Ich starre an die Wand mit Azoras Zeichnungen. Gibt es versteckt in dem dunklen Wald auch Szenen aus unserem Zuhause?

Mit einem Mal erinnere ich mich an das, was Espen gesagt hat. Dass Kinder ihre schlechten Gedanken in einem Gegenstand einschließen können. Ich schalte das Licht meines Handys ein, stehe auf und gehe in mein Zimmer. Hole die Schneekugel und setze mich wieder in Azoras Zimmer. Ich starre auf den Wald und streiche mit den Fingern über die Kugel. Jetzt, da ich ihren Sinn kenne, weckt sie in mir nicht mehr dieselben Gefühle, aber auch dieses Mal spricht die Kugel nicht zu mir.

Ich verliere die innere Ruhe. Bin mir so sicher, dass Azora mir etwas zu erzählen versucht hat, ich verstehe nur nicht, was. Nach einer Weile gebe ich auf, gehe zur Wand und fahre mit den Fingern über die Kohlestriche, bis die Fingerkuppen schwarz werden.

Ich suche den Wald ab. Kneife die Augen zusammen. Wenn ich nur zu fassen bekommen könnte, was ich nicht sehe! Habe panische Angst, mich nicht zu erinnern, fürchte gleichzeitig aber auch, was die Erinnerungen mir sagen könnten. Dann wird mir plötzlich klar, dass mein Kopf sich nicht erinnern, sondern mich vor dem Bösen schützen will. Ein bei Traumata ganz typischer Mechanismus. Wäre ich meine eigene Therapeutin, hätte ich ein Werkzeug gefunden, um mit den Erinnerungen richtig umzugehen, so aber habe ich keine Ahnung. Nichts von dem, was ich im letzten Jahr erlebt habe, hat mich auf diese Situation vorbereitet.

Die Figur mit der Maske triggert etwas, das ich aber nicht greifen kann. Hat sich da jemand verkleidet? Sind irgendwelche Männer in unser Haus eingedrungen? Es ist wie in einem Theateraufzug, in dem ich gleichzeitig auf der Bühne stehe und im Publikum sitze. Widerstreitende Gefühle und Wahrnehmungen. Schwarze Schatten sind vor und hinter mir. Sie umringen mich, greifen nach mir. Die Männer, die ins Haus kommen, sind das Freunde von Papa? Polizisten? Ich weiß es nicht. Mein Kopf will es analysieren, zur Therapiestunde gehen, sobald ich mich an etwas klammern kann. Diesen Teil von mir weise ich aber von mir. Stattdessen starre ich lange auf eine Zeichnung von Azora, und schließlich ist sie mir so nah, dass ich mir einbilde, sie käme ins Zimmer. Kurzhaarfrisur, gerade Haltung, Shorts und ein cooles bauchfreies T-Shirt. Ich sehe sie vor mir, wie sie war. Und wie immer, wenn wir irgendeinen Unsinn machen wollten, hatte sie dieses verschmitzte Lächeln.

Ich sacke auf den Boden. Mein Gott, wie ich sie vermisse!

Die Nacht vergeht, es kommen aber nur ein paar wenige Erinnerungsfetzen. Sie bilden wie hauchdünne Spinnweben ein Muster, das ich aber nicht verstehe. Ich folge jedem Faden, klammere mich an alles, was glitzert, und immer, wenn ich erkenne, dass der Weg mich nicht weiterbringt, bin ich kurz davor, aufzustehen und aufzugeben. Ich muss mich wieder und wieder zwingen, ruhig sitzen zu bleiben, muss tiefer in meinen Kopf hinein, tiefer in die Erinnerungen. Es endet damit, dass ich an der Wand zusammensacke. Alles fühlt sich sinnlos an. Ich habe nichts erreicht. Bin kein Stückchen weitergekommen.

Dabei muss die Antwort in den Zeichnungen sein! Noch einmal stehe ich auf, aber das ständige Suchen frustriert mich. Ich stelle mich dicht an die Wand und lasse meinen Blick schweifen. Achte auf jede Kontur und jedes Detail. Manches wirkt kindlich, anderes ist eindeutig von einem erwachsenen Menschen gezeichnet worden. Die Tatsache, dass sie mit der Kohle aus dem Ofen feste, breite Striche gezeichnet hat, zeugt von ihrer Entschlossenheit. Wo die Striche dünner werden, hatte sie vielleicht Probleme, sich auszudrücken, oder sie stand zu sehr unter Drogeneinfluss. Die Bilder scheinen ihre Gefühlswelt über einen Zeitraum von vielen Jahren zu spiegeln, aber erzählen sie auch von konkreten Handlungen?

Könnten es exakte Darstellungen des Geschehenen sein? Versteckt, sodass nur ich es verstehe?

Ich reibe mir das Gesicht. Starre noch einmal auf die Figur mit der Maske, der Mund ist ein harter Strich. Hat diese Person sich vielleicht doch nicht verkleidet, ist sie möglicherweise eine ganz andere, als wir dachten? Bedeutet der zusammengekniffene Mund, dass sie nicht geredet hat? Vielleicht hat sie nicht gesagt, was gesagt werden sollte.

Und was ist mit diesen umgedrehten C? Je mehr ich mich darauf konzentriere, umso zahlreicher werden sie. Sie sind überall. Zwischen den Figuren. Über den Bäumen. Auf den Händen einer schraffierten Person, die mir schon vorher aufgefallen ist. Sie findet sich an mehreren Stellen, und die Striche, mit denen sie gezeichnet wurde, sind später verwischt worden, als hätte Azora versucht, die Person aus ihrem Leben zu tilgen. Schraffiert. Wie ein Schatten. Der Schatten aus meinen Albträumen?

Als es draußen zu dämmern beginnt, erinnere ich mich plötzlich wieder an jeden Moment dieser schicksalhaften Nacht.

68

Ich wache nicht vom Streiten auf. Für gewöhnlich ist es Mamas und Papas konstantes Keifen und Schimpfen, das mich nachts aus dem Schlaf reißt, doch nicht so in dieser Nacht. Ich höre nur leises Reden und Kichern, richte mich im Bett auf, lehne mich an den Fensterrahmen, schiebe die Gardinen auseinander und sehe nach draußen. Der Mond ist kugelrund. Ich weiß, dass Mama in den hellen Sommernächten schlecht schläft, aber was da draußen passiert, verstehe ich nicht. Sie gehen in den Wald. Einen Augenblick erwäge ich, Nora zu wecken, entscheide mich dann aber um. Ich weiß, was sie sagen würde. »Geh schlafen, sonst kriegst du nur wieder Prügel.« Schnell ziehe ich mein leichtes Sommerkleid an und schleiche über den Flur und die Treppe nach unten. Ich folge ihnen.

Papa geht vor, Mama ist ein paar Schritte hinter ihm. Sie trägt eine Stofftasche über der Schulter, und ich höre das Klirren von Glas, während sie weiter in den Wald hineingehen. Die Luft ist warm, die Geräusche des Waldes sind mir vertraut. Das Summen und Rascheln, das Rufen einer Eule, die Laute kommen aus allen Richtungen. Zweige schnellen zurück und schlagen mir auf den Arm. Es ist das erste Mal, dass ich nachts im Wald bin.

Ich halte reichlich Abstand, achte aber darauf, sie nicht aus den Augen zu verlieren. Erst an dem kleinen See, in dem wir immer baden, bleiben sie stehen. Meine Wangen werden rot, als ich denke, dass sie sich jetzt gleich ausziehen und in das schwarze Wasser gleiten, wie ich es schon bei einigen Jugendlichen gesehen habe. Aber sie setzen sich nicht einmal. Mama flüstert Papa etwas ins Ohr und zieht ihn weiter in den Wald hinein. Über den Trampelpfad, der durch das Moor führt. Schließlich halten sie bei der dicken Kiefer, die der Wind im letzten Herbst entwurzelt hat. Nora hat sich da schon mal mit den älteren Jungs zum Trinken getroffen. Mama hockt sich hin und Papa setzt sich rittlings auf den Stamm. Glänzende Flaschen werden aus der Tasche hervorgezaubert und Papa zündet sich eine Zigarette an.

Sie sitzen lange da und reden. Vielleicht etwas laut, aber sie streiten sich nicht. Sie lachen, es geht ihnen gut. Mama lehnt an Papas Bein. Er fährt ihr mit der Hand durch die Haare. Sie reichen sich gegenseitig Flaschen und Zigaretten, trinken, reden, rauchen, als wären sie wirklich glücklich. Ich kann mich nicht daran erinnern, sie jemals so gesehen zu haben.

Voller Angst, dass sie mich entdecken könnten, hocke ich mich zusammengekauert auf ein Graspolster. Die Heide sticht mir in den Po, und Ameisen krabbeln und beißen. Mücken schwirren in Ohren und Nase. Ich wage es nicht, nach den Insekten zu schlagen, ringe mit mir darum, still sitzen zu bleiben. Vermutlich hätte ich mich zurück in den Wald schleichen sollen, aber ich kann mich einfach nicht losreißen.

Als die Mücken meine Arme beinahe aufgefressen haben, kann ich nicht mehr. Ich entschließe mich zu gehen. Im gleichen Moment sehe ich, wie Mama aufsteht und direkt auf mich zukommt.

Mein Atem stockt und ich starre zu Papa. Er sitzt noch immer auf dem Stamm und trinkt. Mama taumelt auf mich zu, die Stofftasche über der Schulter. Ich mache mich so klein wie nur möglich und hoffe, dass sie mich nicht sieht.

Zu spät. Unsere Blicke begegnen sich. Ich weiß nicht, was ich erwartet habe. Brüllen und Schreien, dass ich ihren Abend zerstört habe. Einen Griff am Arm, während sie mich den ganzen Weg nach Hause schleppt. Aber Mama legt nur einen Finger an die Lippen. Dann lässt sie die Stofftasche von der Schulter gleiten, hockt sich hin und pinkelt. Als sie fertig ist, zieht sie etwas aus der Stofftasche und geht zurück zu Papa.

Der Knall, der gleich darauf zu hören ist, bleibt mir lange als Pfeifen in den Ohren. Noch bevor ich verstanden habe, was passiert ist, springe ich auf und stolpere über Wurzeln und Heide, bis ich zu Hause bin.

Ich liege längst wieder im Bett, als Mama zurückkommt. Ich ziehe mir die Decke über den Kopf und tue so, als würde ich schlafen. Höre sie in mein Zimmer kommen und spüre, wie sie mir die Decke wegzieht. Der Gestank von Bier und kaltem Rauch schlägt mir entgegen. Dann, ohne etwas zu sagen, schlägt sie mir mit der flachen Hand ins Gesicht.

69

Ich schnappe keuchend nach Luft, stehe auf, taumele rückwärts auf den Flur. Es war Mama, die Papa das Leben genommen hat, das weiß ich jetzt. Die Bilder sind so klar, als wäre es gestern gewesen. Auch Azora muss die Wahrheit gekannt und den Entschluss gefasst haben, den Mund zu halten. Vielleicht habe ich es ihr erzählt. Oder sie hat den Knall gehört und die richtigen Schlüsse gezogen, als Papa nicht wieder zurückkam. Ich habe keine Ahnung, bin mir aber sicher, dass sie es wusste.

Aber warum handeln meine Albträume von Schnee, wenn das im Sommer passiert ist? Ich muss weitergraben, bin noch nicht am Ziel. Weiß ganz sicher, dass in diesem Schnee irgendetwas versteckt ist.

Ich gehe in mein Kinderzimmer und setze mich auf die harten Dielen. Lasse meinen Blick durch den Raum schweifen. Warum hat Azora hier nichts verändert? Was wollte sie mir damit sagen?

Wollte sie, dass ich alles mit Kinderaugen sehe? Wieder zu der kleinen Evelyn werde?

Mein Blick fällt auf den Kleiderschrank. Meine geheimsten Dinge verstecke ich seit jeher ganz unten im Schrank unter der losen Bodenplatte. Wer hat mich auf diese Idee gebracht? War das Azora? Ich weiß es nicht, habe aber plötzlich das Gefühl, dass ich das auch schon als Kind gemacht habe.

Ich gehe zum Schrank und öffne die Tür. Knie mich hin und werfe einen Blick auf den Schrankboden. Der Spalt zwischen Bodenplatte und Rand ist zu schmal, um einen Finger dazwischenzuschieben, aber im Licht des Handys sehe ich zwei Nägel aus den hinteren Ecken der Bodenplatte ragen. Mit zitternden Fingern ziehe ich daran, bis sie sich am Rand verkeilt. Ich kann die Platte jetzt aber auch vorn etwas hochdrücken, sodass ich die Finger darunter bekomme.

Mit dem Telefon auf dem Schoß halte ich die Platte mit den Fingerkuppen der einen Hand und schiebe die andere darunter. Sie gleitet am rauen Holz entlang, bis ich weichen Stoff spüre. Mein Puls wird schneller, aber ich bin zu hektisch, der Stoff rutscht mir immer wieder zwischen Zeige- und Mittelfinger weg. Noch einmal versuche ich, die Bodenplatte aus dem Schrank zu hebeln. Als auch dieser Versuch scheitert, schiebe ich noch einmal die Hand darunter, und dieses Mal gelingt es mir, den Stoff zu fassen. Ich beginne zu ziehen, höre ein Rascheln, und dann beißt mir etwas in den Finger.

»Au! Verdammt!«

Meine Hand schmerzt, als ich sie zurückziehe. Aus einem Finger sickert etwas Blut. Der Schmerz pocht bis in die Fingerspitzen. Ratten? Echt? Ich stehe auf und wische mir den Finger am T-Shirt ab. Es ist das sauberste, was ich habe. In dieses Rattenloch werde ich meine Hand nicht noch einmal stecken. Ich überlege, die kleine Schaufel von dem Kaminset zu holen und als Brecheisen zu nutzen. Andererseits fürchte ich, die Ratten könnten Jagd auf mich machen, wenn ich ihnen ihr Versteck nehme. Stattdessen trete ich mit aller Wucht gegen den Schrank und auf die

Bodenplatte, bis das Rascheln unter dem Schrank aufhört. Dann knie ich mich wieder hin. Schiebe die Hand noch einmal vorsichtig in den Spalt. Als die Finger wieder am Stoff sind, muss ich mich zwingen, sie nicht zurückzuziehen. Ich nehme mir viel Zeit, taste über das Gewebe, um es richtig fassen zu können. Spüre eine Schlaufe, schiebe einen Finger hinein und ziehe. Die Öffnung eines grauen Stoffbeutels kommt zum Vorschein. Etwas Schweres liegt darin. Ich erkenne den Beutel, weiß, dass es meiner ist, erinnere mich aber nicht mehr, von wem ich ihn bekommen habe. Mit dem unguten Gefühl, das mich beim Anblick des Beutels überkommt, weiß ich mit einem Mal auch wieder, was sich darin befindet.

Vorsichtig ziehe ich ihn durch den Spalt. Dann öffne ich ihn, stecke die Hand hinein und spüre das kalte Metall an der Haut.

Es ist eine Pistole.

70

Es ist vier Tage her, dass Papa verschwunden ist. Mama hat versprochen, dass alles besser wird, wenn er endgültig weg ist und nicht mehr wiederkommt. Aber so ist es nicht. Sie ist jetzt noch schlimmer zu uns. Redet mit sich selbst, schimpft konstant und ist schreckhaft und böse. Gibt Nora und mir ständig Ohrfeigen, wenn wir uns auch nur erdreisten, sie anzusehen. Sie läuft den ganzen Tag hin und her. Durch Wohnzimmer, Schlafzimmer und Küche. Und sie trinkt, hat ständig eine Flasche in der Hand.

Keiner von uns darf das Haus verlassen oder mit jemandem reden. Und zum Baden an den See dürfen wir erst recht nicht. Nora und ich bleiben in unseren Zimmern. Erst in der Nacht, wenn wir Mama schnarchen hören, schleichen wir uns nach unten. Holen uns eine Scheibe Brot und Milch. Schlingen alles herunter. Nora versichert mir, dass alles wieder gut wird, wir müssten nur noch ein bisschen durchhalten.

An irgendeinem Morgen höre ich dann Mama draußen im Garten schimpfen. Sie streitet sich mit jemandem. Ist Papa irgendwie doch wieder aufgetaucht oder sucht jemand nach ihm? Ich schleiche mich nach unten ins Wohnzimmer und sehe die offene Tür in den Garten. Mama und Nora stehen draußen und schreien sich an. Es tut weh, ihr Geschrei jagt weiße Pfeile durch meinen Kopf, und ich beginne zu zittern. Sie sind so laut, dass ich mir die Ohren zuhalten und mich abwenden muss.

Auf dem Wohnzimmertisch liegt die Pistole. Sie hat Papa verschwinden lassen. Ich habe diese Dinger schon im Fernsehen gesehen und weiß, was man tun muss. Will Mama auch Nora verschwinden lassen? Und dann mich? Ja, bestimmt steckt sie uns beide ins Moor.

Auf unsicheren Beinen gehe ich zum Tisch und nehme die Waffe. Sie ist schmal, nicht sonderlich groß, aber kalt und viel schwerer, als ich gedacht habe. Mit der Pistole in der Hand gehe ich zur Gartentür, stelle mich in die Öffnung und ziele auf Mama. Nora springt zur Seite, aber Mama bleibt stehen und sieht mich mit schwarzen Augen an. Ein seltsam steifes Lächeln zeichnet sich auf ihren Lippen ab, doch noch ehe sie mir irgendetwas Hässliches an den Kopf werfen kann, drücke ich ab.

Die Erinnerung ist kurz, sie trifft mich aber wie ein Schlag. Hinter dem Schnee, dem Wald, dem schmerzenden Licht hat die Welt ihre Form verändert. Die Trommel, in die seit mehr als zwanzig Jahren alle Erinnerungen eingeschlossen waren, ist zerbrochen.

In meinem Kopf herrscht ein einziger Wirrwarr und ich fühle mich schrecklich. Versuche, mich selbst davon zu überzeugen, dass das nicht stimmen kann, aber mit einem Mal fällt alles an seinen Platz. Ich erinnere mich daran, Mama erschossen zu haben. Azora hat sie im Garten begraben und anschließend haben wir Sonnenblumen auf das Grab gepflanzt. Danach haben wir nie wieder über sie geredet. Weder über Papa noch über Mama. Und nach einer Weile war es dann so, als hätten sie nie existiert.

Ich öffne die Gardinen in Azoras Zimmer und starre an die Wand. Alles ist da. Meine Erinnerung ist wie ein Echo alter Geschehnisse. Fäuste im Gesicht, Hände, die an Haaren zerren. Knurrende Mägen, wenn wir ohne Essen ins Bett mussten. Lügen und Spott. Papa hat immer das alte Geweih von der Wand genommen, wenn er voll war. Wie ein Verrückter hat er es sich an die Stirn gehalten und uns damit durch das ganze Haus gejagt. Woanders, in einer anderen Familie, wäre das vielleicht ein Spiel gewesen, bei uns war es der Beginn eines angsterfüllten Abends.

Nur die umgedrehten C durchschaue ich noch nicht. Irgendetwas ist da noch. Mit von Tränen und Wut brennenden Augen sehe ich mir alles noch einmal an. Stelle mich in eine Ecke und starre erst an die Decke, dann zu Boden. Schiebe den Müll und die stinkenden Klamotten mit dem Fuß zur Seite. Die Zeichnungen gehen auch am Boden weiter. Von allen vier Wänden treffen sich Striche mitten im Zimmer. Wie die Wurzeln eines Baumes.

Des Baumes, der vor unserem Haus steht.

Ich sacke auf die Knie. Habe panische Angst, mich in meinen Erinnerungen zu verlieren. Doch dann kommen sie und ich verstehe alles. Die C sind die ovalen Glieder einer harten Stahlkette. Sie schlingt sich zweimal um den Stamm des Baums und erzählt von Angst und Qualen. Flüstert mir zu, wie es ist, im Leben wie in den Albträumen angekettet zu sein.

Mit den Zeichnungen wollte Azora meine Erinnerungen wecken. Mir zeigen, was wirklich geschehen ist. Was wir durchmachen mussten. All die Grausamkeiten, Strafen, der Verrat. Am schlimmsten war es im Winter, wenn wir an den Baum gekettet wurden, während es schneite. Wieder ins Haus geholt wurden wir erst, wenn wir fast nicht mehr atmeten.

Ich glaube, sie wollte mir helfen. Meine Erinnerungen wecken, damit ich endlich Frieden finde. Auch den Schatten kann ich jetzt zuordnen. Es ist Mama, die uns festkettet und dann langsam in Richtung Haus verschwindet, um sich aufzuwärmen.

Unseren Eltern fehlte die Fähigkeit, Kinder zu beschützen. Deshalb waren Nora und ich so eng miteinander verbunden. Trotzdem mussten wir, jede für sich allein, zusehen, wie uns unsere Kindheit genommen wurde.

Ich habe meine eigene Mutter getötet. Vor dieser Wahrheit hat Azora mich geschützt, deshalb hat sie das Haus behalten. Sie konnte nicht riskieren, dass andere das Haus kauften, das Gelände umgestalteten und dabei das Grab fanden. Noch im Tod ist sie für mich da. Nora. Azora, meine liebe Schwester.

Alles, was ich fürchte, ist plötzlich da, lebendig und klar. Die Kette, die mich festhält, der abscheuliche Gestank, der Schnee auf Kopf, Schultern und Beinen.

Ein Schrei dringt aus meinem Hals.

Lass mich los!

Nur ein Gedanke.

Lass mich gehen!

Keine Reaktion, nicht einmal ein Blick in meine Richtung. Nur ein Schatten, der im Unwetter verschwindet.

Die Hoffnung stirbt mit dem fallenden Schnee.

Er schnürt mich ein, bis alles weiß ist.

Panisch zerre ich an den Ketten, versuche, mich loszureißen. Atme, keuche, huste, bis mir schwarz vor Augen wird.

Aber dieses Mal – endlich – gelingt es mir, mich loszureißen.

Wenn dunkle Taten sogar im Paradies geschehen, bist du nirgends sicher …

512 Seiten. ISBN 978-3-7341-1165-5

Ein unglaubliches Verbrechen erschüttert die nordschwedische Stadt Boden: Eine Lehrerin, die keine Feinde zu haben scheint, wird ermordet aufgefunden. Noch dazu hat der Täter ihren Leichnam brutal inszeniert: Zwei dicke Nägel wurden durch die Hände der Toten getrieben; sie selbst hängt an einem Deckenhaken, als ihr Ehemann sie entdeckt. Kriminalkommissarin Idun Lind muss herausfinden, warum es zu der schrecklichen Tat kam. Zusammen mit ihrem eigenbrötlerischem Partner Calle Brandt taucht Idun tief in eine schockierende Familiengeschichte ein – und bringt sich damit selbst in höchste Lebensgefahr …

Lesen Sie mehr unter: **www.blanvalet.de**